서남해 바다이야기와 해양인의 삶

서남해 바다이야기와 해양인의 삶

이준곤 저

문현
MUN HYUN

머리말

바다는 닫힌 공간인가? 열린 공간인가?

수평선 너머로 한없이 펼쳐진 바다를 보면서 문득 그런 생각을 한다. 무한정 갈 수 있을 것 같은 수평의 바다는 분명 가슴을 활짝 열고 모든 사람들을 불러들이는 듯하다. 그러나 바다는 태풍과 격랑이 몰아칠 때는 그 누구도 접근하는 것을 허락하지 않는 죽음의 장벽처럼 우리를 가로막는다. 역사를 되돌아보면 바다를 통해서 수많은 사람들이 오갔으며 문명과 문화가 서로 넘나들었던 인류간의 소통이 자연스럽게 이루어졌던 시절이 있는가 하면 타민족을 약탈하고 강점하고 지배하였던 식민의 시대가 있었으니, "바다를 지배하는 자가 세계를 지배한다"는 논리는 바로 식민의 시대에 서구열강들이 아귀처럼 바다를 가로질러 먹잇감을 찾았던 약탈의 논리였음을 알 수 있다.

우리 역사에서 보는 해금정책, 공도정책 또는 쇄국의 정략들이 바다의 루트를 타고 들어오는 침략과 지배의 세력들을 막아보자는 궁여지책들이었다. 바다를 버리고 섬을 비우고 해안지역에는 봉수대를 설치하고 진을 설치하여 바다를 닫아버린 그 역사적 시도들은 모두 실패로 끝났다. 우리 역사에서 바다는 닫혀진 공간이었으며 바다에서 생활하는 해민들은 천민계급에 속하여 차별당하는 신세였으며, 바다는 육지에서 쫓겨 들어가 사람들이 숨어 살아가는 깊은 오지가 되었으며 들어가면 나올 수 없는 막막한 공간이 되어 버렸다. 해양영웅으로 일컬어지는 장보고 또한 그런 인생의 드라마를 보여준다. 실패한 전설적인 영웅들의 이야기가 의외로 도서지역에 널리 전승되고 있는 현상을 이런 역사적인 배경에서 설명할 수 있다는 생각을 한다.

바다를 통해서 들어오는 새로운 문명과 사람들을 스스럼없이 받아들이고 그들과 함께 어울리는 역사를 이룩하였던 시대의 모습을 한국의 해양신화에서 찾을 수 있다. 우리에게도 소통의 바다가 있었다는 것을 탈해신화, 허황옥의 도해신화 그리고 불교가 바다를 통해서 유입해 들어오는 이야기들을 통해서 열린 바다의 아름다움을 느낀다. 신화시대의 바다라고 부를 수 있는 열린 공간으로서의 바다가 어느 때부터인지 닫혀버리고 사람들이 꺼리는 금기의 공간으로 변해 버린 것일가? 이때부터 설화적인 문법으로 말하자면 전설적인 인물들에 대한 비극성이 내재한 이야기들이 형성되는 시기라고 할 수 있다. 풍랑을 만나 바다에서 돌아오지 못하는 지아비를 기다리다가 해안가의 산봉우리의 망부석이 되거나 당신堂神이 되어 그 한恨을 해안가 마을사람들이 풀어준다는 이야기처럼 바다를 대상으로 살아가는 사람들이 바다의 역사를 쌓아가면서 만들어 놓은 이야기들을 해양설화 또는 바다이야기라고 이름 지을 수 있을 것이다.

해양설화에는 바다에서 살아가는 사람들의 애환과 문화와 예술 그리고 삶의 역사가 녹아 있다. 설화의 특성이 기록되기보다는 구전으로 전승하는 데에 있으므로 기록의 역사서가 놓치고 도외시한 도서지역민들을 비롯한 해양인의 생생한 삶의 모습을 더욱 절실하게 살펴 볼 수 있다. 소용돌이치는 역사와 삶의 현장에서 서해의 도서민들은 어떻게 대응하였으며 자신들의 운명을 개척하여 갔는지 그리고 그들의 예술과 신앙은 어떻게 펼쳐갔는지를 이 지역의 해양설화를 통해서 살펴보고자 한다.

명량대첩설화에서는 해남과 진도 지역민들이 이민족의 침략을 당해서 저항하고 투쟁하는 양상을 전승설화자료에서 분석하고 해석하였으며, 목포의 삼학도설화에서는 목포지역민들이 삼학도라는 공간을 어떤 상징으로 삼았으며 그 배경은 이 지역민들의 정서가 어떤 작용을 하였는가 살펴보았다. 비금도에 전승하는 고운 최치원의 항해이야기를 현지에서 채록한 설화자료를 분석하여 최치원이 항해신으로 받들어지는 과정을 밝히고 비금도와 서해의 도서지역에 전승하는 최치원설화를 비교하면서 신라 말에 당으로 가는 고대항로의 궤적을 살펴보았다. 자은도의 현지설화자료를 채록하여 자은도의 용신신앙의 특성과 자은도의 지명설화를 분석하여 자은도의 문화적인 변용의 한 양태를 밝혔으며, 흑산도의 현지채록설화를 가지고 면암 최익현과 손암 정약전이 흑산도에 유배 가서 그곳에 영향을 끼친 유배문화의 양상을 살폈다.

도선국사의 이야기는 영암군 군서면 구림리의 출생이야기를 중심으로 전국에 널리 다양한 화소로 전파되어 있는 광포전설이다. 구림은 영산강변의 전통 있는 문화마을로 서해바다를 거쳐서 대양으로 나가는 고대항구였으며 도선이 중국에 가서 풍수지리설을 습득하여 왔다는 이야기화소는 구림의 역사지리적인 배경에서 형성되었을 것이며, 이 지역민들의 개방적이고 진취적인 발상을 드러내는 이야기라고 할 수 있다.

매향불사는 미륵불의 도래를 준비하면서 미륵불에게 드린 향공양을 위해서 향목을 바다의 개펄에 묻어서 침향을 만드는 불교적인 행사였다. 불교의 승려를 중심으로 당시의 민중들과 관료들이 서로 합심하여 이루어졌으며 매향불사가 끝난 후에 참여한 인물, 매향한 위치, 매향의 양, 매향연도 등을 주위의 암석이나 자연석을 거칠게 다듬어 새겨놓은 비가 매향비다. 이 매향비가 전남의 해안지역에서 7개소나 발견되어서 이 지역민들의 종교의식을 살펴볼 수 있는 귀중한 자료들이다.

위의 검토과정에서 서해 도서민들의 생활사와 역사적인 변용의 양상을 기록의 역사 이외에도 구비전승의 역사가 도서민들의 해양문화를 밝히는 자료로서 다대한 가치를 지니고 있다는 것을 알 수 있을 것이다. 이제 바다는 새로운 역사를 창조하고 새로운 희망의 공간으로 다가서고 있다. 과거 서구적인 의미의 대항해시대에 지배자들이 식민의 땅을 찾아 떠났던 지배의 통로가 아니라 무역과 통상의 물자와 기술과 사람을 실어나르는 바닷길로 변화하고 다시 새로운 해양자원과 생태환경의 보고로 인류의 주목을 받고 있다.

민족과 민족이 서로 평화를 구가하고 문명과 문화가 넘나들었던 시대를 창조하는 새로운 해양신화시대가 올 것이라는 기대를 한다.

이 글이 쓰이기까지 도움을 주신 동학 여러분들께 머리숙여 감사드리고, 새로운 출판문화의 창달에 기여하고자 노력하는 도서출판 문현의 한신규 사장님과 문현가족 여러분에게도 감사의 말씀을 전한다.

2011년 9월

이 준 곤

차례

제 4 장

최치원의 항해와 비금도 그리고 용신신앙 | *77*

제 5 장

자은도의 용신신앙과 해양문화변용 양상 | *185*

제 6 장

흑산도에 남긴 최익현과 정약전의 유배 문화적인 영향 | *225*

제 7 장

구전이야기를 통해서 본 도선국사 | 299

제 8 장

한국 매향비의 내용 종합분석 | 319

제 9 장

영암군 서호면 엄길리 암각매향비의 판독과 해석 | 343

제 10 장

제 11 장

1

설화 속의 바다와 도서민들의 해양인식

제 1 장 설화 속의 바다와 도서민들의 해양인식

설화는 이야기이다. 사람의 입에서 입으로 전승되고 전파되는 이야기는 신화, 전설, 민담 등으로 구별되고 있으나 그 한계는 모호한 점이 많다. 신화는 새로운 가치와 질서를 창조하고 그 가치를 표현하는 천지창조신화, 건국신화 등이 주를 이루고 있다면 전설은 자신의 질서를 구현시키는 데에 실패한 영웅들의 이야기가 주를 이루고 민담은 파괴된 신화의 잔존형태이기도 하면서 새로운 신화적인 가치를 모색하는 이중적인 내용이나 형태를 담고 있다. 한국인의 해양인식을 살펴보는 이야기로는 신화와 전설자료가 주로 이용될 것이다.

예부터 한국 사람들은 바다를 어떤 대상으로 보아왔는가 하는 문제는 여러 방면에서 살펴볼 수 있으나 전승되는 이야기 속에서 드러나는 바다의 모습도 의미 있게 받아들일 수 있을 것이다. 삼면이 바다인 우리로서 바다는 근대나 현재까지도 우리들에게 매우 낯선 대상이며 친해양적인 사고는 요

즈음에 와서야 비로소 언급되고 있는 실정이다. 바다는 한국사회에서는 육지에서 쫓겨 가는 유배지나 은둔처로서 떠오르는 공간이었다. 새로운 부를 창출하고 새로운 가치를 창조하는 공간으로 바다를 인식하는 것은 고대로 올라가서야 전승되는 이야기 속에서 찾아볼 수 있다는 것도 의외의 일이라고 할 수 있다.

1. 신화시대의 바다

새롭고 풍요로운 문화와 문명의 유입로

신화시대의 바다는 민족과 민족이 그리고 국가와 국가가 서로 오가는 길이고, 새로운 문화와 문명이 서로 교류하는 상생의 길이었다. 바다를 통해서 들어오는 이국의 문명을 받아들이고 이국의 사람들과 문물을 개방된 태도로 맞아들이는 열린 길이 바로 바다였음을 전승하는 신화들에서 확인할 수 있다. 신화시대의 바다라고 명명할 수 있는 이 신화 속의 바다는 새로운 가치를 창출하는 중요한 문화의 길이었다고 말할 수 있다. 제주도의 삼성시조신화, 가락국의 수로왕비의 도해신화, 탈해왕의 도해신화, 처용신화, 여인국과 거인국의 이야기, 이여도이야기, 미황사창사이야기 등의 신화적인 이야기 속에서 열린 바닷길을 볼 수 있다. 우리가 바다에서 찾아볼 수 있는 가장 가치 있고 긍정적인 의미를 바로 해양신화의 바다에서 찾을 수 있다. 위에서 언급한 해양신화들에서 드러나는 바다의 의미를 검토해 보려고 한다.

제주도의 삼성시조신화에서 등장하는 바다 나라는 벽랑국碧浪國이다. 벽랑국은 조선 영조대의 장한철이 지은 『표해록』(인문과학 6집, 연세대문과대학,

1964)에는 일본의 동쪽 먼 바다에 있다고 기술한다. 삼성시조이야기는 탐라국의 건국신화이면서 제주도입도조의 이야기이기이며, 제주도에서 사람이 살게 된 내력과 역사를 담고 있으므로 제주도 문화의 변화를 의미하는 문화사적인 성격을 띠고 있다.

① 한라산 북녘 기슭의 毛興穴에서 세 사람의 신인이 땅 속에서 솟아나다

② 첫째를 良乙那, 둘째를 高乙那, 셋째를 夫乙那라 하다

③ 세 사람은 거친 들에서 사냥하고 육식하며 살다

④ 하루는 동해가에서 자주빛 목함이 떠오다

⑤ 그 속에는 청의를 입은 처녀 3인과 오곡의 씨앗, 망아지, 송아지 들이 있었다.

⑥ 동해의 碧浪國의 왕녀로 세 신인의 배필이 되라고 왕이 보냈다 하다

⑦ 세 신인은 한 사람씩 처를 삼고 기름진 땅으로 나아가 화살을 쏘아서 거소를 정하다

⑧ 양을나의 거소를 第一徒, 고을나의 거소를 第二徒, 부을나의 거소를 第三徒라 하다

⑨ 비로소 오곡을 뿌리고 소말을 길러 부유한 나라를 만들다.

—『탐라지』, 고적조

제주 양씨, 제주 고씨, 제주 부씨의 시조이야기이기도 한 이 신화는 제주도에 처음으로 씨족사회가 성립되고 발전해가는 과정을 신화서사문법으로 풀이해주고 있다. 벽랑국은 원래 상상의 바다 너머에 있는 나라로 제주에서 전승하는 이야기 속의 파랑도波浪島과 동일한 의미를 가지고 있다고 본다. 벽랑국과 파랑도는 고대국어로 바다를 의미하는 "바랄" 또는 "바룰"과 같은 음운소를 지니고 있다. 벽랑국과 파랑도는 "바다나라" 또는 "바다섬"이

라는 의미로 볼 수 있다. 벽랑국은 정한철의 해도에서 보면 일본의 동쪽으로 일천리 떨어진 바다에 있는 나라이다. 이는 동해바다 아득히 먼 곳에 있는 "신인神人"의 나라라고 할 수 있다. 삼성시조신화에서 본다면 이 나라에는 오곡과 소, 말 등의 가축들을 기르는 풍요로운 농업사회라는 인식을 하고 있다. 그 나라에서 탐라의 세 신인들에게 왕녀 세 사람을 보내어 배필을 삼게 하고 탐라를 부유한 나라로 발전시키고 있다.

수렵생활에서 벗어나지 못하고 있는 당시의 탐라국에 농업사회의 기반을 조성해주는 세 왕녀는 새로운 농업문화와 농업문명의 기술과 이기들을 유입해 들여오는 문화의 전파자들이며 새로운 가치를 창출하는 문화영웅들이기도 한다. 세 왕녀가 가지고 온 5곡의 씨앗, 송아지와 망아지 들은 농경사회의 상징이다. 이들의 고향인 벽랑국은 동쪽 바다 너머에 있는 머나먼 바다나라인 것이다. 바다 너머 먼 곳에는 새로운 문명과 문화를 가진 풍요로운 나라, 이상적인 공간이 있을 것이라는 관념이 이 신화 속에 들어 있다. 땅 속에서 솟아난 세 사람의 신인보다 훨씬 더 고급의 문화를 가진 공간이 바다 너머에 존재하고 있다는 관념인 것이다. 바다를 통해서 들어온 이 농경문화를 접촉했을 때에 비로소 탐라국이 한 단계 상승된 새로운 발전이 이루어질 수 있었다는 것이다. 벽랑국이라는 풍요로운 동쪽 바다나라의 설정은 구체적으로 말하자면 해양을 통해 유입한 탐라의 도작문화 내지는 농업사회의 출현을 설화적인 문법으로 표현하고 있다는 것이다.

이처럼 해양을 통해 유입해오는 새로운 문화와 바다나라에 관한 이야기는 여러 형태로 서술되고 전승되고 있다. 벽랑국과 같은 해양국은 수로왕비 허황옥의 아유타국, 탈해의 용성국과 적녀국 등이 있다.

수로왕비 허황옥의 도해이야기

① 구지봉에서 하강하여 탄생한 수로왕에게 배필이 없었다.

② 신하들이 걱정하자 왕은 하늘의 뜻이 따로 있다면서 신하들로 하여금 바닷가에 가서 왕후를 기다리게 하다

③ 바다 서남쪽에서 붉은 돛을 단 배가 오다

④ 배에서 내린 허황옥은 높은 언덕에 올라 비단바지를 벗어서 산신에게 제를 드리다.

⑤ 허황옥이 가져온 재물은 헤아릴 수 없이 많았다.

⑥ 왕후가 행재소에서 기다리던 왕을 만나 자신을 소개하다.
"나는 본래 아유타국의 공주로 성은 허, 이름은 황옥, 나이는 16세. 부왕의 명으로 왕의 배필이 되기 위해서 바다를 건너오게 되었다"

⑦ 왕과 왕후는 부부가 되어서 금슬이 아주 좋았다.

—『삼국유사』, 가락국기

제주의 삼성신화와 동일한 신화구조이다. 두 자료는 한 마디로 바다를 건너온 여인과 결혼하게 되는 이야기다. 허황옥이 떠나온 나라는 아유타국으로 현재 인도의 아유다지역이라고 한다. 수로왕릉에 새겨진 쌍어문雙魚紋은 현재 아유다국의 문장으로 일치하고 있다. 허왕후가 가져온 금수능라, 의상필단, 금은주옥, 보석 등의 예물은 아유타국의 풍요로움을 상징하며 수로왕은 허왕후를 맞아들인 후로 가락국의 국가제도를 새롭게 정비하여 관직이름을 바꾸고 중국의 주나라 한나라 제도를 본받는다. 이 신화에서도 역시 새로운 문화의 전파자로서 허황옥을 들 수 있으며 가락국이 부족국가 형태에서 새로운 왕권국가로 도약하는 계기를 읽을 수 있다. 허황옥이 배에 실어온 바사석탑은 현재도 그 형태가 남아 있다.

삼성시조신화와 수로왕비의 이야기는 여성이 바다너머의 나라에서 도해한 이야기인 반면에 탈해신화와 처용이야기는 남성이 바다를 건너 도해한 이야기이다.

탈해왕의 도해이야기

① 탈해왕은 본래 龍城國 사람이며, 용성국은 倭로부터 동북으로 천리에 있다
② 용성국의 왕 함달바가 적녀국 왕녀를 왕비로 맞다
③ 왕비가 오래 되도록 아들이 없더니 7년만에 큰 알을 하나 낳다
④ 대왕은 불길한 징조라 여겨 궤를 만들어 칠보와 노비를 같이 실어 바다에 띄워 보내다
⑤ 계림 동쪽 하서지촌의 아진포에 이르러 이 알에서 출생한 이가 탈해 이다.
⑥ 탈해는 후에 신라 제2대 남해왕의 사위가 되어 왕위에 오르다.

—『삼국유사』, 탈해왕조

이 신화에서 보는 용성국龍城國, 적녀국積女國 등은 상상의 해양신국이라고 할 수 있으며 신라에 전파되는 새로운 문화의 발원지로 생각할 수 있으며 그 전파자는 탈해이다. 탈해의 어머니 나라인 적녀국은 정한철의 해도에 있는 여인국과 같은 의미로 보며 동해 먼 곳에 여인들의 나라가 있다는 해양관념을 보여주고 있는 예이다.

처용설화도 마찬가지로 동해 용왕국의 용왕의 아들인 처용이 신라조정에 들어와 왕을 보좌하는 예를 보이고 있다. 처용은 당시 신라에서 전혀 다른 이질적인 문화의식을 가진 인물로 묘사되고 있다. 처용이 처의 간통을 보고서 취하는 납득하기 어려운 대응을 노래가사 속에서 형상화하고 있다.

동경 밝은 달에
밤들이 노니다가
들어와 자리 보곤
가라리 네이더라
둘은 내히었고
둘은 뉘이었고
본디 내히이었다만
앗아날 엇디 하리잇고

—『삼국유사』, 처용랑 망해사 조

여인국의 이야기에서 탈해의 어머니나라인 적녀국(『삼국사기』에는 여인국이라고 기록)은 왜국의 동쪽으로 천리 바깥에 있는 바다의 나라라고 하며, 정한철의 해도에 여인국이 표기되어 있다. 이 이외에 『삼국지三國志』 '위지魏志 동이전東夷傳'의 '동옥저전東沃沮傳'에는 여인국의 이야기가 간략하게 기록되어 있다.

① 여인국이 海中에 있으며, 여자만 있고 남자는 없다
② 그곳은 옥저 동쪽 대해 중에 있다

『후한서後漢書』 '동이열전東夷列傳' '동옥저전東沃沮傳'에도 여인국의 기록이 있다.

① 해중에 여인국이 있어 그곳에는 남자는 없다
② 그 나라에는 神井이 있으며, 이를 엿보기만 해도 문득 자식을 밴다.

동옥저는 지금 함경도의 동해안지대에 있던 나라이다. 중국측 기록에 오른 것을 보면 동해 중에 여인국이 있다는 이야기는 동아시아전지역에 널리 유포되어 있음을 알 수 있다. 이 이야기는 정한철의 해도에 보듯이 우리나라 전역에도 전승 내지는 전파되어 오고 있음을 알 수 있다. 여인들만 살고 있다는 이야기는 아마존 여인국처럼 전 세계적으로 광포되고 있으며 별계의 나라가 바다 가운데 존재하고 있다는 상상의 나라이기도 하다.

정한철의 해도에 있는 거인국 역시 중국의 『회남자淮南子』, 『박물지博物誌』 등에 나오는 대인국大人國과 같은 관념적이고 상상의 나라가 바다에 있다는 해양인식을 보여준다.

뱃사람들이 난파당하여 돌아올 수 없는 상상의 섬으로 '이어도'이야기가 전승하고 있다. 이어도이야기는 제주에서 전승하고 있는 설화이다.

① 이어도는 제주도 남서해 중국으로 가는 뱃길에 있는 섬이다.

② 제주도의 진상선이 중국으로 가던 도중 이 섬의 파랑으로 난파되는 일이 흔했다.

다시 말해서 이어도는 아득히 먼 해상에 있는 섬으로 한 번 가면 돌아오지 못하는 죽음과 이별의 섬이며 저승의 이미지를 가지고 있는 섬으로 민요의 소재가 되고 있다. 죽음의 섬으로 한 번 가면 돌아 올 수 없다는 것과 연꽃 구경하느라고 돌아올줄 모른다는 내용으로 불교적인 내세관을 보이고 있다. 바다 속에 이여도 섬이 있으며 그 섬 속에 연못이 있고 그 연못 속에 연꽃이 피어있다는 저승세계의 형상에 대한 상징을 띠고 있다.

이엿문은 저승문이네
이어도 길은 저승길이네
가니 돌아올 줄 모르더라
신던 버선에 볼 받아 놓고
입던 옷에 풀하여 놓아
애가 타게 기다려도
다시 올 줄 모르더라

이어도 문은 대문이네
대문 뒤엔 방축이네
방축 뒤엔 연꽃이라
연꽃 구경 좋더라마는
연꽃 구경 하려하니
못 돌아오더라

— 김영돈, 『제주도 민요연구』 상

미황사이야기는 바다를 건너 들어오는 불교의 이야기다. 바다가 바로 불교라는 새로운 종교의 유입통로가 되고 있음은 백제불교가 마라난타에 의해서 영광의 법성포로 들어오는 것을 필두로 한국의 해안가에 널리 구전되고 있으며 이 지역에서만도 해남의 진불암, 해남의 은적사, 무안의 목우암, 옥과의 관음성덕사 등이 있다. 미황사이야기는 그 중에서도 전형적인 불적도해 설화구조를 완벽하게 갖추고 있다.

① 신라 경덕왕 8년 8월 12일 홀연히 달마산 사자포구에 석선이 도착하다

② 범패소리가 나서 어부가 접근하려고 하자 배가 멀리 사라지고 다시 가까이 오다

③ 의조화상이 듣고서 목욕제계한 후에 상좌, 향도들과 함께 가서 제를 올리니 석선이 해안으로 오다

④ 배 속에는 금인이 노를 잡고 있으며 수많은 불적들이 실려있었다.

⑤ 향도들이 배안의 불적들을 내리니 검은돌이 깨지더니 청흑색의 암 소가 한 마리 나왔다.

⑥ 그날 밤 꿈에 금인이 의조화상에게 현몽하여 불적을 암소에게 싣고 가다 멈춘 곳에 봉안하라 하다

⑦ 화상이 암소를 끌고 가니 암소가 눕고는 "아름답다(美)" 하고는 죽어 버렸다.

⑧ 그곳에 불적들을 봉안하고 "미황사"라고 부르다. 이는 소가 죽으면서 "아름답다(美)"고 울던 소리와 금인의 색이 노란 것을 본따서 지은 절 이름이다.

해남군 달마산 미황사의 창사이야기는 불적들이 바다를 건너서 인도에서 들어왔다는 내용이다. 바다가 새로운 종교문화의 유입처라는 것을 이야기하여 주고 있다. 해양으로 통해서 이 땅에 들어온 불교의 이야기가 한국의 해안가 전지역에 산재하고 있는 것을 볼 수 있다.

2. 전설시대의 바다

남도도서민의 애환이 깃든 삶의 터전

바다는 고대로 갈수록 더 새롭고 풍요로운 문화와 문명의 유입통로이며

개방적이고 새로운 것을 주저 없이 받아들여 자기 것으로 소화시켜서 더 차원 높은 사회와 국가로 발전시킨 동기를 부여하는 열린 공간이었다. 이 지역 남도 섬주민들 사이에서 현재 전승하고 있는 해양전설은 어느 때부터인지 모르게 이런 바다의 속성과는 다르게 막막하게 막히고 고립된 바다의 이야기가 형성되어 오고 억압받고 기를 펴지 못하고 도서민이라는 피해의식에 찬 이야기들이 대부분이다. 바다로 나가 새로운 세계를 접하고 새로운 가치와 부를 창출해 내기보다는 기를 펴지 못하고 눌려 지내는 사람들의 신음소리가 배인 이야기들이 형성된 이야기의 역사는 무엇 때문일까? 섬은 내륙의 중앙권세가들의 착취에 시달리고 열악한 자연조건으로 고립되고 소외받은 공간으로 추락하고 이에 따라 섬주민들은 저항과 분노의 몸짓과 목소리를 표출하지 않을 수 없었을 것이다.

현재 도서주민들의 입도조 입도시기가 대부분 임란 전후였다고 한다. 입도의 동기로는 새로운 경작지를 찾아서, 해산물 채취를 위해서 또는 드물게 은둔처나 은신처를 찾아서 유배자의 현지후손이거나 인근연안지역에서 통혼으로 인해 입도한 사례들을 들 수 있다. 이처럼 도서민의 입도동기가 긍정적이고 적극적이기보다는 부정적이고 소극적이라는 점에서 도서공간은 사실 암울한 땅의 역사를 지닐 수밖에 없었을 것이다. 현전하는 현장의 도서민의 생활도 이런 섬의 역사를 반영하고 있다고 본다.

1) 실패한 영웅 – 장사 · 장군의 이야기

실패한 영웅은 전설적인 인물의 주인공이다. 이 실패한 주인공들은 물론 사람들이 생활하는 사회에서는 어디서나 언제나 존재하고 있듯이 도서지역에서도 어김없이 존재하고 있다. 여기에서 언급하는 실패한 영웅 – 장사 ·

장군들의 이야기는 뛰어난 재능이나 용력을 가지고 태어나지만 대개가 비극적인 최후를 마치고 자신의 뜻을 펴보지 못하고 반역자의 이름으로 또는 도적의 이름으로 불리다가 관군에게 잡혀 죽는 이야기이다. 이 유형의 이야기는 형성단계의 모티브를 기준으로 4단계로 설정할 수 있다.

제1단계－장사발자국 · 장군바위이야기

제2단계－아기장사이야기

제3단계－송징장군, 나송대장군, 고이도의 왕장군. 유달산의 장사이야 기 등과 같이 민중영웅적인 인물의 이야기. 거의 익명성에 가까운 인물들이다.

제4단계－역사적인 인물이야기(능창 · 견훤 · 장보고 · 이순신 등등)

제1단계는 가장 단순한 이야기구조로 익명의 장사 · 장군의 발자국이나 손자국이 바위에 새겨져 있어서 그 바위를 그렇게 부른다는 것이다. 바위에 새겨진 작은 구멍이나 자국을 장사 · 장군의 것으로 유추하고서 힘과 용기를 지닌 장사와 장군에 대한 숭배감을 표현한다. 이 이야기유형은 바위의 지명유래이야기가 되고 있는 것이 보통이다.

장군바우－신안군 비금면 고서리. 신안군 비금면 광대리.

장사바우－신안군 지도읍 태천리. 완도군 체도. 신안군 도초면 발매 마을. 신안군 암태도

제2단계는 익명의 아기장사이야기다. 날개 돋은 아이가 태어나서 바위에 발자국을 남겼다는 이야기도 있으며, 아이가 죽고 나자 용마가 나오고 샘에 말 발자국이 남아 있다는 이야기도 있다. 아기장사가 바위에 발자국을 남겼

다는 설화는 바위에 난 작고 앙증스러운 발자국 형태의 자국을 보고서 아기장사의 것이라는 이야기가 형성되었을 것이다. 아기장사이야기의 줄거리는 다양한 변이가 있으나 일반적인 내용을 살펴보자.

① 아이를 낳았더니 옆구리에 날개가 돋고 비늘이 있으며 힘이 장사다
② 아이가 크면 역적이 되어 삼족이 멸족당할가 보아 죽이기로 하다
③ 아이가 자기를 죽이지 말고 바위 속에 묻어달라고 하다
④ 아이를 바위에 그의 부탁으로 묻으면서 콩 한 말 녹두 한 말을 함께 묻다.
⑤ 나라에서 장사가 났다는 말을 듣고 그를 죽이러 찾다
⑥ 아기장사의 엄마가 관리에게 유혹당하여 아기장사가 묻힌 바위를 가르쳐 주다
⑦ 바위 속을 열어보니 검은콩과 흰콩들은 군사가 되려고 하는 중이었다.
⑧ 아기장사와 그 군사들을 다 죽이다.
⑨ 아기장사가 죽자 근처의 못에서 용마가 나와 죽다.

이 아기장사이야기가 전승되고 있는 도서지역은 신안군 안좌면 시서리, 신안군 안좌면 마명리, 완도군 보길면 여항리, 완도군 보길면 예송리, 완도군 청산도, 완도군 신지도 송곡리 등이었다. 아기장사의 이름은 웃더리(시서리), 웃돌네(청산도) 등이었다. 완도군 보길도의 예송리에 났다는 아기장사는 부모가 절구통으로 눌러 죽여버렸다는 결말을 보이고 있으며, 예송리 앞에 있는 섬들의 이름이 기섬(군기를 흔들고), 말섬(또는 역마섬으로 불리고 있음. 말이 아기장사가 죽을 때 울었다는 이야기), 투구섬(군사들이 투구를 쓰고)이 있어서 아기장사이야기에 의해서 섬들의 이름이 명명되고 있었다.

제3단계는 이름이 정확하게 알려지지 않는 민중영웅의 이야기들이다. 이들은 어쩌면 살아남은 아기장사들이라고 할 수 있다. 압해도의 송장군, 유달산의 나송대, 고이도의 왕장군, 유달산의 장사들처럼 분명하지는 않으나 점점 구체적인 인물의 모습을 보이고 있다. 압해도의 송장군이야기를 보면 마치 아기장사출현의 모습을 연상시켜 준다.

① 송장군이 압해도의 송공리 굴 속에서 땅위로 출생하다
② 굴 속에서 나오면서 짚은 손자국과 발자국이 바위에 새겨져 있다.
③ 역섬에서 나온 역마를 타고 가다
④ 송장군이 관군의 세곡선을 털어서 주민들에게 나누어 주다
⑤ 송장군이 짚고 다닌 지팡이가 지금도 대창리 너머의 땅에 박혀 있다.

이들 민중영웅들은 중앙조정에 반역을 시도하다가 결국은 잡혀 죽는 운명이다. 유달산의 나송대, 고이도의 왕장군, 유달산의 장사들이 모두 그런 운명이다. 아기장사이야기와 같은 구조인 것이다. 고이도의 왕장군은 죽음 뒤에 고이도 주민들이 당신으로 모시고 해마다 당제를 지내고 있다.

제4단계로는 역사적인 인물들이 주인공으로 등장하는 장사·장군이야기다. 이들도 역시 불행한 최후를 마치는 것이 일반적인 예이다. 압해도의 해적 능창, 완도의 해상왕 장보고, 후백제의 왕 견훤, 조선의 이순신 등이 그런 인물이라고 본다. 이들은 역사적인 실재성을 가지면서 민중의 이야기 속에서는 더욱 영웅적인 모습으로 형상화되고 있으며 비극적인 죽음을 맞이하고 있다.

2) 용신이야기

(1) 농경신과 해양신의 양면성

서남해 도서지역마다 용에 관한 이야기가 거의 전승되고 있다고 해도 과언이 아니다. 그만큼 용이야기는 이 지역에 보편적인 이야기로 전승되고 있으며 섬마을, 굴, 연못 등의 지명이 용과 관련되어 있는 곳이 많다. 도서지역에 전해오고 있는 이 용이야기는 용신신앙적인 의미를 띠고 있어서 용신이야기라고 부르고자 한다. 각 섬에서 개별적으로 산재한 용신이야기의 각편들은 용신신앙의 단편적인 모습을 드러내고 있으므로 종합적인 검토가 필요하다. 이 각편들을 종합하여서 서남해지역의 용신신앙의 전체적인 양상을 살필 수가 있을 것이다.

서남해지역의 용신이야기의 내용상의 구조는 세 부분으로 나누어진다. 설화의 각편들도 이 세 부분에 해당하는 양상을 보이고 있다.

제1부분 : 용의 거처와 용신의 신체
제2부분 : 용의 승천과 그 증거물
제3부분 : 용신제의의 실행과 용신의 신력

각 섬들에서 채록되는 자료들은 부분적으로 탈락하거나 부연되는 변이를 보이고 있으므로 그 각 편들을 종합하여 용신이야기의 복원이 가능할 것이다. 각개의 도서지역들이 지니고 있는 자연환경과 인문환경이 서로 달라서 그 특수한 환경에 따라서 다양한 변이를 보이고 있다.

(2) 용의 거처와 신체

이야기 속의 용이 살고 있는 장소와 용의 모습에 관한 부분이다. 용의 거처는 여러 이름으로 이야기되고 있다. 서남해 도서지역의 용신이야기에서 용은 바다에서 살기보다는 주로 섬의 내륙에 있는 못에서 사는 경우가 대부분이다. 이곳은 섬의 해안에서 가까운 못으로 담수가 용출하고 있으며 섬의 농업생산에 필수적인 수자원의 원천이 되고 있다. 비금도, 자은도, 임자도 등의 섬에 이런 못이 있으며 그 명칭은 용소(비금도 용소리), 용지샘(자은도 백길리), 용둠벙(완도군 고금도 용목골), 용새미(하의도), 용담새미(하의도 봉도리), 용방죽(비금도 용소리) 등으로 불리우고 있다. 용이 거처하는 못의 크기나 형태 또는 기능에 따라 명칭의 구분이 세분되고 있다. 용소, 용방죽, 용둠벙 등은 상당히 큰 못이며, 하의도의 용담새미는 바위아래에서 한 바가지 분량의 물이 일정하게 솟은 샘이며 청산도의 용지샘은 용지산 봉우리에서 기우제를 지낼 때에 사용하는 제정祭井이다. 이들은 모두 식수나 농업용수로 사용할 수 있는 담수이고 위치는 주로 해안가나 산봉우리에 있으며 물이 귀한 섬에서는 주민들의 생활에 필수적인 생활요소이다. 주민들이 섬에서 거주할 수 있는 가장 우선적인 것이 식수라는 점에서 이 연못이나 샘들은 주민들의 성소와 다름없는 공간인 것이다. 바다 속의 섬에서 담수가 용출하여 커다란 못을 이루고 있다는 점에서 신비한 생각이 들게 하는 곳이기도 하다. 비금도와 자은도의 용소는 바다 쪽에서 바람이 불고 물결이 쳐와 해안의 모래가 용소를 잠식해 들어오므로 방호림을 조성하고 있다.

이 못 속에 사는 용의 모습은 큰 뱀, 구렁이, 이무기, 새끼용 등으로 불리는 파충류인 뱀의 형태로 구술되고 있다. 이무기는 용이 되려다 어떤 저주에 의해서 되지 못하고 다시 천년을 기다려야 한다는 큰 뱀이다. 설화전승자의 구술을 들으면 소름이 끼칠 정도로 큰 뱀의 모습으로 형용되고 있다.

"큰 소락이라는 냇가에 배아지 비늘이 꼭 손바닥 둘만씩 해"

"아 거기 가서 휘어댕긴 태를 보니까 꼭 이런 놈이 (한아름) 해가지고 아저 배가 지나가면 파도를 갈고 가듯이 가는데"

"용이 아니라 일단 구랭이에 불과하다 이랬거든. 용이라면 씨염이 난데 왜 씨염이 없나 그랬단 말이여"

냇가에서 용을 보았다는 제보자의 경험담들이다. 완도군 청산도의 용진산에 있는 용지샘의 용은 수염이 있다고 한다. 용신이야기의 전승자들은 섬의 못에 있는 용을 때를 기다리면서 잠룡의 형태로 숨어있는 뱀 종류의 동물로 인식하고 있으며, 두려움을 가지고 외경의 대상으로 삼고 있음을 알 수 있다. 고금도 용목골의 용둠벙에 있는 용은 일본사람들이 용을 잡으려고 작살을 들고 물 속으로 들어가자 두 눈은 양은그릇으로, 몸뚱이는 밧줄로 변신하여 위험을 피하고 있다. 용이 은신술을 쓴다는 것은 용신의 능력이 출중하는 것이다.

한국의 서남해지역의 용은 승천할 때를 기다리면서 못 속에서 은신하고 있으며 위험의 순간에는 변신술로 극복하는 큰 뱀의 형태로 볼 수 있다. 주민들은 이 큰 뱀의 존재를 모두 알고 있어서 직접 보기도 하고 간접적으로 뱀의 실존을 느끼는 이야기들이 형성되어 전하고 있다. 못 속의 용은 신안군 지도읍 감정리나 자은도의 용소처럼 부부용으로 암수 두 용이 있는 경우도 전하고 있다.

(3) 용의 승천과 증거물

은신하고 있는 물 속의 용이 승천을 해야 비로소 용신으로서의 위력과 신격을 얻을 수 있다. 때를 기다리던 뱀이 용으로 승천하는 이야기들이 가장 많이 유포되어 전승하고 있다. 용의 승천은 대개 날이 흐리고 바람이 불고 비가 내리는 날에 이루어진다.

> "그 뱀이 올라간 지가 지금으로부터 약 30년 됐을란가? 용이 간디 어덯게 올라가나 하며는 날이 이렇게 암시랑 안한 날인디 청명한 날인디…. 바루섬이라고 그 아래 독섬이라는 사이에서 올라가는디 아주 좋던 날이 뜬금없이 우중충하지만은 그랑께 이 근방은 빗방울이 하나씩 떨어지고 그 올라간 쪽으로 비는 많이 떨어져. 그란디 파도가 많이 쳐 거기는… 이런디는 파도가 안 친디 거기는 물결이 확 일어나더라고. 그래 가지고는 인자 요놈이 싸악 올라가는디 아주 겁이 나게 흐칸 물질이 올라갔다는, 그 놈이 올라갖고는 뒤로는 날도 좋아져 버리고 그 안 하더라고"
>
> — 용호리 바구(보길도의 구비문학자료, 도서문화 제8집)

제보자가 용이 승천하는 광경을 직접 보았다는 구술이다. 좋은 날씨가 갑자기 흐려지는데 용이 올라가는 장소인 바루섬과 독섬 사이는 더욱 파도가 치고 비가 쏟아지고 물결이 일어나는 이상한 현상이 발생하고 하얀 물기둥(흐칸 물질)이 올라가는 상황으로 구술되고 있다. 이 현상은 마치 동해상에서 가끔 일어나는 용오름현상과 흡사한 광경이다. 용오름현상은 일종의 기상이변으로 바다에서 회오리바람을 타고 거대한 물기둥이 솟구치는 현상으로 동해에서 볼 수 있다. 용이 승천하는 광경으로 보았다고 구술하는 화자들의 표현은 신비체험을 경험한 사람의 격정적인 열기에 차 있음을 본다.

“봄에 해어름 참에 막 올라가는데 용 올라간다고 그러드먼. 그런디 막 도구태 만 해, 이만하드만, 송공이산 고랑에서 올라간다고 그러드만. 막 이렇게 이렇게 막 헤치믄서 올라갑디다. 저그 용 올라간다고 송고이 저 거시기 당사골 꼬랑에서 용 올라간다고”

구술자(박금단. 여 70세, 신안군 압해도 송공리)는 용의 승천을 아주 실감 있게 손으로 하늘을 가리키면서 이야기하였다. 신비체험을 한 사람만이 가지는 긴장되고 열띤 표정과 자세를 보이면서 박금단은 자기 뿐만 아니라 주위사람들이 모두 보았다고 하였다. 용신에 대한 숭배가 이런 경험을 한 사람들에게는 더욱 강화될 것이라는 생각이 들었다.

용의 승천을 보지 못한 사람들은 용의 승천을 확인할 수 있는 증거물을 보고서 간접경험을 한다. 용이 날아오른 장소에는 용의 흔적들이 남는다. 용이 날아올랐다는 섬과 바위굴 등은 그 명칭이 용과 관련되어 명명된다. 용난섬(완도군 생일도), 용출동(신안군 가거도 대리), 용출암(신안국 임자도 광산리), 용난굴(신안군 임자면 광산리), 용난끝(신안군 하의도 농산1리), 용호리바구(완도군 보길도 여항리), 용구멍(신안군 비금도 용소리 성치산) 등으로 이름지어져 용의 승천의 증거물로 전승한다. 용호리바구, 용난끝의 지명은 해안가나 산의 정상에 있는 암벽에 용의 발자국과 몸이 스쳐간 듯한 흔적이 난 자국이나 있거나 바위 암벽에 뚫린 굴이기도 하다. 해안가의 암벽에 난 용의 흔적은 붉은 색깔의 바위가 깨어져 있으며 암맥이 바다 속으로 들어가 연결되어 있는 경우가 많아 이런 지형을 “불등(뿔등, 불치, 뿔치)”로 부르고 있다. 바위의 색깔이 붉어서 그런 이름이 명명되었을 것이다. 불등이 있는 지역은 용이 승천하면서 암벽을 꼬리로 쳐서 바위가 부셔졌다는 이야기가 전승한다.

"지금 저— 뒤에 산봉아리 보믄은, 여그 용방죽에서 살다가 용이 그 바우를 히쳐서 요리해서 나갔는디, 바우가 구녕이 동— 그마나게 뚫어져 갖고 가운데가 여그 있는 돌모양으로 동그맣게 산 모양으로 있어. 또 그 구녁이 용구녁이여."

— 비금도 용소리

비금도 용소의 용이 성치산의 정상에 있는 바위를 뚫고 승천하였다는 이야기다. 이처럼 용이 승천하면서 남긴 흔적의 형태에 따라서 용굴이나 용바위 등으로 불리운다. 용이 승천하면서 바위를 꼬리로 쳐서 바위에 남은 흔적이나 땅에 남은 흔적이 있다는 이야기가 널리 전승하고 있다. 용이 마지막 힘을 다해서 꼬리로 바닥을 치고 하늘로 솟구치는 광경을 연상시키는 대목이기도 하다. 산위의 바위에 뚫린 동굴은 흔히 돌맹이를 던지면 물소리가 난다는 화소가 덧붙여지기도 한다. 용의 거처이던 용소와 굴이 이어졌다는 의미로 해석할 수 있을 것이다.

용이 승천할 때 도와주는 사람에게는 은혜를 갚고 방해하는 사람에게는 복수를 하기도 한다. 승천하기 위해서 나와 있는 용에게 "용님"이라고 불러주는 사람이 있어서 승천할 수 있게 된 용은 수많은 재산을 주어 부자가 되게 하고, 용이 하늘로 오르는 것을 보고 소리쳐 용이 승천할 수 없게 만든 처녀에게는 평생을 섬에 늙어 죽을 때까지 나올 수 없도록 보복하는 할미섬이야기가 신안군 장산면 다수리 할미섬에서 전승하고 있다.

(4) 용신제의의 특성

승천한 용은 인간들이 신앙하는 용신으로 승격되어 신력을 발휘하고 제의의 대상이 된다. 용신이야기는 용신신앙의 신화제의적인 성격을 띠고 있다. 용신이야기는 용소나 바다의 뱀이 용신으로 좌정하기까지의 신화적인 성장과정을 담고 있다. 신안지역을 중심으로 하는 서남해의 용신제의에 관한 이야기는 기우제이야기와 풍어와 항해안전을 기원하는 용왕신이야기가 있다. 현장에서 전해지는 이야기는 기우제자료가 더 우세한 것은 서남해주민들의 생활이 설화형성 당시에 어로보다 농경생활이 주라는 점에서 그 원인을 찾을 수 있다. 도서지역의 용신이 바다를 배경으로 하여 형성되기보다는 도서내륙에 있는 못, 샘, 방죽, 소 등을 배경으로 하고 있다는 점에서 용신의 농경적 성격이 짙다.

일반적으로 신안군의 비금도, 암태도, 도초도, 안좌도, 장산도, 자은도, 하의도, 임자도 ,지도 등의 주민들이 농경생활을 주로 하고 있으며 어로작업은 오히려 부업에 가까운 생활이었던 점은 도서지역의 용신을 해양신보다는 농경신으로 더 신앙하게 되었다고 본다. 도서지역의 입도조들이 섬에 들어온 동기가 새로운 농경지를 찾아 이주해 온 사례가 일반적이었다. 도서지역의 용신이야기가 두봉산과 최치원의 기우제에서 보듯이 농경신의 성격이 짙다. 어로와 해양안전에 관한 해신으로서의 용신은 농경신적인 신격에서 확장되어갔다고 보아도 좋을 것이다. 어부들이 올리는 선왕제, 풍어제, 용왕제 등이 모두 마을의 당신이나 산신에게 먼저 행제한 후에 그 다음으로 이루어진다는 것은 도서민들이 일반적으로 주농종어主農從漁의 생활을 해왔음을 반영한 것으로 본다.

완도 청산도의 용진산의 용지샘 기우제는 가뭄이 들면 청산면 주민들이 모두 나서서 제비를 염출하고 산돼지를 제물로 바치면서 거도적으로 지냈다고 한다. 신안군 비금도의 성치산 기우제, 우이도의 기우제, 자은도의 두봉산 기우제 등 도서지역의 산봉우리는 거의 기우제터이다. 섬주민들에게 농업용수와 식수는 사활이 걸린 문제이다. 현재도 가뭄이 들면 목포항에서 신안지역으로 식수를 실어가는 행사가 연례적으로 이루어지고 있다. 서남해의 용신이 해양신보다는 농경신적인 성격이 강한 점은 의외이면서 한 특징이라고 할 수 있다.

3) 섬지역에 문화를 전파한 인물들의 이야기

신안군 자은도에 두사춘이라는 인물에 관한 이야기가 상당히 광범하게 전승되고 있다. 두사춘은 이여송 휘하로 조선의 임진전쟁에 참가하였다가 이여송의 막하에서 탈출하여 영광, 지도 쪽으로부터 표류하여 와 자은도의 한운리에 표착한 후에 자은도 각 지역을 돌아다니면서 풍광을 보고 마을이나 산의 지명을 지어 주었다고 한다. 일부 설화전승자들은 두사춘이 오기 전에는 자은도에 이름이 없이 지내다가 그가 처음으로 본섬이나 마을 이름들을 지어 주었다고 하기도 한다. 이처럼 서남해의 다른 도서지역에서도 외부로부터 들어아 섬지역에 새로운 문화를 전파하는 문화전파자와 같은 역할을 하는 인물들의 이야기가 형성되고 전승되어 오고 있다. 그들의 면모를 보면 입도조, 유배인, 승려, 지사(지관), 상인 등이다.

입도조는 특정한 섬에 맨 처음으로 들어와 개척하여 정착한 인물을 말한다. 어느 섬에나 입도조에 대해서는 존경스러운 태도로 이야기를 하곤 한다. 입도하게 된 동기는 새로운 경작지를 찾아서 인근의 해안지역에서 이주하였으며, 역적으로 몰려 관의 눈을 피해서 도피해 오기도 하였으며, 난을 피해서 들어온 경우도 있으며, 유배오기도 하였으며, 혼인으로 인해서 들어오기도 하였다. 현재 서남해 도서들의 입도조들은 17세기 초에 왜란이 종식된 후에 들어온 사람들이 대부분이라는 설이 우세하다(이해준, 「도서지방의 역사문화적 성격」, 도서문화 제7집, 1990). 입도조이야기는 마치 시조신화의 주인공같은 정서로 구술하는 경우를 자주 본다. 이는 경상도 동해안 지역에서 골매기신이 마을을 창시한 인물이나 마을에 최초로 정착한 인물을 신격화한 것으로 마을 수호신으로 삼고서 매년 음력 정월 15일이나 10월에 골매기 동제를 지내는 경우와 흡사하다. 입도조는 각 섬의 최초의 문화창시자라는 점에서도 주민들에게는 존경의 대상으로 인식될 것이다.

섬에 유배온 인물들이 주민들에게 문화적인 충격을 주고 주민들을 훈도하여 새로운 문화전파자의 역할을 하는 경우도 많다. 신안군에서 대표적인 유배인으로 조선말에 흑산도에 유배온 최익현과 정약전을 들 수 있다. 정약전은 흑산도 사리에 서당을 만들어서 주민들에게 신학문과 천주교를 가르쳤으며, 우이도에서 표해록, 흑산도에서 자산어보를 집필하여 후세에 전하고 있다. 최익현 역시 흑산도에 유배와 천촌리에 오두막을 짓고서 유학적인 충효의 질서를 주민들에게 훈도하여 흑산되 혼인장제의 예의범절이 서울에 못지 않게 되었다는 것이다.

> "항상 그분은 놀 때도 잠을 잘 때나 편히 좀 쉴 때도, 임금님이 계신 북쪽으로는 절대 발은 뻗지 않고, 꼭 북쪽으로 이렇게 머리를 두르고 지내신 이런 분이었습니다."
>
> — 최덕원, 『최익현 설화』, 한국구비대계 전남편 Ⅱ

해방이 되고 나서 최익현 제자들의 후손들이 면암을 기리는 비를 천촌리에 세운다. 이처럼 유배인들이 도서주민들에게 학문이나 도덕과 윤리 측면에서 영향을 끼치고 직접적인 교육을 통해서 훈도하여 도서민들의 문화적인 욕구을 충족시키고 그 위상을 높여주는 예라고 할 수 있다. 학문이 높은 유배인들은 유배지 섬의 문화적인 지도자가 되고 주민들은 그 영향으로 새로운 지식과 정보를 접하게 되었던 것이다. 이들 유배인들은 설화적인 면에서는 새로운 이야기의 형성자라고 할 수도 있다.

승려들도 도서지역 주민들을 만나서 불법을 전파하고 주민들의 생활에 여러 조언을 주었다는 것을 알 수 있다. 승려에 대한 이야기가 도서지역설화에 상당한 빈도를 가지고 나타난다. 제방을 막으면서 인신공희를 하라고 가르쳐 주기도 하고, 묘자리의 혈을 끊어서 악덕부자를 징치하기도 하면서 도서지역의 문화에 신선한 영향을 끼치고 있다.

항해하다가 기항하는 어부, 옹기배 상인, 항해자 등도 섬의 여러 지역을 다니면서 정보를 교환하고 섬지역에 새로운 문화적인 충격을 주는 이야기들도 있다. 청산도 어부들이 홍도에 가서 그물에 들어 올린 두 개의 묵적돌을 미륵돌로 삼고 미륵제를 지내는 이야기는 불교적인 신앙의례를 홍도에 전파한 이야기다. 흑산도 진리당에 옹기를 팔러온 옹기배의 화장인 총각이 당각씨에게 접신되어 마침내 돌아가지 못하고 죽어 당에 묻힌 진리당이야기는 옹기배상인이 흑산도 주민들에게 민간신앙적인 영향을 끼친 경우이다. 최치원이 항해자로서 중국으로 가는 길에 서남해 도서지역을 경유하면서 비금도에 가뭄이 들자 고운정이라는 샘을 파고, 우이도에서 기우제를 지낸 이야기들도 그의 신앙적인 영향을 이 섬들에 끼친 예라 할 수 있다. 비금도의 고운정은 현재도 실존하고 있다. 이들 이외에도 섬 밖의 내륙인이나 표류해온 이국인 항해자나 이웃 도서민들이 왕래하면서 도서의 문화는 더욱 다양해졌을 것이다.

3. 새로운 신화시대의 바다를 기대하면서

"바다를 지배하는 민족이 세계를 지배한다"는 말을 들은 지 오래이고, 이 말은 해양사상을 고취하기 위해서 자주 인용되곤 한다. 바닷길을 타민족이나 타국을 지배하기 위한 통로로 삼았던 시대의 말이라고 생각한다. 침략과 수탈의 길로 바다를 이용하던 시대, 금과 향로와 갖가지 보화를 탈취하기 위한 대항해시대의 칼럼버스, 마젤란, 바스쿠 다가마 같은 모험가의 시대에 통용되던 말이기도 하다. 오늘날의 바다는 더 이상 험한 길이 아니다. 바다는 육지처럼 안전하고 가는 길이 뻔히 보이는 통로가 되었다. 바다는 더 이상 침략의 길이 되어서는 안 된다. 대항해시대의 바다는 타민족을 지배하고 타국을 점령하기 위한 침략의 길이었다. 전설시대의 바다가 막막하고 막혀버린 공간으로 묘사되고 힘없는 사람의 눈물이 가득한 바닷길이 되었던 것은 침략의 길로 바다가 이용되었기 때문이다.

신화시대의 바다는 민족과 민족이 서로 오가면서 새로운 문화와 문명을 교류하던 평화의 바닷길이었다. 그 바닷길은 상대방을 받아들여서 자신의 문화를 한 단계 더 발전시키는 계기로 삼았던 개방적이고 관용적인 통로였다. 제주도의 삼성신화, 수로왕비 허황옥의 도해이야기, 탈해왕의 도해이야기, 미황사창사이야기 등에서 그런 예를 볼 수 있었다. 농경문화의 전래, 새로운 국가제도의 도입, 새로운 종교인 불교의 도해 등이 바다를 통해서 이루어지고 아무런 거부감이 없이 새로운 문화를 받아들이는 모습을 우리는 해양신화에서 볼 수 있다. 해양 전설에서 보는 막혀버린 바다, 쫓기는 사람이 가는 바다가 아니라 해양신화의 바다는 교류와 발전의 풍요로움을 가져다주는 열린 바다였다.

이제 다시 바다는 우리에게 무슨 의미를 띠어야 하는가? 새로운 해양신화의 창출이 필요한 시대라고 생각한다. 침략과 수탈이 아니라 문명과 문화가 교류되고 사람과 물자가 오가면서 무한한 해양자원을 개발하고 부를 이룩하는 새로운 신화의 바다가 되어야 한다는 것이다. 우리를 비롯한 동양의 역사에서 해금海禁의 시대가 있었다. 침략세력을 막기 위한 고육책이었다. 오늘의 바다는 육지와 다름없는 활동공간이 되었다. 새로운 가치를 구현하고 새로운 세계를 창출할 수 있는 터전이 되었다. 바다는 인류문명의 전파길이며 막대한 부를 이룩하는 무역의 길이다. 한국의 새로운 해양신화가 탄생하는 21세기의 바다를 기대한다. 21세기의 바다에서 새로운 탈해, 새로운 허황옥, 벽랑국에서 온 새로운 세 처녀의 이야기가 형성되기를 기대한다.

2

명량대첩설화와
해남 · 진도지역민들의 호국의지

정유재란 당시에 울돌목(鳴梁)[1]에서 우리 수군이 거둔 명량대첩은 해남·진도 지역에 다양한 이야기들을 형성시키고, 400여 년이 지난 오늘까지도 이 지역민들의 입에서 입을 통해 전승되어 오고 있다. 명량대첩설화라고 이름 붙일 수 있는 이 이야기들에 설화라는 방식으로 당시의 승리에 대한 감동과 기억을 담아 잊지 않으려는 의지가 들어있다면 이 이야기들을 통해서 해전에 참전한 해남·진도의 지역민들과 설화전승자들의 애국애민의

1 명량에 관한 지명전설을 택리지에서 이렇게 말하고 있다. "해남현의 삼주원에서 석맥이 바다를 건너 진도군이 되었는데, 뱃길로 30리이며, 벽파정이 그 입구가 된다. 바닷물 속으로 석맥이 삼주원에서 벽파정까지 옆으로 뻗쳐 있어 마치 다리(梁)와 같다. 다리의 위쪽과 아래쪽은 끊어 지른 듯한 계단으로 되어 있다. 바닷물이 낮과 밤이 없이 동쪽에서 서쪽으로 흐르며 폭포같이 쏟아져서 물살이 매우 빠르다. / 이중환, 이영택 역주, 『택리지』, 전라도, 삼중당, 1975, 80쪽.

정신을 찾아볼 수 있지 않을까 한다.

명량해전은 충무공 이순신의 난중일기를 비롯하여 조선왕조실록, 징비록 등 다수의 문헌에 기록되어 있을 뿐만 아니라 개인의 문집, 문중의 족보, 개인 일기 등에도 나타나고 있는 실정이나, 이 글에서는 울돌목을 중심으로 한 해남·진도지역의 구비설화자료를 정리하여 검토함으로써 명량해전에 대한 새로운 의의를 찾을 수 있을 것으로 생각한다.

항상 느끼는 일은 구비자료의 채록이 장소와 제보자들의 제한으로 인하여 더 다양하고 넓고 세밀한 조사가 필요한 것을 절감한다. 이글에서 사용한 자료는 29편으로 "명량대첩의 재조명"[2]의 구비자료편에 실린 자료들이다. 노적봉설화는 울돌목을 중심으로 이 지역에 넓게 퍼져 있으므로 비교적 풍부한 자료를 채록한 결과 장을 따로 설정하여 다루었다.

1. 노적봉설화의 구조와 의미

노적봉설화는 영산강 중류의 무안군 몽탄면 두데산에서 서남해안을 거쳐서 해남군 현산면 백방산에 이르는 연해안지역에서 9자료를 채록할 수 있었다. 모두가 강가 바닷가의 암석봉우리를 대상으로 형성된 이야기였으며, 과거에 대규모의 전투가 벌어졌던 역사적인 장소들이었다.

2 해남문화원과 해남군에서 1987년에 발행한 명량해전 관련 연구서.

진도의 울돌목 지역에서 4자료

도암산노적봉

망금산오지바위노적봉

벽파진노적봉

둔전리노적봉

해남 3자료

옥매산노적봉

백방산노적봉

성매산노적봉

목포 1자료

유달산노적봉

무안 1자료

두데산노적봉

1) 노적봉설화의 설화구조

채록된 자료들의 구조는 노적바위화소와 백토물화소로 구성되며, 그 내용을 단락으로 나누면 다음과 같다.

① 암석으로 이루어진 봉우리가 있다.

② 적군이 처들어 오자 바위를 버짚으로 덮다

③ 백토물을 풀어 강으로 흘려 보내다

④ 적군이 바위봉우리를 노적으로, 백토물을 쌀뜨물로 보고 아군의 군사가 많은 줄로 알고 물러가다.

⑤ 바위봉우리를 노적봉이라 부른다

채록자료의 노적바위화소와 백토물화소의 유무를 정리하면 다음과 같다.

노적봉명칭	위치	노적바위모티프	백토물모티프
도암산노적봉	진도군 군내면 대사리	○	○
망금산오지바위노적봉	진도군 군내면 녹진리망금산의 강강술래터	○	
벽파진노적봉	진도군 군내면 녹진리의 굴섬	○	○
둔전리노적봉	진도군 군내면 둔전리 뒷산	○	
옥매산노적봉	해남군 황산면 옥동 옥매산	○	○
백방산노적봉	해남군 현산면 신방리 백방산	○	
성매산노적봉	해남군 현산면 신방리 성매산	○	
유달산노적봉	목포시 유달산	○	○
두데산노적봉	무안군 몽탄면 두데산	○	

이 자료 분석에서 보듯이 노적봉설화의 주화소는 노적바위화소이며, 백토물화소는 제보자에 따라 생략될 수도 있으므로 부수적인 모티프이다.[3]

3 이외에도 전국에 분포하고 있는 노적봉설화: 경기도 인천시 노적산. 경기도 고양시 노적봉. 경기도 안산시 노적봉. 경기도 가평군 연인산 노적봉. 서울시 북한산 노적봉. 강원도 설악산 노적봉. 경북 의성군 금성면 비봉산 노적봉. 전북 남원시 사매면 노적봉. 경남 경주군 서면 천포리 오봉산 노적봉. 전남 순천시 승주군 해룡면 양미산 노적봉 등 10자료를 더 찾을 수 있었으나 이 지역의 자료가 아니므로 언급을 유보함.

2) 노적봉설화의 의미

노적봉설화의 주화소인 노적바위가 뜻하는 암석은 우리 민족의 민속신앙의 대상이기도 하다. 마을입구나 당산나무 아래 있는 입석과 석장승을 그 예로 들 수 있다. 마을 공동체의 수호와 벽사와 풍요를 상징하는 신물인 입석과 장승은 당제나 장승제가 베풀어지면서 흔히 새끼줄로 그 주위를 감는 사례를 본다.

위로 솟은 바위봉우리 주위를 볏짚으로 감고 싸는 행위는 노적봉설화의 내용과 흡사하다. 그 행위뿐만 아니라 마을의 수호와 재앙의 방지, 풍요를 비는 기원은 국가수호의 정신과 같다. 노적봉설화를 민간신앙 측면에서 보면 입석과 장승이 갖는 의미와 동일하여, 이 설화가 갖는 제의적인 기원을 더듬을 수 있다.

노적봉설화는 그 군사적인 성격을 이해하기 전에 바위산봉우리가 양곡 그 자체로 인식되고 있는 점을 볼 수 있다. 승주군의 앵무산노적봉이 양미산이라고도 불리고 있는 사실을 보면 이 점은 더욱 선명하게 드러난다. 김열규는 양곡으로 간주되거나 그것과 동일시되는 암석은 양곡을 생산하는 암석의 '상관적 변이'라고 하면서 암곡(미암)은 주암, 주천석, 주조석 등과 함께 바위 자체의 생산력이나 거기에서 연유된 암석 숭배의 한 양태라 하였다. 결과적으로 노적봉설화를 생생력상징으로서의 미암의 구술전승적 변이로 보는 것은 그의 높은 견해라 할 수 있다.[4]

미암에 관한 이야기는 전국에 광포되어 있다. 이 이야기는 바위구멍에서 쌀이 나온다는 내용으로 흔히 사찰의 부근에 있는 바위에서 형성되어, 그

---

4 김열규, 「민담과 민속신앙」, 『한국민속과 문학연구』, 일조각, 1982, 124쪽.

바위구멍에는 쌀뜨물 자국이 있다는 부분이 쌀화소를 보강하기 위해서 덧붙여지곤 한다. 이런 점이 노적봉설화의 구조와 유사하다. 미암이야기는 스님이 과욕을 경계하는 불교적인 교훈을 표현하는 방편으로 이용되고 있다. 미암이야기가 불교적인 교훈성을 주제로 하는 반면에 노적봉이야기는 군사적인 내용으로 변용되어 노적바위모티브와 쌀뜨물모티브로 확장.분리되는 구조적인 변이를 보이고 있다고 본다.

'두데산노적봉'은 제보자에 따라 시대배경이 임진왜란과 후삼국시대로 바뀌고 인물도 충무공에서 왕건・견훤으로 바뀌어 전승하고 있다. 두데산이 위치한 무안군 몽탄면의 영산강변은 후삼국시대에 왕건과 견훤의 격전지라는 역사적인 배경을 가지고 있으며, 몽탄이라는 지명도 왕건과 견훤의 전투에서 유래한 지명이다. 역사적인 배경의 차이에서 노적봉설화의 변이형이 발생하고 있으나 인물과 시대만 다를 뿐 그 구조는 동일하다.

영산강 유역과 서남해안 일대의 물가를 따라 노적봉설화가 줄줄이 형성되고 있음은 주목할만한 현상으로 이 지역의 역사성을 반영하고 있음에 틀림없다. 전쟁지역에서 노적봉설화가 형성된다면 거꾸로 이 설화가 형성된 지역에서는 과거에 전쟁터였다는 역논리가 성립된다. 해남군 현산면의 '백방산 노적봉'에 이 역논리를 적용할 때에 백방산의 성지, 성매산의 성지를 고려하면 그 군사적인 면이 훨씬 드러나게 된다. 백방산 지역에 전쟁이 있었다는 기록을 아직 찾을 수 없으나 그 가능성은 노적봉설화가 전승되고 있는 곳이 두 곳이나 있다는 점에서 더욱 신빙성이 높아진다.

전쟁으로 인한 참혹한 피해를 입은 주민들에게는 적과 대항할 수 잇는 영웅의 출현과 민중적인 힘의 결집을 강렬하게 희구했음을 이 노적봉설화가 의미한다. 서남해안지역의 노적봉설화는 거의가 임진왜란을 시대배경으로 삼고, 이 기만전술을 창안한 인물로 이순신을 부각시키고, 지역민들이 충무공의 지시에 의해서 노적가리를 쌓고 백토물을 강이나 바다에 흘려내린다. 암석이 생생력을 가지고 있다는 민중적 사고를 바탕으로 불교적인 미암전설과 호국적인 노적봉전설이 형성되었다고 본다.

명량대첩과 관계있는 노적봉설화는 울돌목을 중심으로 하고 그 주변지역에서 형성된 망금산오지바위노적봉, 벽파진노적봉, 도암산노적봉, 둔전리노적봉, 옥매산노적봉, 유달산노적봉 등이다. 유달산노적봉은 해남군 산이면 금호도에 거주하고 있는 제보자들이 구술한 자료이다. 이 구술에 의하면 명량대첩에서 패배한 왜군의 일부가 목포 쪽으로 도주하다가 해남군 화원면의 원문까지 들어가서 운하를 뚫고 달아나려 했다고 하나 목포시에 거주하는 제보자들은 단순히 왜군과의 싸움이 있었다고만 구술하는 정도였다.

2. 명량대첩의 전투설화

명량대첩은 세계 해전사에 남을 대승리로 『난중일기』에서 충무공은 전투전날의 꿈에 신인이 나타나 전법을 가르쳐 주었다고 기록할 정도로 기적같은 승리였다.[5] 이 대첩에 관한 설화는 해남군과 진도군 전역에 널리 전승되고 있다. 채록설화를 왜군을 유인하는 전술의 이야기와 왜군을 직접 격파하는 전술의 이야기로 나누어 살피고자 한다.

5 是夜夢 有神人 指示曰 如此則大捷 如是則取敗云 / 『난중일기』 2, 정유 9월 15일.

1) 왜군을 유인하는 전술의 이야기

이 이야기에 속하는 채록설화는 다음과 같다.

> 야적불.
>
> 야죽불.
>
> 짚인형으로 화살 뺏어 오다.
>
> 나무로 만든 군사.
>
> 궤짝농으로 성쌓기.
>
> 강강수월래.

야적불. 야죽불은 왜군을 기만하여 그 전력을 약화시키려는 전술의 이야기다. 야적불은 물에 잘 뜨는 함지박을 짚섬으로 싼 후에 그 위에 관솔불을 매달아 세우고 밤에 바다에 띄워 조류를 타고 적군 쪽으로 보내는 기구이다. 왜군들이 바다 위로 떠내려 오는 불빛을 보고 우리 군사가 야습하는 줄 알고 당황하여 총포와 활을 마구 쏘아 그 전력을 허비하게 하는 작전이다. 야죽불은 뗏목 위에 보리짚과 등겨를 싣고 그 위에 생죽을 얹어 불을 피우면 생죽이 터져 포소리처럼 크게 울리게 하는 기구이다. 이 뗏목도 조류를 이용해 왜군 쪽으로 떠내려 보내면 왜군들이 당황하여 야죽불을 향해 탄약과 화살을 소비하도록 하는 소모전술이다. 야적불과 야죽불은 모두 적을 기만하여 적 세력을 약화시키자는 목적으로 만들어진 기구들이다.

짚인형으로 화살 뺏어 오다는 적을 속여서 배에다 짚으로 만든 인형을 나란히 세워 싣고 적의 화살을 뺏어오는 이야기이다. 이 이야기는 적벽대전에서 제갈량이 조조군의 화살을 빼앗아 오는 방법과 흡사하다. 이 자료는 『삼국지연의』의 영향을 받은 구비설화라고 할 수 있다. 조사자는 충무공을 제갈량과 비교하면서 구술하는 지역민들을 상당수 만났다. 충무공의 전법은 바로 제갈량의 전법과 같다는 이야기였다. 제갈량은 백성들이 바라는 이상적인 재상이요 만고의 충신이며 지모가 뛰어나 전략가였다. 제갈량은 중국뿐 아니라 한자문화권에 속했던 여러 나라에서 오늘날에 이르기까지 지혜와 책략의 대명사처럼 쓰이고 있다.[6] 제갈량이 승리로 이끈 적벽대전은 삼국지연의의 제33회 「제갈량설전군유 노자경력배중의」에서 제50회 「제갈량산화용 관운장의석조조」까지에 이르는 부분으로 조선조 말기에는 우리말로 번역하여 이 부분만을 따로 떼어 단편을 유포시키기도 하였다.

> 삼국연의를 특별히 애독하야 내종에는 그의 일부분을 적출하야 번역하야 보게 되었으니 화용도. 산양대전. 적벽대전. 유충렬전. 강유실기. 옥인기. 위왕별전 등이 그것이다.[7]

제갈량이 조조의 수군을 통쾌하게 쳐부수는 적벽대전은 판소리 <적벽가>로 일반에게 불리워질 정도로 이 이야기는 대중성을 확보하고 있었다.

나무로 만든 군사의 이야기는 나무 인형에 황토를 칠해서 바닷물에 띄워 보내면 마치 조선의 군사가 붉은 피를 흘리면서 떠오는 것처럼 보여서 왜군들이 조선군사가 죽었다고 방심하게 되면 이 틈을 타서 충무공이 왜군을 공격한다는 이야기다.

궤짝농으로 성 쌓기도 궤짝농을 이용하여 하룻밤 사이에 성처럼 쌓아놓으면 왜군이 보고 군사가 많은 것으로 알고 물러간다는 이야기다.

강강수월래는 현재 진도군 군내면 녹진리의 망금산에 그 터가 있다. 현지

---

6 이경선, 『삼국지연의의 비교문학적 연구』, 일지사, 1976, 44쪽.
7 김태준, 『조선소설사』, 청진서관, 1933, 67쪽.

주민들에 의하면 강강수월래는 망금산의 산정 주위를 부녀자들이 손에 손을 잡고 끊임없이 돌면서 선소리와 메김소리를 주고 받으면서 노래 불러 왜군들에게 우리 군사의 많음을 보여 주었다고 하는 의병전술이라 하였다.

강강술래는 서남해안 지역과 인근 도서지방에 가장 널리 행하는 민속놀이로 남도의 특징적인 사설과 함께 그 예술성이 높이 평가되고 있다.[8] 이 민속놀이의 발생지가 진도의 망금산이라고 하는 것이 현지 진도군 제보자들의 일반적인 이야기였다. 채록자료 강강수월래[9]를 구술하신 해남 태생인 제보자는 조사자에게 강조하듯 "진도에 있는 소리"라는 말로써 이야기의 서두를 꺼냈다. 진도 태생의 제보자는 강강수월래의 발원지가 바로 진도의 망금산이라는 것을 대단히 자랑스럽게 여기는 태도로 구술하였다. 망금산은 명량해협에 연한 진도군 쪽의 야산으로 좁은 바다목을 사이에 두고 해남군의 우수영과 마주보는 지역이다.[10]

풍요제의 한 형태인 강강술래가 군사작전의 의병전술로 이용되고 특히 부녀자들이 이에 참가하고 있음은, 위급한 국면에는 지역주민 모두가 일선에 나서는 것을 의미한다. 민속놀이인 석전, 횃불놀이, 연날리기, 고싸움, 성밟기 등이 모두 군사적 성격이 강한 전쟁의 모의형태라는 것은 민중들의 생활이 항상 전쟁에 대비하는 상비조직 속에서 이루어지고 있음을 알 수 있다. 평화시에는 풍요와 노동과 생활의 기쁨과 기원을 담은 제의형태의

---

8 "강강술래"는 지역에 따라 그 명칭도 다양하다. 고창－감감술래. 임자도－광광술래. 진도, 무안, 함평, 해남, 강진－강강술래. 동남해지역인 거문도, 초도, 나로도, 고흥 －광광광수월래, 요광광광수월래. 영광송이도－우광강강수월래. 전남화순－강강쉴네 / 최덕원, 강강술래고, 『남도민속고』, 삼성출판사, 1990, 230쪽.

9 제보자는 "강강수월래"가 한자로 표기하면 "羌江隨月來"라고 하면서, 그 의미는 "오랑캐가 강으로 달을 따라 온다"라고 하였다.

10 강강술래의 발원지라고 하는 곳은 이 이외에도 전라좌수영 동쪽의 목매산에서 아낙네들에게 남자옷을 입혀 산으로 올려보내고 강강술래를 시켜 위장했다는 전승설화가 있다. / 「이윤선, 강강술래의 역사와 놀이 구성에 관한 고찰」, 『한국민속학』 제40집, 2004.

민속놀이가 전쟁시에는 바로 전투적인 조직체로 전환될 수 있었으며, 전쟁시에 새로운 전술이 개발되면 그 전술의 모의놀이가 발생하여 민속놀이로 정착하였다. 민중들은 생활 속에서 전쟁과 평화의 어느 때이건 두루 활용할 수 있는 민속의 지혜를 구현하고 있었다. 민속놀이를 통해 익힌 질서의식과 협동심은 전투가 일어나면 바로 요구되는 것이었다.

강강술래를 의병전술로 충무공이 사용했을 실제적인 가능성을 살펴보자. 당시 왜적의 척후선이 우리 수군의 군세를 정탐하고자 한 기록을 충무공의 정유일기에서 본다.

> 늦게 적선 2척이 어란으로부터 바로 감포도로 와서 우리 수군의 많고 적은 것을 정탐하려고 하므로 영등포만호 조계종이 바싹 추격해서 쫓아가자 적들은 당황해서 배에 실었던 물건을 모두 바다 가운데 던져 버리고 달아났다.[11]

이때가 명량대첩 7일 전으로 정탐하는 왜군들에게 군세와 군사의 수를 크게 보이려는 시도도 했으리라 추측이 된다. 명량대첩 당일에는 민간의 피란선들로 하여금 우리 수군의 배후에 진을 치도록 하는 의병전술을 사용한 문헌설화도 있다.

> 순신은 적은 수효가 많고 우리는 적어서 힘으로 싸워 이기기는 어려우므로 꾀로써 격파해야 하겠다고 생각하였다. 일찍이 배를 타고 피난하던 호남지방 사람들이 모두 순신에게 의지하여 목숨을 보전하고 있었는데 순신이 피란 온 배로 하여금 차례차례로 물러가서 늘어세워 포진케 하여 의병을 만들어 바다

---

11 晩賊船二隻 自於蘭直來于甘浦島 探我舟師多寡 永登萬戶趙繼宗窮追之 賊徒慌忙 勢迫所載雜物 盡投洋中而走 /『난중일기』. 정유(2) 9월 초9일.

가운데를 왔다갔다하게 하였다.[12]

이와 같이 소규모의 군사로 대적과 싸우게 되니 적을 기만하기 위한 갖가지 전술이 창출되었으며 이러한 맥락에서 강강수월래도 이용되었으리라 예상할 수 있으며, 이 전술에 대한 다양한 설화도 형성되었을 것이다.

왜군을 속이는 이야기는 강강수월래와 노적봉설화가 대표적인 자료이다. 충무공이 진을 쳤던 벽파진이나 우수영에는 당시에 상당수의 피란민이 있었으며 그들도 전투의 한 국면을 간접적이나마 담당하고 있었음을 위의 기록에서 볼 수 있다. 아녀자들도 병참물자의 보급, 취사 등의 조력을 하였을 것이고, 나아가서는 강강수월래이야기에서 보듯이 적을 기만하기 위한 전술에도 참여하였을 것으로 사료된다. 명량해전에서 민간인들이 해협의 양안에 있는 산봉우리에 올라 전투상황을 지켜보다가 왜군이 패퇴하자 환호를 올렸다는 기록으로 보아 피난해온 호남지역의 민간인과 해남과 진도 지역민들의 충무공과 수군에 대한 협력은 절대적이었을 것이다. 충무공이 수군을 양성하여 막강한 전투력을 갖추기까지는 지역민들의 전쟁수행에 따른 협력 없이는 불가능했을 것이다.

2) 왜군을 격파하는 전술의 이야기

왜군에게 직접 공격을 가하여 피해를 주는 적극적인 전술에 관한 이야기

12 舜臣以彼衆我寡 難以力勝 可以謀破 曾有湖南士庶 乘船避亂 皆依舜臣爲命 舜臣乃令避亂船次第而退 排列布陣 爲擬兵 出沒洋中 / 신경, 『재조번방지』 4권, 대동야승본, 민족문화추진회, 1972, 418쪽.

를 다루어 보겠다.

왜선에 구멍 뚫기 I · II

율곡선생과 충무공

울돌목의 쇠줄 I · II

야적불 · 쇠줄 · 피섬

왜선에 구멍뚫기이야기는 우리 수군이 왜선의 밑으로 잠수해 들어가서 끌로 구멍을 뚫어 침수시킨다는 내용으로 3단락으로 나눌 수 있다.

① 명량해변에 있는 큰 소나무를 도끼로 땅땅 소리를 내며 찍는다

② 우리 수군이 왜선 밑으로 잠수해 들어가다

③ 도끼로 소나무 찍는 소리에 맞추어 왜선 밑바닥을 끌로 뚫어 침수시키다

이 이야기는 2편을 채록하였다. 위에서 분석한 단락이 자료 I의 구조이고 자료 II는 왜선을 침몰시킨 장소를 피섬 해역으로 규정하는 부분이 첨가된다. 피섬에는 그곳으로 패퇴한 왜군들이 몰사하여 바다가 피처럼 물들었다는 이야기가 지명유래담으로 전한다. 이 지명유래는 해남군과 진도군 지역에 광포되어 있다.

율곡선생과 충무공이야기의 모티브는 왜선에 구멍 뚫기이야기의 모티브와 동일하지만, 왜군이 우리 수군의 함선에 닥아와 구멍을 뚫으려는 것을 율곡의 유언에 따라 충무공이 막았다는 것이다. 이 자료는 충무공과 율곡이 가진 민중의 지도자적인 성격의 동질성을 암시하고 있다. 민중의 안위와 국가의 장래를 위해서 멸사봉공했던 문과 무의 두 인물로 율곡과 충무공을 들고 그들을 설화 속에서 만나게 함으로써 전란의 참화에 시달리던 민중이

참다운 인물을 갈구하던 갈망을 풀어보고자 한 이야기라 해석할 수 있다.

다른 면에서는 충무공이 왜군의 습격에 대비하고 항상 경계하고 있었다는 것을 뜻하기도 한다. 왜군들의 야습에 대비한 기록이 난중일기에서도 찾을 수 있다. 정유년 9월 7일에 적선 12척이 우리 수군의 반격으로 도주한 그날 저녁 벽파정에서 충무공은 여러 장수들에게 적선이 야습할 것을 경계한 후에 그에 대한 대비를 갖춘다.

> 밤 8시에 적이 과연 야습을 해와 탄환을 많이 쏘고 덤비었다. 내가 탄 배가 바로 앞장을 서서 지자포를 쏘니 강산이 흔들렸다. 적들도 범할 수 없음을 알고 네 번 나왔다 물러갔다 하면서 화포만 쏘다가 자정이 지나서는 아주 물러갔다.[13]

이같은 적의 습격에 대한 경계와 긴장감은 수군진영에서 떠나지 않았을 것이나 율곡과 충무공의 지혜라면 적의 공격이 교묘하다 할지라도 막을 수 있다는 의미가 율곡과 충무공이야기에서 찾을 수 있다.

울돌목의 쇠줄이야기는 해남군과 진도군에 널리 유포되어 있으며, 이 전설의 증거물인 <쇠고리>가 현재 있느냐 없느냐로 제보자들 사이에 논란이 있었다. 전설은 그 속성이 증거물의 존재여부에 따라서 전승력이 강화되기도 하고 약화되기도 한다. 증거물이 존재할 때는 전승기반을 갖추어 전승력이 강화되지만, 증거물이 없는 경우에는 전승기반을 상실하여 민담으로 약화되어 가는 것을 볼 수 있다. 이 이야기는 왜선을 유인하여 울돌목으로 끌어들여서 적선이 세찬 조류에 휩쓸리면 쳐두었던 쇠줄을 적선의 키에

---

13 夜二更 敵果至 夜警多放砲丸 余所騎船直前放地字 河岳振動 賊徒知不能犯 四度進退 放砲已而 三更末 永爲退奔 /『정유일기』(2), 9월 초7일.

걸어 침몰시킨다는 내용이다.[14]

울돌목의 쇠줄 자료는 두 편을 채록하였다. 두 편의 자료 가운데 II는 해협의 조류의 세기와 변화상태를 비교적 상세히 구술하고 있는 점이 I과 다르다. 울돌목의 물이 우는 소리가 들리면 비온다는 고로들의 이야기를 제보자가 인용하듯이 명량의 유속은 대단히 빠르다. 울돌목의 쇠줄은 이 강한 조류를 이용하여 적선을 침몰시키는 이야기다. 유속이 가장 빠른 시간대가 쇠줄을 사용하여 적선을 뒤엎기에 적당할 것이다. 명량해전에 과연 쇠줄을 가로질러 해전에 이용할 수 있는지의 여부는 차치하고, 이 해협의 두 해안이 건너뛸 듯이 좁다는 점에서 이 설화의 직접적인 발생요인이 되었을 것이다.

야적불·쇠줄·피섬의 이야기는 명량대첩이 진행된 양상을 짐작하게 해주는 구전자료이다. 왜적들이 벽파진 쪽에서 명량으로 올라올 때나 그 전날 밤에 야적불로 유인하여 전력을 소모시킨 후에 명량해협에서는 쇠줄을 걸어 왜선을 침몰시키고 왜선이 도주하면서 피섬 해역으로 들어가자 물이 빠져서 피섬 근처의 벌등에 왜선이 얹혀 버리자 우리 군사가 왜군을 섬멸시켰다는 전투의 개요를 이 자료를 통해서 알 수 있다.

14 진도 출신 의병장으로 이순신의 막하에서 명량해전에 참전한 조응량의 기록을 보면 명량에 쇠사슬을 가로지르는 역할을 한다. / 壬辰起義 赴李忠武公幕 鐵索鳴梁橫截 誘引賊船敗之 / 진도군지. 황도훈, 「명량해전종군자인명록」, 『명량대첩의 재조명』, 해남문화원, 해남군, 1987, 201쪽.

3. 지역민의 애환이 드러나는 설화

지역민들이 전쟁참화에 얼마나 시달리면서 살아갔는가 하는 생활상을 짐작케 하는 이야기는 비에서 땀이 흐르다와 백방산 낙화암이 있다.

비에서 땀이 흐르다는 우수영의 충무공 명량대첩비에 땀이 흐르면 나라에 재난이 온다는 이야기다.[15] 지역민들에 의하면 비에서 땀이 흐르는 일이 모두 사실이라고 주장하였다. 과학적인 지식을 동원해서 이야기하는 분도 있고, 비의 땀은 무엇인가 인간에게 충무공이 어떤 예짐을 보여주는 것이라고 주장하는 구술자도 있었다. 우수영의 주민들은 비에서 땀이 흐르면 명주로 비를 닦고 제를 올렸다.[16]

인간세계의 질서가 깨뜨려지면 자연의 질서에도 변화가 와서 인간에게 그 징조를 보여준다는 의식은 민중들 사이에 보편적으로 받아들여지고 있다. 인간의 세계를 자연이 반영하며 또한 자연의 세계를 인간이 반영한다는 생각은 자연과 인간이 서로 교감한다는 물활론적인 사고에 기반을 두고 있다. 인간질서의 변화로는 흔히 전쟁, 왕권의 변이, 도덕적 타락 등을 들 수 있으며, 이러한 질서가 파괴되고 흔들리는 데에 대한 경고를 신은 자연질

---

15 해남군 문내면 학동리의 충무사에 있는 명량대첩비는 국가 보물 503이며, 숙종 14년(1688년) 3월에 전라우수사 박신주가 세운 비이다. 이 비는 해방 전에 일인들이 서울로 옮겼다가 경복궁의 근정전 회랑에 묻어 버린 것을 해방 후에 이 비를 회수하여 1947년 당시 우수영 주민들이 충무공유적복구기성회를 결성하고 농악으로 기금을 모금하여 비각을 건립하여 모시게 되었다. / 박종호 · 선영란, 「해남진도지방의 임란관련유적」, 『명량대첩의 재조명』, 해남문화원 외, 1987, 219~221쪽.

16 경남 밀양군 무안면에 있는 표충사의 "사명대사비"도 국가에 큰일이 있을 때마다 땀이 난다는 이야기가 전해오고 있다. 밀양에서는 '한추(汗墜)'라는 용어를 사용하면서 땀나는 일에 대한 외경심을 나타낸다. 이 비는 영조 18년(1742년)에 건립되었으며 표충비라고 불리우며 사명당 유정의 충의를 새긴 비다. / 『한국구비문학대계』 8-7. 경남밀양군편(1) 밀양군 무안면 설화 9, 495쪽.

서의 변화인 홍수, 화산의 폭발, 전염병, 흉작, 가뭄 등의 자연계의 이상징후를 통해 보여준다는 사고가 이 이야기 속에 들어있다.

충무공의 명량대첩비는 지역주민들에게 신성시되고 있으므로 이러한 신성체는 인간질서의 변화를 감지하고 예징해 준다는 생각은 자연스러운 일이었다. 이 이야기를 통해 충무공이 민간신앙의 차원에서 숭앙되고 있음을 알 수 있다. [17]

백방산의 낙화암은 3개의 자료를 채록하였다. 백방산은 해남군 현산면 신방리의 뒷산이다. 약 300m의 암산을 중심으로 백방산 성지가 남아 있으며, 과거에는 바닷물이 산 아래까지 들어왔었다. 낙화암은 이 산의 남쪽 기슭에 위치하고 있으며, 구전이야기는 두 가지 내용으로 전하고 있다.

① 임진왜란 때 남편이 전쟁터에 나간 후 돌아오지 않자, 아내가 기다리다가 끝내는 바위 위에서 떨어져 죽다.

② 중국의 사신으로 곡식을 싣고 갔던 남편이 돌아오지 않자, 아내가 기다리다가 끝내는 바위 위에서 떨어져 죽다.

②의 내용은 여지도서[18]와 해남지[19]에도 기록이 있다. 백방산에는 노적봉

17 일제 때 일인들이 명량대첩비를 뽑아 갈 때 문내면 사람들이 울면서 부른 강강술래 / 울돌목 끓는 물은 강강수월래 / 우리독립 물이로세 강강수월래 / 성있고 이름있어 강강수월래 / 귀경꾼만 모여드네 강강수월래 / 『한국구비문학대계』 6-5, 한국정신문화연구원, 1985, 630쪽. 해남군 문내면 동외리 박옥란(여, 80세). 1984년 10월 26일 이현수 채록.

18 在縣四十里 自頭輪山來 上有百房山 下有多恨橋 歎息泉 諺傳 南京往來使 過此路泛海 有南浦送別 瀛橋消魂之事 惑云 使臣妻妾 留住于此 待還俱歸云 / 『여지도서』, 해남현 산천조 백방산.

19 今有百房遺址 而燒火穀 至今宛在 山腰有洛花岩 使臣妻妾送別 留住于此待還俱歸 若不還則落岩而死故云 / 『해남지』(1925년 간) 고적 산천조.

설화가 있어서 그 부근에 전투가 있었을 가능성이 크다. 그런 면에서 ①의 내용도 오래 전부터 구전으로 전승해 온 것이라 예상된다. 이 설화의 두 가지 변이의 각편이 시간과 인물이 다르나 남편을 기다리던 아내의 죽음이라는 점에서 동일설화유형이다. 여자의 기다림과 정절은 박제상의 아내, 정읍사의 망부석 등의 이야기가 있듯이 한국설화에서 중요한 위치를 차지한 광포설화유형이다.

현산면 고현리의 앞들을 한숨엣들이라고 부르고 있음은 이 백방산 주위에 포구가 있었음을 말하고 있다. 『여지도서』의 기록에 보는 다한교多恨橋, 탄식천歎息川 등의 지명도 누군가와의 이별을 암시하고 있다.

4. 해남과 진도지역민들의 호국의지

명량대첩설화를 통해서 전란을 당해서 일어선 지역민들의 투쟁의식과 생활상을 살펴보고자 한 것이 이 글의 목적이었다.

노적봉 전설은 그 구조가 미암모티브의 구조적인 확장과 분리를 통해서 형성되었음을 밝히고, 민간신앙체인 입석, 석장승 등에서 보는 암석의 생생력을 숭배하는 제의기원적인 내용을 볼 수 있었다. 이 전설은 해안선이나 강변을 따라서 분포되었으며 전쟁지역이라는 역사적인 배경을 가지고 있었다.

명량대첩의 전투에 관한 이야기는 그 설화모티브의 다양한 모습에서 발랄한 지역민들의 사고방식을 볼 수 있다. 강강수월래이야기는 평화와 전쟁시에 민속놀이를 때에 맞게 이용할 줄 아는 지역민들의 지혜를 볼 수 있었으며, 이 전설의 분석을 통해 명량해전의 승리가 지역민들의 협력을 기반으로 하여 이루어졌음도 알 수 있다. 적을 기만하는 다양한 전술 이야기와 이별의 이야기는 전란의 참화 속에서 생존을 위한 지역민들의 치열함과 슬픔이 담겨 있었다.

명량대첩설화를 통해서 이 지역민의 향토애과 호국의지를 살폈다는 점에서 이 글의 의의가 있을 것이다. 이 글에서 언급하지 못한 인물설화는 앞으로 채록하여 정리하여야 할 것이다. 황도훈이 정리한 "명량해전 종군자 인명록"에 해남과 진도 출신이 해남에 16인, 진도에 14인이다.[20] 이들은 호남절의록, 호남지, 난중일기, 연려실기술, 조선왕조실록 등의 기록에 남아 있는 인물들이며 이 외에도 이 지역의 각 문중에 기록 또는 구전으로 전하는 인물들이 다수 있을 것이다.

이들의 역할을 보면 의병을 모아서 전투에 참가하는 경우, 군량을 모아 운송하는 경우, 군민들을 모아서 관선과 사선을 징발하여 적진으로 나아가는 경우, 척후를 담당하는 경우 등으로 다양하게 명량해전에 참전하는 모습을 보여주고 있다. 이들에 대한 종합적인 전승자료를 채록하여 분석하면 명량해전의 구체적인 모습을 드러낼 수 있을 것이며, 해남과 진도 지역민들의 역할도 더 확연해질 것으로 기대한다.

---

20 황도훈, 「명량해전 종군자 인명록」, 『명량대첩의 재조명』, 해남문화원 · 해남군, 1987.

3

목포주민들이 갖는 삼학도의 상징적 의미

제 3 장 목포주민들이 갖는 삼학도의 상징적 의미

목포사람들이 왜 삼학도 복원에 그토록 집착하는가?
삼학도는 목포지역민들에게 어떤 의미를 갖는가?

목포 지역민들은 자연경관이 아름다워서 삼학도를 사랑한다는 단순한 차원을 넘어서 무의식적이라고 할 수 있는 심층적인 사랑의 정서를 삼학도에 대해서 가지고 있다. 삼학도설화라고 할 수 있는 구전이야기에서 이를 확인할 수 있다. 현재 20여개의 삼학도이야기를 수집할 수 있었으며, 이 이야기들은 서로 약간씩 다른 인물과 줄거리를 가지고 있었으나 공통적인 것은 남녀의 사랑이 이루어지지 못한다는 비극성이 그 주제였다. 소위 말하는 "이루어질 수 없는 사랑"의 비극성은 이 지역의 역사적인 전개와도 잘 맞아 떨어지는 정서라고 할 수 있다. 삼학도, 유달산, 영산강 그리고 서해바다는 단순하게 풍치있는 자연이 아니라 목포를 중심으로 한 지역민들의 삶의 공간이었으며 생존의 터전이었다. 삼학도이야기는 이곳 사람들이 느끼고 생활해 온 정서가 배어있는 구전의 역사이며 문학이며 노래라고 할 수 있다. 삼학도이야기는 이난영의 "목포의 눈물"이라는 대중가요를 탄생시킨 근원설화라고 할 수 있을 것이다. 이난영의 노래뿐만 아니라 삼학도이야기는 목포예술의 근원이 되고 있다. 목포의 작가들이 창작한 시와 소설, 희곡과 연극, 그림, 춤, 조각 등이 삼학도이야기를 소재로 하고 있는 것을 다수 볼 수 있다.

삼학도이야기와 같은 전설은 그 지역에서 태어나거나 생활해온 사람만이 그 진실성을 믿는 구전전승물이다. 타지역에서 태어나거나 생활하는 사람에게 삼학도이야기는 허무맹랑한 허구적인 이야기일 뿐 깊은 감흥을 주기 어려우나, 목포지역사람에게 삼학도이야기는 바로 자신의 추억이며 과거 역사이며 목포의 아름다움의 은유적인 표현물로 깊은 감동을 준다. 목포사람들이 삼학도에 집착하는 이유를 타지역사람들은 깊이 알 수 없는 까닭이 이런 데에 있다. 목포사람들에게 유달산이 산 이상의 것인 것처럼 삼학도도 섬 이상의 다른 무엇이다.

1. 삼학도이야기의 전승(이야기의 역사)

이야기의 전승은 이야기의 역사라고 할 수 있다. 이야기가 어떻게 형성되고 어떻게 전해오고 있으며 어떻게 변하고 있는가 하는 것을 살펴보는 것이 바로 전승의 역사이다. 삼학도이야기도 다양한 변이형을 보이고 있으나, 크게 두 가지 유형으로 나눌 수 있다. 이 두 유형을 중심으로 이야기의 역사를 살피고자 한다.

1) 남성과 여성의 이루어질 수 없는 사랑

① 유달산에 한 청년이 와서 무예를 수련하다
② 유달산 아래 마을에 사는 세 처녀가 그 청년을 사랑하다
③ 청년이 그 사랑을 용납하지 않자 세 처녀가 죽어서 학이 되어 유달 산 주위를 날아다니다
④ 청년이 수련를 마치고 유달산을 떠나려 하면서 주위에 날아다니는 세 마리의 학을 활로 쏘아 맞히다
⑤ 세 학이 바다로 떨어지더니 세 섬으로 되다
⑥ 청년이 비로소 처녀의 넋이 학이 된 것을 알고 처녀들을 위해서 제를 지내고 떠나다
⑦ 사람들이 뒤에 세 섬을 삼학도라 부르다.

이 유형은 유달산을 남성이 수련하는 공간으로 설정하고 삼학도는 여성의 사랑을 상징하는 공간으로 설정하고 있으며 남녀의 사랑이 이루어지지 못하고 여성의 죽음이라는 비극적인 결말을 짓고 만다. 남성이 여성의 사랑을 받아들이지 못하는 이유로 남성의 수련이나 공부에 여성의 사랑이 방해가 된다는 수신적인 면과 세 자매를 한 남성이 받아들일 수 없다는 윤리적인 면 등을 들고 있다. 이 이야기는 남녀의 사랑이 아무리 순수하여도 외적인 조건이 갖추어지지 않으면 이루어 질 수 없다는 교훈성을 띠고 있다.

삼학도 이야기의 여러 변이형(version)에 의하면 남성의 인물은 유달산에서 수도하는 도인이나 스님, 무술을 연마하는 장군이나 힘센 장사, 공부하는 선비 등으로 다양하게 변하고 있으며 공통적인 면으로는 외지에서 들어온 사람들로 묘사되고 있다. 여성의 인물로는 유달산 아래 마을의 세 처녀, 세 자매, 절에 사는 스님의 세 딸, 세 큰애기, 대갓집 딸 삼형제, 세 선녀

등으로 변이된 모습을 보이고 있으며 공통적인 면은 이들이 목포에서 태어나 자란 여성들이라는 점이다.

특히 남성주인공의 인물들의 다양한 모습은 삼학도이야기가 구전되면서 전승담당층이나 시대에 따라서 특징있게 변모한 결과일 것이다. 남녀의 사랑을 주제로 한 삼학도이야기는 목포의 여인들이 목포에 들어와 심신을 닦는 남성을 사랑하게 되었으나 이루지 못하고 목숨을 끊게 되는 비극적인 이야기다. 설화가 일정한 사실을 근거로 하여 형상화된 이야기라고 한다면 목포지역에서 언제인지는 알 수 없으나 그런 일이 일어났을 것이라고 유추할 수 있다. 목포가 사람들의 왕래가 빈번한 바닷가의 마을이었으며, 예로부터 군사적인 요충지였고 유달산은 이 지역에서 신성한 산이었다는 사실에서 충분히 그런 유추를 가능하게 한다.

2) 풍수지리 형국으로 본 이야기

① 유달산의 일등바위 정상은 어미학이 새끼학들을 데리고 앉아 있거나 서 있는 형국이다
② 삼학도는 어미학 곁을 떠나 바다에 있는 세 마리의 새끼학 형국이다
③ 이 세 섬을 그런 이유로 삼학도라고 부른다

유달산의 정상부근의 손가락바위의 고준한 형상은 학들이 긴 고개를 들고 영산강을 바라보는 이미지를 띤다. 삼학도는 그곳에서 날아가 영산강에서 있는 새끼학 세 마리로 보는 안목은 기발하다. 유달산의 어미학이 영산강의 새끼학을 살펴보고 있는 형상으로 유달산과 삼학도를 연결짓는 관념에는 산과 강과 섬이 어우러져 조화를 이룬 자연의 아름다움을 풍수지리적인

문법으로 표현하고 있다.

두 유형의 삼학도이야기를 비교하면 목포 앞바다의 세 섬을 "학"의 이미지로, 유달산 아래의 세 처녀가 죽어서 학이 된 학모티브는, 유달산과 삼학도를 학형국으로 파악한 풍수지리적인 이야기가 선행하고 그 바탕에서 남녀간의 비극적인 사랑이야기와 결합되어 형성되었다고 유추할 수 있다. 삼학도이야기는 풍수지리적 이야기가 선행하고 그 뒤에 남녀 간의 사랑이야기가 형성되었을 것으로 일단 본다. 현재 전승되하는 양상은 비극적인 사랑이야기가 널리 퍼져 있으며, 풍수적인 이야기는 나이든 층에서 전승되어 전승의 아래층으로 흐르고 있으나 학모티브의 창출이라는 점에서 이 풍수적인 삼학도이야기가 선행되었을 것으로 본다. 풍수적인 삼학도의 학모티브가 사랑의 의미로 전환되어 전승되고 전파하고 있는 설화현실이 삼학도이야기의 역사라고 할 수 있다.

2. 삼학도이야기의 상징성(역사의 이야기)

1) 목포지역 생활사의 상징

삼학도이야기는 개인의 창작이 아니라 목포에 살았던 사람들이 대대로 구전으로 시대에 따라서 변이하면서 전해온 집단창작물이다. 삼학도이야기는 지역민들의 공통적인 정서가 여러 가지 형태로 복합되어 있으며 어쩌면 우리가 쉽게 알아채기 어려운 상징물이기도 하다.

삼학도이야기에서 언급되는 "유달산 아래 작은 마을"은 목포의 원모습이라고 할 수 있다. 이야기 속에는 아직도 목포의 원래모습이 남아 있듯이 삼학도이야기 속에는 목포의 지나온 역사와 목포사람의 생활감정이 숨겨있는 우리가 풀어야 할 암호인 것이다. 우리는 흔히 개항 이후의 역사를 목포의 역사로 착각하는 경우를 가끔 보지만 목포의 역사는 그렇게 짧지 않다. 삼학도이야기들의 인물들은 아주 다양한 군을 이루고 있다. 장군, 선비, 도인, 스님, 유달산 장수, 젊은 청년, 왕자 등의 남성측의 인물들은 각 시대에 따라 다르게 변화되어 전승하고 있다고 볼 수 있다. 그 시대시대마다 특성에 맞는 남성의 인물로 변화되어서 이야기를 변화시키고 있다는 것이다.

후삼국시대 고려 왕건과 후백제 견훤이 영산강 전투를 벌였고, 삼국시대에 영산강유역의 구림이나 나주에서 중국으로 가는 배가 출항했었으며, 영산창에서 세곡을 실은 배가 목포앞 바다의 삼학도를 지나 영광의 법성포를 거쳐 한강구로 갔으며, 조선 세종21년(1439) 4월 15일에 목포진이 설치되어 고종 32년(1895)에 폐진되었으며, 조선 연산군 7년(1501)에 목포진성이 축조되었으며, 1896년 목포항이 개항되어 호남의 농산물이 일본으로 수탈되어 갔던 이런 역사들이 삼학도이야기의 형성배경이 된다는 것이다.

삼학도이야기의 인물들인 무예를 연마하는 장군, 힘센장수 등은 목포진이나 유달산 봉수의 군인들이나 목포부근의 영산강에서 일어난 왕건과 견훤의 해전 등을 연상할 수 있으며, 수도하는 청년이나 도인과 스님들은 유달산 주위의 사찰이나 암굴에서 수도하던 인물들을 연상할 수 있으며, 공부하는 선비는 유달산의 시사에서 공부하던 유학자들을 연상할 수도 있을 것이다.

2) 목포지역의 자연환경의 아름다움의 상징

목포는 강과 산과 바다가 절묘한 조화를 이루고 있다. 이 아름다움을 삼학도설화는 유감없이 표현한다. 유달산을 남성의 상징으로 삼학도를 여성의 상징으로 파악하여 유달산은 수도나 수련의 공간이 되고 삼학도는 사랑의 상징적인 공간이 된다. 유달산과 삼학도를 남녀의 대립적인 공간으로 설정하고 다시 남녀가 조화를 이루는 공간으로 변화시키고 있다. 삼학도는 유달산에서 보아야 그 아름다움을 볼 수 있고 유달산도 역시 삼학도에서 볼 때 가장 아름다운 모습이라고 할 수 있다. 이런 조화의 미를 남녀의 양성으로 파악하여 이야기를 전개하는 삼학도이야기는 목포의 자연미를 이야기서술구조 속에서 유감없이 표현한다.

풍수지리적인 이야기에서도 유달산과 삼학도를 어미와 새끼의 모자관계로 보고 있으니 그 자연스러운 아름다움의 이해가 놀랍다. 현재 삼학도가 원형을 잃어가고 있는 것을 새끼학의 죽음으로 해석하고 옛날 중앙시장에서 일어났던 빈번한 화재를 새끼학의 죽음에 기인한 것이라고 하는 경우도 보았다. 이런 이야기는 도시자연공간의 아름답고 자연스러운 조화를 깨뜨리는 행위를 설화적인 언사로 경고하고 있다는 것이다.

3) 비극적인 사랑의 상징

삼학도는 영산강의 하구에 있으며 서남해로 나가는 길목에 있는 섬이며, 삼학도이야기는 남녀의 비극적인 사랑에 관한 이야기의 맥을 이어주고 있다. 영산강과 도서지역에 전승하고 있는 이런 유형의 이야기의 연결고리 역할을 하고 있다는 것은 이 일대지역민들의 정서적인 통합작용도 겸하고 있다는 것을 의미한다.

강변의 나루터나 해변의 부둣가는 흔히 사람들이 만나고 헤어지는 장소이기도 하다. 이곳은 여러 가지 사연들이 이야기를 형성하기 쉬운 장소이기도 하여서 영산강변이나 도서지역의 해변은 남녀 간의 사랑에 관한 이야기가 전승하고 있다. 무안군 청호리 주비마을의 "상사바위이야기"는 영산강변의 사랑이야기라면, 흑산도 진리당의 "각시당이야기"는 도서지역의 이야기다. 상사바위이야기는 고기잡으러 간 총각이 태풍을 만나서 돌아오지 못하자 그를 기다리던 처녀가 상사바위에서 죽은 이야기이며 각시당이야기도 역시 바다에서 돌아오지 못한 남편을 기다리다 죽은 각시의 이야기로 모두가 비극적인 사랑이라는 점에서 삼학도이야기와 같은 정서이다. 사랑으로 목숨을 버린 여인들의 이야기의 맥을 영산강에서 도서지역으로 삼학도이야기가 그 맥을 이어주고 있는 셈이다.

3. 삼학도 복원의 의의

목포사람들은 왜 삼학도에 집착에 가까울 정도로 애착을 보이는 것일가? 강과 산과 바다와 섬이 어울려 있는 자연의 아름다움을 표현하면서 서정적인 사랑의 비극성을 담고 있는 삼학도이야기에서 그 답을 찾을 수는 없을가? 삼학도이야기는 아마도 목포 개항 이전에 형성되었을 것으로 보지만 개항을 전후해서 항구로 유입해 들어온 인근지역민들에 의해서 전파의 폭이 커졌을 것이다. 그들의 일터가 바로 삼학도가 코 앞에 바라보이는 부두선창이었으며, 어쩌면 식민지 항구 노동자들의 비참한 생활정서가 이 이야기의 비극성과 부합하였을 것이다.

이난영의 "목포의 눈물"은 삼학도를 소재로 삼고 있고 삼학도이야기의 비극성과 잘 맞아 떨어져 목포사람들이 부르는 이 노래는 더 의미심장하다. '목포의 눈물'의 나오게 된 근원설화적인 위치에 삼학도이야기가 있다고 보아도 좋을 것이다. 삼학도이야기는 목포의 역사를 함축하고 있으며 목포사람의 사랑을 담고 있으며 목포의 아름다움을 상징하고 있는 우리의 문화자산이라고 생각할 수 있다. 삼학도의 복원은 바로 이런 목포사람의 정서을 복원하는 일이 된다. 도시의 발전이 지역민의 추억과 역사와 아름다움을 가꾸고 전승하는 것이라면 삼학도의 복원은 바로 목포의 발전이 되는 것이다.

삼학도이야기는 목포의 문화상품을 기획할 수 있는 좋은 아이템으로 활용할 수 있을 것이다. 유달산등구의 관광상품점에서 파는 상품들을 보면 목포의 문화적인 특색이 없다. 삼학도이야기를 포함해서 노적봉이야기, 고하도의 이순신장군이야기, 갓바위이야기 등이 모두 목포다운 특색을 가진 문화자원으로 활용할 수 있을 것이다. 삼학도이야기는 문학(소설. 시), 연극, 춤, 미술, 조각, 음악 등의 장르에서 예술가들의 창작소재가 되기도 하고 예술적인 영감의 원천이 될 수도 있다.

목포가 예향이라면 예향다운 도기개발이 이루어져야 한다. 초현대식 시설을 갖추거나 최대규모를 자랑하는 문화시설이 있기 전에 목포예술의 정신적 기반인 목포의 자연을 훼손하지 아니하고 목포사람의 근원적인 정서를 존중하는 문화정책이 우선하여야 한다. 이런 점에서 삼학도의 복원은 일차적인 자연환경의 복원에서 나아가 역사와 문화환경의 복원이다.

4. 삼학도이야기는 목포의 문화자산이다

삼학도이야기는 목포지역에 전승하고 있는 여러 설화 중의 하나이다. 삼학도의 복원이 시민들의 관심사로 오래 전부터 부각되었으며, 시민단체가 중심이 되어 전개한 삼학도복원운동이 결실을 맺어 시당국에서 예산을 편성하고 복원을 위한 연차적인 계획이 실천으로 옮겨지고 있다는 것은 반가운 일이다. 도시개발이라는 미명으로 조성한 택지에 아파트가 장벽이 되어서 가로막아선 오늘의 도시현실을 보면서 그래도 삼학도복원이 시민들의 결집으로 이루어질 수 있는 날이 올 것이라는 희망이 새롭다. 삼학도복원의 정신적인 뿌리를 여러 면에서 찾을 수 있지만 삼학도이야기에 확인할 수 있는 목포지역민들의 정서도 중요한 요인이 될 것이라고 생각하면서 삼학도이야기가 목포의 문화자산으로 다양하게 활용할 수 있는 날이 오기를 기대한다.

4

최치원의 항해와 비금도 그리고 용신신앙

제 4 장 최치원의 항해와 비금도 그리고 용신신앙

설화는 그 지역의 신앙, 역사, 민속 등의 여러 문화현상을 담고 있다. 설화를 전승하는 주민들은 이야기가 바로 자신들의 역사물이라는 것을 의식하고 구술하는 경우를 자주 본다. 본고에서는 설화가 의미하고 있는 문화현상을 중심으로 하여 비금도의 자료를 살펴보고자 한다. 비금도를 보면 선왕산 줄기가 서쪽에서 동쪽으로 뻗어있으며, 성치산 줄기가 동쪽에서 서쪽으로 뻗어있는 지세이며 그 중간에 떡메산이 따로 떨어져 있다. 이 세 산들에 얽혀서 전해오고 있는 전설을 중심으로 하여 그 의미를 해석하고 비금도 주민들의 역사와 신앙의 바탕을 설화적 측면에서 살펴보고자 한다. 선왕산에는 최치원崔致遠의 전설이 수도리水島里 고운정孤雲井 이야기, 선왕산仙王山의 기우제祈雨祭이야기, 관청동官廳洞의 마을 이야기 등으로 전승하고 있다. 모두가 지명유래담 형식으로 되어 있어서 오늘날까지 전승이 되고 있는 자료들이었다. 최치원전설은 그가 12세에 해로를 따라 당으로 들어간

자취를 따라 최치원전설의 맥이 형성되고 있었다. 최치원은 그가 갔던 중국 항로를 따라 그의 이야기가 전파되고 전승되고 있으며 그를 항해자의 신神으로 신앙하고 있다. 본고에서는 서남해지역을 따라 분포된 최치원전설이 어떤 의미와 기능을 가지고 있는가 하는 점을 살펴보았다. 떡메산에는 장군. 장사이야기의 유형이 있어서 서남해도서지역의 이 유형설화와 서로 비교하고 그 형성과정을 살펴보았다. 비금면 용소리의 용소와 성치산 중심으로 전승하는 용신이야기는 서남해의 도서에 전승하는 용신이야기를 서로 비교하면서 용소와 성치산이 용신성소로서 도서지역의 농경민들과 항해자들에게 제의를 베풀은 장소라는 것을 설명하였다.

서남해의 도서지역에 관한 연구를 현재 거주하고 있는 주민들을 중심으로 하면 시대가 조선 초기 내지는 중기까지로 얼마 올라가지 못하고 막혀버린다는 점이다. 그러나 고고학, 역사학 등의 여러 분야의 자료들을 보면 신석기 내지는 구석기 시대까지 소급할 수 있다는 점이다. 현재 거주하는 주민들이 자신들의 문중이나 집안이 최초로 섬에 들어오게 된 입도조이야기는 그들 집안의 입도조이지 섬 전체적인 역사로 보는 입도조가 될 수 없다는 것이다. 그러나 도서지역이 공도정책空島政策으로 공식적으로는 비어버린 시기가 있었다 하여도 그곳에 경작할 수 있는 농경지가 있고 풍부한 해산물이 있는 한 거주자가 끊임없이 있었을 것이라는 생각이다. 도서의 문화는 끊임없이 전승되어 오고 전파되어 왔을 것이라고 생각한다. 도서주민들이 내륙에서 이주해 와 자리를 잡고 섬의 독특한 자연이나 생활환경에 적응하여 가면서 도서의 독특한 문화를 형성하였을 것이다. 비금도의 선왕산, 용소와 성치산, 떡메산 등에 전하는 설화자료를 가지고 이런 비금도의 문화를 조명하여 보고자 한다.

1. 비금도 최치원이야기의 설화적 기능

비금도飛禽島의 대두大頭마을이 있는 대두산大頭山은 조선시대에 흑산도에 유배당해 온 사람들이 유배지를 탈출하려면 흔히 이 대두산정의 커다란 암석을 항해표지航海標識로 삼고 배를 몰아오면 탈출에 성공할 수 있었다는 이야기가 전해오고 있듯이,[1] 대두산은 비금도의 서쪽 끝에 있으며 서쪽으로 직항하면 바로 서해바다 너머에 있는 흑산도에 도착할 수 있어서 그쪽에서 오는 배나 내륙지역에서 서해쪽으로 가려는 배들이 지나쳐 가는 항해통과지 중의 하나였다. 그리고 대두산과 서로 인접한 수도산水島山와 선왕산仙王山도 역시 옛부터 서해의 큰바다로 나가거나 외해外海에서 내해內海로 들어오는 배들이 기착하여 머물다 가는 곳들이었다. 최치원과 관련된 이야기가 대두산, 수도산, 선왕산 주위에서 현재까지 전승되고 있는 사실은 이 지역이 바로 고대부터 원양항해자들이 지나가는 중간 기착지 중의 하나였음을 말하고 있다.

최치원설화는 비금도뿐만 아니라 전북全北 옥구군沃溝郡 고군산군도古群山群島의 선유도仙遊島, 신안군新安郡 도초면都草面 우이도牛耳島. 신안군新安郡 흑산면黑山面 흑산도黑山島 등에 유포되어 있어서 최치원이 당唐으로 가던 당시의 해로를 따라서 그에 관한 설화가 전파되어 있다고 생각할 수 있다. 비금도의 최치원 관련설화자료를 소개하고 우이도와 흑산도 그리고 선유도의 최치원설화의 내용과 성격을 서로 비교하여 보고자 한다. 최치원이야기는 후세에 고대소설 최고운전崔孤雲傳의 근원설화가 되어 소설장르로 확대되어 갔다. 최고운전에 나오는 항해삽화를 최치원설화와 비교하여 그 차이점을

1 재경신안군자료편찬위원회 편, 『신안군향토지』, 나래기획, 1990, 비금면편.

드러내보고자 한다. 비금도의 최치원관련설화는 고운정孤雲井이야기, 선왕산기우제仙王山祈雨祭이야기, 관청동官廳洞이야기 등의 세 가지가 있다.

1) 수도리水島里의 고운정孤雲井이야기

고운정은 현재 비금면 수도水島마을의 뒷산인 목기미 수도산水島山의 정상에 있는 샘으로 아무리 가물어도 물의 양이 줄지도 않고 끊임없이 솟아오른다. 이 샘의 유래를 말해주는 것이 이 고운정이야기다. 고운정은 이름 그대로 풀이하면 최치원의 호인 고운孤雲을 따서 지은 샘으로 최치원샘이라고도 부를 수 있으며 이 샘의 유래는 수도마을 주민들 사이에 잘 알려져 있다. 비금도에서 채록한 고운정이야기는 다음과 같다

① 고운이 중국으로 항해하면서 배에 식수가 떨어지다
② 수도리 앞으로 지나면서 고운이 수도리 뒷산 봉우리에 물이 나올 것 이라고 하다
③ 그곳을 팠더니 과연 물이 솟아오르다.
④ 그 뒤로 이 샘을 孤雲井이라고 부르다
⑤ 고운의 남은 자취로 산 중턱의 바위에 글자가 새겨 있으나 마멸되어 읽을 수 없다.
⑥ 비금에서 기상을 보고난 후 牛耳島로 건너가다 [2]
⑦ 牛耳島의 산정에도 고운이 샘을 파고 바위에 문자를 새기다.

---

2 강복영(남. 70. 수도마을 거주) 씨가 구술한 고운정이야기.

위의 고운정이야기에서 수도리가 항해자들의 식수를 공급해 주는 중간기착지라는 것을 알 수 있다. '水島'라는 섬의 명칭 자체가 바로 '물섬'으로 식수공급을 하는 섬이라는 의미를 갖는다고 생각된다. 수도水島에 있는 수도산의 정상에 파놓은 이 고운정孤雲井이 바로 식수공급원인 것이다. 항해자들에게 식수의 중요성은 말할 필요가 없을 정도로 필수적이다. 수도산의 봉우리에 수맥을 발견할 수 있는 최치원의 능력이 대단하다는 것을 말하면서 고운정이야기는 수도水島(물섬)이 바로 항해자들의 식수공급처라는 것을 일깨워 주기도 하는 실질적인 기능을 하고 있다. 항해자들은 이 물섬에서 최치원의 신이한 능력을 이야기하면서 식수를 확보하고 다음 항해를 준비할 수 있었으며 최치원이 갔던 항로를 따라서 갔을 것이다. 최치원이 서해를 건너서 중국의 절강성으로 갔던 항로를 따라 전승하는 최치원의 항해이야기는 단순히 재미있는 이야기라는 차원을 넘어서 항해자들에게는 韓.中航海에 관한 항해기술의 구전습득이라는 실용적인 기능을 가지고 있었다고 생각할 수 있다.

최치원의 항해이야기는 한・중 항로 바로 그 길을 따라 전승. 전파되고 있다는 것이다. 설화 속의 공간적인 배경이 한.중 항로의 중간기착지이거나 이 이야기에서 보듯이 식수확보 등의 항해자들이 수행해야 할 일들이 드러나고 있다. 위에서 보듯이 최치원이 "비금에서 기상을 보고 우이도로 건너가다"는 이야기 단락처럼 비금 다음의 통과항로는 우이도이며 우이도를 가기 전에 기상을 살펴야 한다는 항해일정과 주의사항이 이야기 속에 삽입되어 있어서 당시의 항해자들에게 최치원의 항해이야기는 그들의 항해지식을 습득하게 하고 전승하게 하는 아주 자연스러운 항해학습물이 되었을 것이다. 이런 경우에서 이야기의 기능이 오늘날 우리들이 생각하는 것보다는 훨씬 더 당시에는 실용적이고 실질적인 것이었다는 것을 알 수 있다. 항해자들은 중간기착지마다 전승하는 최치원설화를 듣고 함께 이야기하면

비금도의 수도산에 있는 고운정

서 같은 항로를 따라 갔을, 명칭으로도 전하는데 수도산시앰은 수도산샘이라는 말이다. 수도산에 있는 샘으로 "수도산에 있는 샘으로 아무리 가물어도 물이 줄지않고 잘 나는데, 신라 말기의 학자 고운 최치원이 중국으로 가는 길에 수도산에 올라 쉬면서 이 샘물을 떠마시었다 하는데, 그 뒤 샘물 위에 늘 은주발 뚜껑이 떠올랐다 한다"는 이야기다.[3] 고운정이야기는 1897년 일본과 맺은 굴욕적인 강화도조약을 반대한 최익현(1833~ 1906)이 유배당하여 우이도(당시에는 흑산도라 불리움)로 가는 항로의 노정에서 최익현을 압송하는 관리가 비금도의 수도산水島山에 올라서 고운정孤雲井을 보고 이야

3 『한국지명총람』 14, 「전남편Ⅱ」 신안군 비금면, 한글학회, 1997, 466쪽, 수도산시앰.

기를 들은 내용이 배본등본配本謄本에 실려 있다. 여기에는 도초도에서 비금도로 건너가는 길의 노정을 이야기하고나서 수도산의 고운정이야기를 기록하고 있다.

> "(9월)15일 정축일 날이 맑고 바람이 차다. (도초에서) 20리를 가니 이미 날이 저물다. 또 20리를 건너 나루머리에 이르러 조금 쉬다. 또 작은 바다를 건너 飛禽島에 이르러 강병호 집에 묵다. 강은 이곳 목장의 장교로 있다가 퇴거한 사람이다. 흑산(우이도)이 이곳에서 60리다. 16일 무인일 날이 맑다. 집주인과 일행이 나루머리의 높은 봉우리에 올라 서쪽을 보니 큰 바다가 흑산에 닿아 있고 동남북쪽으로는 산이 이어 있어 여러 섬의 봉우리들을 보다. 이 산이 봉우리 바위 아래에는 작은 샘이 있으며, 아무리 가물어도 마르지 않고 그 맛이 달고 맑다. 이르기를 孤雲 선생이 지시하여 판 것이라 하니 그 말이 아주 황당하다." [4]

이 기록에서 무안務安의 다경진多慶津을 떠난 최익현 유배호송 일행의 항로는 암태도→팔금도→기좌도→도초도→비금도이고, 비금도에서 대양을 건너 흑산도(현재의 우이도)로 가는 항로임을 알 수 있다. 비금도 이후 중국 남부지역인 절강성으로 가는 항로는 비금도→우이도→대흑산도→(홍도)→가거도의 항로를 따라서 중국의 절강성 양자강 입구로 들어갔을 것이다. 최익현 유배호송 일행이 비금도에서 흑산도(우이도)로 가는 항로는

4 "十五日丁丑 晴風寒 行二拾里 日已夕耳 又渡二拾里 至津頭少休 又渡小洋 至飛禽島 姜秉浩家宿 姜以本牧場將校退去者也 此去黑山六拾里云 十六日戊寅 晴 同主人及一行 登津頭高頂西望大洋及黑山 山勢東南北 觀諸島峰巒 峰頭岩底有小井 大旱不渴 其味淸甘 謂是孤雲先生指示開拓者云 其說極荒唐" －配本謄本－ 新安郡의 文化遺蹟(국립목포대박물관. 전남도. 신안군, 『신안군의 문화유적』, 1987), 187쪽.

고운정孤雲井이야기와 같은 루트로서 당시의 뱃길에 의하면 비금도는 서해 대양으로 나가는 첫 길목에 있으므로 항해 준비를 하고 점검하는 장소이기도 하였음을 알 수 있다. 식수는 대양으로 떠나기 전에 이곳에서 준비해 두어야 하는 필수적인 것이다. 이 자료는 비금도에 거주하면서 살아온 강병호가 고운정의 유래를 유배호송인들에게 이야기하였을 것이다. 항해자들이 고운정이야기를 구술함으로써 자신들이 가야할 항로를 예견하여 마음에 새기고 항해의 준비사항을 놓치지 않게 된다는 설화가 가지고 있는 실질적인 기능을 알 수 있다.

2) 선왕산仙王山의 기우제祈雨祭 이야기

도서지역에 살고 있는 사람들이 바다에서 생활하기보다는 오히려 논밭농사를 더 많이 짓는 것을 볼 수 있다. 내륙에서 살다가 새로운 농토를 찾아서 도서지역으로 들어오는 입도민入島民들의 이야기가 광범위하게 전승되며, 간척지를 개간하기 위해서 둑을 쌓고 마지막 물막이공사를 하면서 살아있는 사람을 인신공양人身供養하는 이야기도 도서지역에서 흔히 전승하고 있다. 도서지역이 고기잡이나 수산물을 기르거나 하는 면보다 오히려 논밭농사에 더 치중한 경향이 시대를 거슬러 올라갈수록 더하지 않았나 하는 생각을 한다. 도서지역에서 농사를 짓기 위해 필요한 것이 바로 농업용수이다. 식수는 무엇보다 중요하여 섬에 물이 나는 샘이 있느냐 하는 것으로 사람이 살 수 있고 없는 유무인도로 나뉘어지고 다음에는 농업용수를 얼마나 확보할 수 있느냐 하는 것으로 그 섬의 빈부가 갈라진다. 농업용수가 풍부하면 농사를 지을 수 있는 농경지를 더 확보할 수 있었을 것이다. 그러나 대부분의 도서지역이 농업용수를 확보할 수 있는 큰 산이나 깊은 계곡이 있을 수 없었다. 도서지역의 농경지는 하늘에서 떨어지는 빗물에 의존할 수밖에 없는 천수답天水畓이 대부분이었다.

비금도에 전하는 최치원의 이야기 중에 기우제祈雨祭를 지내어 비를 오게 하는 이야기가 있다.[5] 기우제는 그 지역에서 가장 높고 신령스러운 산정에서 치제한다. 비금은 지리적으로 보아서 선왕산仙王山 줄기가 서쪽에서 일어나고 성치산城峙山 줄기가 동에서 일어나 서로 맞바라보고 내려오다가 가운데서 만나는 지세라고 할 수 있다. 최치원이야기가 전승하는 지역은 비금의 서부 지역이며 그곳에서 가장 높은 산이 선왕산仙王山(255m)이다. 선왕산은 선황산仙皇山, 서낭산 등으로 불리기도 한다. 최치원이 이 산에서 기우제를 지내는 이야기는 아주 단순하다.

① 비금에 비가 오지 않아서 주민들이 농사를 짓지 못하다
② 주민들이 최치원에게 기우제를 지내주라고 부탁하다
③ 최치원이 선왕산에서 기우제를 지내다
④ 기우제를 지내니 비가 오다

최치원이 비금주민들을 위해서 선왕산에서 기우제를 지내 비가 내린 이야기다. 최치원의 일생을 보면 어려서부터 신이한 행적들이 많이 이야기되고 있다. 출생담을 보면 금돼지굴에 잡혀간 어머니가 낳으니, 버려졌다가

---

5 비금도의 선왕산 부근에서 근년까지 지냈던 기우제를 보면 아주 엄격하고 정성을 다하였다. 이곳에서는 기우제를 天祭라고 한다. 비금도 고서리의 천제를 살펴보면 생기복덕이 맞는 3인의 제관이 7일간 정성을 드리고 제물은 송아지를 쓴다. 제일이 7일째 되는 날 바닷가의 용머리에 가서 용제를 지내고 송아지를 잡아서 내장을 꺼내어 쌀밥 7밥을 거기에 넣어 송아지와 함께 바다에 띄워보낸다. – 김문식(남. 75세, 신유마을거주) 구술–. 비금도의 기우제는 제관이 3인이고 제물로 송아지를 쓰고 제일이 7일 동안이라는 점에서 기우제의 규모가 크고 또한 도서지방 가뭄의 피해가 심각하다는 것을 짐작할 수 있다.

구출되고, 어려서부터 출중한 지혜로 중국에서 가져온 석함속의 물건을 알아맞히고 배필을 구한 후, 12세에 당에 들어가서 과거에 급제하여 문명을 떨치다가 신라로 귀국하여서는 불우한 생애를 보내며 전국을 방랑하다가 가야산 해인사에 들어가서 신선이 되었다는 것이 그의 일생을 이야기하는 줄거리이다. 그는 문장으로 일생의 고난을 극복하여 가는 문인영웅文人英雄이라고 할 수 있으나, 시대에 용납되지 못하여 신선이 되는 종말을 보여준다. 최치원이 기우제를 지내 비를 내리게 하는 능력은 역시 최치원을 신이한 인물로 민중들이 인식하고 있어서 그에게 기우제를 요청한다는 이야기다. 최치원이 기우제를 지낸 선왕산仙王山은 신선神仙에서도 왕신선王神仙의 산이라는 의미를 가지고 있는 것을 보아서 비를 내리게 한 최치원을 신선의 왕으로 주민들이 칭송하여 산명을 붙힌 것으로 유추할 수 있다. 이런 면에서 선왕산 기우제이야기는 선왕산의 지명유래담이기도 하다. 선황산仙皇山이라고 부르는 경우는 최치원을 더 높여 신선神仙의 황제皇帝로 부르는 경우라고 할 수 있다.

최치원이 머물렀거나 거주하였던 지명地名에는 선仙이라는 어휘가 형용사적인 어법으로 자주 쓰인다. 신안군 흑산면 사리와 심리 경계에 있는 산이 선유봉仙遊峰이다. 이 산 위에는 넓은 바위가 있고, 옆에는 동그랗게 생긴 바윗돌들이 있는데 신선들이 장기를 두고 공기놀이를 하던 것이라고 하며 신라 말기에 고운孤雲이 중국을 가면서, 배를 멈추고 이 산에 올라 쉬어갔다는 이야기가 구전하고 있다.[6] 최치원이 태어난 출생설화가 전승하고 있는 전북全北 옥구군沃溝郡 고군산도古群山島의 선유도仙遊島도 역시 선仙이라는 명칭이 수식하고 있어서 최치원이 유람한 자취라는 의미로 볼 수 있다. 선유도

---

6 『한국지명총람』 14, 「전남편 II」 신안군 (一)산천, 한글학회, 1997, 448쪽, 仙遊峰.

의 마을인 선유도리仙遊島里에는 금돼지굴 또는 금도치굴이라 불리는 유적이 남아 있으며 선유사장仙遊沙場, 선유봉仙遊峰 등의 선자계렬仙字系列의 명칭인 최치원관련 유적들이 남아있다.[7] 이들 명칭들과 비교하여 비금의 선왕산仙王山은 최치원으로부터 그 산명이 유래되었다는 것을 확인할 수 있다. 선왕산은 고운정孤雲井과 함께 최치원의 항해자취를 말해주고 최치원 항해이야기의 설화적인 증거물로서 자리잡고 있다. 이 두 설화 증거물은 12세라는 어린 나이에 서해바다를 횡단해 항해하는 최치원의 영웅적인 모습을 보여주어서 같은 항로를 가는 항해자들에게 용기를 북돋우어 주고 항해지식을 전수해 주었을 것이다.

최치원의 기우제이야기는 고대한문소설인 최고운전崔孤雲傳의 기우제삽화祈雨祭揷話와 비교할 수 있다.[8] 이 소설에서는 기우제이야기를 디테일하게 꾸미고 있다. 최치원이 바닷가에서 배를 타고 중국을 향해 떠나 첨성도瞻星島에 닿아 용궁을 방문하고 용왕의 환대를 받은 후에 용왕의 둘째 아들인 이목李牧을 데리고 항해를 계속한다. 이목이 최치원의 항해를 안전하게 보호하니 물결이 일지 않는 순조로운 항해를 한다. 우이도牛耳島에 이르자 [9]가뭄이 들어섬이 붉게 말랐으며 도민島民들이 최치원에게 기우제를 부탁하자 이목으로 하여금 비를 내리게 한다. 이목이 비를 내려 우이도의 들을 넘치게 하자 도민들이 기뻐한다. 이때 하늘의 천제天帝가 청의노승青

---

7 『한국지명총람』 12, 「전북편 하」, 한글학회, 1997, 31쪽. 옥구군 미성면 선유도리.

8 "行至牛耳島 久旱不雨 赤地千里 其島之人 聞至文章 盡拜拱手而懇乞曰 此島不幸 旱災太甚 幾至危亡 幸逢大賢 竊爲明公之德 以望救窮之命 致遠曰 雨不雨 天之所爲 其何奈何 島人曰 大賢誠禱 則天必應之 願明公 十分誠禱 以濟萬死之命 致遠謂李牧曰 君若雨則能雨來 可以爲我 圖之一灑 以活此島將死之人命乎 李牧從之 遂入山中 頃之 黑雲滿天 乾坤昏暗 雨下如注 須臾水漲廣野 島民大悅 李牧出自山中 坐于致遠之傍" 『崔孤雲傳』.

9 현전하는 한문소설 "崔孤雲傳"에는 기우제를 지내는 섬이 牛耳島가 아니고 中耳島로 기록되어 있으나 이는 우이도의 착오일 것이다.

衣老僧을 보내어 함부로 비를 내리게 한 이목을 죽이려 하자 최치원이 이목을 살린다. 고대한문소설의 기우제삽화는 삼국유사三國遺事의 보양이목寶壤梨木[10]의 이야기와 그 모티브와 구조가 동일하다. 보양이 중국에서 귀국하면서 서해바다의 용왕에게 불법을 전하고 용왕의 아들인 이목을 데리고 귀국하는 점이나 날이 가물어서 이목으로 하여금 비를 내리게 하고 천제가 이목을 처벌하려 하니 이목을 살리는 대목들이 모두 한문소설 최고운전에 그대로 차용되고 있다.

서해용왕의 도움을 받는 이야기는 도당유학승들이 귀국하는 도중에 일어나는 모티브로 자주 보이며, 이 전통적인 설화구조를 한문소설인 최고운전이 차용하고 있다. 스님들은 불법을 용왕에게 전달하고, 고운은 문장을 전달하는 것으로 용왕을 교화 내지는 감화시켜서 그의 도움을 받는다는 것이다. 그러나 구전하는 이야기에는 최치원이 직접 기우제를 올리는 단순한 이야기로 되어 있으며 기우제를 지내는 장소가 비금도의 선왕산이다. 그러나 최고운전에서는 기우장소가 우이도로 되어 있는 점이 다르다. 우이도가 원래 흑산에 속하였으며 흑산진영이 자리잡고 있었던 곳이어서 비금도에 비해서 더 알려졌을 것이라는 생각을 한다.

3) 관청동官廳洞 마을이야기

관청동은 관청구미, 관청기미, 관청리 등으로 불리우는 마을로 관청원터가 있으며 공무로 오는 관인들의 숙박시설이 있던 곳이며 옛부터 상선과

10 『삼국유사』 권 제4, 의해 제5, 보양이목.

고깃배들이 많이 드나들던 마을이다.[11] 관청동의 마을 유래담에 곁들인 최치원이야기는 단순하다.

① 옛날 관가 사람들이 이곳에서 자고갔다고 해서 관청동이라고 하다.
② 최고운이 중국에 가면서 이곳에서 머물다.
③ 최고운이 우이도로 가서 중국사신배가 오는가 하고 산정에서 기다리다.
④ 최고운이 두던 바둑판이 남아 있다.[12]

고운이 이 마을에서 자고 갔다는 단순한 이야기와 이곳에서 우이도로 가서 중국사신배가 오는 것을 산정에서 살피었다는 이야기다. 이 이야기는 항해자들에게 비금도에 공용숙박시설인 관청원이 있다는 사실과 이곳에서 우이도로 항해해 간다는 항정航程 또는 항해일정을 가르쳐 준다. 흑산도에 선유봉仙遊峰이 있으며 그 산 위에서 최치원이 놀았던 장기판이 있다는 이야기로 보아서 우이도에서 흑산도로 가는 뱃길이 그 다음 순서였음을 알 수 있다. 이상에서 언급한 비금도의 최치원의 이야기를 통해서 우리는 중국으로 가는 뱃길과 항해 준비사항들을 어느 정도는 알게 된다. 비금도의 수도리에서 물을 공급받고 관청동에서 공공숙박소인 관청원에서 숙박하고 날씨를 보아서, 이곳에서 우이도로 가서 다시 물을 공급받고 기상을 살피다가 흑산도로 가는 항정航程임을 알 수 있다.

1897년 대한제국 시절에 최익현이 흑산도(현 우이도)로 유배가는 일정을 기록한 배본등본配本謄本의 기록에는 섬마다 해안에 배가 닿는 진두津頭가 있으며 그곳에 진두점津頭店이 있어서 숙식을 하거나 휴식을 할 수 있는

---

11 『한국지명총람』 14, 「전남 II」. 신안군 비금(도고, 수대, 수치), 한글학회, 1997, 466쪽.
12 『도서문화 제4집』, 안좌도, 안좌면설화 19; 관청동, 226쪽.

장소가 되었으며 섬에서 섬으로 가는 나룻배와 같은 역할을 하는 배가 있다는 것을 알 수 있다. 이 기록에서 유배호송자들이 진두에서 숙식을 하고 휴식을 취하면서 다음 뱃길을 알아보고 항해 정보를 교환하며 바다나 기후의 형세를 살피기도 하는 것을 볼 수 있다. 최익현를 호송하는 관리들도 역시 비금도의 관청동에서 그곳의 목장을 관리하다가 장교로 퇴직한 강병호의 집에서 유숙하고 우이도까지의 항해거리를 알아보고 다시 수도산水島山에 올라가서 우이도로 가는 바다와 주위의 지세를 살피면서 고운정에 관한 최치원관련 이야기를 듣기도 하면서 뱃길에 대한 예비지식을 얻고 있음을 본다.[13]

4) 고군산군도 선유도의 최치원설화와의 비교

고군산도의 섬들이 조선 고종 건양 원년(1896)에 비금도와 함께 지도군의 관할이 되었다가 1914년 행정구역개편으로 비금도 외 11개 섬이 무안군으로 속하고 고군산군도는 전북 옥구군에 편입되었다는 것을 고려하면 고군산군도의 여러 섬들이 결코 비금도와 무관한 섬은 아니었다는 것을 알 수 있다. 그후 1969년에 다시 비금도 외 10개 섬은 신안군으로 개편되었다. 고군산면에 속한 선유도仙遊島는 최치원설화 현장으로, 그곳에 있는 금도치굴, 금돼지굴로 불리는 굴은 최치원의 출생설화와 관련이 있다. 선유도에 선유도리仙遊島里, 선유봉仙遊峰, 선유사장仙遊沙場 등이 최치원설화와 관련이 있는 지역들이다. 이곳에서 가장 뚜렷하게 최치원설화와 연결되는 곳으로

---

13 주4) 참고.

자천대自天臺와 최치원신사崔致遠神祠를 들 수 있을 것이다.

(1) 자천대自天臺의 강우降雨이야기

자천대自天臺는 신증동국여지승람에서는 자천대紫川臺라고도 표기하고 있으며, 택리지에는 이곳의 이야기가 전하고 있다.

> 임피의 서쪽이 옥구이며 서해에 임해 있고, 자천대라는 작은 기슭이 바닷가로 똑바로 들어가 있고, 그 위에는 두 개의 石籠이 있다. 신라 때 최고운이 태수가 되어와서 籠 속에 비밀문서를 감추어 두었는데, 농이 즉 하나의 큰 돌이었다. 산 기슭에 버려져 있었으나 사람들이 감히 열지 못하였고 혹 끌어당겨 움직이면 바다에서 바람과 비가 갑자기 불어왔다. 마을 주민들은 이것을 이로운 것으로 생각하여 날이 가물면 수백 명이 모여, 큰 밧줄로 끌어당겼는데 곧 바다에서 비가 몰아와서 밭고랑을 흡족하게 적시게 하였다. 매년 使客들이 고을에 올 때마다 가서 보게 되어 고을에 폐가 되었고, 고을 주민들이 고통으로 여겼다. 옛날에는 그곳에 정자가 있었으나 백 년 전에 정자를 허물고 석롱도 땅에 묻혀 자취가 없어지고 지금은 가보는 사람조차 없다.[14]

이 이야기는 비를 몰아오게 하는 자천대의 전설이다. 비금도飛禽島와 우이도牛耳島의 기우제祈雨祭에서 최치원이 비를 내리게 하는 능력을 가지고 있었듯이 선유도의 자천대도 역시 비를 오게 하는 신이한 석롱이 있다는 것이다.

---

14 이중환, 『택리지』(이영택 역, 삼중당, 1975), 76쪽. 팔역지 전라도조 자천대.

이 이야기들에서 최치원이 도서주민들에게는 비를 내리게 하는 rain-maker로서의 능력을 지니고 있는 인물로 숭앙되고 있다는 것이다. 최치원이 바닷가의 굴속에서 사는 금돼지의 아들이라는 것은 고군산군도 주변에 형성된 해양세력과 연관이 있다는 것이 아닐가 하는 의심을 갖게 하는 대목이다. 최치원이 자字가 해부海夫이며 그가 어려서부터 바닷가 모래사장에서 학문을 익혔다는 이야기는 그가 본래부터 해양海洋과 무관하지 않다는 것을 암시하고 있다.

이능화는 조선무속고에서 고군산군도의 금저굴金猪窟을 이야기하고, 이 굴 앞의 바다를 금저양金猪洋이라고 한다고 하였다.[15] 금저굴에 사는 금돼지 이야기는 지하국대적퇴치설화地下國大賊退治說話의 유형으로 그 시대에 반역하는 세력을 의미한다고도 볼 수 있다. 금저양金猪洋은 '금돼지의 바다'로서 바로 새로운 해양세력의 세력권을 의미할 수도 있다고 본다. 이능화는 당시 구전하는 이야기를 전하고 그곳에 어부들이 많고 당나라 상선商船들의 무역지라고 하였다. 고군산군도에서 당나라 상객商客들이 최치원을 데리고 당唐에 들어갔다고 하였다. 비금도와 우이도에서 최치원이 기우제를 지내고 도서민들을 위해서 비를 내리게 하였다는 이야기는 고군산군도의 자천대이야기에서 보듯이 최치원의 강우능력降雨能力은 일관되게 서해도서의 여러 지방에서 전파되어 오고 있음을 알 수 있다.

15 이능화, 『조선무속고』(이재곤 역, 동문선, 1991), 291쪽. 제19장 지방의 무풍 및 신사.

(2) 최치원신사의 설화적 기능

고군산군도古群山群島에 최치원신사가 있어서 도서민들이 그를 천신天神처럼 모시고 있다는 이능화의 기록은 그곳에 전하는 구전을 채록한 것이다.[16] 고군산군도에 어부들이 많고 그 섬이 당나라 무역상들이 들고나는 무역지라는 점에서 최치원의 신사는 어부들과 무역상인들이 그들의 풍어와 항해의 안전 그리고 경제적인 이익을 위해서 최치원을 신으로 받들어 모셨을 것으로 인식된다. 고군산군도, 비금도, 우이도, 흑산도 그리고 중국의 절강성으로 이어지는 최치원이 당으로 갔던 항해로의 출발지이던 고군산군도에 위치한 최치원신사는 이 항로를 따라 한국과 남중국을 오고갔던 항해자들의 신앙적인 중심처였을 것이다. 서해상의 도서지역에 전승되고 전파되었던 최치원설화도 이 신사를 중심으로 하여 항해자들에 의해 더 넓게 전파되었을 것이라는 점에서 최치원신사는 최치원설화의 집합지였다고 할 수 있다. 최치원이 갔던 항로를 향해 출발하거나 또는 이곳에 도착한 항해자들은 이 신사에서 그들의 안전과 무역의 발전을 빌었을 것이고 항해의 위험과 고난을 서로 이야기하였을 것이다.

최치원의 항해이야기는 그들이 모시는 최치원신崔致遠神의 신력神力을 과시하고 그들의 항해를 안전하게 하는 신화주술적神話呪術的인 성격도 띠었을 것이다. 최치원이 강우능력, 식수를 해결하였던 지혜, 서해용왕을 문장으로 감복시킨 이야기, 용왕의 아들 이목李牧이 최치원의 항해를 도운 이야기 등은 모두 최치원신崔致遠神의 신력을 강화시키고 이 신을 모시는 항해자들의 항해를 안전하게 담보하는 기능을 하였을 것이다. 최치원설화는 서해의

16 주 15)와 같은 책. 291쪽.

대중국항로對中國航路를 따라 해양지역에 넓게 퍼져있으므로 비금도를 비롯한 각 도서의 최치원설화는 이런 설화맥락에서 해석되어야 할 것이다. 비금도의 선왕산仙王山 또는 일명 선황산仙皇山으로 불리는 이 산명山名에서 선왕仙王이나 선황仙皇이 최치원을 지칭하는 것이라는 것도 최치원이 고군산군도의 선유도에 그의 신사神祠가 있으며 그가 신神으로 받들여지고 있다는 점을 고려하면 이해될 것이다. 선왕仙王과 선황仙皇의 (−)왕王과 (−)황皇은 룡왕龍王, 산왕山王 등에서 보는 민간신앙의 신격神格을 의미하는 용어이다. 고군산군도에 있던 최치원신사의 신명神名이 최치원 선왕仙王 또는 최치원 선황仙皇이 아니었을가 하는 생각을 한다. 한국과 남중국의 절강성으로 이어지는 항로상의 항해자들에 의해서 최치원은 항해신으로 받들여졌을 것이고 그 항로지역의 도서주민들에게는 농경의 강우신으로 또는 신선으로 인식되고 있었다는 것이다.

최치원설화는 또한 고군산군도의 그의 신사에서 최치원신崔致遠神의 본풀이적인 성격을 띠고 있었을 것이다. 비금도에서 최치원이 고운정孤雲井을 파서 항해자들에게 식수를 제공하고, 주민들에게는 기우제祈雨祭를 지내 비를 내리게 하여 농업용수를 제공함으로써 항해신航海神과 농경의 강우신降雨神으로 자리잡는 이야기가 아직까지 전승되어 오고 있는 것은 고운정孤雲井, 선왕산仙王山이라는 지명의 유래담형식을 빌었기 때문이다. 비금도에 그 샘과 산이 설화적인 증거물로서 존재하므로 고운孤雲과 선왕仙王은 사라지지 않을 것이고 최치원에 관한 신성성은 어느 정도 유지될 것이다. 현재 비금도 주민의 설화의식을 보면 고운은 최치원의 호號이므로 주민들 사이에 알려져 있으나 선왕산의 선왕은 최치원을 지칭하기보다는 막연히 그곳에서 놀았던 신선이라는 정도로 인식되고 있다.

2. 비금도 떡메산이야기의 민중영웅적 특성

1) 떡메산이야기의 의미

비금도의 떡메산은 선왕산 줄기와 성치산 줄기가 엇갈려 가는 사이에 있는 작은 바위산으로 이 산에 얽힌 장군의 이야기가 있다. 떡메산[17]은 덕산德山, 떡산, 떡메, 유산遊山 등으로 불리고 있으며 비금도 주민들은 그 산의 아름다움과 신령스러움을 자랑으로 여기고 있다. 떡메산전설은 1971년 고려대학교 국문학연구회가 조사한 자료가 있다.

떡메산이야기 1

① 옛날에 비금으로 큰 바위산이 공중에 떠오다
② 그 바위산에는 장군이 말을 타고 서 있었다
③ 아이를 낳은 여인이 피묻은 속옷을 빨고 있다가 그 산을 보고서, 그 여인이 "떠온다. 떠온다. 떡메산" 하고 소리치다
④ 부정한 여인의 외침으로 인하여 그 산이 그 자리에서 내려앉아 버리다
⑤ 지금의 떡메산이 그 산이다
⑥ 원래 그 산은 용소리에 앉으려 하였다.
⑦ 산 위에는 장군이 두던 바둑판, 우산처럼 생긴 우산 바위, 장군의 신자

17 떡메산의 의미는 확실하지 않으나 그 산의 전체가 바위로 되어 있는 모습으로 보아서 '독산'(石山)이거나, 설화상으로 보면 '뜬산'(浮山)의 의미일 것이다. 한자로 표기된 '德山'은 큰산이라는 의미는 아니고 '떡메'의 한자식 音表記와 訓表記의 혼합일 것이다. 이 산은 작은 규모이다. '遊山'은 물론 설화상으로 보아 '떠다닌다'는 의미일 것이다.

국이 있다.[18]

이 자료는 약 30년 전에 채록한 자료이다. 2000년 여름 목포대학교 도서문화연구소의 비금도 학술조사에서 채록한 자료는 다음과 같다.

떡메산이야기 2

① 홍단어미가 홍단을 낳고 피빨래를 하다
② 그때 산이 공중에서 떠오다
③ 홍단어미가 보고서 "떠온다. 떠온다. 떡메산 떠온다."고 외치다
④ 산이 두 토막으로 갈라져 한 토막은 위로 가서 서울이 되고, 한 토막은 여기(비금)에 앉다
⑤ 홍단어미가 소리치지 않았으면 여기가 서울이 되었을 것이다
⑥ 홍단어미가 벌받아서 구렁이가 되어 떡메산의 굴 속에 있고 그 굴이 홍단굴이다
⑦ 이것이 여기 역사다.[19]

자료 2는 자료 1과 비교하여 장군이야기가 생략되고 떡메산이 비금에 앉게 된 내력을 이야기한다. 그러나 떡메산이야기에 대한 구술자의 인식을 더 잘 설명하는 부분이 있어서 이 이야기를 이해는 데에 참고가 된다. 두

---

18 고려대학교 국어국문학연구회, 『어문론집 제13집』, 비금도 민속・언어 조사보고, 1971, 354쪽.
곽성훈 구술(남. 42세. 고서리 거주). 1971년 조사.
19 최월출 구술(남. 80세. 나배마을 거주). 2000년 6월 조사.

자료를 합성하면 <장군삽화-떡메산삽화-홍단어미의 금기위반禁忌違反>으로 파악된다. 떡메산전설이 전승하여 오면서 장군삽화가 탈락된 것은 떡메산과 장군이 설화적 의미로 보아 동일한 것이므로 전승력을 상실한 것이라고 본다. 그러나 이 전설은 장군이야기가 그 본질적인 속성이다. 다시 말해서 뜻을 이루지 못한 영웅으로서의 장군이 좌절당하는 이야기라고 본다. 떡메산이 서울로 가지 못하고 비금에 주저앉아 버린 것이나 장군이 서울로 가서 나라를 세우지 못한 것이나 그 의미가 동일하므로 이 이야기는 의미의 이중적인 반복효과가 전승과정에서 단순화된 것으로 파악된다.

현지의 제보자들은 떡메산이 용소리에 온전하게 앉았더라면 이곳이 서울에 되었을 것이라고 하면서 이루지 못한 것에 대한 아쉬움 가지고 있었다. 또한 "이런 섬에 있으니까 그렇지 저 대처에 나가 있었더라면 명산이 되었을 것이다"라는 체념을 가지고 있었다. 이 좌절과 체념이 주민들이 살아온 역사의식의 일단을 비치고 있는 부분이다. 이 이야기를 비금도 주민 자신들의 '역사'라고 하는 것도 이런 의미일 것이다. 떡메산이 떠오는 것을 보고서 不淨한 여인의 외침으로 떡메산이 두 쪽으로 갈라져 주저앉아 버리게 하였다. 이 부정한 여인이 범한 금기의 위반에 대한 징벌로 구렁이로 변하게 하여 떡메산 굴 속에서 갇혀 지내게 한다. 홍단어미의 이 외침은 제보자들이 모두 운문으로 노래 부르듯이 구술하였다. 떡메산이 떠오는 것을 보고서 놀람과 공포가 뒤섞인 홍단어미의 심리적인 상태가 제보자들에게 그대로 전달되어 오는 것 같은 느낌이 드는 대목이다. "떠온다. 떠온다. 떡메산 떠온다."는 홍단어미의 외침은 전승자의 구술 중에도 주술적인 효과를 주었다. 새로운 세계가 떠오르는 모습을 본 순간의 경악과 경탄 그리고 두려움이 운문적인 음악성 속에 잠재해 있다.

신성한 공간과 시간에 부정의 금기를 범하는 홍단어미의 외침은 관군에게 아기장수가 숨어있는 바위를 가르쳐 주어서 자신의 아들인 아기장수를 죽게 하는 그 어머니를 연상시켜 준다. 더구나 홍단어미가 방금 아기를 출산하고 그 피빨래를 한다는 화소에서 홍단어미가 아기장수 어머니를 연상하게 한다. 아기장수 이야기에서는 장수를 죽인 그 어머니의 뒷이야기를 들을 수 없으나, 떡메산을 갈아 앉게 하고 그 위의 장군을 죽게 하는 떡메산 전설의 홍단어미를 구렁이로 화하게 하여 굴 속에 가둔 징벌이 따른다. 이 징벌은 홍단어미에게 비금도 주민들이 내린 것이며 역설적으로 말하자면 주민들이 자신들에게 내린 것일 수도 있다. 이 설화의 역사를 어떻게 역사적으로 증명할 수가 있는가? 하는 물음에는 대답하기 어렵다. 어느 특정한 시간과 공간에 이런 일들이 현실적으로 벌어졌는가 하는 것을 증명하기는 어렵다. 그러나 설화 전승자의 의식 속에는 이 좌절과 체념 그리고 구렁이처럼 어지러운 역사가 설화속에 현존하고 있다는 것을 확인시켜 주는 이야기가 떡메산이야기다.

2) 서남해도서지역의 장군·장사설화의 형성

비금도의 떡메산이야기가 장군·장사이야기 유형에 속하므로, 우리 나라의 어느 곳이나 전승하고 전파되어 있는 광포설화廣布說話이지만, 서남해도서지역의 자료를 가지고 이 설화의 형성과정을 살펴보고자 한다. 여기에서 언급하는 장군.장사설화는 대개가 비극적인 최후를 마치고 자신의 뜻을 펴보지 못하고 반역자의 이름으로 또는 도적의 이름으로 불리다가 관군에게 잡혀 죽는 장군·장사의 이야기다. 이 유형의 이야기는 인물이 익명으로 등장하는 초기형성단계, 구체적인 인물이 점차 언급되지만 주로 성씨만 드러나는 두 번째 단계, 역사적으로 이름난 인물이 등장하는 마지막 단계로 나누어서 설명하고자 한다.

(1) 가장 단순한 설화구성 초기단계 – 인물의 익명성

가장 단순한 형태의 설화구조로 익명의 장군 · 장사의 발자국, 손자국이 바위에 새겨져 있고 그 바위를 장군바위라고 부르는 유형이다. 바위에 그 자국이 새겨질 정도의 인물이라면 누군지는 모르지만 대단한 힘을 가지고 있을 것이라는 유추에 의해서 그 바위를 딛고 지나간 사람을 장군 · 장사로 보는 이야기다. 장군 · 장사의 인물이 구체적으로 드러나지 않고 다만 바위에 새겨진 자국만을 보고서 장군과 장사를 유추하는 내용이다. 설화의 구성이 주로 바위모티프가 중심을 이루고 있어서 설화의 title도 "장군바위", "장사바위"로 불리우는 경우가 대부분이다. 익명성의 초기단계 설화자료도 3가지 유형으로 세분할 수 있다.

첫째가 가장 단순한 형태다. 바위에 난 손자국 발자국이 장군이나 장사의 것이라 하여, 그 바위를 장군 · 장사바위로 부르는 이야기다. 바위에 자연현상에 의해서 생긴 인체의 특정 부위와 비슷한 구멍이나 자국을 보고서 바로 장군 · 장사의 것으로 유추하고 있는 이 이야기는 힘과 용기를 가진 장군 · 장사에 대한 숭배감을 표현한다. 바위에 새겨진 발자국 모양의 자국을 보고서 그 발자국의 인물을 유추하여 장군 · 장사의 전체적인 모습과 그의 힘과 용기를 상상하고 이 유형의 이야기의 발단을 형성한다는 생각이다.[20]

둘째는 그 자국을 익명의 장군 · 장수가 섬과 섬 사이를 뛰어가거나 섬에서 바다를 건너 뛰어 육지로 간 표지로 보고 용력과 용기를 상찬하는 이야기

20 이 유형의 이야기는 다음과 같이 아주 단순한 구조다.
1. 장군바우(신안군 비금면 고서리). 『한국지명총람』, 「전남 II」 신안군 비금면. "바위에 어느 장군의 손자국이 나있어 장군바우라고 부르다."
2. 장군바우(신안군 비금면 광대리). 『한국지명총람』, 「전남 II」 신안군 비금면. "매우 웅장한 바우를 장군바우라고 부른다."

가 있다. 이 유형도 역시 바위가 주된 모티프이며 익명의 장군・장수가 재주자랑을 하거나 신심을 단련하거나 용기를 드러내 보이는 행동을 한다. 장군・장수에게 설화적인 능력을 부여하는 단계이다. 왜 그들에게 멀리 뛰는 능력을 주로 부여하였는지 하는 문제는 새로운 세계로의 비약 또는 날아가는 힘을 상징하는 것이라고 할 수 있다. 이 능력은 아기장수에게 날개를 돋게 하는 전 단계일 수도 있다. 첫 번째의 이야기가 단순한 장군.장수의 존재를 표시하는 정적인 내용이라면 여기에서는 움직이는 동적인 내용이 전개된다. 그러나 익명의 장군・장사가 바위라는 주된 설화적인 공간을 크게 벗어나지 못한다.[21] 떡메산이야기는 이야기의 형성으로 보아서 이 위치에 속한다고 할 수 있다.

셋째는 익명의 아기장수이야기들이다.[22] 날개 돋은 아이가 태어나서 바위

---

21 익명의 장군・장수가 바위를 중심공간으로 하여 용력과 용기를 자랑하는 자료이다.

1. 장사바위이야기(지도읍 태천리). 『도서문화 제5집』, 지도 설화자료, 1987.
   장사가 이쪽 산에서 고수목까지 바다를 건너뛰다
   장사발자국이 있다.
2. 장수바위(지도읍 태천리). 도서문화 제5집, 지도설화자료, 1987.
   장사가 긴 담뱃대를 가지고 화두산에서 뛰다
   장사의 발자국, 담뱃대자국 등이 있고 발자국에 고인 물이 약수라고 하다
3. 장수발테죽이야기(완도군 체도). 도서문화 제16집, 완도체도 설화자료, 1998.
   장수가 완도읍에서 해남으로 뛰어넘다가 가랑이가 찢어져 죽다
   장수발테죽이 있다
4. 장사바위(도초면 발매리 발매마을)
   축지법하는 장사가 우이도 상산봉에서 장사바우로 뛰다
   그때 생긴 발자국이 있다.
5. 공중곡예를 자랑하던 장사(암태도). 『도서문화 제1집』, 암태도 설화자료, 1983.
   섬과 섬 사이에 쇠줄을 메고 재주와 심신단련을 하다

22 익명의 아기장수이야기 자료들이다. 이 이야기 역시 바위에 난 발자국이 증거물로서 사용되고 있다.

1. 장사바우(안좌면 마명리) 도서문화 제4집, 안좌도 설화자료. 1986.
   태어난 아기가 날개가 돋아 날아다니다
   장사발자국이 바위에 있다

에 발자국을 남겼다는 이야기도 있고, 아이가 죽고 나자 용마가 나오고 샘에 말 발자국이 남아 있다. 이 이야기 역시 중심 공간이 바위를 벗어나지 못하고 아기장수가 태어나 죽으나 그 흔적이 바위에 발자국을 남기고 있다. 아기장수가 바위에 발자국을 남겼다기보다는 이야기의 형성은 그 반대였을 것이다. 바위에 난 발자국이 아기의 것처럼 작고 앙징스러워서 아기장수를 연상하게 되므로 바위에 생긴 자연스러운 자국이 아기장수라는 인물을 설화적으로 형성케 하였으며 뛰는 능력을 넘어서 날아가는 비상의 능력을 부여하게 된 단계이다. 아기장수가 세계와의 갈등을 일으켜서 비극적인 죽음을 맞이하는 사실보다는 비상의 능력을 갖추었다는 신이한 능력의 존재에 더 비중을 둔 이야기다.

---

2. 장수바위(신지도) 도서문화 제14집, 신지도 설화자료, 1996.
   청산도 도청리의 장수마을에 날개돋은 아이가 나다
   바위에 발자국이 있어 장수바위라 부른다
3. 장군바위이야기(안좌도) 도서문화 제4집, 안좌도 설화자료, 1986.
   장군바위에 아기장수가 묻히다
   원을 막기 위해 그 바위를 발파하니 아이가 죽다
   바위 위에 장수발자국이 있어 장군바위라 부르다
4. 아기장수(보길면 등문리) 도서문화 제8집, 보길도 설화자료, 1991.
   예송리서 장사가 나다
   집안에 널어놓은 고기를 비가 오니 들여놓음
   비가 오니 널어놓은 곡식을 들여놓음
   아이가 날아다니면서 그 일을 하다
   장군묘에 쓴 시아버지묘를 파버리다
   아이가 죽다
   용마가 나와 죽고 샘에 말 발자국이 나다

(2) 구체적인 인물이 드러나는 단계 – 주로 성씨만 언급됨[23]

이 단계에서는 장군 · 장사의 성씨나 이름이 간략하게 언급되어서 인물이 점차 구체적으로 형성되어 간다. 앞 단계의 익명성이 이제는 구체적인 인물로 드러나는 단계이다. 장군 · 장사에 대한 추상성이 사라져 가고 현실성이 짙어간다. 앞 전 단계에서 보는 바위모티프 중심의 설화공간에서 벗어나 사람들의 사회생활이 영위되는 마을로 공간이동을 한다. 팔장사이야기에서 보듯이 단순한 힘자랑을 하기보다는 장군 · 장사들이 자신들의 용력을 타인들을 위해서 사용하면 그 힘의 근원에 대해서 묘자리에서 찾는 이야기도 형성된다. 아기장수도 성씨를 알 수 있으며 아기장수가 성장하면 역적이 되어서 집안을 다 몰살시킬 것이라는 두려움으로 가족들에게 살해를 당하거나 스스로 바위 속으로 숨어들었다가 어머니의 발설로 죽임을 당한다는

---

23 장군 · 장사의 인물이 조금씩 성씨를 드러내어 현실성을 부여하는 자료들이다.

1. 팔장사이야기(암태도 도창리). 『도서문화 제1집』, 암태도 설화자료, 1983.
   도창리를 세운 오씨 집안에 우무실에 묘를 쓰다
   여덟 아들을 낳으면 묘를 파라 하면서 묘를 파지 않으면 후손이 끊긴다고 하다
   여덟 아들이 모두 장사여서 수문통 돌다리를 놓다
   묘를 파지 않아서 후손이 없다
2. 장사바위(하조도 창유리). 『도서문화 제2집』, 하조도 설화자료, 1984.
   김씨 장사가 집서까래를 한 짐에 지다
   큰 돌을 들어올리다
3. 아기장수(보길도 백도리). 『도서문화 제8집』, 보길도 설화자료, 1991.
   예송리 김씨 집안에 날개돋은 장사아이가 나다
   가족들이 도구통에 엎어 죽이다
   투구섬, 기섬, 질매섬이 생기다
4. 아기장수(웃돌네)(청산면 신풍리). 『도서문화 제9집』, 청산도 설화자료, 1991.
   아이가 윗도리만 생겨서 그 어머니를 웃돌네라고 부르다
   콩, 좁쌀 한 말씩 갖고 바위 속으로 들어가 숨다
   나라 관리가 그 어머니에게 물어 아이를 찾아 죽이다
   바위 속을 보니 군사가 반 만들어져 있어서 기한이 차면 웃돌이가 나왔을 것이다

아기장수의 사회적인 갈등현상을 비극적으로 구성하고 있다. 보길도의 백도리의 아기장수 이야기에서 보듯이 아기장수의 죽음 후에 나타나는 투구섬, 질매섬, 장구섬 등의 증거물은 내륙의 아기장수이야기에서 보는 용마의 죽음삽화가 도서지역에 맞게 섬의 모습으로 변이된 형태이다. 투구, 장구 등은 장군이 쓰는 전쟁도구이고 질마(길마)는 장군이 타는 말이지만 모두 섬의 모습으로 변이되고 있는 점이 재미있다. 아기장수의 이름이 '웃돌이'로 내륙지역이 '우투리'(이성계와 우투리), 둥구리(둥구리를 죽인 대조영)[24] 들과 비교할 수 있을 것이다. '웃돌이'의 의미는 '윗도리'로 아기장수의 모습이 위쪽만 생기고 아래쪽은 없어서 붙인 이름이라고 한다.

(3) 역사적으로 유명한 장군 · 장사들의 이야기 – 민중영웅의 비극성

장군.장사들의 인물이 역사적으로 등장할 정도로 비교적 명확하다. 그들의 최후는 거의가 비극성을 띠고 있으며 아기장수이야기가 원형적으로 잠재되어 있기도 하다. 서남해도서지역에서는 송장군(압해도), 왕장군(압해도), 장보고장군과 송징장군(완도), 나송대장군(목포유달산 및 압해도 외 여러 도서지역), 엄목장군(완도) 등의 이야기가 있다. 장군 · 장사이야기가 형성초기단계에서는 바위모티프로부터 시작되어, 힘과 용기를 갖추고 민중의 염원을 충족시켜 주다가 비극적인 생을 마친 역사인물의 이야기로 귀결된다. 송장군이야기(압해도)에서 송장군의 출생은 압해도의 역섬의 굴에서 흙을 헤집고 나오는 삽화는 아기장수가 바위 속에서 숨어있다가 때를 만나 다시 세상으

24 최래옥, 『한국구비전설의 연구』, 일조각, 1981, 162쪽.

로 나오는 모습을 연상시킨다. 왕장군(압해도)은 지나가는 세곡선을 털어서 압해도민들을 위해 나누어주다가 관군에 잡혀서 죽는다. 송징장군도 역시 완도민들이 굶주리자 곡식을 풀어서 구휼했으므로 당신으로 모시고 있으며, 나송대는 국가에 반역하여 잡혀 죽으며, 장보고 역시 연해민을 위해서 해상의 해적을 없앴으나 결국은 신라의 중앙정부가 보낸 자객에 의해서 살해당한다. 이런 장군.장수이야기의 형성과 의미를 풀기 위해서 바위모티프를 중심으로 한 '장군바위이야기'나 '아기장수이야기' 등의 설화자료를 고려해야 할 것이다.

비금도의 떡메산이야기는 앞에서도 언급하였듯이 장군・장사가 익명으로 등장하는 첫 번째의 초기형성단계에 속한다. 떡메산야기에서도 아기장수이야기의 화소들이 등장하고 있다. 떡메산에 새겨진 장군신발자국, 용소龍沼에 앉으려다 실패함은 아이장수의 용마를 연상케 하는 대목이고, 떡메산이 공중에서 떠오는 것은 아기장수의 비상능력飛翔能力과 동일하고, 아이를 낳은 여인이 금기를 어김으로서 떡메산이 주저앉게 만들고 장군을 죽이는 삽화는 어머니가 아기장수를 죽이는 아기장수이야기의 변형이라고 본다. 장군신발자국은 장군바위의 특징이며 익명의 아기장수는 흔히 바위에 이 자국을 남긴다. 용소는 바로 용마가 살고 있는 설화적인 공간이다. 이런 모티프의 유사성으로 보아 떡메산이야기는 아기장수이야기의 설화적인 속성을 내재하고 있다고 본다. 비금도에서는 현재까지 이름난 장군이나 장수의 이야기가 채록되지 않는다. 떡메산이야기와 고서리와 광대리에 전승하는 장군바위이야기가 장군에 관한 이야기이지만 초기형성단계의 단순한 구성이며 익명의 장군으로 막연한 인물이다.

3. 비금도 용소리의 용소와 성치산의 용혈이야기의 용신신앙성

용소리의 동쪽에 있는 성치산은 용소리에서 바로 쳐다보인다. 성치산에 있는 용굴도 용소리에서 빤히 쳐다보일 정도로 크다. 용소리는 마을에 용소가 있으며 현재는 연꽃이 자생하고 있는 넓은 연못이며 마을 주민들은 평소에 용방죽이라고 불러왔다. 현재 용소리는 비금도에서 단일 마을로는 도고리 다음으로 큰 마을이며 마을 주민들은 섬에 살아도 바닷일보다는 생업이 농삿일이다. 성치산에서 흐르는 물이 용소에 모여 들어서 못을 이루며 용소물은 용소리 앞들의 농업용수로 긴요하게 사용된다. 용소는 바다쪽에서 밀려오는 모래로 메워지고 있어서 예전보다는 넓이가 많이 줄었다고 하였다. 성치산을 주민들은 성잿산으로 평소에 부르고 있으며, 이 산은 비금도에서 가장 높고 큰 산이므로 비금 어디서나 볼 수 있다. 성치산 남.서쪽으로 용소리와 광대리가 있고 서북쪽으로는 경사가 완만하게 되어 해안까지 이어지고 있다. 성치산 정상에는 석축성의 유적이 남아 있으며 언제 쌓았는지는 알려지지 않으나 고려초기 또는 조선시대 등의 설이 있을 뿐이다.[25]

용소리의 용이야기와 성치산의 용이야기는 서로 연결이 되어 있으나 이야기 자체는 아주 단순하다. 용소리의 용이 승천하면서, 성치산의 바위를 뚫고 하늘로 올라가서 그곳에 바위굴이 생겼다는 이야기다.

① 용소리의 용방죽에 용이 살고 있었다

② 용이 승천할 때가 되어 하늘로 오르다

③ 성잿산의 바위를 뚫고 승천하다

25 배종무, 「신안군의 역사유적」, 『신안군의 문화유적』, 1987, 167쪽.

④ 성잿산에 용굴이 생기다

이런 유형의 용이야기는 서해도서지역에서 자주 듣게 되는데 주로 샘이나 못, 굴이나 바위, 산 등의 지명유래담의 형식으로 전승하고 있다. 용소, 용샘, 용둠벙, 용담샘, 용정 등의 육지에 있는 수계水界의 지명으로 전하는 용전설은 거의 모두가 그곳에 용이 살다가 하늘로 승천하였다는 내용들이다.[26] 용당산, 용난끝, 용혈, 용섬, 용바위 등으로 전하는 굴이나 바위나 섬이나 산의 지명을 설명해 주는 용전설 역시 용이 승천하면서 꼬리로 쳐서 생겼다는 내용들이다.[27] 비금도의 용소리 용전설도 역시 그런 내용이다.

1) 용의 승천의 의미

용전설에서는 거의가 용이 승천하는 부분이 있어서 그 의미가 무엇인지 의아스럽게 여겨진다. 용은 원래 물의 신으로 이 우주의 모든 수성水性을 관장하고 있다. 도서지역에서는 우선 식수가 있어야 살아갈 수 있다는 점에서 용신의 숭배가 시작되었을 것이고, 농경을 위해서 비가 내리거나 농업용수가 있어야 하였을 것이고, 해양계에서는 항해의 안전이나 풍어를 기원하기 위해서 용신을 숭배하였을 것이다. 섬에 있는 못이나 샘이 용신의 좌정터로서 인식되고 이곳에서 농경제의적인 용신의 숭배가 행해졌을 것이다. 내

26 신지도의 용둠벙, 고금도 청룡리의 용둠벙, 하의면의 봉도마을과 세꾸미마을의 용담샘, 자은면 백산리의 용소 등의 예를 들 수 있다.

27 도초도 고란리의 용당산, 하의면 능산리 원능마을의 용난끝, 지도면 당촌리 묘동마을의 용굴, 임자면 광산리 광산마을의 열두문턱굴, 임자면 이흑암리 이흑암마을의 바닷가에 있는 용난굴, 보길도 백도리의 용호리바우 등의 예를 들 수 있다.

륙에서 행해지는 농경사회의 용신숭배로서 우선 들 수 있는 제의가 줄다리기, 고싸움 등이다. 새끼로 꼰 줄은 바로 용신의 모습이며 암,수 쌍용이 서로 어우러져서 생산의례의 형태로 진행되는 이 용신제의는 풍년을 기원하는 제의이다. 고싸움도 줄다리가 더 조직화되고 전투적인 형식으로 발전된 것으로 이해된다. 두 용이 어우러져서 서로 경쟁적인 투쟁형식을 띠면서 생명력을 고양시키고 생산의례적인 형태를 띠며 풍년을 기원하다.

용신이 샘에 물이 그치지 않고 솟아오르게 하거나 비를 내리는 능력을 가지고 농경민에게 풍년을 주는 농업신으로 숭배되고 나아가서는 해양신으로서 바람과 비를 몰고 풍랑을 일으키게 하거나 잔잔하게도 하는 해양을 관장하는 신격으로 뱃사람이나 어부들에게 숭배되기도 한다. 용의 승천은 주로 용소나 용샘에서 이루어진다. 용소나 용샘은 농경민들에게 농업용수를 공급하는 장소로 농경민들이 용신을 위한 제의를 베푸는 신성구역이기도 하다. 도서의 용신이 근처에 있는 산의 바위를 치거나 뚫고 하늘로 오르는 승천은 농경적인 용신이 해양신의 신력을 얻게 되는 것을 의미한 것으로 파악할 수 있다. 하늘에 올라서 구름과 비를 거느리고 농경민과 해양민들의 신으로서 좌정할 수가 있는 것이다. 하늘에 오름으로써 우주의 수성을 마음대로 거느릴 수 있는 완전한 용신의 권능을 확보할 수 있는 것이다. 용의 승천은 바로 농경신에서 해양신의 신격까지 겸비하게 되어 용신의 신역, 신권을 넓히는 계기를 마련하게 되는 것이라고 해석할 수 있다. 용이 승천하면서 꼬리로 친 바위나 높은 산의 바위를 뚫고 올라가는 그 장소는 용의 승천을 증명하는 용신신화적龍神神話的인 공간으로 성소화 되는 사례를 많이 볼 수 있다. 그 장소는 해안에 있거나 바다 속에 있는 경우가 많으며 용신이 하늘로 승천하는 증거물이 되기도 하고 용신의 신역인 내륙의 샘이나 못이 강을 이루어 바다로 흘러드는 장소로서 내륙의 농경적인 용신의 신역과 바다인 해양의 신역이 서로 접합되고 또한 천상으로 오르는 곳이므로 용신신역의 축 또는 중심이 되는 공간이다.

비금도의 용신이야기도 역시 용소리의 용소는 농경신으로서의 용신성역이라면 용이 뚫고 올라간 성치산의 용굴은 해양신으로 용신의 신역神域이 넓어지고 신권神權이 강화된 용신성역이다. 용신이 승천하는 서남해도서지역의 용신이야기는 도서지역에 농경을 목적으로 입도하여 생활하다가 바다에 나가서 어업을 하거나 항해하는 생활의 영역이 넓어져 가는 주민들의 생활의 변화를 의미하는 것이기도 하다. 처음에는 농경신적인 용신을 숭배하는 생활을 하지만 해양과 교섭이 어떤 형태로든지 형성되면서 해양신으로서의 용신을 숭배하게 되어서 용신의 승천이 이루어진다. 용신의 승천은 용신신앙이 농경신에서 해양신으로 확대되어 가는 변화상을 의미하고 더불어서 주민들의 생활상의 변화를 의미하기도 하다.

2) 비금도 용신신앙의 성소 – 용소龍沼와 성치산城峙山의 용혈龍穴

비금도 용소리의 용소는 자은면 백산리 백산마을의 용소에 사는 암룡이 옮겨 왔다는 이야기도 있다.[28] 자은도는 비금도와 이웃하는 섬으로 그곳의 백산리 용소가 모래가 밀려와 좁아지자 숫룡은 승천할 때까지 참고 기다렸으나 암룡은 답답함을 참지 못하고 비금도의 용소로 옮겨와 버린 이야기다. 섬에서 마실 수 있는 식수와 농업용수로 사용할 수 있는 샘이나 못은 말할 수 없이 중요하다. 자은도의 백산리 용신이 비금도로 옮겨 온 것은 농업용수의 부족으로 경작할 수 있는 농경지가 부족해지자 주민들이 비금도의 용소

28 재경신안군자료편집위원회, 『신안군향토지』, 나래기획, 1990, 279쪽.

마을로 이주해온 것으로 해석할 수 있다.

도서지역의 용소에 관한 이야기는 삼국유사의 거타지이야기가 잘 알려져 있다. 진성여왕의 계자季子인 량패良貝가 당에 사신으로 가는 길에 서해 곡도鵠島(일명 骨多島)에 이르자 풍랑이 일어서 그 섬에 10여일을 머무른다. 떠나려고 하니 바람이 일지 않아서 섬의 신지神池에 있는 서해용왕에게 빌자 용왕이 꿈에 나타나 활잘 쏘는 사람을 한 사람 두고 가라고 한다. 궁사인 거타지가 남아서 용왕의 원수를 갚아주고 용녀를 얻어서 귀국한다는 이야기다. 서남해안의 섬에는 용소가 많이 있다. 이 용소들은 모두가 용신을 모시는 제의소였으며 용신은 농신적인 성격에서 나중에는 해양신적인 요소까지 신역이 확대하여 갔다.

용소는 농경민의 용신성소라면 용이 승천하면서 바위를 뚫어버린 성치산의 용혈(용굴)은 해양신으로 신권神權이 확대되어간 용신의 성소이다. 성치산정은 비금도 주위의 바다를 한 눈에 조망할 수 있는 장소이다. 성치산은 바다에 임해 있는 산으로 바위굴인 용혈은 비금도 용신이 내륙과 바다 그리고 천상을 나다닐 수 있는 통로이기도 하다. 이런 예를 임자면 광산리 광산마을의 열두문턱굴에서 볼 수 있다. 이 굴은 부엉산 중턱에 있으며 이곳에서 용이 하늘로 올라갔다고 하며, 이 굴은 바다에 있는 솥쿠리섬과 연결되어 있어 열두문턱굴에서 바가지를 던지면 솥쿠리섬에서 바가지가 뜬다고 하는 이야기가 전하고 있다.[29] 감은사에 용의 통로가 만들어져 있어서 동해의 문무대왕용이 대종천을 따라 용당산의 감은사로 거슬러 올라 올 수 있도록 한 이야기는 유명하다. 성치산의 용혈도 그와 같이 비금도 용신신역의 중심축이다.

29 주 28)과 같은 책. 임자면.

성치산에는 산성이 있다. 언제 축성되었는지 알 수 없는 이 산성은 성치산에서 사방의 바다를 내려다 볼 수 있는 위치이며 용혈암을 지나 이 성에 오를 수 있다. 성 둘레는 약 500m이며 원형의 상태를 보존하고 있는 동쪽 성벽의 높이는 3.5m로 200m의 직경을 가진 원형석성이다. 산정에는 100평 가량의 평지가 있고, 가운데에 직경 9m, 깊이 2m의 지혈地穴이 있으며 내성과 외성으로 싸여 있고, 북쪽을 향한 외성의 끝에는 석단이 있다.[30] 현재 반쯤 허물어진 성치산의 석성은 봉수대의 봉정烽丁이 주둔한 산성, 신라 이후부터 군사훈련을 한 방어적 석성 등의 이야기가 전해오고 있다. 성치산에 용혈이 있어서 용신신앙의 신화적인 공간이라면 이 산성이 용신신앙을 위한 제의장소로도 쓰였을 것이다. 더구나 석성 안에 제단이 있으며 지혈地穴이 있어서 더욱 용신신앙의 제의장소로 생각할 수 있다는 것이다.

성치산(성젯산)이 용신제의가 베풀어지던 용신신앙의 성역으로 인정된다면 산성을 중심으로 한 이 지역은 항해자들의 제의장소 뿐만아니라 그들이 모여서 항해와 해상무역에 대한 정보의 교환, 숙식, 상품교역, 서신연락, 휴식을 위한 장소 등으로도 사용되었을 것이다. 항해자들은 용신성역에 제물을 바치고 헌금, 헌물 등을 바침으로 용신을 모시는 제사장들은 경제적으로 상당히 부유하며 항해와 무역에 관한 정보에 밝았을 것이다.

도당유학승들이 서해용에게 불법을 설하고 바닷길의 안전을 보호받고 수많은 재화를 얻어서 돌아오는 이야기는 그들이 서해도서지역의 용신성역에 들려서 만난 용신신앙집단 그중에서도 용신의 제사장들로부터 받은 환대였을 것이다. 명랑법사, 보양법사 등의 승려들이 서해에서 용궁에 들어간 곳은 바다 속이 아니라 바로 비금도의 성치산성의 경우에서 보는 그런 용신

30 최덕원, 『다도해의 당제』, 학문사, 1983. 60~61쪽. 성치산 산상제성의 개관과 제의 참고.

성소였을 것이다. 보양법사가 중국에서 불법을 전수하고 돌아오는 서해 항해 중에 용이 그를 용궁으로 맞아들여 경을 암송하게 하고 금라가사金羅袈裟 한 벌을 시주하고 용왕의 아들이 이목으로 하여금 보양법사를 모시고 뱃길을 안전하게 보호하여 돌아가게 한다는 이야기나[31] 명랑법사가 역시 서해용에게 불교의 비법을 전하고 황금천량黃金千兩을 받고 지하를 잠행하여 본가 우물 밑으로 솟아나왔다는 이야기들은[32] 모두 불승들이 용왕을 만나 불법을 설하고 시주를 받아 바닷길로 안전하게 돌아온다는 내용들이다. 불승들이 받은 시주들이 고가의 것들이어서 용신집단들이나 그 사제들이 경제적으로 부유함을 알 수 있다.

용신성소지역에서 항해자들이 그들의 안전과 상업상의 성공을 빌기위해 제사를 지내고 바치는 공물이 있었을 것이고, 그곳에서 항해자들 사이에서 이루어지는 교역과 주민과 항해자들 사이에 이루어지는 물품교역도 있었을 것이다. 용신성소지역은 이런 외래인들의 출입으로 인하여 경제적으로 상당한 부를 축적할 수 있었을 것이고 특히 용신성소의 사제들은 더욱 경제적인 부를 누렸음을 뱃길 도중에 그곳을 들린 불승에게 바친 고가의 시주물이나 외래적인 공양물을 보아서 확인할 수 있다. 그들이 도당유학승과 같이 깊은 종교적 수행을 거친 불승들을 만나서 새롭고 보다 차원 높은 종교적 법리와 수행 등을 들으면서 감화를 받았을 것이다. 흑산도黑山島의 반월산성半月山城에 불탑이 남아 있는 것을 보면 일부 도서지역의 민속신앙인 용신신앙처는 불교적인 신앙처로 변화되어 갔다는 것을 발견할 수 있다.

---

31 『삼국유사』 권 제4 의해 제5, 寶壤梨木.
32 주 31)의 책. 신주 제6. 明朗神印.

4. 최치원의 해양영웅신 등극과 비금도의 용신신앙의 특질

비금도에 전승하는 최치원관련전설, 떡메산의 장군.장사전설, 용소리의 용소와 성치산의 용혈에 관한 전설을 통해서 비금도의 항해상의 위치, 역사, 민속, 종교 등에 관해서 살펴보았다. 설화는 전승하는 사람들에게는 자신들이 생활하고 있는 시간과 공간에 대한 문화적인 해석물이다. 해석하는 방법이 구비일 뿐 기록물과 다름없는 내용을 지니고 있으며, 다만 전달하는 문법의 차이가 있을 뿐이다. 설화적인 문법의 코드를 이해하고 그 통로를 따라가면 설화의 다양한 내용을 찾아낼 수 있다고 믿는다.

비금도의 최치원전설은 고운정이야기, 선왕산이야기, 관청동이야기 등이 있으나 전북 옥구군 고군산군도의 최치원의 출생과 성장 등의 이야기를 비롯하여 우이도, 흑산도 등에도 그의 전설이 전승하고 있어서 서남해안 일대에 그의 입당항로를 따라서 이야기의 띠를 형성하고 있다. 고군산군도의 선유도에는 최치원신사가 있고 그곳에서 최치원은 일종의 무속신으로 모셔져 있다. 그에 관한 설화는 최치원이 항해자로서 영웅적인 모습을 드러내고 그가 거쳐가는 도서에서 비를 내리게 하거나 항해자에게 식수를 공급하는 샘을 발견하는 등의 신이한 능력을 가지고 있는 농경신 또는 해양신으로까지 숭앙되고 있다. 최치원의 이야기는 항해자들에게 그의 입당항로를 따라 기억해야 하는 준비사항이나 항로정보를 제공하여 주는 실질적인 기능을 하였으며, 도서지역의 농경민들에게는 최치원을 신선으로 숭앙하게 하였다. 그가 거쳐간 지역의 명칭이 선유봉仙遊峰, 선유도仙遊島, 선왕산仙王山 등의 선자계렬仙字系列로 불리우고 있는 것을 알 수 있다.

떡메산이야기는 서남해도서지역의 장군.장수이야기의 틀 속에서 살펴보면 이름이 알려지지 않는 익명의 인물에서 차츰 이름이 구체적으로 알려지고 역사적으로 이름이 난 장군・장수의 이야기로 전개하여 갔다고 본다.

떡메산이야기는 익명의 장군에 관한 이야기로 이 지역의 민중영웅적인 면모를 보이고 특히 아기장수설화의 속성을 품고 있다. 실패한 민중영웅의 이야기에서 보는 좌절과 체념 등의 의식이 역시 떡메산이야기에도 드러나고 있다. 비금도의 역사기록에 이런 반역의 민중적인 영웅이 존재하였는지는 확인할 수 없으나 떡메산이야기에는 분명히 그 인물의 설화적인 실재가 드러나고 있다.

용소리의 용소와 성치산의 용혈은 비금도의 용신신앙에 관한 이야기다. 도서지역의 용신은 농경신과 해양신의 양면성을 가지고 있다. 용의 승천은 농경신과 해양신을 겸비한 용신신앙의 신권과 신역의 확대를 의미한다. 성치산의 산성은 용신성소로서의 기능도 가지고 있었을 것이다. 용신성소는 항해자들의 제의공간이며 그 성소주위는 상품교역, 항해의 정보교환, 숙식과 휴식, 식수나 식량과 같은 항해물자의 보충 등의 일들이 수행되었을 것이다. 명랑법사나 보양법사와 같은 도당유학승들이 귀국하면서 서해에서 만난 용왕신들은 서해도서지역에 있는 성소의 용신들이거나 사제자들이었을 것이다. 그들이 귀국승들에게 시주한 외래적인 물품들은 용신성소의 경제적인 부富가 상당했음을 알 수 있게 한다.

5. 비금도 현지 채록 설화자료

1) 조사개요

• 설화채록조사자

이준곤(목포해양대학교 교양학부 교수)

서경수(목포대학교 국문학과 대학원 1년)

목포대학교 국문학과 민속분과회원 일동

• 설화채록기간

2000년 6월 ~ 2000년 6월

• 설화조사지

신안군 비금면 비금면 본도 일원

2) 비금도현지채록설화목록

• 지명이야기

1) 원평이라고 하는 데는(원평리)

2) 최고운 선생이 중국사신으로(수도리 고운정)

3) 옛날에는 저기서 나루를 탔어(나룻구지)

4) 산이 좋다고(가산마을)

5) 산이 떠온께(떡메산)

6) 떡뫼산이 떠온다고(떡메산)

7) 떴다 떳다 떡메산(떡메산)

8) 누나하고 제 처하고(뉘죽은여)

9) 여기가 서울이 된다고(떡메산)

10) 민둥산이다 이거여(기림산)

11) 산에가 대가 많아(죽치)

12) 하늘에서 내려온 서인들이(선왕산)

13) 만든 지가 백년이 넘었어(넙바위샘)

• 민속신앙이야기

1) 불저름이라고 그랬어(횃불싸움)

2) 안에 무서운 그림들이(당산제)

3) 금고도 하고 노래도 하고(상조계, 밤다래)

4) 용머리에서(기우제)

5) 소 잡아서 바다에 넣고(기우제)

6) 천제 지낸디(기우제)

7) 노래 부르고 춤 추고(밤다래)

8) 하느님 비 내려 주세요(기우제)

9) 선왕당제(기우제)

10) 3일 정성 해갖고(장승제)

11) 그 구녁이 용구녁이여(용소와 용혈)

• 도깨비이야기

1) 도깨비가 불을 쓰고

2) 웃자락 가서 도깨비불이 쓰믄

• **효자효녀열녀이야기**

1) 열녀각을 해서(열부 경주 정씨)

2) 7년간을 망에서 잠을 잤어(열녀 김도성처 최씨)

3) 5효가 났어(내촌 5효자)

4) 효자봉이 있으니까(5효자)

• **입향조 및 파시이야기**

1) 3월달 시작하제(원평 파시)

2) 황시리 파시여(송치파시)

3) 제 모냐 들어오기는(용호마을의 입향조)

3) 비금도현지채록설화자료

• **지명이야기**

1) 원평이라고 하는 데는(원평리)

문기주(남, 74, 원평리) 젊었을 때 배를 탔음 / 전화 : 275-4938

조규대(남, 64, 원평리) / 전화 : 275-4791

김광은(남, 69, 원평리)

답 : 젤 무서운 데를 구지락 하거든…. 밤에는 사람 가지도 안 허고.

질 : 왜 구지라 그래요?

답 : 거기다가 죽은 시체를 많이 묻었든 모양이제. 그럴 때는 애들도 많이

죽고 젊은 사람도 많이 죽고 / 한 군데를 많이 집중했어. 왜놈들 그놈들 때문에 많이 죽었어. 거시기 한 2~300명 지금은 100명도 못돼.

질 : 이…. 원평리란 마을이 어떠한 의미에요? 어떻게 생긴 이름이에요?

답 : 원평이란 마을이… 마을이 그랑께… 사막이 치때리… 한 서말이나 바다보다 얕차운디가 있어. 그런 것이 있어가지고 요놈이 밀려들어와서 이 동네가 생겼다해서…. 모래 저… 같처럼 생겼어. 원평이라 근디 평평하고 튼튼하제 …이, 원평이란 데는 굴곡이 읎어. 그래서 그렇게 옛날에 말해졌다고 / 지금도 바닷가라 그러드라고. 완전히 나와브러… / 내려와븐께….

2) 최고운 선생이 중국 사신으로(수도리 고운정)

강복영(남, 70, 수도마을) – 수퍼 운영

답 : 현재 이 마을이 수돈디…. 이 물도 이 수도로 해서 이렇게 내려오거든. 여그서 내려갈 때도 … 여그서 내려올 때는… 이것이 수도라 그 말이여. 이짝서 물이 흘러서 이리서 밀물로 올라오고 이짝서 썰물로 요리해서 밀려 내려오고 하믄은 여그가 고운정이라고 있어. 고운정이란 샘이 있는디 이 샘을 누가 파놨냐믄 옛날에 최고운 선생이 중국 사신으로 갈 때 이 산 정상에다가 … 이 밑에는 전혀 물이 읎는디… 주위에가… 제일 산 봉아리에다가 샘을 파놨어. 그 물이 … 산정상에다가 물을 파놨거든. 그런디 이 밑에는 물이 다 없어도 요 샘넨 물이 있더구만…. 요즘 지리학자들이 요리 보믄은 수대 요리~~~지하수가 수맥이 큰 수맥이 연결이 이렇게 되았어. 지하수

개발 헌 사람들이 생각을 못헌디 여기다 지하수를 개발하믄 엄청난 지하수가 있다…

질 : 고운정이란 우물이 어디 있어요?

답 : 바로 요 산 욱에 올라가믄

최고운 선생님이 누구… 아~최치원 선생님… 인자 여그 요리 해서 산능성이로 올라가믄 이짝으로 해서… 이 마을로 가다가 보믄 등산로 이렇게 능선으로 이렇게 있어. 중간 상봉에는 헬기장이 있어…그라고 저~욱에서 이렇게 서서 보믄은 요 우가 불과 사람 키 한나나 둘 높이백에 안된다고…그런디도 불구하고 여그 물이 참 신기하게 나오면은… 어서 물이 나올 데가 없는 물이 이것이 나와. 그래서 1년 12달이 가물아도 물이 안 없어져. 인제 중간에…. 중간만치 가다가 보믄은 요만헌 바위가 인자 젤 한 가운데가 요만헌 바위가 반듯한 놈이 평평한 놈이 딱 나타나… 바위가 이렇게 있으믄 여기다가 이렇게 이… 뫼산자도 있고 새 초자같이도 보이고 이렇게 해서 묘한 글이…. 지금 현재로 봐선 도저히 오래되아브러나서 이것이 풍화작용을 일으켰을 것 아니라고? 그랬는디 글자가 있긴있는디 뭐이라고 써놨긴 놨는디 도저히 우리가 알아 묵을 수 가 없어. 그란디 거기에 각해진 것이 틀림없이 최치원 선생이 이리 가다가 자기의 발자취를 거그다가 각을 해 논 것 같어. 가다가 젤 처음에 비금서 옛날에 인자 기상을 보다가 쪼끄막헌 우이도락헌데로 갔어. 우이도에 가서 천기를 보다가 갔는디 우이도에 가보믄 거그는 최치원 선생이 거그서 인자 거처를 하고 있다 갔던 근거가 거기도 역시 상봉에 샘이 있는디 거그는 확실하게 기록이 되아있어. 최치원 선생이 그 샘을 파놓고 거그다가 돌에다 새겨 논 것이 지금도 기록에 있고…거그다…인자 최치원 선생이 거그다 일곱 개를 띠어놓고 갔는디 그것을 우이도 사람들이 계속 보존을 하고 있었는디…일본 놈들이 그놈을 가져가브렀거든. 가져갔는디 그 놈을 회수했단 말이 있는디… 으뜨케 되았는가 모르제….

3) 옛날에는 저기서 나루를 탔어(나룻구지)

강복영(남, 70, 수도마을)－수퍼 운영

답 : 구지라 한 이말 자체도…지명상…옛날에는 우리 어렸을 때만 해도 그랬거든.지금은 도깨비불 봤다 그랬을참 하드래도 이만, 아침에 일어마믄 나 쨰깐한 도깨비 봤네 뭐했네하고…사람이 전부 그렇게 봤닥헌…도깨비불을 봤닥헌 사람도 있다고…인자 도깨비한테 한번 당했다 말도 있고 그란디…지금 현재 이… 구지란 말은 인제 그 때 당시 이후에 현재로서 그런가 몰라도 한마디로 말해서 헛것이 많이 나오는 거…헛것이 많이 나오고….가기는, 만약에 밤에 간다든지 하믄 거….. 나룻구지라 그러거든, 그래갖고 인자 거가 나룻구지라고 해서…

질 : 그러믄은 도깨비나 귀신이 많이 출몰 한다는…

답 : 그렇지…

질 : 나리는…그럼 지명이에요?

답 : 옛날에는 여기서 나리를 탄 것이 아니라 저기서 나루를 탔어…

질 : 나루요?

답 : 저 욱으로 올라가믄 인자 명당구지라고 인자… 있어. 명당구지…명당구지…거그도 가믄 옛날에 그런 것이 많이 나타났어. 비금에가 이

런데가 굉장히 많았다고 그라고…우리 어렸을 때만 해도…이 구지를 이렇게 지나갈 때는 그런 그…마귀들이 있다고 해갖고 그 마을에…그 부근에 지나갈 때 춤을 바트고 지나갔거든…

4) 산이 좋다고(가산 마을)

양판남(남, 76세)－가산에서 태어남. 도고리 태생 김강단 할머니 <78세>와 결혼. 자녀분은 6남매를 두심. 아들 3형제, 딸 3형제. 어머님은 6살 때 돌아가심. 일제시대에 그때 나이 27아니면 28때 만주에 계시다가 해방되기 전에 오셔서 목포에서 공무원 생활하심. 만주에 계실 때는 공업사 회사에 다니셨고 전차 차장 시험 보셔서 약 한 1년 다니심. 만주를 가신 건 징용이 아니라 스스로 가심. 지금은 농사에 종사하심. 그 중에 시청에 다니실 때가 가장 좋으셨다고 함. 그때 군대를 가셔서 평양에 입대하심. 그 후 해방이 돼서 귀국. 6・25사변에 참전하시고 지금 생존해 있는 이 마을 남자로서는 가장 고령자임. 이 마을 입향조는 할아버지로 해서 7대조로 해남에서 오심. 육지에서 유배를 당하셔서 표류해 다니시다가 이쪽에 와서 정착하심. 성함은 양 무 학. 나중에 해남으로 돌아가셔서 거기서 돌아가심.

질 : 여기 마을 이름이 왜 가산이라 했어요?

답 : 가산이라고 한 역사? 산이 좋다고 해야꼬 그라고 이전에는 여가 으쭈고 돼얐냐 하니, 쩌가 육지가 안돼야 있었어 딱도리 섬이였어.여가 이쪽으로 나배하고 그럼 노드라고 바우 도팍 갖다 놓고 물 쓰믄 걸어 댕꼬 물 쓰믄 못댕꼬 배가 댕꼬 그랬어 근디 가산이다 그러믄 인자

산이 좋다 그래야꼬 그때는 딱도리 산이 좋았던 모양이여 그래서 가산이라 이름을 붙였다 그것이여.

질 : 노드여?

답 : 노드라고 인자 작은 물곳이 독을 이렇게 갖다놔 가지고 저기를 볿고 건너댕겨

질 : 들었는데 여기가 갈대가 많았다면서여?

답 : 이전에 갈대가 그렇게 많았던 건 아닌디

질 : 산이 이쁘다고 가산이라 했어여?

답 : 그래서 가산이다

질 : 그러니까 저쪽 동네에서 봤을 때

답 : 딱 섬으로 돼얐고 있고

5) 산이 떠온께(떡메산)

양판남(남, 76세) – 가산마을유래담에 이어서 떡메산이야기를 하심.

질 : 떡뫼에 얽힌 전설 안 들어보셨어여?

답 : 그 바우에 대한 전설이란 것이 뭐냐하믄 떴다 떴다 가다가 떡뫼산 놔블고 용방죽 어쩐데 "산이 떠 온께 홍단이 에미가 홍단이 낳아갔고 빨래를 함시롱 떠 온다 떠온다 떡뫼산 떡산 떠 온다 그랑께 한토막이 툭 갈라져서 서울로 한 도막이 가블고 한 도막은 여가 앉아서 여가 비금되고" 그라고 용방주라고 있제 용소를 가믄 있어

질 : 그걸 노래로 그렇게 부르고 다녔어여?

답 : 노래를 부른 것이 아니라 그렇고 했다는 역사제 홍단에미 홍단낳고

인자 예를 들면은 홍단이 낳고 피빨래 함시롱 그 산이 둥덩둥덩 떠온께 참말인가 거짓말인가는 몰라도 옛날 노인이 떠 온다 떠 온다 떡뫼산 떠온다 빨래 함시롱 그랬어 그래서 툭 갈라져서 한도막이 쩌리 가서 서울간께 거가 서울 되고 여가 서울 될텐디 여그는 비금돼얐다 그런 역사가 있제.

질 : 떡뫼산에 대해서 아는 애기 있으면 다 해주세요.

답 : 떡뫼산에는 이런 바우가 꽉 찼는디 그런 바우 마당 구랭이가 있어. 인자 아! 그때 홍단는굴이라고 쩌가 쩌 건네가 있는디 대독방석만 하니 큰 방석만하게 구렁이가 새름새름하고 있는디 숨을 쉬믄 맹가밑 짝이 딱 들어마시믄 딱 들어 붙었다 흥 하믄 그놈이 뛰어 날아갔다 그래. 그전엔 여가 나무가 없었는디 홍단는 굴이라고 굴 옆에는 그란디 모도 원들 막고 무 타고 하느라고

질 : 홍단이요?

답 : 애기를 홍단이라고 낳아갔고 인자 빨래를 함시롱 그렇고 떠온다 떠온다 산이 둥덩둥덩 떠온다 그랑께 인자 그것이 역사제 둥덩둥덩 떠온께 떠온다 떠온다 떡뫼 떡산 떠 온다 그랑께 벌 받아서 구랭이가 돼아붔어 툭 갈라져서 가서 서울 어디가 앉거서 서울 되고 여그는 섬되고 그란디 그 산이 떡뫼산이라해 떡뫼산에는 올라가서 못내려와 앉어 울믄 내려와 그라고 거기가믄 개 바우도 있고 꼭 개 같이 생겼어 거가 두레두레 사람이 앉은 방같이 생겠어 그라고 또 새라고 들어가믄은 당깍시가 있어 당깍시가 인자 남자랑 여자랑 당깍시라고 두 개가 있어 거그를 올라갈라믄 모도 포도시 올라가 잘 댕긴 사람이 올라가제 올라갔다 내려올라믄 잘 댕긴 사람이 밑으로 젤 첨 앉고 우리들은 모도 똥꾸녁으로 달고 이롷고 이롷고 내려 오고 그랬제 근디 인자는 있는가 몰라

6) 떡뫼산이 떠온다고(떡메산)

최월출(남, 80세, 나배마을) – 영암에 산을 많이 가지고 계심

답 : 떡뫼산이 떠 온다고 떡뫼산 떴다 떡뫼산 떳다 그라고 인자 거시기가 있어요. 전설이 있어요. 그래가지고 아까도 말했지만 떠온께 가만히 두고 봤음 쓸 것인디 그 더구나 인자 궂은 빨래 남은 빨래 피 빨래 부인들 피빨래 한다고 빨래하면서 기냥 엿 소리를 쳤어. 하고 "떡뫼산 떴다 떡묏산 떴다 떡뫼 떡산 떠 온다" 근께 인자 더 안 올라오고 저그 주저 앉아브렀다니까. 그래서 저 산이 저 우그로 더 올라갔으믄 광주로 갔든지 목포로 가든지 도시 우그로 갔으믄 좋은 산이제. 하여튼 명산 중에서 더 명산으로 거시기 할텐디 기냥 저그 앉어브런께 그 거시기 유래가 끊어져 브렇어. 그랬단 말이 있었다고.

질 : 그러면 지금 여기가 바다였겠네요?

답 : 그랬제. 여그도 바다였제.

질 : 저 떡뫼산이 저쪽에서 떠오다가 여기서 멈춘거예요?

답 : 그렇제, 그랬다고 해.

질 : 근데 피 빨래는 어떤 겁니까?

답 : 옷 빨면서 옷에 피가 묻었던 모양이제. "아줌마가 애기를 낳고 빨래를 하다가"

7) 떴다 떴다 떡메산(떡메산)

조판남(남, 76세, 나배마을)

답 : 떡뫼산이라고 옛날에 했는디 저거시 거시기로는 덕산으로 됐어. 덕산으로 큰 덕자 뫼산자 이랬는디 그 전 옛날 선친들 애기를 들어보믄 옛날에 이 용소에 연방죽이 생길 때 용이 뚫고 나간께 이 떡뫼산이 그 용이 나가서 떡뫼산이 떠 다닌께 떴다 떴다 떡뫼산 떴다 그런 거시기가 나왔었제. 그래서 전설에 떡뫼산이 결국은 여가 주저 앉게 된거제. 만약에 이 산이 참 저 우게 장홍 같은디 그런디 같은데에 앉았으믄 을마나 좋겄냐 근께 뭐여 그런 애기를 들어보믄 여그 나감스롱 보믄 저 산구녕을 뚫고 가서 뒷산에 가서 또 구녕이 뚫어져 있어. 떡뫼산이 원래가 어서 왔는가 하여간 여것이 떠 대닌께 떡뫼산 떴다 떡뫼산 떴다 연방죽에서 옛날에는 여자들이 산후 산부인들 이 피 묻은 빨래를 해서 그래서 지금 덕산이라 하는데 사실은 지금까지 그 심하게 놀러다닌께 유산이라 하거든. 지가 요 떠 다님시롱 놀 유자 놀만한 산인께 유산이다 이래 근께 중도 여가 뭐시냐 그전에 수월리 집자리 난동설을 보믄은 우리 집 있는데가 보믄 바로 어뜨케 됐냐믄 호랑이 산아구 지역이라 기표해. 그래 어느 지관이 와서 그 애기 하드라니까 내가 밭에서 쟁기질하니까 딱 갓을 쓰고 오는데 상투 꼬고 "사둔 사둔" "예 뭔일이요?" 저 산이 누구 산이냐고 물어. 그라니 대번 딱 보드니 그래 "하하! 저 아랫집이 누구 집이여?" 그랑께 "황행 수씨 집이라 어째야?" 한께 아~ 어째 그걸 묻느냐고 이라니 나 쟁기질 하는데 와서 우리 집안 형제가 있는디 묘를 이러게 딱 보더니 야~ 대번 애길해. "유산이 이라고 있으니 항상 유치장을 면 못한다."

이런 소리를 해. 아~ 이것 참 이상한 일이다. 내가 가만 생각해 본께 우리 친척이 인제 만주 대전서 사고 나야꼬 화장해서 뫼를 거그다 쓴거여. 그 묫을 놓고 그 얘기를 할 때 그 얘기가 나와. 그란디 저 앞에 있는 저 집이여도 아이들이 깡패 면하기가 참 어려운 문제라고 또 이렇게 얘길해.하기야 과연 그 아이들이 거그 댕김시롱 그 소리를 내가 얘기하고 어쩌고 한께 그래 댕기다가 집어 뜯어놓고 거시기 해 브렀제 그 아이들이. 맨 돌아댕기다가. 그래서 이것이 하나의 떡뫼산 이라는 참 그렇게 놀아댕기면서 심한짓거리 해서 떨어져도 어디 상처 안 입고 사망 없어.

질 : 그럼 그 무덤자리가 어디쯤 있어요?

답 : 무덤? 묏자리가 요쪽으로 나가믄 산이여 거기가믄 거가 또 묘가 있고 여짝 산에 올라가믄 요짝에 가 또 묘가 잇고 두 반데 있어. 저쪽에 것은 누구 것인가 몰라. 근디 요쪽에 있는 것은 소 전 식이네 거삼네 징조분가 몇 대 조부가 묘 있고 그래.

8) 누나하고 제 처하고(뉘죽은여)

김문식(남, 76세, 신유마을) – 공공 근로사업을 하심

질 : 혹시 뉘죽은녀 얘기 아세요?

답 : 누나하고 제 처하고 싣고 배로 싣고 굴을 주으러 물이 맬게믄 정정하게 나온단 말이제 저 섬이. 굴을 주으러 거기서 퍼 주고 와브렀단 말이제. 왔는디 인자 바람이 흩어져 가지고 느닷없이 파도가 일어나 불거든. 그러니까 배로가서 자기 처만 싣고 와 브렀제. 누나는 못

싣고 거기서 죽어붔단 말이제. 그래서 그 섬보고 뉘 죽은 녀라 그래. 누나가 죽었다 해서 예, 그건 역사여.

질 : 어르신, 저 뉘죽은녀 주변 물결이 항상 잔잔하고 그래요?

답 : 응, 잔잔한데 파도가 치면은 여그가 시어.

질 : 여기가 십리장불 이에요?

답 : 응, 이것이 십리장불이여.

질 : 모래사장을 '불'이라고 해요?

답 : 그란께 여그 말로 그 전말로 그라제. 십리장불이라 그랬제, 여그를.

9) 여기가 서울이 된다고(떡메산)

이상근(남, 79, 도고리)－노인회장, 양성 이, 농사(시금치, 쌀)

(떡매산 전설에서요..) 떡매산. 아까 말안했당가?

(어디서 왔는지?) 만주!!!

이장님 : 그것이 않앉았으면 여기가 서울이 된다고…. 저것이 앉아븐께 신안이 되어 블었 다고…

덕산이라고 하제..

청중 : 산이 가파라도 사고는 없었제.

이장님 : 떨어져도 다치지도 않고…

(특별한 이유라도 있을까요?) 그것은 모르제.

이장님 : 손톱만큼 다친적이 없어. 여하튼 거기서 다쳤다는 애기는 못들어 봤제.

(떡매산에는 장군들이 두는 바둑판이 있다고 하던데… 혹시 들어 보셨는지?)

바둑판은 없고, 화토 치는 판은 있다고… 우리가 어려서 가보면 둘이 화토 치고 있어.

10) 민둥산이다 이거여(기림산)

최승정(남, 60세, 죽치리)

답 : 윤씨가 살았던 모양이여 여가 이 동네는 그랬는디 그 사람들은 한 사람도 안 살고 지금은 윤씨들 도초로 괌에 가 살고있고 유씨들은 이리 거쳐서 지당리로 가블고 또 명씨가 여가 살았던 모양인디 묘지를 보믄 명씨들오 많이 살았어 그랬는디 다 없고 그 다음에 임란 이후에 그 최만립이든가 최씨들이 여기 들어와 살면서 그랑께 이 동네 사람들이 성질이 무지하게 대쪽이여 확실히 그 지형에 따라서 그것이 있는 모양이드만. 그래 요 산 이름이 기림산이거든, 수풀림 , 뫼산 변에 몸기 한자가 그게 뭔자냐 하면 민둥산 기여 요그 노인네들은 민산 민산 그래 그랑께 솔씨를 갖고 와서 일부러 심었어 심어갔고 좀 소나무가 퍼져 있지 그 전에는 바위 뿐이였어 민둥산이라 그랬어 민산이라 그러제 그래 민둥산기 수풀림 수풀 속에 우뚝 솟은 민둥산이다 그것이여 이 거시기가 여그 대밭골이라 그러거든 여그 보고 여가 이 골짜기가 대나무가 지금도 사람이 끼어 댕길 수가 없을 정도로 휜대.

질 : 대나무는 언제부터 있었어요?

답 : 그것은 우리도 모르제 옛부터 있었으니까.

질 : 어르신 어렸을 때부터요?

답 : 응 나 태어나기 전에도 있었고 그래서 여기가 죽치라니까. 대나무는 대나무제 이리 옛날에는 이런 교통수단이 불편할때는 전부 산을 넘어서 학교를 댕기고 그랬거든 그란디 우리 아버님네들도 이 학교를 중앙국민학교 하나 뿐이였거든 그래 그때 여그서 거까지 그 전부 썰매타고 아니 거시기 걸어댕기면서 다니고 했제.

11) 산에가 대가 많아(죽치)

최순관(남, 63세, 죽치리) – 동대 불교과 졸업. 해남 대흥사에서 재정 담당관 지냄. 부모가 돌아가시니까 중을 포기하고 집에서 농사지음. 학교 다니는 동안 밖에 오래 나가 계심.

질 : 왜 이름이 죽치가 됐어요?

답 : 아 나도 그 내용은 잘 모르나 옛날엔 여가 다 바다였데요 바다 바다였는데 그때 당시에 사는 사람들 얘기가 녹두밭머리라고 그랬다고 그래요 녹두밭 녹두는 어디서 뵈냐 하믄은 가운데서 뵈거든 그래서 녹두밭머리라고 그랬는데 또 일설에는 요 산에가 대가 많아요 그래서 대죽자를 써서 죽치라 했다 이런 말이 있어여

질 : 대나무가 많아요?

답 : 아 지금도 많이 있어요. 대가

12) 하늘에서 내려온 서인들이(선왕산)

강대주(남, 74세, 내촌마을)－5대 선조부터 거주. 강씨 자가 일촌이 이 마을에 가장 많음

질 : 보니까 선왕정이라고 이라고 돼있는 저 이름은 어디서 ?

답 : 응. 내가 그 이름은 지었제. 이 선왕산이여 바로 요 산이. 선왕산 그래서 선왕산 아래가 있기 땜에 정을 붙여갔고 선왕정이제.

질 : 저 산 이름이 왜 선왕산이에요?

답 : 산이 옛날 거 모도 거시기가 여가 명승고지가 들어서 아까도 말씀 드렸는디 효자 바우라고 효자암이라고 있는디 이 효자가 아부지한티 인사드린것같이 요렇게 굴반제복해야꼬 인사한 것 같이 있어. 오늘 안개쪄가지고 이란디 제일 정상 젤 우게가 돌이 요렇게 있는디 여럿이 있으믄은 밑이서 아들이 굴반제복 초상나믄 굴반제복하드라고 인사한 것 같이 이렇게 명승고지가 있다고. 그라고 저 비금 원평가믄은 명사십리란 디가 있어 해당화 피고 응 거그하고 저 당머리란 디가 당대리산에가 하늘에서 내려온 서인들이 놀은 터라 해가꼬 이 돌을 떠들믄은 빈대껍질이 나온데 빈대라고 아는지 몰라. 고것이 시군데가 비금에 명승고지가 들어있어.

13) 만든 지가 백 년이 넘었어(넙바위샘)

김도철(남, 69세, 서산마을)

질 : 밋바꾸샘을 뭐예요?

답 : 밋바꾸? 그것보고 넙바꾸라고 그래. 여그 미티가 바위가 깔렸다고 넙바위 샘이라고.

질 : 저 샘에서 무슨 일 있었어요?

답 : 저 샘이 만든 지가 백 년이 넘었어 지금.

질 : 옛날 이 마을에 힘센 사람 여덟명이 있었다는 말이 있던데?

답 : 그랬어 거 가봐 거그 저 돌 갖다 고해논 돌 요즘같은 기계로 한디 옛날엔 돌이 굉장히 넓잖아 돌을 갖다가 힘센사람이 있은께 옮겨서 시어서. 물양이 적은데 그때는 인자 한해서 잘 빠져 나갔거든 나왔는데 여자들 부위별로 생겼응께 보기 흉하다고 깨아브렀다해 깨아브런께 그 뒤부터는 물양이 적게 나왔다 그래 그라고 그 물 먹은 사람들이 옛날에 그 노인들이 그 물 먹을때는 부락 사람들이 힘센 사람들이 많이 나왔는데 거그 물을 쪼아블고 물양도 적어질뿐만 아니라 그렇게 하면서 힘센사람이 별로 안나왔다 이것이여. 그런 전설을 들었어 우리도.

질 : 언제 들으셨어요?

답 : 진직부터 들었제 우리 어렸을때부터 우리 초등학교 다니기 전부터 그런 전설이 나와가꼬 있는데 백년이 넘어브렀어.

질 : 그때 어르신한테 들으신거죠?

답 : 그라제. 저런 그 돌같은거 옮긴것도 그때 장사 힘센사람들이 모여서 돌 운반해서 짠거야. 그라고 저기가 뭐냐 그 물질이 좋은줄 알고 이

수질을 요즘엔 길이 없어도 수질이 목첩으로 수질이 물질이 좋다는 것이여. 수질이 있은께 여그다 짜자. 그래야꼬 여그다 짜논거여.

• 민속신앙이야기

1) 불저름이라고 그랬어(횃불싸움)

손정길(남, 70, 용소 마을)－제주도26연대 2대대 6중대 제대(사진 1)

질 : 옛날에 횃불싸움 하셨다고 그러셨는데…

답 : 아, 그런 거야 우리들도 하러댕겼제…

질 : 그걸 뭐라고 했어요? 지금은 횃불싸움이라고 말하는데…

답 : 불저름이라고 그랬어. 불저름이라고 그랬는디 그때당시 이 근래 부락 도고리라고 있어. 도고리라고 있는디 도고리는 망이 쪼그만허고 여그는 망이 크단 말이야. 정월대보름날 이 망을 다 때려부숴도 누가 와서 타치하는 사람이 없어.

질 : 망이요?

답 : 여그 요 솔밭 쩌그… 다 때려부숴도 누가 말을 안해. 말을 못해. 그러면 저 부락한티 테레비에서 모냥으로 저 부락헌티 질까봐 저녁밥 묵기 전부터 가서 불저름, 인자 불을 피제. 망에서 톱이고 도끼고 갖다가 막 덮어놓고 찍어서 솔나무를 꺾어다가 불을 핀거라. 그럼 저 쪽에서도 불을 피다가 불이 인자 가늘어지잖아. 그러믄 우리가 이긴다 그 말이야. 우리는 망이 크니까… 이기믄은 인자 다른 감기가 안들어 온다 이거여. 감기도 안들어오고 농사도 잘되고, 그런닥해서 인자 불

저름하니라고 그렇게 날 세게 하나고 그러제. 그러다가 불에…인자도 그런 소리를 하제 우리들하고. 좌우간 지금 일흔 시살 먹은 사람도 그런 말을 해. 그라믄 옛날에 껌은 고무신짝 있잖아. 고무신짝에다가 여기다가 이런 다 떨어진 그놈에다가 글안허믄 고무신짝 신고있는 그놈에다가 철사로 끼어 여그를…철사로…진 철사 굵은 놈 갖다가 낀 단말이야. 끼어갖고는 그런 것을 갖다 불에다 덩거…그러믄 고무신짝이 불이 붙을거 아냐, 그놈을 택~내돌림시로 쫒으믄은 무지근하게 도망가제.

질 : 아~그럼 불 끄러 이리 와가지고요?

답 : 응… 우리 불을 끈다고 와, 그 놈들이 오믄은 그놈갖다 휙 돌리면 고무신짝이 녹아서 철 철철철 녹아서 막 튀어댕긴께 좇이 빠지게 도망가고 그랬지.

질 : 주로 용소리가 많이 이겼어요?

답 : 그라제…지든 안해

질 : 그 싸움이 언제까지 있었어요?

답 : 지금 그것이 사그라진 제가 한20년 되았겄네

질 : 20년 정도요? 우리 할아버님 몇 살 때까지 그거 해보셨어요?

답 : 그랑게 우리들은 인자 우리들 한 30살 묵도록까지 그 일을 했었어. 인자 우리 다음에는 청소년들이 그걸 또 연달아서 하다가… 그러다가 박정희 대통령까지 그 기운이 있었어. 그래갖고 박정희 대통령 그 때…암살당핸 그바람에 실망을 해브렀제. 박정희 대통령이 이 신안 지구를 전기 가설을 해줬거든. 지금도 다 그런 말을 하지. 어느 대통령도 그런…인자 신경을 안 썼는디 그 대통령이… 박정희 대통령이 전기 가설을 해줬거든. 그렁께 도시 따라간다 이거여.

2) 안에 무서운 그림들이(당산제)

정막동(남, 75) – 심상 초등학교 졸업 / 육군 오장 학교 3년동안 다님, 전에 염전을 했었고 현재는 농사지음, 할아버지 한약방 하심 / 아버지는 농부

황춘자(여,72) – 일본의 미도오갱 태생. 정운학교다님. 18세 때 한국으로 옴. 전화 : 275-6068)

질 : 언제 세워졌다는 거에요?

답 : 건물이 없어진지 60년 전 60한 6년 되았을거요. 저희들이 10살 9살 때 거그를 함부로 가질 못했어요. 당제를 지내갖고…우리만 하드래도 그 안에가 굉장히 무서운 그림들이 많이 그려져갖고있고 그래서 그 당에 그 뭐시냐 옆에 접근을 못했다말입니다. 옛날에 그 부근에 잘못 거시기해서 가면은 그 뭐시냐 요새 간단히 말해서 신앙 생활한 사람들은 마귀가 붙어가지고 거식헌다 하는 식으로 그(채록 불능, 이하 괄호 표시)관경에 놀래갖고 피해서 도망오고 그런 예가 있었어요. 그러고 이 앞에 당제 앞이라 그래가꼬 도로변 가에가 여그서 우리 동부사람들이 서부로 갈 때는 거그를 지날 때는 반드시 가상 그 자리에다 놓아야만이 무사하제 그렇지않으면 반드시 무슨 재앙이 붙어 따라댕겼거든. 그런 식으로 상당히 엄한 참…당이었습니다. 보름이면은 동네사람 전체가 모여서 당제를 지내고 그리고 당제를 지내고 하는 것을 상습적으로 해갖고 60 한 5년 되았죠. 거그를 파보면 아직도 기둥, 석돌을 동그랗게 해서 각 지게해서 인자 올려서 개중… 앞기둥 네 갠가 어찌게 되는가 거가 묻혀서 요새 사람 힘으로는 얼렁 집어오들 못한께.

질 : 동네에서 제사지낼 때면 동네에서 주관했던 사람들은 어떤 사람들이

었어요?

답 : 고인이 다 됐어요. 그런디 거기 한 사람들은 전부다 학자들 적어도 지리학적으로도 능숙할 정도로 제를 위해서 그래도 학문소질을 모다 후세들에게 갈칠 수 있는 학자들이 제를 올렸거든요. 그분들이 고인이 된지 오래됐습니다.

지나가가지고 안 좋은 예가 있었다고 하셨는데…. 말할라니까 그렇게 숫하게 있었죠. 그 당시 무의식중에 지나갔잖아요. 그럼 인제 탈이 났드라 그라믄 인제 불러오믄 거시기가 인제 …거시기가 있어가지고 탈이 났다, 여그 앞에 다시 빌고 어찌고 하믄 그 사람은 다시 좋아졌다 그런 전설이죠. 당제를 지내믄 만약에 그런 거시기를 성제를 지내다가 조금이라도 인자 부정이 있었다 그러믄 그때는 본인에게 이롭지 못한 해가 온 것이죠.

질 : 당산나무 나무를 많이 꺾어가지고 화를 당한 이야기나 당신이 누구 꿈에 나타났다거나 그런 예긴…

답 : 그러니까 아까 말한 바와 같이 이 동부사람이 서부로 가다가 도중에서 어떤 거시기를 해갖고 했다 그것이요. 자기는 무의식중에 갔는데 막상 가놓고 보니까 화를 비치게 됐다 그것이요. 요새로 말허믄 미신이락해도 과언이 아니고 …실지 인자 그런 일이 있었든가 없었든가는 확인을 못허지만 그런 사례가 많았었거등 옛날에는 … 그래서 그거를 간단히 말해서 인자 화를 입었다 그래서 그 사람 그렇게 되았노라 그래가지고 인자 그렇게…

질 : 반대로 당산나무가 마을에 재앙이나 무슨 질병을 막아줬다는 그런 예기는 없어요?

답 : 왜요. 다~그런 거시기가 없응께 자꾸 마에가 오니까 마에를 읍애기 위해서 유식…있는 사람들이 하다 못해 글자 읊는 사람들이 아하

이런 거시기는 이렇게 해서 성사해줘야만이 우리가…마을사람들이 태평허지 않겠느냐, 그래서 인자 시작하게 된 동기였겠죠. 옛날에 다 그래서 아암산이라 그래가지고 마을 앞에다 솔나무를 심고 그랬잖아요. 아암에 소나무를 다 써블고는 그렇기땀세 마에가 와가지고 우리 마을은 다~우리 마을 같은 경우에는 큰 거시기를 못하고 있잖아요. 큰 사람이 그런 것을 모도 결국인자 안 지켜서 사람들이 말이여, 너무나 게을러 활동을 못해서 좋은 사람이 못나왔다 이것이여. 그것을 뭣이냐 화근을 입어서 그렇다 옛날 사람이 그렇게 생각하지 않겠어요?

3) 금고도 하고 노래도 하고(상조계, 밤다래)

정막동(남, 75)—심상 초등학교 졸업 / 육군 오장 학교 3년 동안 다님, 전에 염전을 했었고 현재는 농사지음, 할아버지 한약방 하심 / 아버지는 농부셨음

황춘자(여, 72)—일본의 미도오갱 태생. 정운학교 다님. 18세 때 한국으로 옴. 전화 : 275-6068

질 : 당산마을 같은 경우 어떤 분이 돌아가셨을 때 그때 어떻게 해가지고 상여가 나갑니까?

상여가요, 옛날에 상조계라고 그래가꼬 그것이 조성되아가지고 거기에서 인자 만약에 상을 당했닥합시다. 그라믄 상조 계장이 전판댁에 가 술을 막걸리를 한동이썩 한동이썩 다 구해서… 못 거시기 하믄 뭣이냐 현미로 …쌀이면 쌀 한말 이렇게 해서 가져오게 되있죠. 그럼

그거로 장사를 지냈죠.

질 : 혹시 그러면 나갈 때 상여나갈 때 노래하잖습니까그것도 있고 상여 나가기 전날밤에 노는 거 그러지 않습니까?

답 : 비단 여기 우리 마을 뿐 아니라 전체적으로도 다 통일 되있어요. 초상이 나지 않습니까? 그러면 상인들만 …거 시신을 모시고 있는데 상인들만 있으라고 할 수 없잖아요. 그라믄 인자 동네사람들 모여서 인자 밤달애라고 하죠,쉽게해서 달애라고 하죠. 그러믄 인자 동네사람들이 술도 묵고 화투도 치고 옛날에 튀전 할지 아는 사람들은 튀전을 다 하고 그렇게 해갖고 그 시간을 보냈죠. 달애라고 그래가지고 금고도 하고 노래도 부르고 이렇게 했습니다. 위로하죠 상인들을…상인들을. 요새도 그렇게한디 옛날같이 그렇게 심하게는 안해요. 와서 조용히 앉었다가고 찌개에다 술자리 한잔하고 달애라고 시간을 보내기 위해서 노래도 하고 그래요.

질 : 예전 같은 경우는 정월대보름이나 이렇게 단오같은 때나 어떤 특별한 놀이 같은 경우나 의식이 있잖습니까?

답 : 예, 그 보름이믄은 당제를 지내고 또 대동갈이라 그래가꼬 정월보름날이…규정으로 되있었어요. 요새는 양력으로 세갖고 11월 삼진날 옛날에 그렇게 했어요. 당제를 지내고 그날 바로 가서 동네 거시기가 있다니까요. 동네 갈이…대동갈이를 했어요. 옛날에는 ….대동갈이 ….대동갈이라고 그래가지고 동네회의를 전 민이 모여서 회의를 하는 대동갈이라 그랬습니다. 그날은 뭐시냐 일정을 정해가지고 제일 노인 모시고 내려와서 바로 회의를 한 것이죠. / 질 : 주로 무엇에 대해서 예길…

답 : 주로 동네 오정사항에 대해서 많이 예길 했죠. 재산에 대한 오정, 우리 마을 같은 경우는 옛날에도 밤달애라고 옛날 사람들 그 어렵게

살아서 샀는데 사갖고 보니까 2.5관백에 안되고 5관은 으뜨케 한데야… 그래서 인자 암산하기 위해서…

명목을 모르는 잡부금을 많았어요. 일제시대에…그래서 잡부금을 마을에서 인자 걷을라 그렁께 일일이 걷을라믄 상당히 힘들잖아요. 동네 일 본 사람이 더군다나 저 알로부터 저 위까지 하루종일 걸어야 걷거등이라 그래서 그거를 폐단을 없애기 위해서 동네가입자는 예를 들어 무슨 요새로 말하믄 간단히 말하믄 개인 앞에 그렇지 않을 때는 옛날에 그것을 돈을 한꺼번에 돈을 전체에서 다 내브렀어요. 그래 그런 큰 역할을 했습니다. 지금도 그래서 그것이 우리 마을에 큰 거시긴디 요새는 제목은 그렇게 많이 거시기 하지 않잖아요.

질 : 한가위 때 뭐하고 지내세요?

답 : 한가위 때는 거의 다 다~더웁기따문에 큰 행사를 못하잖아요. 행사라 그러믄 정월 보름날이고 인자 당제를 지내고 대동갈이를 하잖아요. 대동갈이 끝나믄 금고를 쳐요.금고를 쳐가지고 동네 순회에서 자금이 모이잖아요. 구슬쳐가지고 그렇게 금고를 쳐가지고 순회했다이 것이요. 마을을 그래갖고 자금을 만들어갖고 그렇게 해가지고 생활을 했었어요.

질 : 음력 8월 15일 뭘 하고 지내세요?

답 : 별 놀이가 많지 않아요. 더웁기 때문에… 그 행사는 인자 정월달 한가할 때 그때 많은 행사를 하고 그때 인자 …별로 큰 거시기 행사는 없었죠.

질 : 차례를…아니 성묘를 가셨죠.

답 : 성묘는 8월에 간 것이 아니라 여기서는 정월달에 정월 초하룻날부터 닷새 날까지가 주 성묘 일정이락 해도 과언이 아니었지요. 정월 초하룻날 아침에 먼저 산소에 갔다와서 자기 집서 차례를 지내거든요.

산에 가서 먼저 제사를 지내고 와서 절을 하고 와서 여그서 차례를 전반적으로… 그러니까 섣달 그믐날은 모든 거시기를 다 해놓고 선산에 가서 절하는 것은 초하룻날 아침 일찍에 일어난 대로 몸단장을 하고 인자 올라가서 절을 하고 내려오죠. 한가위 땐 별로 안가요. 객지에서 오는 거시기들이 못 갈 때 그때 산에 가서 과일이나 술이라도 벌려놓고 아무개 몇 대 손이 여기 이렇게 휴가 차 나왔습니다. 하고 절을 한 것이지요.

질 : 명절 때 같은 때 주로 새 옷을 입지 않습니까? 새 옷 같은 경우 주로 언제 입고 그랬어요?

답 : 그러니까 정월 8월 보름 그 외에는 별로… 바쁜 게 입을 시간도 없어요 농촌에서…

질 : 추석 때 중노복이 있잖아요. 그런 것은 혹시 없었어요?

답 : 8월 달이락해도 한가하다 그랬잖아요, 한가위라 그러잖아…그러나 실지 농촌에는 일하는 저~일꾼들은 1년 365일 앉아서 노는 시간이 없죠. 사계절놀고 편안하게 거시기 한사람들은 부모 덕분에 재산 있어가지고 헐렁헐렁 노는 사람이 하는 일이지. 실지 농촌에서 지내는 농급으로 일 한 사람은 놀 시간이 1년 365일 없어요.

질 : 이 동네 아주머니들은 강강수월래 별로 안하셨겠네요?

답 : 옛날에는 아조 그것이 직업이었어요. 이 앞에가 에…저…타맥장이라고 있었거든요. 타맥장이란 것이 봄일 때는 보리를 널어가지고 치고 가을에는 나락 놔가지고 그것을 치거든요. 그거보고 타맥장이라고 헙니다 거기에서 인자 명절이믄 모여서 보름이나 15일 장에는 전부 다 모여서 강강술래를 한 것이죠. 명절 때는…그럴 때는 모여서 놀아요. 그러나 이 근참에는 그런 법도 없어요.

질 : 그게 언제까지 있었습니까?

답 : 그러니까 지금 한 60년 전 일이지.60년 전일이여…

질 : 그거 하면서 막 이근처 마을 다른 아주머니들하고 같이…

답 : 왜요, 다 오죠. 여그서 강강술래를 한다 그러믄 남들은 저 뭐시냐 광장이 너른 디가 없잖아요. 우리 마을 같은 광장이…굉장히 넓거든요. 옛날부터 남의 동네에서 요리 놀러와요. 그래가꼬 인자 여기에서 어울려서 노는거지… / 친정에서 와갖고 놀고…

질 : 할아버지 같은 경우는 강강술래 돌 때 좋아하는 사람 있었죠…

답 : 그런 것을 그러지 않고 순회를 돌 때 자기가 거식해갖고 손잡고…다 그러죠. 순회돌 때…

질 : 저기 광대마을 가니까 어떤 할머니께서 그 말씀하시더라고요. 자기는 용소리에서 시집오셨는데 거기서는 어떤 남자애는 강강술래 뛸 때 여자분들이 자기한테 맘에 안드는 남학생이 …남자가 손을 잡냐하면 손을 때머린다고 하드라고요.

답 : 그런 예가 있어요. 그런데 십중팔구 그런 것을 못하게 되있어요. 남의 동네 사람들이 와서 그런 거시기 행패를 할 때는 그 동네 사람을 젊은 사람들이 가만히 안 있고…순수 오락으로서 놀아야제 그이상의 것을 생각했을 때는 큰 오산이죠. 인자 늙어진께 그라제 젊어서 장개 가갖고 어치게 뛰었어요. 저녁내 몇바쿠 뛰고….

질 : 며칠 단위로 노시고 그러셨어요?

답 : 저녁 내~놀아요

질 : 날 세고요?

답 : 그라제…훤히 시도록까지 놀다가…

질 : 횃불 켜갖고 놀고요?

답 : 횃불 안 켜고 …달이 있응께…달을 이용해서 많이 놀죠.

4) 용머리에서(기우제)

문기주(남, 74) – 젊었을 때 배를 탔음 / 전화 : 275-4938

조규대(남, 64) “　　” / 전화 : 275-4791

김광은(남, 69)

답 : 한나 부정 없고 깨끗한 분들이 가서 했거든. 그란디 그 옛날에 돌아가셨어.

질 : 그런데 따른 데도 장소가 많았잖아요. 왜 하필 거기 가서…..

답 : 용머리란 존재가 있기 때문에…용 머리처럼 생겼다고…용 아구지처럼 생겼다고 …용을 위시한다고 해서 인자…기우제를 하믄 송아지를 잡아가지고 밀어너블고…샘을 파고 기우제를 할라고 샘을 파고 물도 나오믄 목욕정제를 하고 다른 사람은 일체 접근하지 못허게(……) 메칠몇날…거 여그다 공을 들이고 그라고 인자 기우제를 모시믄 송아지 잡고 그래 가지고 애 낳은 금줄 치대끼 하고 출입금지 거시기를 내린 거제. 그것을 그 날짜가 도달해갖고 기우제를 지내고 내려오다가 지내고 내려오면서 다 비를 맞고 내려왔던 거여. 그랑께 그것을 우리들이 절대 말이여. 기우제를 받아갖고 기우제 지내고 내려오믄 그날로 인자 한 마디로 기다리다 기다리다 기우제를 모신께 그 때 거시기서 기우제를 모시고 내려오다가 비 맞고 내려온다고 그런 거시기제. 우리들이 생각헌데는 비가 많이 왔거든 꼭 그런 때 그런 날 받아서 기우제를 지냈다고, 용마루라 그러거든…

5) 소 잡아서 바다에 넣고(기우제)

양판남(남, 76세) – 가산에서 태어남. 도고리 태생 김 강 단 할머니 <78세>와 결혼. 자녀분은 6남매를 두심. 아들 3형제, 딸 3형제. 어머님은 6살 때 돌아가심. 일제시대에 그 때 나이 27아니면 28때 만주에 계시다가 해방되기 전에 오셔서 목포에서 공무원 생활하심. 만주에 계실 때는 공업사 회사에 다니셨고 전차 차장 시험 보셔서 약 한 1년 다니심. 만주를 가신 건 징용이 아니라 스스로 가심. 지금은 농사에 종사하심. 그 중에 시청에 다니실 때가 가장 좋으셨다고 함. 그 때 군대를 가셔서 평양에 입대하심. 그 후 해방이 돼서 귀국. 6・25사변에 참전하시고 지금 생존해 있는 이 마을 남자로서는 가장 고령자임. 이 마을 입향조는 할아버지로 해서 7대조로 해남에서 오심. 육지에서 유배를 당하셔서 표류해 다니시다가 이쪽에 와서 정착하심. 성함은 양 무 학. 나중에 해남으로 돌아가셔서 거기서 돌아가심.

질 : 기우제 같은 거 안지내셨어요?

답 : 이전에는 지냈제.

질 : 어디서 지냈어요?

답 : 저그 면쪽으로 해가지고 쩌 고서리라고 저 서해안 바도 맞본데 흑산하고 맞본 저 바다 고서리 응 그란데 거기다가 소 잡아서 잉 바다에 넣고 그라고 깨끗이 기우제 지냈다고. 그람 기우제 지냈때 어떻게 했냐고 하니 각 호마다 보리쌀을 한되씩 걷었어 그 비용으로 그래 기우제 지냈다고. 비 가물믄 요즘엔 그란게 없어졌제. 그렇도 해서 비가 온 것은 아닌디 그 기우제를 지냈고 또 산봉우리 있잔아 거기서 인자 하루는 불피우고 그랬다고. 그런거 과학적으로 일리가 있는것같

에 왜냐? 이 저기압이 불을 지르면 저기압이 모이거든. 그래야꼬 인자 비가와. 기우제 지낸다는 것 보다는 이 산봉우리 불 피운다는 봉화 그라믄 인자 저기압이 모여야꼬 비가 온다. 그거 과학적으로 일리가 있는 말이라고 요그 산에서 피었다고.

질 : 여그 산 이름이 뭐예요?

답 : 가산리. 가산리 뒷산이라고 그라제. 여그도 피었다고.

질 : 불핀 자리가 지금도 있어요?

답 : 딱 어디라고는 없지만, 고 부분이라고 제일 높는디. 그람 뭐시냐믄 하늘하고 제일 가깐디. 열을 가하믄 저기압이 모여야꼬 비가 온다.그것은 과학적으로 근거가 있는 예기여 오늘날 생각해보믄.

질 : 다른데 같은데 가므는 여자들이 기우제를 지냈다고 그러던데

답 : 여자들이? 여자들이 지낸 것은 아니라 기우제를 지내기 전이지만은 상당히 정결히 목욕도 하고 며칠부터서 부정한 뭘 안하고 그랬다고 그런 사람들이 기우젤 지냈어 그람 비가 안오고 오고는 꼭 그렇다고 비가 온 것은 아니제 그런 행사를 많이 했는데 지금은 그런 행사가 없어졌지.

6) 천제 지낸디(기우제)

김문식(남, 76세, 신유마을) - 공공 근로사업을 하심

질 : 혹시 이 마을에 다른 전설은 없어요?

답 : 응, 없는디 여그 고막 들어가믄 평나무 전설이 한나 있는데 전설의 고향에 한 번 나왔었는디 무지무지 커요. 둘레가 한정없이 커. 구경하

고 그래요. 육지서 학생들 오고 그라믄. 용머리 고막제가 있제. 고막제, 천제 지낸디 그 전 어르신들이 살았으믄은 지금 금년에도 전부 천제 지냈제. 면에서 협의 해야지고 그 전에 어쩌냐믄 비가 안 오고 가물 때는 인자 천제를 지낸디 인자 거그 갈 사람 나이같은거 뭐시든지 깨끗한 사람으로 가요. 인자 서니 세분이 생월 생시 전부다 맞춰가지고 가고 소를 산단 말이여. 새앙치를 사다가 거그다가 갖다놓고 새앙치가 오줌싸도 거그서 목관을 시키고 똥을 싸도 목관 시키고 사람도 그라고 전부다. 일주일을 정성을 드려요. 거그다 막을 쳐놓고 용머리에. 용머린디 거가서 인자 용제를 지낸디 하느님한테 비를 빈단 말이여. 근디 일주일동안 순전 간장, 소금하고 간장에다 밥을 먹고 일주일동안 정성을 드려가지고 소를 잡아요. 새앙치를 잡아가지고 배를 딱 따아가지고 쌀을 7섬을 해요. 인자 섬도 7개를 엮으고.

질 : 뭘요?

답 : 섬. 밥 담을 섬 . 그것이 인자 말로 7섬이라 하제. 인자 쪼깐씩 담아서 7밥을 담는단 말이제. 그래서 이 소 내장을 끄서내가지고 거기다가 담는단 말이제. 담아서 거그다 인자 독대기를 다 이짝저짝 묶어요. 묶어놓고 딱 놓고는 축관이 말이여 제사 지내믄 축관이 있잖여. 이 축관이 축을 잘 아무리 거시기 나이 많은 사람이 신 말 한마디 해도 하쇼 한 법이 없어. 거기서는 아랫사람보고는 하믄은 이 비가 올라믄은 바로 와서 뉘가 와서 조용한 날도 뉘가 와서 바라차고 그 소를 바라차고 물에 들어가분디 비가 안 올라믄 사람이 밀어도 잘 안 들어가고 연안 어디로 떠밀려 블고 그래요. 그런 역사가 거기 용머리에 있어요.

질 : 아직도 그렇게 해요?

답 : 지금 사람은 하질을 안 해요.

질 : 그럼 소를 뭐가 와서 데려간대요?

답 : 비가 올라믄 뉘가 저 물이 와서 가져간다고.

7) 노래 부르고 춤추고(밤다래)

강유정씨(남, 76, 도고리) – 이장 경험, 구기리 태생, 한두 살 때 이사옴

(**조사자** : 밤다래는 지금도?) 밤다래는 해요.

(**조사자** : 밤다래는 어떤 형식으로 합니까? 어떤 마을은 장구 치고, 북 치고 하고 어떤 마을은 노래방 기계 가지고 갔다 놓고 하고 그러던데…) 인제 우리 동네는 가운데다 불 피워 놓고 노래 부르고 춤도 추고 장구 치고 그래.

(**조사자** : 관은 마당에 모십니까?) 아니야! 안 모셔.

(**조사자** : 어떤 데는 마당 한 가운데 놔 두고….) 그건 어쨌냐면은 옛날에는 송장을 도둑 맞았다 해요. 다래다는 것이 뭐냐면은 송장을 지킨다는 그 말이여. 못 돌라가게. 모닥을 피고 송장을 가운데 다 놓고 뺑 벌어 앉아서 노래 부르고 춤도 추고 그란단 말이여. 송장을 지킨다는 그말이여. 요즘 누가 송장 돌라 갈 사람 있겄어. 송장은 다 시제 해서 딱 입관 시켜서 빈소에 해 놓고 거기서 놀제. 방에다 두고 할 때도 있고, 밖에다 모셔놓고 할 때도 있고, 그래. 옛날 송장은 절대 가운데 다 놓고는 다래 안 하제. 지금은 그런식 없어.

(**조사자** : 송장을 왜 돌라갔을까요?) 옛날에는 아쨌냐면 육지 사람들 말 들어 보면 그 송장을 돌라 가가지고 돈을 요구 했든마. 니기 아부지 찾아 갈라면 돈 얼마 갖고 오니라. 돈하고 거랠 했다게.

(**조사자** : 주로 하시는 일은 지금 농업 하십니까?) 저요! 응, 지금 농사일을 좀 한다. 못 해먹것네.

(**조사자** : 염전일은 안하시고요?) 염전은 못하제. 하고 싶어도 염전 손바닥 만한거 있는디 감탕 시켜 버렸어. 못 하것데.

8) 하느님 비 내려 주세요(기우제)

유충옥(남, 69세, 고막리)

질 : 가정이 깨끗한 집이라면?

답 : 하여간 가정이라서 무슨 쪼끔도 불만한 점이 없는 가정 가서 음식 먹드래두 가서 밥만 먹고 화장실도 가믄은 그렇게 가정에서 주의 해서 가고 그런 정심을 드려갔고 옛날 그 노인장이 지금 북구청가 살았는디 그 분이 가믄은 일주일 정심 드려가지고 내려올때는 꼭 비 맞고 내려왔어 그 나도 지금 자네들이 애기한께 나도 하도 인자 한 애가 적고 있응께 그것이 미신이라고 보냐 어쩌냐 이런 생각도 해봤어 나도 하도 가문께 그것이 기우제거든 기우젠데 아직 늦도 젊도 안은 사람들이 가서 그런 애기를 그 추진은 누가 하냐믄 위원회 말이 아니믄 노인네들이 인자 그것을 상인해가지고 면장이 인자 그것은 추진해야 하거든 그라고 이장들하고 그런 협상을 해갔고 그래야 인자 협의가 되는 것인디 근디 나도 자네들 오기 전에도 나도 지금 아 이 날이 워낙 가문께 미신이어도 기우제를 한 번 지내봤으면 어쩌까.

질 : 제 지내는 순서가 어떻게 돼여?

답 : 아 그러니까 제 지내는 순서가 뭐냐 그러므는 아 인자 그것은 한자

둘이 하는 것이 아니라 이 면민 전부가 합심해갔고 인자 그러믄 이장, 면장,위민들이 인자 추진위원들한테 얘기를 하믄은 그래가지고 선임 이돼야 한자 둘이 있음 안돼야 그 면민들 전부가 정심이라 그래갔고 지금 저 정자나무 거 우게는 지금 이 거시를 거그다 인자 그렇고 공 들이다가 공을 안들여블다 거그를 못 올라가 그 정자나무가 좀 고목인디.

질 : 말이 많으면 안 좋다고요?

답 : 응 안조아 그랑께 할라믄 딱 가서 그렇게 결정을 지어놓고 결정을 지어야제 어설피 안할라믄 어떤 경우는 더 배려브러. 저가 아조 무서운 자리여

질 : 당제는요?

답 : 당제? 당은 거시가제. 그랑께 평상 거그서 뭐냐믄 고목 그 건네가 옹당심에서 옹당샘물 질러나서 아조 제일 비금면에서 깨끗한 가정으로 해서 칠일은 차리제. 칠일이랴 하다 삼일이랴 하다. 응 아니아니 사람 수. 사람이 일곱인가? 아 그렇게 선택하는 것 같던데? 그라믄 어쩌냐 하믄 이 아래 고목 옆에 거그서 물을 질러서 준 사람이 있고 응 거그서 그라믄 밥먹으로 가믄 거가서 거놈 길러서 목욕해야 하고

질 : 그 일곱 명이 하는 일이 각각 다르겠네요?

답 : 응 다 인자 그랑께 거그서 인자 고우에 봉우리가믄 고목우게 그 봉우리 가믄 솔이 잘 서있니 거그 가믄은 솔이 으쓱해 그 안에 들어서면 인자 가믄 거그다 옛날 구민들 한막 치댔기 그 밑에다가 요롷고 쳐놓고 거그서 인자

질 : 며칠이나요?

답 : 일주일 정심들여야되

질 : 그러니까 일곱 명이 칠일동안요?

답 : 응 내가 들을때는 그랬는 것 같에

질 : 그 일곱 명은 어떻게 뽑은거예요?

답 : 아 그랑께 가정에서 지금

질 : 아 제일 깨끗한 집이요?

답 : 응 가서 예를 들어 자네들 집도 가고 싶어도 자네집 가서 인자 형제간들이 한 쪼금만 더러도 못가 검나게 힘든 것이여. 몸이라도 아파도 못가는 것이여. 우리 비금은 인자 기우제 지냄스롱 당제 지냄스롱 기우제를 한다니까. 그것이 기우제여 당에서부터 비를 빌어가

질 : 기우제를 당에서 시작해서요?

답 : 응 빌어가.

질 : 재물은 어떤걸 써요?

답 : 재물은 옛날 거시간디. 송아지를 갖다가 송아지도 그란께 여그저그 추는 것이 아니라 인자막 면민들이 전부 이랬쓰겄다 그러믄 한번 지지하믄 다시 뭐 선택 안하고 고롷게 얘기 한다고 그라데. 난 인자 옛날 노인네들이 여럿으로 들어서

질 : 재물로 뭘 썼다고 그래요?

답 : 소! 소! 송아지

질 : 소를 어디다 뒀어요?

답 : 송아지는 바로 그랑께 그대로 송아지도 그랑께 사람 목욕하믄 송아지도 목욕을 시켜

질 : 칠일 동안 같이 있어요?

답 : 응 그래야꼬 가서 인자 거 가믄 밥은 몇솥한다고 그렇게 얘기한다만은 몇솥해야꼬 뭐 일곱솥 몇 솥 해야꼬 가서 마지막 날에 가서 재물 시물 용제 모시러 간다해 여그서 빌제 이러고 가 여그서

질 : 재물 바치는 것은 어떤 식으로?

답 : 재물 바치는 것은 우리 안가봤은께 잘 모르제 그랑께 거시기 한다고 재물은 뭐냐 하믄 옛날 노인네들이 하신 말씀 들어봤는데 첫째는 송아지를 한나가 놓고 그놈이 정심을 들여야 한다. 정심을 하여간 깨끗이 사람도 목욕하믄 밥먹고 화장실만 가믄 목욕해야되. 그라고 인자 고롷게 인자 그 송아지를 목욕을 잘 깨끗이 씻겨야꼬 내리고 가서 하는 축원이 뭐냐 하믄 "하느님 비 나려주세요"하고 기도 할테제. 우리가 생각할 때 우들도 어려서 그런일이 노인네들한테 들어만 봤제 실제로 우리가 보기는 못하고 말만 들었제. 나도 참말로 자네들 만처럼 날이 요롷고 가문께 이 공이래도 한번 미신이라고 생각하지만 아 그럼 공이라도 한번 정심이라도 들여볼까 내 생각도 그렇고 가저봐.

질 : 어르신은 그것이 미신이라고 생각하세요 가능하다고 생각하세요?

답 : 그것이 지금 비가 안온께 어떻게 하든지 했음은 그 공이 오지 않았냐

질 : 공을 들이믄 비가 온다고요?

답 : 온다 나는 진작부터 그런 생각을 가졌네.

9) 선왕당제(내촌당제)

강대주(남, 74세, 내촌마을) – 5대 선조부터 거주. 강씨 자가 일촌이 이 마을에 가장 많음.

질 : 당제는 지금도 지내요?

답 : 계속하제. 우리 부락은 한 군데 밖에 없제. 여그는

질 : 당제에 대해서 좀 말씀좀 해주세요. 어떻게 언제 지냈는가?

답 : 어뜨케 지낸 것아 몇 백 년 돼얐는디 모르제 그것이 몇 백 년이 됐는

지도 그 기록이 안 남았으니까 오래 돼얐다는것만 우리가 알고 영감들도 생전에 있어도 모르고 자꼬 인자 옛날에나 상당히 오래 돼야서 몇 백 년이 된지는 모르제 오래는 돼얐제

질 : 당 이름이 뭐에요?

답 : 당 이름이? 삼당제라 그러제 삼당제 선왕당제

질 : 해년마다 지내요?

답 : 3일간 올라가서 정성을 바쳐 그것도 아무나 간 것이 아니라 생기를 맞춰가꼬 그건 인자 아무 연고 없이 어떤 상사를 안당하고 어떤 먹는 음식도 뭐 개고기 같은 것도 그런것도 개리거든. 개고기 먹는 사람도 안돼고 또 나이가 젊어도 생기가 있어. 생기복덕을 가려서 오행으로 가려가꼬 거 맞은 사람도 또 간다 해야제 또 안 간다 하믄 안돼제. 그랑께 누가를 가든지 여하튼 생기를 맞춰서 두사람이 올라가 남자가. 그란디 정월 12일날 올라가 그라고 14일날 12시 넘어서 15일자로 땡겨서 제사를 마쳐 그란디 그 아전에 12일 아전에 부락에 갔다는 상사가 있다든지 있으믄은 모도 그 뭐 사람 널도 보고 뭣도 보고 모도 할 것 아니라고 부락 사람들이 그라면서 깨끗이 못하다 해가꼬 그 달 넘어서 그 다음 달로 넘어가서 제사를 바쳐 그람 그때서 인자 생기 맞혀서 맞는 사람 인자 또 날짜를 택해서 암제나 모시는 것이 아니여 그라고 있는디 동자비하고 거그 저 자연 돌이 있는덴디 그 앞에다 차려놓고 동자비가 있고 근디 거그는 목욕정성을 하고 물 떠다가 씻치고 그 아래다 물떠 놓고 매일 3번씩 그래 홀랑 맨몸으로 알몸으로 해얐고 물찌클고 그라고 아침부터 그랑께 저번에 취재온 사람이 대화를 안하고 외차 사람하고 말도 안해 거그 있는 사람은 아침 일찍이 목욕 정성 한 것을 볼라고 사진까지 다 찍었드만 그란디 알몸으로 등 돌아서 찌크는 것까지 찍어갔고 왔어. 그란디 어째서

말한 사람이 말을 안 한다고 말 안 한사람 보내냐고 외차사람하고는 일절 말 대화 안 한댄다고 그라요 뭔 말을 걸려도 대답을 안한다 이것이여 그라고 금줄을 띠어 금줄 가정이 올라간 가정에서도 금줄 띠고 거그 가서도 샘 가세다 다 띠고 거 당 그 뒤에 모신디 앞에도 띠고 왼 새내끼로 꼬아서 거시기 하얀 종이로 해서 찡겨서 요새도 (채록불가) 모도 어린애 상고만나도 금줄 띠거든 고런 식으로 소지장을 올리고 그날 그랑께 인자 소지장이 쪼금만 종이가 있는디 가정에서 자기 자손들이 객지 가서 학교를 다니든지 어떤 회사에 있다던지(채록불가) 이런 가정에서는 인자 금날 뭣을 인자 참 직장있는 사람은 어떤 승진을 내주라 한다든지 글 안하믄 상업하는 사람은 (채록불가) 학생들은 공부를 잘해서 훌륭한 사람이 된다든지(채록불가) 가게된디 입학을 인자 붙어주라든지 대학을 인자 붙어주라든지 이런 소원을 전부 기록을 하게 돼야 소지에다가 그람은 생월 생시 나이 까지 적어서 그 아무게는 뭣을 소원 해주쇼 하고 인자 축관들이 고해 소지장을 불붙였야꼬 그라고 인자 거망 타믄 올리고 올리고 그래 소지장이 수십장 이거든 그라믄 요 손바닥이 누래 타브러 저녁 내 하믄 한 두시간씩 막 소지장 올리믄 그렇게 저 또 잘못 모셔블믄 부락에 피해가 있다고 그래야꼬는 정성껏 모시고 잘못 해블믄 부락에 하여튼 병고가 생긴다든지 글안하믄 느닷없이 젊은 사람이 죽는다든지 글안하믄 농사짓는 것이 어째 병충해가 막 들어와서 뭐시기 한다든지 그건 뭐시기도 지장이 있어요. 잘못 모시믄 그랑께 하여튼 깨끗이 하고 정성 다해서 모셔야 쓴다.

질 : 교회 나가는 사람들도 당제하는데 나가요?

답 : 당제 모신디는 안 가제. 그 사람들은 그 사람들도 가란 말도 안하고 거그하고는 거리가 먼디 뭐. 다 거그서 다 같이 태어나고 자기 할아버

지, 아버지 다 낳고 길러놨는디 거 마귀라 밥도 안한단다.

질 : 할아버지는 당제 지내세요?

답 : 응. 참전은 인자 거그 해당된 사람이 나이 해당된 사람이 올라가제. 나이 해당 안 된 사람은 안 올라가 일절.

질 : 그 전에 직접 해 보셨어요? 올라가셔서?

답 : 했제. 나 부자에 아들이랑 그때 내가 부락일 볼때는 간단사람이 느다 없이 못간다구 아침에 서반먹구 못 간다 항께 그때 누구를 가라 할수도 없고 그래 할수 없이 아들이랑 부자에 갔제 부자에 난 거그 간 것은 김치도 없고 탕이라 한 것은 김 해우하고 간장하고 밖에 없어 일절 3일간

질 : 산제가 어른신 생각하기에 진짜 효과가 있다고 생각하세요?

답 : 옛날부터 전통적으로 내려왔으니까 그라제 효과가 또렷이 있는지 없는지는 모르제 그러지만도 지성이면 감천이라고 해서 옛날부터서 모셔왔으니까 부락에서 그것도 옛날에는 년년히 모실라도 돈이 많이 들어가 뭐 제물 같은것도 준비할 것 아니냐고 그란디 지금은 그래도 부락이 쪼금 윤택해져서 그랑께 그라제 옛날에는 참말로 뭐 고기 한 마리를 못 사고 말이여 어려운 처지에 있었는지 지금은 그래도 거 인제 많이 장만해서 그라고 또 부락민들이 전부 모여서 또 눠나 잡술 정도로 준빌하거든. 옛날에는 정월 구정으로 인자 정월 보름달 대동회의를 하고 그란디 지금은 세대가 바뀌어 져갔고 정부차원에서 양력 연날에 대동회의를 하라고 그랬거든 그람 인자는 양력 연날에 대동회의는 끝나블고 인자 구정으로 해서 여그 인자 산제는 정월 보름달로 해서 음식 눠나 잡수고 모이제.

질 : 산제 끝나고 마을에서는 뭐해요?

답 : 굿을 치제 굿을 치고 저녁에 근께 인자 3일째 된날 인자 제사 모신날

은 저녁에 일찍 저녁밥 먹고 남녀가 싹 모여 그래서 여그서 치고 또 인자 거 제주집은 두사람 집은 인자 가서 굿을 쳐 주고 그라고 또 인자 산제 모신 그 밑이 가서 굿을 쳐 막 불피워놓고 그랬다가 인자 또 12시경에 가차이 되믄 내려와 거그서 인자 귀사 마치고 소지 올리고 그라고 또 여그 와서 걸인제란디가 있어요 밑에 요그 거가 불 피고 걸인제 모시고 그라고 인자 산에 올라가서 음식 준비해 놓고 제사 바치믄 갖고 내려와서 인자 회관내려와서 그 놈 먹고 날 새도록 놀제 그랑께 굿은 그날 저녁 내 쳐 남녀간에 나와서 모도 한 몇 년간은 면에서도 오고 직원들이 지사직원도 오고 농협직원도 오고 모도 술상자도 갖고 다니고 그래 막 과일 상자도 갖고 오고 지금 비금면에서 몇 부락이 있었는디 다 폐지돼야블고 없고 우리 부락만 있어 우리 부락만

질 : 이 앞에서 한다는게 뭐라고요?

답 : 걸인제 이 거시기 안 있다고 그랑께 올 데 갈 데 없고 가정있는 사람은 가정에서 어떻게 돼얐거나 죽는 날짜로 해서 뭣을 인자 물 한그릇 떠 놓고 다닌다 한디 그런저런 것 없이 돌아다녀본 사람들이 있거든 그람 그 사람들 중에서 한 것이여 그래야꼬 걸인제라고 해 빌거자 사람인자 걸인.

10) 3일 정성 해갖고(장승제)

황성채(남, 77세, 월포마을)

질 : 이 앞에 정승은 언제 세워졌어요?

답 : 6 · 25 때 나는 왜정때 생긴 지 알았디 왜정때 일본식으로만 했제. 6 · 25 때 시웠어 6 · 25 때

질 : 왜 세웠는지 아세요?

답 : 쩌그 있는 산이 운이 끼어서 그런디 여그 산보다 저 건너산이 더 크거든 높고 그 산이 이 산을 눌러블고 한께 정승을 여그다 세워야 젊은 사람들이 안 죽고 정상적으로 많이 살어 우리 부락이 35댄디

질 : 저 산이 커서 이쪽 산을 누르니까 정승을 세워서 그 기운을 받게 한거에여?

답 : 응 저 건네껏은 선왕산 그라고 여그는 큰 산 그란디 이 산제란 것이 비금 전체 산을 지사로 모신디 다 폐지해블고 내촌하고 월포하고만 산의 지사를 모셔 그란디 그것도 젊은 사람은 마다 한디 우리 부락도 내가 할 말은 아니지만은 수상하고 한께 젊은사람들 될 수 있으믄 끄꼬 사는 동안은 내가 모셔야겄다 3일 정성 해갔고 제사 모시고 내려와서 인자 장승 앞에다 또 하고

질 : 장승을 누가 세우자고 했어요?

답 : 우리 부락에 이전에 대표 그 풍수 하신 분 네가 해야 한다고 했어

질 : 이 마을에 풍수 하신 분이 계셨어요?

답 : 응

질 : 그 분 인제 돌아 가셨겠죠?

답 : 그라제. 인자 백살 넘어브렀어 시방.

질 : 선왕산이 이 마을에 별로 안 좋은 영향을 끼친거에요?

답 : 응 그랑께 그것이 변론인가는 몰라도 저 건너산이 악산이고 이 섬 산에서는 상당히 악해 뵈제 산이 그랑께.

질 : 앞을 가려서요?

답 : 응 서울대산은 돌이 야무지고 수박처럼 야무진디 여그 산은 이렇게

앙설해야꼬 하고 한께 여그 산은 야찹고 그랑께 살기 재하기 위해서 하는 것이제

질 : 장승 세우기 전에 젊은 사람들이 많이 죽었어요?

답 : 6·25 때 인자 장승을 세웠응께 거그 날짜가 있어 전부

질 : 저 산이 막고 있어서 마을에 안 좋은 일이 있었어요?

답 : 그라제. 저 건네 산은 높아서 엉설해 저렇고 하고 우리 산은 순하고 항께 그 악을 재하기 위해서 하고

질 : 어떻게 안 좋은 일이 있었어요?

답 : 그것은 미신인디 부락에서 이 젊은 사람들이 너무 죽은께 틀림없이 앞에 산이 저렇게 앞에 있어놓께 그란다 그렇게 해가꼬 인제 풍수들이 한 일인디 알고 보면 그것도 아니고 저것도 아니제

질 : 젊은 사람들이 많이 죽었어요?

답 : 그라제. 많이 죽었다 하제

질 : 그럼 저 정승을 세우고 나서는요?

답 : 저것 세운 뒤로는 인자 그란지는 별라 모른디 그랗게 돼얐어 자랑보다도 인자 부끄러운 말이지만은 월포가 옛날에 한 80호 있다 인자 35호 전부 도시로 나가블고 35호 된디 혼자 산 집이 인자 한 10호가 넘어 여자들하고

질 : 그 뒤로 정말로 마을에서 젊은 사람들이 안 죽고 그런다고 생각하세요?

답 : 응. 그런 거 같다고 보제

질 : 저건 세우길 잘했네요?

답 : 응. 그란디 옛날에는 이 갓을 쓰고 한 정승인디 인자 해방 직후라 나서 일본사람들이 투구쓴 거시기로 해놨제.

질 : 장승 모양이 일본식으로 돼있다구요?

답 : 그라제 일본 사람 이전에 투구를 그라고 썼다고 한국 사람은 이전에 갓을 쓰고 댕기고 그란디 도초 저 고란하고 보태골하고는 그렇게 장승을 씌운디 내 가본지 오래돼야꼬 시방 어떻게 폐치해브렀는 모양이여 요새 젊은 사람들은 미신을 안 지키고 그라지만은 결국 사람이란 것이 가서 일본가나 외국을 가봤지만은 교회 믿는 사람은 전부 교회로 갔고 이녁 식구 가족 같이 하고 불교 믿는 사람은 전부 절로 가서 그란디 일본이나 한국이나 동양 3국은 불교를 옛날에 많이 믿었어 그란디 인자 느닷없는 교회가 인자 요것이 생겨갖고 전부 고리 많이 딸려서 간디 아직도 불교가 이 동양 3국은 본교라 봐야써.

질 : 저 정승이 6 · 25 때 세워졌는데 왜 일본식 투구로 돼 있어요?

답 : 일본서 그 대동아 전쟁때 우리 회관이라고 저그 와서 살다갔거든

질 : 일본 사람들이요?

답 : 응 군인들이 그란디 전부다 투구를 쓰고 댕긴께 그것을 본따라서 했제 일본사람들이 세계에서 영리하다고 보제 그란디 그 사람들이 불교를 여간 진실로 대동아 전쟁까지 불교를 믿었어 다 자빠져 감시랑도 이 대한미에서 전부 이 독을 해줬어 독을 불교 독 거그다 역사까지 해서 그란디 내가 왜정때 쩌그 저 내포라고 거그 끝인가 우리 형제간 집이 있어 밤에 옛날에는 이 전골 같은 것을 남자들이 많이 했거든 일 칠라믄 아들 딸 여울라믄 이 전 같은 것을

질 : 부침개요?

답 : 응. 손님 대접할라고 남자들이 많이 했어. 그래가꼬 인자 밤에 밤중에 인자 젊은 사람이라는 것은 술도 안먹구 그란디 워마 고 우게 산에서 아침에 보믄 근디 사람 거른제가 있고 거른제 우그로 또 있거든 그랑께 큰 거시기가 내 앞으로 지내가드마는 왐마 집에 와서 나는 죽네 하고 막 울려서 궁글고 막 항께는 동네 어르신들이 단독제비다 뭐

빈 술을 달아 넣더니 칼을 갖고 와서 막 소금을 땡김시롱 막 경을 읽고 막 우짜고 한께 차츰차츰 이 귀신 붙은 사람은 눈이 뻘개져

질 : 그럼 할아버지한테 귀신이 붙은거에요?

답 : 그랬제. 그란디 이 놈들이 장승이 시워 그랑께 귀신을 만나서 그렇게 연금을 봤어도 시방도 밤에만 저 눈만 보이믄 젊은 사람 저 면사무소도 여그로 혼자 넘어 다녔제

11) 그 구녁이 용구녁이여(용소와 용혈)

손정길(남, 70, 용소마을)

답 : 지금 저~뒤에 산봉아리 보믄은 여그 용방죽에서 살다가 용이 그 바우를 히쳐서 요리해서 나갔는디 바우가 구녕이 동~그마나게 뚫어져갖고 가운데가 여그 있는 돌모냥으로 동그랗게 산모양으로 있어. 또 그 구녁이 용구녁이여.

질 : 아~저 산에 있는거요?

답 : 응, 지금 그래갖고 있제. 지금 거그…거그는 가서 40도가 나가도 그 안에만 들어가믄 뱃속이 시라. 이렇게 차. 바로 구녁이 대문짝만허게 뚫어졌는디 그래 옛날에는 전부 인제 명절 닥치고 칠월 백중 팔월 추석 설이라고는 전부 거그 가서 지를 지낸다고…아그들이고 어른들이고 올라갔다, 인자 그랬지. 그랬는디 인자 심이 이러져버린께 그런 짓은 안하고 지금 묻혀져갖고 있는디…에…지금으로 한 6, 7년 되았으까? 그란디 그것을 으뜨케 거식해갖고 정부에서 조사가 나왔어. 나와서 물어봉께 실적대로 예길해줬제. 그란디 요 바우 줄기 다 돼서

이 뒤에 어디가 틀림없이 뭐가 있을 것이다하고 그 뒤로 또 조사를 나왔는디 어쨌든가 몰라. 그래갖고 용구녕까지 가서 조사를 다 해오고 그랬거덩. 그랬는디 그 뒤로 헬리콥타가 여그와서 한번 앉았었어. 그래갖고 시방 학교를 앉아갖고 있는 디 원래 이 용방죽이라고 이름이 난 것이 원래 여그서 용이 살다가 나갔디야. 그런 용방죽이여. 그래서 용방죽이다이거여. 용이 살다가 나갔닥해서 용방죽이여.

질 : 여기 용소 있잖습니까… 거기서 용이 있다가 나왔다는 그런 이야기도 있는 것 같은데 부정타가지고 올라갔다고….

답 : 부정타가지고 그랬제. 그렁게 용이 여그서 살고 있는디 쩌 떡매산이라고 그 산이 떠댕겼데… 떠댕겼는디, 여그와서 앉을라고 인자 둥둥둥… 인자 어른들 말이 그랬어. 둥둥 떠댕긴디 여그 와서 앉을라고 요리 옹께 어느 여자가 젊은 사람이 허~저 떡매산도 떠댕긴디 나는 왜 못떠댄기꼬…하면서 피빨래를 하면서 노래를 불렀대. 그랑께 엄한 디로 떠가서 지금 쩌 아래가 있제. 지금 떡매산이…

질 : 그런 말도 있드라고요, 어떤 누구 엄마가 애를 낳고나서 피빨래를…

답 : 응, 그랑께 그거이 피빨래라 그것이여.

질 : 그래갖고 용이 부정타갖고 올라갔다고요.

답 : 응, 용이 부정타갖고 산이 저~알로 내려갔다 이것이여.그랑께 용방죽에서 용이 살고있는디 피빨래를 하면서 애를 나갖고 피빨래를 하면서 저 떡매산은 떠댕긴디 나는 왜 못떠댕기까 그라고 노래를 불러서 떡매산이 쩌리 가불고 용이 그 피빨래를 한 그곳에서 부정타갖고 나갔다고…

• 도깨비이야기

1) 도깨비가 불을 쓰고

김문식(남, 76세, 신유마을) – 공공 근로사업을 하심

질 : 혹시 도깨비 애기 같은 거 옛날 어르신들한테 안 들어보셨어요?

답 : 도깨비굴처럼 있단 말이제. 거그를 가니깐 도깨비가 불을 쓰고 있단 말이제. 불을 쓰고 있응께 친구들보고 뭐시라고 하냔께 영감이 "느그들, 여그 섰거라. 내가 가서 저그를 가서 도깨비불을 잡을란다." 아 그라고 영감이 가만가만 가드만 딱 잡았단 말이여 불을. 와서 단단히 묶어서 인자 지둥나무에 달아 매놨다가 그 담날 아침에는 날이 세서 보니깐은 말이여. 삐찌락 몽둥이 갔다 달아 매놨거든.

2) 웃자락 가서 도깨비불이 쓰믄

김문식(남, 76세, 신유마을) – 공공 근로사업을 하심

답 : 그 전에는 설날 저녁이믄 우리는 산봉우리에 가서 불을 보거든 도깨비 불을. 산 봉우리서 음력 설날 저녁에.

질 : 어떤 산봉우리에 올라가요?

답 : 아무산 봉우리라도 바다에서도 불을 볼 수 있고 육지에서도 도깨비불을 볼 수 있어.

질 : 지금도 볼 수 있어요?

답 : 지금은 아니여. 누가 산에 올라갈 사람도 없고 인자 길도 다 맥혀블고 그래 으째 어촌에서는 산에 설날 저녁에 올라가서 도깨비불을 보냐하믄 바다 일쪽으로 도깨비불을 많이 보거든. 그러면 이 아래짝으로 가서 불이 쓰믄은 쓴 물자락 고기가 나고 이 웃짝 가서 도깨비 불이 쓰믄 인자 든 물자락 고기가 많이 난단 말이여. 그래서 이것을 기억력하기 위해서 뱃사람들이 많이 올라가서 그 고생을 해. 그래서 든 물자락 높은디가 쓰믄은 든 물이 많이 나니까 든 물자락 고기잽이를 많이 하고 쓴 물자락이 쓰믄은 쓴 물자락 고기잽이를 많이 하고 그래.

질 : 아~ 달이 어느 쪽으로 떨어지느냐에 따라서요?

답 : 응 아니 달이 아니라 불이 어느 쪽가 뜨냐.

질 : 산에 올라가서 도깨비불이 떨어지면 고기가 이쪽은 많이 잡히고 이쪽은 덜 잡힌다는 이야기에 대해서 어르신은 어떻게 생각하세요?

답 : 그것이 그 전에 우리가 어선을 타고 댕길때는 좀 맞다고 보지. 그것을 기억력 삼기위해서 불을 보러 올라간거지. 그 전에 대니면서 해보믄 설날 저녁 불을 보고 어장 일을 하러 간단 말이제. 나가믄은 확실히 든 물자락 가서 불을 많이 쓰믄은 확실히 든 물자락 고기가 나고 어장일 해 보믄 쓴 물자락은 덜 하고 그래.

질 : 그러면 항상 설날이 되면 그 도깨비 불이 올라왔어요?

답 : 긍께, 쓴 참도 있고 안 쓴 참도 있어.

질 : 아예 없는 때도 있어요?

답 : 응, 아예 없는 때도 있고.

질 : 없는 때 그 해에는 어때요?

답 : 그런 때는 보통으로 하제.

• 효자효녀열녀이야기

1) 열녀각을 해서(열부 경주 정씨)

김귀옥(남, 65)－전직 경찰

답 : 요 바로 학교 옆에 열녀비가 어째 그러고 세워졌냐믄은 우리 할아버지가 정씨할매를 얻었어. 그랬는디 중선배를 탔어. 배를 탔는데 행방불명, 없어졌어. 찾으고 찾으고 찾아도 한이 없이 찾았는데 어디를 갔냐믄은 안좌면 함운리라고 있어. 거가 우리 산소가 전부 집결해서 김해 김씨들이 살아. 그랬는디 거기로 가서 거기를 봉께는 밀렸드란 거야. 산소에… 산소 앞에가 바다거당. 거기서 밀려가지고 계시거덩. 돌아가셨어 그렁께는 거기서 입을 맞추고 바로 같이 돌아가셨어.그래서 거그다가 묘를 모셨어. 그래서 열녀로 해가지고 열녀각을해서 우리 김씨들이 모셨제.

질 : 열녀비가 세워진 지 얼마나 됐습니까?

답 : 그러니까 우리 아버지 할머닌께 정작 한 120년 돼. 그렇게 오래 됐어. 그래서 거기서 열녀라고 했제. 인자 그 남편을 찾다가 찾아가 그 바다에 밀려있으니까 찾아가지고 거기서 입맞추고 돌아가신 분이 정씨할매야. 우리로 봐선…

2) 7년간을 망에서 잠을 잤어(열녀 김도성 처 최씨)

김정운(남, 64)

참말로 정 있게 살았거든. 남편이 요새같으믄… 6대조 할아버진디 사시다가 인자 급하게 돌아가셨어. 그래갖고 웃에 층층 사람…시어머니 시아버지 다 계실 것 아니여? 그것도 불구하고 옛날에는 지금 같이로 3일장이 아니고 5일장 뭐 7일장 날을 받아서 장을 지냈어. 날이 안 좋닥해갖고 앞에 망 있잖아. 뫼방 옆에 거기다 빈소를 해놨는디 우리 집… 종가집은 좀 멀어. 중부라…그래서 꼭 밤에는 혼자 못 자고 꼭 10시 넘어서 눈이 오나 비가 오나 7년간을 망에서 잠을 잤어. 관을 보듬고 초분 속에 들어가서 그래갖고 영장한날 옛날에는 옷고름 요렇게 부인들 옛날 옷 있잖아. 극약을 넣었다가 영장한날 같이 극사를 했어. 열 여덟에…그래갖고 우리 족보에 나와있제…나주 감찰이 상서를 한 거여….

3) 5효가 났어(내촌 5효자)

강복영(남, 70, 수도마을)-수퍼 운영

답 : 내촌이락 헌디 가믄은 여기를 가보믄 5효가 있어 5효. 5효가 났단 말이여… 그랬는디 어뜨케해서 5효가 나왔냐믄은 김씨들 집 안에서 3효가 나오고 강씨 집안에 인제 …이 마을 정상에 가믄은 효자암이 있어. 그 산 내려오는 거로만 해서 효자가 5효가 나왔어. 근디 이것

이… 산자락 밑으로만 해서 효자가 나왔어.

질 : 효자암이란건 어떻게 생겼어요? 누가 뭐…언제 어떻게…

답 : 멀리서 보믄은 효자암이란 것이 이렇게 사람이 무릎을 꿇어앉은 그런 형상으로 있다고…

효자암이 한번 궁글었단 말도 있고…

질 : 내촌분들은 그럼 잘 아세요?

답 : 알제…젊은 사람들은 잘 모를꺼여. 이 사람들 이 사람 3형제는…이 사람 3대에 이러고 했는디…3대 시묘를 했다고…3대 다 시묘를 했어. 사람…지그 부모가 죽으면은 이…움막을 쳐 놓고 거기다가 시신을 이렇게 모셔놓고 이 시신과 3년을 …만 3년을 살다가 나와야 이것이 시묘여. 그라고 이…들어갈 땍에 입던 옷 그대로…해서 옷을 바꿔입지도 않고 여그서 나오지도 않고 3년을 거그서 살다가 나와 그렇게 무지허게 옛날사람들은 효자 그렇게 효를 무지하게 했다고…..부모님 돌아가시믄 여가 인자 3대 효라고 할아버지가 효를 했으믄 아들이 효를 하고 손자가지 효를 했다 그 것이여. 그라고 인자 강씨 효는 여그도 역시 3대 시묘를 했지만은 어떻게 독하게 효를 했는고 비문에 가서 보믄 이런 말이 있어. 한국에가 문제가 아니라 동방 아시아에서는 이렇게 효자가 없다 그 말이여. 그란디 이 정씨 꼭 여그에 못지 안은 효를 했어. 지그 아버지가 언능 가 죽게 생긴께 약을 지러 …도초를 갔어. 도초면을 …약을 지어갖고 올라고 봉께는 밤이 어두와 버리거든. 배는 없고 항께 땅을 뚜들고 하니까 동생이 나와서 으째 우냐하니까 우리 아버지한테 돌아가서….하는 말이 어서 빨리 건너가그라 지금 여 물이 바닥에 물이 말라져갖고 있으니까 니가 건너갈 수 있을 것이다 해서 강물을…

얼른 건너가서 지그 아버지 치료했단 말이여….

질 : 정씨의 이름은…

답 : 그 사람은 자손들이 여가 한나가 살고 있제…자기들이 직접 모시고 쪼끄만한 호패로…개인이 세운 비석이 있어… 그라고..에…강씨 효자 비석은 효자잇는데가…건너 마을에가 있는디 거그는 거…. 옛날에는 나무로 제각을 짓었는디 영구 보존이 안되니까 다시 석조로…이 사람 강씨 효자가 한 기록은 전부 제각에 기록 되았거든…효자암내력이 섬같은 것 이란디…기록은 인자 정부로부터 준 기록이 되아있어. 이 사람것은 그라고 이 사람이 보관…이 사람 할아버지 것은 보관하고 있다가 없어져브러…김씨들 집안 이…3대 효자 내력은 여그 사람이 안 갖고 있고 광주가 지그 자손이 있는디 광주 사람이 갖고 있다여…효는 출천지효라고…지기가 효자 노릇을 하고 싶어도 효자 노릇을 할 수가 없어. 하늘이 내려야지 아니믄 효자를 할 수가 없어.그러제…

질 : 바다가 갈라지고 물이 마른 것을 믿으신다고요?

답 : 그러제…그렇게 봐야제…

질 : 이 예기를 누구한테 들으셨어요?

답 : 이곳 어른인가… 내가 인자 내촌 부락 태생이거든. 우리 마을 내촌 태생인디 산 제가… 한 50년 되아 아조 인자 역사적으로 기록이 다 되아. 그것도 인자 어느 때…듣고 또 그걸 인자 이 부락 사람들만이 알고 하니까 학생처럼 할라고 조선일보사에서 차꼬 나오드라고 조선일보사에서 차꼬 나와가지고 물어보고 다음 언제 온다고…온다고 밤나 전화만 해놓고 안오고…또 왔다 가믄 기양 실실 돌아보고만 가버리고 그라드라고…긍께 요즘 사람들은 과학을 어뜨케 보는가 몰라도 우리가 어렸을 땐 그랬어.저 부처님 예기를 한다든지 예수님 예기를 하믄 그건 우리가 도저히 그런 과학적으로 신빙성이 없으니까 믿어지

들 안드라고… 전혀 믿어지지가 않에…지금 학생도 마찬가질테지, 그런디 늙어 가니까…늙어져 가면서 사람 살다가 보면서 참~~과연 그렇겠구나…하는 …에….문제점이 자기 스스로 발견 할 수도 있어.

4) 효자봉이 있으니까(5효자)

강대주(남, 74세, 내촌마을)－5대 선조부터 거주. 강씨 자가 일촌이 이 마을에 가장 많음.

질 : 그 산에 효자봉이 있으니까 마을에도 효자가 많이 나오고 그래요?

질 : 5효자가 나왔어. 우리 부락에

질 : 효자비도 있어요?

답 : 그라제 아 저그 들어오믄 효자가 3효자가 김씨가 3효자가 나왔어 김씨 한집서 그라고 우리 강씨있어 강씨 효자는 쩌 건너가 있고 정효자는 여그 들어오믄 죽간 바로 아래 쪼그맣게 새워졌제 자기 자손들이 미약한께는 그 유씨 그 분이 새워줬어 5효자가 났어 그란디 김효자란 것은 명성 전설에도 나오고 그 자손들이 서울 병원도 있고 그란디 그것이 옛날에 교재라든지 좋은 벼슬아치를 해얏고 많이 받았다해 그란디 그걸 누굴 안 뵈져 그란디 고것을 성균관대학에서 그 책에서 (채록불가) 여러군데서 많이 했는디 자손들이 안 뵈준께 그 한날 잊어브렀다해 그것이 값으로 해서는 한나믄 수천만원짜린디 이런 거시기가 한나 담아졌다해 안뵈제 그란디 고것을 봐야지고 (채록불가) 박물관에다 보관 잘 해놓고 한다고 그라고 자손들도 머신가 그 대가로 해서 자손들이 안 내놔요.

질 : 효자 이야기 좀 구체적으로 얘기해 주세요.

답 : 생선을 묵고 싶다고 잡수고 싶다고 겨울에 바람도 세고 그럴꺼 아니라고요? 여그는 섬지방이라 그란디 고기가 잡수고 싶다한디 곧 돌아는 가게 생기고 원은 하니까 갔드라해 가가꼬 손을 이렇게 합장해서 바닷가에 가서 우리 아부지가 이렇게 이렇게 무시기 해서 생선을 잡수고 싶다 한디 어쩌게 줄을 따져서 머시라 한께 고기는 크거던지 적어던지 좀 생선 하나는 낚아다 가지고가서 아버지 해드리게 좀 해주라고 물어 주라고 파도가 잔잔해지드라해 그라면서 이런 고기가 한나 물었다 그것이여. 그 생선을 해드리고 또 한사람은 3년상을 자기 아버지 빈소에가 세모로 해서 살았어. 누가 그렇게 3년동안을 자기 집도 안 내려오고 이 이발도 안하고 거그서 초분으로 못이 아니라 초분으로 맨드나니 3년을 살것이여 3년동안을 그래저래해서 인자 3사람이 효자를 났다 이것이다. 한 가정에서 3부자가 그랑께 인자 이 효자각도 있고 그라고 인자 경로효친 간판도 있고 예절바르고 우리 부락이 범죄없는 마을이고.

• 입향조 및 파시이야기

1) 3월달부터 시작하제(원평파시)

문기주(남, 74) – 젊었을 때 배를 탔음 / 전화 : 275-4938

조규대(남, 64) " " / 전화 : 275-4791

김광은(남, 69)

질 : 파시에 대해서 좀 알았으면 하는데요.

답 : 옛날에는 저~고기 어장이 형성이 되믄은 거시기 했다가 그 다음철에 또 그 시기 닥치믄 인자 또 자기 막터…집터 찾아다가…. 질 : 여기서 사가지고 가요?

답 : 응, 여기서 사가지고 내려가. 여수나 고흥 저… / 여수 고흥 그 지방, 가족들하고 1년 묵을 거를 인자 챙겨가지고 그 당시 요 여수 우세도라고 거깄는디…. 연결해서 / 섰었어. / 거그까지 가서 내렸제? 돛단배들 전부 다 돛단배 / 상선이라고 보기엔…약간

질 : 그때 당시에 여기에 막…주막이나 여관 같은 게 많이 있었겠네요?

답 : 여관도 ….방파제 공사하는데 요즘 가서 집집마다 거시기 한 주막인디 옛날로 말하믄은….어디서 왔디야…여자, 요것들은 집집마다 다 있었어. 집집마다. 두명도 있고 세명도 있고 집집마다 그렇께…우리가 알기로는…음~ 그랬을꺼여. 그렇게 많이 그 철 닥치믄 거시기… / 옛날에는 나락으로 엮어 둘러서…짓거든.

질 : 그러면 파시는 언제 형성 됐어요? 1년중?

답 : 1년중? 그렇께 3월 달부터서 시작하제. 그래가지고 이 연목도 준비하고 4월달 남짓에 준공을 해서 인자 나락을 이여…장사준비를 / 그놈

인자 그 때부터 주막을 시작하제. 어장이 그때부터 시작하고 인자…

질 : 그래가지고 몇 월 달에 끝나요?

답 : 한 3개월…3개월이나 4개월. 내년 봄에 또 만나자 그런 식이제. 여그가 어장도 끝나고 여그서 철거하믄은 쩌 송치 거그서 인자 또 이사 가서 하제

질 : 주로 파시 할 때 어떤 고기가 주로 나왔어요?

답 : 황서리… 황서리라고 강다리라 그랬어. 그러고 여그서 인자 올러 오믄은 조기잡이를 하고 내려오다가 또 강다리잽이를 하고 인자 저 그런 시기에는 모든 고기가 다 풍부했어. 강다리나 저… / 지금은 꽃게 비싸잖아. 꽃게를 여그 요…거…뒤에 넘어와서…. 안에까지 들어가서 여그까지 와서 거시기 와서 물어븐다니까. 자기 안 건들믄 안물은디..거시기 저 들어와서 / 산란시기에 그렇게 높이 들어 와 날을 줄 때…날을 줄 때… 그렇게 높이 들어 왔어 / 묘하게 여그가 또 일제 때 말이여. 자반 공장이 생겼어,강다리…그러니까 요리 인자 어장이…강다리 기름 짜고 왜정 때…일본 놈들이 기름 짜고 이~기름 짜다가 이놈을 소금에다가 또 간 해가지고 건조를 해갖고 군인들 인자 반찬 대줄라고 말이야. 율도가 그렁께 우리들이 생각헝께는 거 일제거든…한 70년 되았제 / 이제 전부터 했을거여. / 70년 넘었다야…그렁께 그것이 일제 전이라고 가봤는가? 거가 전부 거시기 강다리 황서리, 일젠가 그 것을 몰라. 일제가 그 것을 한 80년 되았어

질 : 그럼 할아버지 파시 형성 된 거 한번이라도 보신 적 있으세요?

답 : 우리들 청년 시기에 많이 그랬제.

질 : 언제쯤 그게 없어졌어요?

답 : 그것이 해방 전엔가, 해방 이후로 없어졌어.

공장도 뭐 폐쇄하고 없어져서 어장도… 또 그런 시기는 그때부터

…. / 우세도 앞에 하고 옆에 요 거시기가 / 발 벗고 바로 그 섬에 내려 그렇게…

질 : 그러면 파시 때 여기 와가지고 이쪽에 정착해서 사시는….

답 : 지그 고향 배들이 어장 요리 오기 때문에 따라가서 장사 해가지고 …. 여그 와서 거시기도 하고 모도 그때 거시기….

2) 황시리 파시여(송치 파시)

이춘길(남, 79, 송치마을) – 양복점 했었음.(전화 : 279-5287)

답 : 새비를 잘나믄은 잘나믄은 사람. 외래에서 외래자들이 많이 와 사거든… 지내거든… 직업을 직업을 선반으로 삼으니까. 어장하라고. 그런디 옛날에는 파시여… 뭔 파시냐면은 초기 때 파시가 횡시리 파시여

질 : 황서리 파시?

답 : 응. 황시리라고 요즘 강다리 그 파시였거든… 그라믄 그거이 파시가 어느 달에 든가… 5~6월 달이제? 양력 5~6월 달에가 스고 그라고 3-4월 달에는… 그월달에는 유로 연평도. 유로 연평… 거그서 조구를 잡아갖고 그래가지고는 거가 끝나믄 요리 인자 차근 차근 내려오제. 요리 내려와서 병치, 갈치 고기는 여그서 제일 최고로 좋은게 나왔어. 말할 것 없이 고기란 것은 아주 고급은 다 여기서 나왔어 이바닥에서 그래가지고 오염이 되어서 그란가 물이 질이 베겠는가.. 그것은 인자 차근차근 고기가 물러 나블고 꽃게 같은 것도 요 앞에서 났시고 났은 당께. 이 앞에서 마당에서… 배만타고 가면서…

질 : 목욕하고 그러면 물지는 않았어요?

답 : 그런 거는 인자 꽂게가 도망가제…. 그런 식이였어. 그란디…. 물어 보실 말 있으면 아는 데까지 인자 우리도 상식적으로 아는 데까지 말한디 그런 그것은 말한다고 되는께 아닝께….

참 우리 옛날에 우리 지내간 흘러간 참 역사로도 볼 수 없지만은..우리 경로제 그것이 지내간…

질 : 그러면 할아버지께서 그 파시 열리는 것을 직접 보셨어요?

답 : 보기만 했으니까 봐본 사람 잉께 알지요. 그리고 파시 때는 어떻게 됐나믄 그전에는 요런 집이 없었어. 현재 이집이 아니여… 모도… 삼각… 삼각집이여. 그라고 파시 끝나면 딱 뜨어블고 철거해불고 그라고 또 다른데로 가고 인자 파시 따라서 다른데로 가고 그랬거든.. 인자 헛것이 인자 헛식으로 지었제. 그때제 파시가 섰다하믄 여가 아가씨가 아가씨라믄 인자 기생도 있고 아가씨도 있고, 그러믄 최소한도 적닥하먼은 70~80명 아가씨들이 들어고고 글 안 허믄 100명 이상이 들어오고 그래. 그 학고방 같은디…. 학고방이라고,, 막간 같은디.. 앙거서 기생들은 장구를 치고 노래를 부르고 그런 시대였어 참 좋았어. 좋은 시대여 그때가… 그라고 아가씨들도 끝발이 좋고 돈 잘번께 아가씨들이 참 끝발이 좋게 나오제….

질 : 그막이 어디서부터 어디까지 지어졌어요?

답 : 하나고제 하나고… 쑥. 여그 여 이중이여. 여그서 여기까지. 또 야그서부터 하나고 끄터리까지. 이런 집은 읍었제. 조까. 한 두가구 몇가구 있기는 있었어. 중간에. 몇 가구 있었지만 왠만하믄 철간으로 막간을 지어갖고.

질 : 그럼 송치마을은 원래 주민들은 어디에 살았었어요?

답 : 제일 주로가 요짝이제 지금 여기 나진 이쪽 쯤에…. 여짝 선이 여기

해변선하고 이선하고 있거덩. 목도가… 이 선이 이 줄이 본선이여.. 앞에는 바닥이고 바로 바닥이고 그래 가지고 거그가 마당이믄 이를테면 빈자리가 있으믄 거그다 막을 짓어갖고 딱 주인한테 허락 받아가꼬 세주고…. 술장시도 하고 옷장시도 한사람도 있고, 벨것이 다나와. 여그 오믄은….

질 : 천막 개수가 몇개 정도….

답 : 그때가 천막이라는 것이….

질 : 파시가 언제부터 열렸다고 들으셨어요?

답 : 시방 몇 년 된가 몰라도.. 시방 파시 벗어진제가 파시 벗어진제가.. 우리들이 여가 양봉일헐때 내가 나이 40세 이상 되께는 없어져 브렀어…. 그랑께 한 40년 전 일이제…. 40년 전일이여. 그것이 파시라는 것이….

질 : 혹시 그 파시 있을 때 옆에 그 강다리 기름 짜는 공장은 있었어요?

답 : 여그는 없었어.. 여그는 없고 저 원평이라는데 원평이라는 데다 있었어. 쩌그 비금 떨어진… 뒷 부근… 원평이라는 데가 있거든 거그도 파시여,,

질 : 그럼 같이 열렸었어요?

답 : 거그서 파시 보고 요리 내려오제. 거그 초기에 거그 첫 번 보고 담에 요리 내려오제.

질 : 같은…. 왜 그쪽에 보다가 이쪽으로 내려와요?

답 : 인자 고기가 내려오니까 웃에가 있다가 고기가 차근차근 내려오거든. 고기 따라서 어장이…배 거시기…어장 한 사람들이 고기따라서 따라댕게… / 바람 같은 것도 여름에는 이…맞바람이 샛바람이 많이 분께 저 웃으로 인자 … 가실 들어서는 하늬바람이 불어서 요 아래쪽으로… / 람의지가 또 안 되거든… 사람 의지로 안 되

질 : 저기 원평파시 같은 경우는 음력 4월이나 3월에 열려가지고 한 저기 한가위 이전에까지만 끝났다고 하드라고요. 여기는 어떻게 됐어요?

답 : 여그는 질제… 여그는 강다리파시가 있고 그래가지고 아까 예기했지만은 좋은 고기… 갈치, 병치, 농어, 부서 이런 것이 모도 있거든 겨울까장 쭉 있었어. 가실까지 하나고 났거든…

질 : 1년 중 언제 시작 됐어요, 파시가?

답 : 4월부터 되제? 4월부터 되아.

질 : 음력 4월이요? 그래 가지고 언제까지?

답 : 그래가지고 끝날 무렵이 8월이 지나믄… 8월이 지나믄은 갈려… 다…인자 모도 외지서 온 사람같으믄 으서 주로 오냐믄은 고기잡으러 온 사람들이 어서 주로 수도 어촌이거든. 여수란데가… 여수 따로 떨어져서 섬이 거가 뭔 섬이냐믄은 여수 삼서면인디… 송죽도, 나라도, 거금도 또…초도 이런 섬이 여수…여수 따로 떨어진 거……거가 인자 어촌이거든…그러믄 요리 파시허러 와. 그때가 오는 거시기… 음력 4월경에 여가 파시보러 온다 그 말이여

질 : 그럼 이 파시가 40년 전에 끝났다고 말씀하셨잖아요.

답 : 그라제…응. 40년 전일잉게…

질 : 파시가 처음 시작될 때가 언제정도로 생각하고 계세요?

답 : 지금 저… 초기에 이를테믄 당년에…금년에 파시가 슨다하믄 4월달에 인자 많이 모여들제. 배들이 그래가지고 8월쯤 하믄 1년에 그러게 9월까지는 갈꺼여. 그래가지고 끝나브러. 다 자기 고향으로 여기서 보리팔아가꼬 가 그 사람들이 에 거시기 어장질한 배 선주들이 여자들도 그라고 돈 벌어갖고 거 끝에다가 인자 또 고기가 파할때여. 그랑께 자연히 모두 가블제.

질 : 언제 시작됐어요? 일제시대 때 시작됐어요? 아니면..

답 : 아니 해방후로 일제도 됐지만 해방후로….

질 : 해방 이후에 시작됐어요? 그러면 원평 파시 끝난 다음에 여기 송파 파시는 시작 됐겠네요?

답 : 시작은 헌디 같은 장 한 해에 거그서 끝날 무렵에 요리 오거든 요리와서 보고가.

질 : 그럼 혹시 그때 파시섰던 사람들하고 장사나 뭐 해가지고 지금까지 여기 사시는 분 계세요?

답 : 지금 살고 있제. 많있제. 지금 젊은 사람들이 나이 묵었응께 그 사람들 지그 부모 때 모두 했으니까 그런 사람들은 시방 있제. 있는 사람들은 있어.

질 : 그럼 돈 많이 번 사람들도 있고 그래요?

답 : 그때는 돈 별로 안 벌고 인자 요즘에 새우가 좋은 새우가 나와ㅏ 갖고 돈 많이 돈 벌어브렀제. 인자 그때는 별로 큰 노다지가 없었어. 보통 유지 뭐냐 거시기는 해나가제. 생활 유지는 해 나가제.

질 : 원래 송치 마을이란데가 물이 부족하지 않습니까?

답 : 응 그라제.

질 : 파시 같은 거 설 때 그때 물 같은 거 어디서 구해서 썼어요?

답 : 저쪽 송장염이란디 거기서 실어날렀어.

질 : 그래요?

답 : 학생들은 모르실테지만 옛날 저 왜정 때 송장염이란데가 왜정 때 일정 때 거가 일본놈 군인들이 거가 있었어.

질 : 군인들이요?

답 : 응 군인들이 그 샘을 만들어 놨어. 그 샘에서 왠만해서는 모르지 않제. 굉장히 가물어도 물이 그렇게 나와.

질 : 군인들이 얼마나 있었어요?

답 : 나는 그때는 제일 목포가 있었응께 모르지만은 여그 와서 그 말을 들었제. 일본놈 군인들이 여가 지냈다고.

질 : 군인들이 왜 거기가 있었어요?

답 : 그때 여그 와서 일본놈들이 있응께 살았다허드만 군인들이 있었다해. 그래가지고 그 물 묵었다해. 그 샘이를 놈의 말만 들었제. 그 샘이를 어뜨케 팠냐 하믄은 저 일고발이 거그 설장서 칠팔도 응 칠팔도 거그 설장서 일고발이 뭣이 한 사람들이 여그 샘이를 물 묵기 위해서 물을 실어날르기 위해서 맨들었다 이것이여. 어 칠팔도에서.

답 : 응 인자 그전 일본놈들이 칠팔도 다 짓어가지고 당골을 모두 맨들어 냈어.

질 : 칠팔도에다가요?

답 : 응 당골을 많이 맨들어났어. 물 받아묵고 거그서 살고 요 물을 사용안 했어. 그것땜에 그랬다 그러드라고. 칠팔도가 요물갖다가 묵고 그 안에 옥상에서 물 받어가꼬 당골을 맨들어서 거그서 인자 하늘에 내린 물을.

질 : 지금 인자 당골 여러개 있는가?

답 : 칠팔도 당골 여러개여. 굵고 여러개여 그 당골을 물 한나씩 받아두면은 몇 해 묵어.

질 : 그러면 여기서 파시섰던 고기들은 다 어디로 가져갔어요?

답 : 고기? 고기 같은 것은 기냥 막 목포로도 나가고 육지로 나가. 여기서 기냥 팔려나가브러. 전라북도로도 나가고 애네들이 와서 사가. 가지고 가브러 기냥 막 차에다 배에다 실어서 그때는 배 .. 응 차는 없으니까

질 : 왜 지금 파시가 없어졌을까요?

답 : 고기가 없으니까 고기가 읎응께 그라제. 고기만 여그서 이바닥에서

그렇게 나온다면 여가 부자들이 살어버리제. 읍는 사람들은 뭐 안 살아.

질 : 그럼 할아버지들은 뭐하셨어요?

답 : 우리 때 여그와서 파시 때 나는 뭐했냐믄 양복점.

질 : 할아버지가요?

답 : 응 양복점했지. 여그서

질 : 할아버지 아버님은 뭐하셨어요?

답 : 아버지는 목포서 사시다가 돌아가셨고 요리 찾아왔지. 내 고향이라서.

질 : 할아버지는 뭐하고 사셨어요?

답 : 나는 배나 타묵고 농사나 지어묵고 그랬었어.

질 : 원래 고향이 여기세요?

답 : 아니. 여그서 10리나 돼.

질 : 어디 저 수도 마을이요?

답 : 요리 요리라고.

질 : 배는 언제부터 타셨어요?

답 : 배는? 한 30살 묵어서 25세 묵어서 타가꼬…

질 : 지금 연세가 어떻게 되세요?

답 : 한 57~8년 됐나? 아니아니 50년…. 지금 80, 80

질 : 그러면 이렇게 배타시면 고기 같은거 이렇게 많이 잡을때도 있고요?

답 : 그러제 그거사 그러제. 그럼 많이 잡을때는 굵은 배로 한 대.

질 : 가장 많이 잡었을 때는 뭘 잡으셨어요?

답 : 조구.

질 : 조기가 많이 잡혔어요?

답 : 그러제 그때.

질 : 잡으로 나가셨을 때 어떤 꿈꾸거나 그런 거 없으세요?

답 : 꿈꾼 거시기도 있제. 나는 배를 안 타서 잘 모르지만 좋은 꿈꾸믄 가서 바다가 그렇게 잘 어장 해갖고 들어온데.

질 : 꿈 속에 뭐가 나타나면 기분좋게 바다에 나가서 어떤 꿈 꿨을 때요?

답 : 몰라. 하도 오래되나서. 다 잊어브렀어. 그건 그러제. 꿈 끼갖고 해몽을 해보믄 가믄 요 괜찮겄다. 그런식으로 자신들이 해몽을 하제.

질 : 아 일반적으로?

답 : 특별한 용꿈 이런거 보다도.

질 : 그래도 꿈속에서 어떤 동물이나 어떤 것을 봤을 때 바다 나가서 고기를 잡겠구나?

답 : 명칭을 지을 수가 없어라. 우리도 평소에 아침에 꿈을 꿨다하믄 아 딱 껴놓고 보믄 아 괜찮하겄다 그런 식이여. 좋은 꿈이라고 인자 그런 식으로 그렇게 생각을 하제.

질 : 그런 게 있잖아요 까치가 울믄 좋은 손님이 오겠다하는?

답 : 그렁께 그렁께 그라제. 그런식으로 해몽하제. 그때 당시에 뭔 꿈이라고. 오래된 일을 어떠케.

질 : 송치마을에 대한 송치란 이름이 경로같은 거 아세요? 어떻게 해서 송치라는 마을 이름이 붙게 되었는지?

답 : 여가 원래 수대리로 깔렸는디 여가 파시가 생겨갖고 별도로 송치라고 이름을 지었다 하드만 송치 솔치 그라믄 송치를 송송자거든 송치라하제. 원래는 사투리로 솔치라 그러제. 솔치라 그래가지고 별도로 떨어져 가지고 부락이 떨어져 가지고 이름이 지었제. 그러나 거그서 옛날 만이로 편지가 온다 그러믄 수대리가 그러고 아무개 그라믄 여그 솔치가 수대리로 딸려브렀어.

질 : 그럼 그 이전에 뭐라고 이름?

답 : 수대리.

질 : 수대리요?

답 : 수대리고 여그서 고기잡은게 파시평이라 그랬제. 송치 파시평이라고.

질 : 여기 혹시 마을에 관련된 전설이나 할아버님 아버님이나 그런분들한테 들었던 어떤 전설 있으세요?

답 : 그것은 들어본 역사가 없는디. 전설은 몰라.

질 : 그럼 이야기거리?

답 : 그런 것은 인자 모르제. 인자 그것은 여그서 아조 오래산 사람들이 알제. 내가 5살 묵어서 목포 갔었응께 목포 이사갔으니까 일제가 지금 인자 현 일제가 50몇년 56년인가 몰라. 여그 서해 나가믄 서해 중국 중국 상해 그래갖고 있는데 실화가 아니여. 아니 우리 인자 짧은 역사 역사지. 설명을 하자믄 거기 가가지고 했단걸 탐구 거시기 직접 찍이고 담고 그 사람들이 파논 인자 굴이 있어. 또 굴이 굴이 있고 인자 그가 인자 그 함락되아브니까 2차 세계대전 때 히로시망에 거시기를 던져가지고 함락이 되아브렀으믄 일본이 함락이 돼야브렀어. 그래가꼬 그런 굴 인자 우리 조상 우리 선배들이 어떻게 지내고 그런가 여기 그 사람들이 가가지고 노무자 일종이지. 노무자 노무자 생활을 하는 거야. 고된 굴을 뚫어놓고 그거 있으니까 실지 가서 보고 인자 거그서 쪄그서 요쪽 지역으로 날 좋을 때 가믄 화물선이 댕긴게 뵈어요. 그란디 그런 굴이 있는디 실지 가서 탐색을 해보고 말을 듣는것보다 자료를 찍어가꼬 가고 한 것이제. 말만 들어가꼬 전설은 실지가서 무슨 전설이 있느냐 거그를 가서 현장을 답사하고 한 것이 그것이 총적인 자료가 되고 한 거지. 말로만 해가꼬는 필요가 뭐 있느냐…

3) 젤 모냐 들어오기는(용호마을의 입향조)

김상용(남, 73세, 용호마을) – 김해 사군파

질 : 마을 입향조가 누군지 아세요?

답 : 젤 모냐 들어오기는 여그 유씨 이분네 선조들이 젤 모냐 우리 여그 비금면에 설입했어.

질 : 용호 이 마을에서도요?

답 : 이 마을은 질 첨에 김해 사면파가 주산인디 요 우게 말이여 예 주산리여 그 밑이가 지금 치관 넘어갔고 모래 저 부래 바닥에서 이 취둥이라고 모래 이렇게 막 이렇게 넘어와가꼬 여가 김해김씨여 주산리가 아조 겁나게 있었어. 아니 묘가 아니라 사람이 살었어. 거 옛날에 살았는디 취가 넘어와가꼬 예 사람이 못살게 된께 인자 저 상암으로도 가고 전부 떠나브렀어. 그랑께 지금요 주산리기가 즈그 손이 칙착하제. 지금 옛날에 인자 사방 이 인자 사방해가꼬 솔 심었는디 솔이 그렇게 좋아. 그라믄 옛날에 여그 여가 용호동 이거든 용호부락이여. 그란디 요 물이 저그 저 원평 구석지 그리 나갔어. 흘러서 저리. 바다로 그래야꼬 예~ 취가 남아가꼬 전부 모래가 여그 넘어와가꼬는 물이 이 알로로는 여그 물이 여그로 내려가제. 내려간디 그랑께 옛날에는 여가 모래가 없었어. 없었는디 뻘 땅인디 모래가 넘어와가꼬 바다에서 차근차근 이눔이 인자 바람불믄은 늦결에 인자 모래가 밀리고 밀리고 해야꼬 그 놈이 날아서 요롷게 모래땅이 된 거여.

질 : 여기가 용호 마을이잖아요 그럼 저 산뒤에 있는 바위들이 용하고 호랑이처럼 생겼다고 그래요?

답 : 응 그람 말같이 생겼다 해서 그전에 저것이 주마산이여. 용호동이라

고 용용자 범호자여. 여가 그래서 인자 용호동이라 한디 옛날에 그란디 인자 이것이 두 가지로 주마산이라고도 하고 저 산은 주마산이여 이 마을의 이름은 용호동이고

질 : 그러면은 용호라는 명칭은 어떻게서 생긴거예요?

답 : 그건 인자 모르제 옛날 우리선조들이 해났은게 우리는 모르제.

질 : 들어보신 적 없으세요?

답 : 응 그라고 원칙은 여가 인자 여리 지었은께 그라제 저 건네가 부락이 었어. 저 건네. 안뵈제 만은 산 밑이 저 건네 산밑이가 인자 옛날에 모두 인자 거가 모도 거식했제

질 : 저기가 매몰된 지역이에여 저 산 밑에가?

답 : 원칙 거가 모도 집 짓고 살았제 우리 선조들이

질 : 모래취 와야지고 지금 저기가?

답 : 응. 여그 주산리취가 지금 그 전에 한 300여 촌 돼제 그랑께 뭐냐 하믄 저리 팽림으로 넘180어간디 거그망 모두 거 파믄 전부 다 그냥 나와 돌이 모두 집 짓고 담장하고 옛날에 지금 저 부르크로 저렇게 담장하듯이 도구로 순전히 담장해놓고 모도 사랐드만 저그서 많이 파서 모두 담장했제 여 요리 팽림 넘어간디 그리.

질 : 그 전에 마을 이름이 뭐였어여? 두목촌이라고는 안했어요?

답 : 응 두목산

질 : 지금은 주마산이라면서여?

답 : 응 주마산

질 : 그럼 주마산 옛날 이름이 두목산이였어여?

답 : 응. 저 머시기 저런디로 요쪽으로 맷이 많지만 저쪽으로는 그렇게 없어

질 : 왜 두목산이라 했는지 모르세요?

답 : 모르제 그것은 우리들도

4) 여기 동네 산 지는 한 150년(월포의 입향조)

황춘호(남, 64세, 내포마을)

질 : 이 마을이 몇 년 정도 됐어요?

답 : 150년 정도 돼았을 것이여.

질 : 맨 처음에 이 동네에 누가 들어오셨어요?

답 : 이씨가 들어왔당께. 이씨 전주 이씨. 내가 알기로는 전주 이씨가 먼저 들어왔어.

질 : 전주 이씨 선산은 어디에 있어요?

답 : 전주 이씨 선산은 저 수대리 거가 있제. 여그 입도한 거시기는.

질 : 여기 마을 생기기 전에 해수가…?

답 : 해수가 요리 다 펴 나왔대.

질 : 개간하기 전에 전부 바다였어요?

답 : 전부 바다여. 여그서 운대리 낚고 한디야. 고기를 여그서 낚았당께. 그라고 여가 어째 여그 내포리로 인자 행정상 구역 명칭이 돼았는디 가는목이라 했어. 가는목. 여 큰 거시기는 저가 있고 가는 목이라 해야꼬 저 가믄은 장불에서 물이 해수가 넘어왔다해야고 가는목이라 그랬다 했어. 여가 가는목. 가늘다 해야꼬 가늘세자 쓰고 세앙 세앙돈이라 그전에 옛날말이 그란디 우리 행정 구역 거식하면서 내포리가 그랬제. 내월리 중에서 월포리에 속했다가 분가한지 20년 돼았거든. 꼭 20년 돼았는디 그 때 내포리로 명칭을 한거여. 응, 옛날엔 가는목

이라 그랬제. 옛날 그 세부측량 할 때도 세앙돈이라 딱 그렇게 돼야있어.

질 : 여기는 다 농사해요?

답 : 응, 그람 주로 농사제. 부업은 별로 없제. 부업은 몇 집만 인자 쪼까 낚대를 갖고 해초 거시기 하고 그란디.

질 : 해초면 구체적으로 어떤 것?

답 : 김이나 톳이나 미역이나.

질 : 그 전에 여기 개장하기 전에는 다 어장 하셨겠네요?

답 : 개간하기 전에는? 그래도 농사를 지었제. 여그 밭이 있으니까요 오늘은 안개껴서 그란디 밭이 상당히 많은께. 그라고 요것이 한 150년 전에 다 이미 거시기가 된거여. 농토로 된거여.

질 : 일제 때 개간을 했어요?

답 : 일제 때 해야꼬 저 거시기 했제. 측량까지 다 마쳤으니까 그랑께 우리가 37년생인디 저 예순 64년 전 한 70년 전에 세부 측량을 했어. 여그 토지 측량을 다 해가꼬 지금 한 오년 전에 경쟁해야꼬 그 토지 구역이 다 틀려져 블었는디 한 70년에 왜정 때 측량을 다 했어. 아무튼.

답 : 섬 치고는 역사가 솔찬히 많제. 여그 비금 처음 들어온 사람이 저 유씬디 저 묘금도 유씨라고 유씨여. 요, 버들유자 아녀. 묘금도 유씨라고 유씬디 그 유씨대 13대가 여가 살고 있어. 그랑께 한 4백 50년 비금 생긴지 한 4백 50년 돼았는디 여그 동네 산지는 150년 내지 200년을 보고 있제. 씨방 우리 여 내포리에 사람이 산 것은.

질 : 마을에 얽힌 전설 같은거는요?

답 : 전설이 없제. 저쪽에 있을 때는. 산다위라고 산제를 모셔야꼬 매년 인자 재해를 예방하기 위해서 제사를 모시고 그랬는디 요쪽으로 분구

돼면서부터는 거 제사도 안 지내고 그래도.

질 : 어디에 있을때요?

답 : 여 월포리에 있을 때.

질 : 월포리에서 떨어져 나왔어요?

답 : 그라제. 20년 전에 떨어져 나왔제. 분구가 돼았제.

질 : 월포에 계실때는 무슨 일 없었어요?

답 : 월포리로 돼았을 때 별로 큰 재앙이 없었제. 응, 6·25사변 때도 별로 사람은 안 죽고 그랬제. 여그 사람은 한나도 안 죽었제. 6·25사변 때도 다른디 동네서는 사람도 죽었제만은.

질 : 저기 월포 같은 경우는 젊어서 사람이 많이 죽어서 장승을 세웠다고 하던데요?

답 : 그래, 그 이유가 있는디 그것이 큰 재앙이라 볼 수 없제. 젊은 사람이 많이 죽었다 해야꼬. 저 죽치 같은 경우는 장승이 있고 없고 간에 더 많이 죽었는디 거그는. 젊은 사람이 없어 저 죽치같은 데는.

5

자은도의 용신신앙과 해양문화변용 양상

제 5 장 자은도의 용신신앙과 해양문화변용 양상

자은도 설화 중에서 용신이야기, 풍수이야기, 두사춘이라는 인물에 관한 이야기를 분석하여 자은도의 용신신앙, 사회상, 문화상에 대해서 검토하고자 한다. 용신이야기는 내륙이나 도서지역에서 모두 다양하게 유포되어 전승되고 있다. 이 글에서는 서남해 도서지역의 용신신앙이 내륙에 비해서 어떤 특색을 가지는가 하는 관점에서 접근해 보려고 한다. 용신이 해양신으로서 강조되겠으나 농경신적인 면에서는 용신이 어떻게 기능하고 있는지 살펴 보고 싶다. 자은도의 용신이야기는 백산리의 용소라는 특정지역을 중심으로 형성되고 있으며, 자은도의 용신의 특징을 보여주고 있어서 서남해 타도서지역의 용신신앙과 비교하여 보고자 한다. 자은도의 두봉산이야기, 매바위산이야기, "부자가 망한 이야기" 등의 풍수이야기에서는 풍수지리적인 인식을 통해서 자은도 주민들이 담고자 하는 사회적인 의미가 무엇인지 살펴보고자 한다. 자은도에서 가장 높은 산이 두봉산이며, 가장 신성스러운 산이 매바위산이다. 이 산을 바라보면서 살아가는 자은도민들이 풍수지리적인 이야기의 설화적인 논리를 빌어서 담아내고자 하는 역사와 사회적인 담론의 의미를 찾아보고자 한다. 중국인으로서 임진전쟁에 참가하였다가 도피한 두사춘이라는 인물이 자은도에 숨어 들어와 자은도민들과 접촉하면서 이루어지는 이야기에서 자은도민들이 무슨 의미를 담아내려고 하였는가 하는 관점에서 두사춘이야기를 분석하였다. 자은도에서 이 인물이 특이하게 강조되어서 전승되고 있는 사회문화적인 원인을 두사춘이야기에서 살펴보고자 한 것이다.

자은도 설화를 검토하는 방법으로서 자은도 설화와 비슷한 화소와 구조 또는 내용을 가지고 있는 인근 도서지역의 설화자료도 함께 사용하였다. 자은도 설화자료만으로는 자료의 한계를 극복하지 못할 것이고 서남해 지역의 설화를 전체적으로 보는 시각이 필요할 것으로 생각되기 때문이다. 자은도에는 2001년과 2002년의 여름에 두 차례 현지 채록을 했으며 채록자료는 본 논문의 뒤에 첨부하였다. 본문에서 인용하는 자료번호는 현지채록 자료번호이다.

1. 자은도 백산리 용신이야기의 신앙적 의미

1) 서남해 지역의 용신이야기의 구조

서남해 도서지역의 각 섬마다 용에 관한 이야기가 거의 모든 곳에서 전승되고 있다고 해도 과언이 아니다. 그만큼 용이야기는 이 지역에 보편적인 설화로 인식되고 있으며 섬과 섬마을 그리고 굴이나 연못과 같은 섬의 일정 지역에 용과 관련된 지명이 산재하고 있다. 도서지역에 전해오고 있는 이런 용의 이야기는 용신신앙적인 의미를 띠고 있어서 "용신이야기"라고 부르고자 한다. 각 섬에서 개별적으로 산재한 용신이야기의 각편들은 용신신앙의 단편적인 모습을 드러내고 있으므로 종합적인 검토가 필요하다는 판단에서 그 각편들(versions)을 모아서 서남해 지역의 용신신앙의 전체적인 양상을 살펴보고자 한다. 이런 의도는 자은도 백산리 용신이야기를 이해하고자 하는 출발점이면서 귀결점이기도 하다. 백산리의 용신이야기가 가지고 있는 의미를 이해하기 위해서는 서남해지역의 용신설화의 전체적인 맥락을 파악하고 그 틀 속에서 자은도라는 한정된 공간의 용신이야기의 특성을 알아낼 수 있을 것이라고 생각한다.

서남해 도서지역의 용신이야기의 내용상의 구조는 <용의 거처와 용신의 신체> – <용의 승천과 증거물> – <용신제의의 실행> 등의 세 부분으로 크게 나눌 수 있다. 각 섬의 설화현장에서 이 이야기들은 전승해오는 과정에서 탈락하거나 첨가되면서 변이를 일으켜 왔으므로 그 각편들을 종합하여서 용신이야기의 완결된 복원이 가능할 것이다. 각 도서의 자연환경과 인문환경이 가지고 있는 특수한 형편에 따라서 용신이야기들이 다양하게 변이하고 있어서 설화를 통해서 도서지역의 민간신앙를 이해하는 데에 좋은 사례가 될 것으로 생각한다.

(1) 용의 거처와 용신의 신체

설화 속에서 용은 어디서 살고 있으며 용의 모습은 어떻게 인식되고 있는가 하는 문제이다. 용의 거처는 여러 가지 명칭으로 이야기되고 있다. 한국 서남해 도서지역의 용신이야기에서 용은 바다에서 살기보다는 주로 섬의 내륙에 있는 못에서 살고 있는 경우가 대부분이다. 이곳은 주로 섬의 해안에서 가까운 못으로 담수가 용출하고 있으며 섬의 농업생산에 필수적인 수자원의 원천이 되고 있다. 비금도, 자은도, 임자도 등의 도서에서 이런 못이 있으며 그 명칭은 용소(신안군 비금도 용소리. 신안군 자은도 백길리), 용둠벙(완도군 고금도 용목골), 용지샘(완도군 청산도 용진산), 용새미(용샘)(하의도), 용담새미(용담샘)(신안군 하의도 봉도리), 용방죽(신안군 비금도 용소리) 등으로 불리워지고 있다. 용이 거처하는 못의 크기나 형태 또는 기능에 따라 명칭의 구분이 세분화되고 있음을 알 수 있다.

용소와 용방죽은 비금도와 자은도에서 보듯이 상당히 넓고 큰 못이며 완도군 고금도 용목골의 용둠벙도 상당히 큰 못이며, 하의도의 용담새미(용샘)은 바위 아래에서 한 바가지 정도의 분량이 일정하게 솟은 샘이고, 청산도의 용지샘은 용진산 봉우리에서 기우제 지낼 때에 사용하는 祭井이다. 이들은 모두 식수나 농업용수로 사용할 수 있는 담수이고 위치는 주로 해안가와 산봉우리에 있으며 물이 귀한 섬에서는 주민들의 생활에 필수적인 생활요소인 것이다. 주민들이 섬에서 거주할 수 있게 하는 가장 우선적인 것이 식수라는 점에서 이 연못이나 샘들은 주민들이 신성시하는 장소이기도 하다. 바다 속의 섬에서 담수가 용출하여 커다란 못을 이루고 있다는 점에서 신비한 생각이 들게 하는 곳이다. 비금도와 자은도의 용소는 바다쪽에서 바람이 불고 물결이 쳐오면 해안의 모래가 용소를 잠식해 들어오므로 방호림을 조성하고 있다.

이 못 속에 존재하는 용신의 모습은 큰뱀, 구렁이, 이무기, 새끼용 등으로 불리는 파충류의 뱀의 형태로 전승하고 있다. 이무기는 용이 되려다 어떤 저주에 의해서 되지 못하고 다시 천년을 기다려야 한다는 큰뱀이다. 설화전승자의 구술을 들으면 소름이 끼칠 정도로 큰 뱀의 모습으로 형상화된다.

"큰 소락이라는 냇가에 배아지 비늘이 꼭 손바닥 둘만씩 해"

"아 거기 가서 휘어댕긴 데를 보니까 꼭 이런 놈이 (한아름) 그래가지고, 아 저 배가 지나 가면 파도를 갈고 가듯이 가는데"

"용이 아니라 일단 구랭이에 불과하다 이랬거든. 용이라면 씨염이 난데 왜 씨염이 없냐 그랬단 말이여"[1]

냇가에서 용을 본 제보자(나필한. 남. 81세)의 경험담이다. 수염이 없어서 구렁이라고 판단되지만 너무 커서 용이라고 할 수 있을 것이라는 암시도 들어있는 구술담이다. 완도군 청산도의 용진산에 있는 용지샘의 용은 수염이 있다고 한다.[2] 용신이야기의 전승자들은 섬의 못에 있는 용을 때를 기다리면서 잠룡의 형태로 숨어있는 뱀종류의 동물로 인식하고 있고, 두려움을 가지면서 외경의 대상으로 삼고 있는 것을 알 수 있다. 이 못 속의 용은 변신능력을 가지고 있어서 용을 괴롭히는 대상으로부터 피하는 자료도 있다. 고금도의 용목골의 용둠벙에 있는 용은 일본 사람들이 용을 잡으려고 작살을 들고 물 속으로 들어가자 두 눈은 양은그릇으로, 몸둥이는 밧줄로 변신하여서 위험을 피하고 있다.[3] 용이 은신술을 쓰고 있다는 것은 그 만큼 용신의 능력이 출중하다는 것이다.

한국 서남해지역의 용은 승천할 때를 기다리면서 못 속에서 은신하고 있으며 위험의 순간에는 변신술로 극복하는 큰뱀의 형태로 볼 수 있다. 주민들은 이 큰뱀의 존재를 모두 알고 있으며 직접 보기도 하고 간접적으로 뱀의 실존을 느끼기도 하는 이야기들이 형성되어 전하고 있다. 못 속의

1 허경회, 용이야기, 「지도의 구비문학자료」, 『도서문화 제5집』, 1987, 330쪽.
2 허경회, 용지산, 「청산도의 구비문학자료」, 『도서문화 제9집』, 1991, 266쪽.
3 허경회, 청룡리유래, 「완도군고금도설화」, 『도서문화 제13집』, 1995, 297쪽.

용은 한 마리가 아니고 암수 두 마리인 경우도 있다. 신안군 지도읍 감정리 백양마을의 냇가에 사는 용은 칠이에 사는 용과 부부용으로 살고 있다고 전한다. 자은도의 용소이야기도 역시 암수 두 용이 살고 있다고 전하고 있다.

(2) 용의 승천과 증거물

물속에서 은신하고 있던 큰 뱀은 때가 되면 승천하게 된다. 이 승천이라는 통과의례를 거쳐야 용신으로서의 위력과 신격을 얻는다. 때를 기다리던 뱀이 성장하여 용으로 승천하는 모습을 전하는 이야기들이 가장 많이 유포되어 전승하고 있다. 용의 승천은 대개 날이 흐리고 바람이 불고 비가 내리는 날에 이루어진다.

> "그 뱀이 올란 간 지가 지금으로부터 약 30년 한 35년 됐을란가. 용이 간디 어떻게 올라가냐 하며는 날이 이렇게 암시랑 안한 날인디 청명한 날인디… 바루섬이라고 그 아래 독섬이라는 사이에서 올라가는디 아주 좋던 날이 뜬금없이 우중충하지만은 그랑께 이 근방은 빗방울이 하나씩 떨어지고 그 올라간 쪽으로 갈수록 비는 많이 떨어져. 그란디 파도가 많이 쳐 거기는.. 이런 데는 파도가 안 친디 거기는 물결이 확 일어나더라고. 그래 가지고는 인자 요놈이 싸악 올라가는디 아주 겁이 나게 흐칸 물질이 올라갔다는, 그놈이 올라갖고는 뒤로는 날도 좋아져 버리고 그 안 하더라고" [4]

---

4 허경희, 용호리바구, 「보길도의 구비문학자료」, 『도서문화 제8집』, 1990, 263쪽.

제보자가 용이 승천하는 광경을 직접 보았다는 구술이다. 좋은 날씨가 갑자기 흐려지는데 용이 올라가는 장소인 바루섬과 독섬 사이는 더욱 파도가 치고 비가 쏟아지고 물결이 일어나는 이상현상이 발생하고 하얀 물기둥(흐칸 물질)이 올라가는 상황으로 구술되고 있다. 이 현상은 마치 동해상에서 흔히 일어나는 "용오름" 현상과 흡사한 광경이다. 용오름현상은 일종의 기상이변으로 바다에서 회오리바람을 타고 거대한 물기둥이 솟구치는 현상으로 동해에서 가끔 볼 수 있다. 용이 승천하는 광경을 보았다고 구술하는 화자들의 표현은 신비체험을 경험한 사람의 격정적인 열기에 차 있음을 알 수 있다.

> "봄에 해어름 참에 막 올라가는데 용 올라간다고 그러드먼. 그런디 막 도구태만 해. 이만하드만. 송공이산 고랑에서 올라간다고 그러드만. 막 이렇게 이렇게 막 헤치믄서 올라갑디다. 아따 길데! '저그 용 올라간다고, 송고이 저 거시기 당사골 꼬랑에서 용 올라간다고!'"[5]

구술자(박금단, 여, 70세)는 용의 승천을 아주 실감있게 손으로 하늘을 가르키면서 이야기하였다. 신비체험을 한 사람만이 가지는 긴장되고 열띤 표정과 자세를 보이면서 박금단은 자기뿐만 아니라 주위 사람들이 모두 보았다고 하였다. 용신에 대한 숭배가 이런 경험을 한 사람들에게는 더욱 강화될 것이라는 생각이 들었다.

용의 승천을 보지 못한 사람들은 용의 승천을 확인할 수 있는 증거물을 보고서 간접적인 경험을 하게 된다. 용이 날아오른 장소에는 용의 흔적들이

---

5 이준곤, 송공리는 용 올라갔어, 「압해도설화자료」, 『도서문화 제18집』, 2000, 454쪽.

남는다. 용이 날아올랐다는 섬과 바위굴 등은 그 명칭이 용과 관련되어 명명된다. 용난섬(용랑도)(완도군 생일도), 용출동(신안군 가거도 대리), 용출암(신안군 임자도 광산리), 용난굴(용낳은 굴)(신안군 임자면 광산리), 용난끝(신안군 하의도 농산1리), 용호리바구(용오리바위)(완도군 보길도 여항리), 용구멍(용구녁, 용혈)(신안군 비금도 용소리 성치산) 등으로 이름지어져 용의 승천의 증거물로 전승된다. 용호리바구, 용난끝의 지명이 있는 장소는 해안가나 산의 정상에 있는 암벽에 용의 발자국과 몸이 스쳐간듯한 흔적이나 자국이 나 있거나 바위암벽에 뚫린 굴이기도 하다. 해안가의 암벽에 난 용의 흔적은 붉은 색깔의 바위가 깨어져 있으며 암맥이 바다 속으로 들어가 연결되어 있는 경우가 많고 이런 지형을 "불등(뿔등, 불치, 뿔치)"(진도 회동, 자은도의 한운리 앞에 있는 옥도)라고 부르고 있다. 바위의 색깔이 붉어서 그런 이름이 지어졌을 것으로 사료된다. 이 지역에서는 용이 승천하면서 꼬리로 암벽을 쳐서 바위가 깨져 있다는 것이 구술전승되고 있다. 특히 용난굴, 용구멍, 용혈, 용구녁, 용난섬, 용출동 등에는 커다란 암굴이 해안가나 산정에 있어서 용이 승천하면서 뚫고 올라갔다는 이야기가 형성되고 있다.

> "지금 저~ 뒤에 산봉아리 보믄은, 여그 용방죽에서 살다가 용이 그 바우를 히쳐서 요리해서 나갔는디, 바우가 구녕이 동~그마나게 뚫어져 갖고 가운데가 여그 있는 돌모양으로 동그랗게 산 모양으로 있어. 또 그 구녁이 용구녁이여."[6]

비금도 용소의 용이 성치산의 정상에 있는 바위를 뚫고 승천하였다는 이야기다. 이처럼 용이 승천하면서 남긴 흔적의 형태에 따라서 용굴이나

---

6 이준곤, 「비금도설화자료」, 『도서문화 제19집』, 2002, 452쪽.

용바위 등으로 불리운다. 용이 승천하면서 바위를 꼬리로 쳐서 바위에 남은 흔적이나 땅에 남은 흔적이 있다는 이야기가 많다. 용이 마지막 힘을 다해서 꼬리로 바닥을 치고 하늘로 솟구치는 광경을 연상시키는 대목이기도하다. 산위의 바위에 뚫린 동굴은 흔히 돌맹이를 던지면 물소리가 난다는 화소가 덧붙여지기도 한다. 아마 용의 거처이던 용소와 굴이 이어졌다는 의미로 해석할 수 있다고 본다.

용은 승천할 때 도와주는 사람에게는 은혜를 갚고 방해하는 사람에게는 복수를 하기도 한다. 승천하기 위해서 나와 있는 용에게 "용님"이라고 불러주는 사람이 있어서 승천할 수 있게 된 용은 수많은 재산을 주어 부자가 되게 하고, 용이 하늘로 오르는 것을 보고 소리쳐 용이 승천할 수 없게 만든 처녀에게는 평생을 섬에 살면서 할머니가 되어 죽을 때까지 나올 수 없도록 보복하는 할미섬이야기가 신안군 장산면 다수리 할미섬[7]에서 전승하고 있다.

(3) 용신제의의 특징

승천한 용은 인간들이 신앙하는 용신으로 승격되어 신력을 발휘하고 제의의 대상이 된다. 용신이야기는 용신신앙의 신화적인 성격을 띠고 있다고 보아야 할 것이다. 용신이야기는 용소의 뱀이 용신으로 좌정하기까지의 신화적인 성장과정을 담고 있다는 것이다. 신안지역을 중심으로 하는 서남해의 용신제의에 관한 이야기는 기우제이야기와 풍어와 항해안전을 기원하는

7 김정호, 「신안군편」, 『전남의 전설』, 광주일보출판국, 1987, 477쪽.

용신이야기가 있다. 현장에서 전해지는 이야기는 기우제에 관한 자료가 더 많은 것은 서남해 도서주민들의 생활이 설화형성 당시에 어로보다는 농경생활이 주라는 점에서 그 원인을 찾을 수 있다. 도서지역의 용신이 바다를 배경으로 하여 형성되기보다는 도서내륙에 있는 못, 샘, 방죽, 소 등을 배경으로 하고 있다는 것은 용신의 성격이 농경적이라는 것을 의미하고 있다.

서남해 도서주민들이 내륙인들의 일반적인 통념과는 달리 농경을 주업으로 생활하고 있다는 점에서 도서지역의 용들이 해양신보다는 농경신으로 신앙되고 있다고 본다. 일반적으로 신안군의 비금, 암태, 도초, 안좌, 장산, 자은, 하의, 임자, 지도 등의 섬주민들이 농경생활을 주로 하고 있으며 어로작업은 부업에 가깝다는 것이다. 도서지역에 맨 처음 들어온 입도조들도 섬에서 새로운 농경지를 찾아 이주해온 사례가 일반적이라는 것이다. 도서지역의 용신이야기가 농경적인 강우의 신으로 등장하고 두봉산과 우이도 최치원의 기우제에서 보듯이 농경신의 대상으로 이야기되고 있는 경우가 많으며, 어로와 해양안전에 관한 해신으로서의 용신은 농경신적인 용신의 기능이 확장되어 갔다고 볼 수 있다. 어부들이 올리는 선왕제, 풍어제, 용왕제 등이 모두 마을의 당신이나 산신에게 먼저 행제行祭한 후에 그 다음으로 이루어진다는 것은 도서민들이 일반적으로 주농부어主農副漁의 생활을 하고 있음을 반영한 것이라 본다.

완도 청산도의 용진산의 용지샘 기우제는 가뭄이 들면 청산면 주민들이 모두 나서서 제비를 염출하고 산돼지를 제물로 바치면서 거도적으로 지냈다고 한다. 신안군 비금도의 성치산 기우제, 우이도의 기우제, 자은도의 두봉산 기우제 등 도서지역의 섬들에 있는 산봉우리는 거의가 기우제터이다. 섬주민들에게 농업용수와 식수의 조달은 그들의 사활이 걸린 문제이다. 현재도 가뭄이 들면 목포항에서 신안지역으로 식수를 실어가는 행사가 연례적으로 이루어지고 있다. 서남해의 용신이 해양신보다는 농경신적인 성격이 강한 점은 의외면서 한 특징이라고 생각할 수 있다. 농경신적인 용신이 해양신적인 용신으로 신력이 확장되어 간 것이 서남해용신이야기의 특징이라고 할 수 있다. 용신이야기의 이런 특징은 도서주민들이 처음에는 농경을 주로 하다가 어로나 해상무역 등에도 활동하게 된 생활상의 변천을 의미하고 있다는 것이다.

2) 백산리 용신이야기의 신앙적인 특징

(1) 자은도 용소의 모습

자은도 용소는 백산리에 있다. 약 일 만여 평 되는 용소는 수심이 약 30m나 되고 일 년 내내 물이 그치지 않고 솟아 오르는 자연못이다. 백산리白山里라는 지명에서 보듯이 주위가 하얀 모래산등으로 이루어져 있는 지형인데도 물이 솟아오르는 용소가 신비스러울 지경이다. 현재 이 용소의 물로 자은도의 백산리의 특산물인 땅콩을 기르고 약 6km 떨어진 고장리와 구영리의 들에 농업용수를 대주고 있다.[8] 백산리의 용소이야기에서 용소의 특징적인 모습은 용소 속에 바위굴이 있어서 용이 그곳에 거처하고 있다는 것이다.

> "용소라고 큰 못이 있어. 이무기가 방죽을 파고 용소의 바위굴로 들어갔다가 일인들이 가자 나가 버렸다고 하는 소리가 있어. 그 굴은 물 속에 있어서 들여다

8 김정호, 신안군의 용소 세 곳, 『전남의 전설』, 1987, 462쪽.

볼 수 없어”

— 자료 5, 백산리 용소이야기(1)

“용소 위에를 가면요. 웃산에가 돌이 쭈욱 깔렸거든요. 거기를 가면요. 돌을 발로 구르면 쿵쿵 울리거든요. 그 속에가 용이 살았다 그래요. (거기가 굴이요?) 굴이 있는지 없는지 지금은 모르지요. 바위가 다른 데하고는 달리 울리거든요”[9]

이 구술자료에서는 용소 위에 돌이 깔리고 그 돌을 구르면 속이 비어있어서 울리므로 용이 그 바위 속에 들어가 있다는 것으로 이야기하고 있다. 조사자가 용소에 가서 확인한 바로도 용소의 위쪽 기슭은 얕은 언덕산이 있고 바위로 깔려 있었으며 속이 비어 있는 듯이 구르면 울렸다. 용소의 용이 이 물속의 바위굴 속에서 승천의 날을 기다리면서 은신해 있었다는 이야기다. 비금도의 용소는 용소마을 속에 있어서 마을 사람들의 주거지나 다름없다면 백산리의 용소는 마을과는 떨어져 있었고 모래언덕이 용소를 메울 듯이 둘러 있었다. 자은도의 용소는 바람이 불어와서 용소를 모래언덕이 덮으므로 암룡이 숫룡에게 다른 곳으로 옮겨가자고 했다는 이야기가 생각날 정도였다. 자은도 용소이야기에서 용이 거처하는 곳이 용소의 물속에서 다시 바위굴 속이라는 것은 이중으로 자신의 몸을 은신한다는 점에서 특징적으로 생각된다.

9 채록자료 7. 백산리의 용소이야기(3).

(2) 자은도 용신의 모습

우선 자은도 용신은 두 마리의 부부용으로 전승된다. 암용이 다른 곳으로 옮겨가자고 하지만 숫용은 승천의 날이 얼마 남지 않았으니 참자고 했으나 암룡이 말을 듣지 않고 혼자서 비금의 용소로 옮겨가 버렸다는 이야기가 전하고 있다.[10]

1. 이 용소에 승천을 앞둔 한 쌍의 용이 살았다.
2. 바람이 불어 모래가 밀려와 용소를 점점 메워가다
3. 암룡이 다른 곳으로 이사 가자고 숫용을 조르다
4. 숫룡은 조금만 참으면 승천한다고 하다
5. 암룡은 이웃섬이 비금도의 용소로 건너가 버리다
6. 숫룡이 승천할 때 꼬리를 쳐서 물이 솟도록 하다
7. 자은 용소는 지금도 물이 그치지 않고 솟아오르고 있다.

이 이야기는 자은 용소가 모래언덕으로 둘러싸인 자연적인 환경조건의 특징을 상징하면서 숫룡의 무능함을 이야기하고 있는 측면도 볼 수 있다. 또 다른 설화자료에서는 자은 용소의 용이 용자(새끼용), 용 못 된 이무기로서 승천하다가 떨어져 버렸다고 하는 자료도 있다.[11]

---

10 김정호, 「신안군편」, 『전남의 전설』, 1987, 462쪽.

11 채록자료 9. 백산리의 용소이야기(5).

(3) 자은도 용소이야기의 용신신앙적인 특징

자은도 용소의 용은 농경의 배경을 가진 수신水神이므로, 용소는 식수 내지는 농업용수로의 원천으로 가치가 컸을 것이다. 모래가 밀려와서 암룡이 비금의 용소로 가버린 이야기의 상징성은 비금도의 농업경제력의 발전과 자은도의 농업경제력의 쇠퇴를 의미한다고 해석할 수 있다. 더구나 비금의 용이 성치산의 바위를 뚫고 승천한 증거물이 있는 반면에 자은의 용은 용소 속의 바위굴도 깨치지 못하고 있다. 일부 자료에서는 자은도 용소의 용을 "승천하지 못한 이무기"로 설정하고 있다는 점에서도 자은도의 용신신앙의 미약함을 볼 수 있으며, 이것은 특히 비금도에 비교해서 자은도의 농업경제력과 정치적인 세력이 약하다는 것을 상징하는 것이 아닐가 한다. 자은의 용소이야기는 왜소한 용의 모습과 갇혀있는 답답함 등으로 요약할 수 있을 것이다. 용이 승천한 증거물로서 용혈龍穴이나 용암龍巖이 자은도에서는 발견되지 않는 것도 신기한 일이다. 현재 거주하고 있는 주민들의 역사가 오래 되지 않음을 상징하는 것인지도 모른다. 설화전승자의 맥이 그동안 어느 특정한 시대에 끊어져 버렸는지도 모른다.

숫룡이 승천하였다는 이야기가 있으나 그 승천의 증거물로서 용소의 물이 솟구치도록 했다는 것이지만 증거물로는 약하다는 생각이다. 다른 용신이야기에서 용의 승천의 증거물은 대부분이 바위를 뚫거나 바위를 깨뜨리는 행위로 나타난다. 자은도의 용이 승천의 확실한 증거물을 확보하지 못한다면 용신신앙의 강력한 신앙성을 역시 확보하지 못할 것이라는 생각이다. 용은 승천할 때에 신력과 신으로서의 권위를 가질 수 있으며 신앙의 대상이 되어 비를 내리고 바람을 일으키고 다시 잠재울 수 있다는 점에서 승천의 증거물이 확실하지 못한 자은도의 용신은 그 신앙성이 약화될 수 밖에 없을 것이다. 자은도 용신신앙의 미약함은 자은도 역사의 어느 부분을 반영할 수도 있다는 점에서 흥미로운 문제이기도 하다. 설화와 역사의 문제는 상호 보완적인 맥락에서 이해될 수 있으나 일방적으로는 해석해 내기 어려울 것이다.

2. 자은도 풍수설화의 사회적인 의미

자은도의 풍수이야기 중에서 계층간의 갈등을 풍수지리적인 수단으로 징치하는 내용의 자료들이 있다. 자은도 현지에서 채록한 이 내용이 자료는 자료 4 "석씨가 망한 이야기", 자료 1 "할미섬(1)", 자료 18 "부자 김억석이 망한 이야기" 등 3편이다. 이 이야기들이 모두 욕심많은 부자가 스님과 도승에게 박대하고 가난한 사람에게 인색하게 굴어서 도승, 스님, 지사들이 풍수지리적인 혈을 자르게 하여 망하게 하는 이야기다. 채록자료 4는 자은도 한운리 석씨들이 망한 이야기로 스님이 박대를 당하자 한운리 앞에 있는 옥도의 칫등을 자르면 큰 부자가 될 것이라 하여 그렇게 하고 망한다는 이야기다. 한운리의 석씨는 자은도에 맨 처음 들어온 입도조의 후손들이며, 한운리의 들은 자연적으로 제방이 막아져 있어서 사람들이 따로 공을 들여서 제방을 쌓지 않아도 되는 천혜의 마을이다. "한운리 쌀을 먹으면 몸무게도 더 무겁다'는 말이 있을 정도로 농사짓기에 좋은 마을에서 석씨들이 스님에게 인색하게 군 결과 망하고 만다는 교훈을 담고 있다. 인색하고 탐욕스러운 부자들을 망하게 하는 이 이야기는 권선징악적인 교훈성을 띠고 있어서 섬주민들의 생활에 도덕적인 가르침을 주었을 것이다. 이런 이야기는 신안군의 각 섬에 광범하게 유포되어 전승하고 있다. 임자도의 함박산에 부친 묘를 이장하고 망한 홍씨집안, 압해도에서 이장하고 망한 기씨집안, 진도에서 도승을 학대하고 구룡목 물길을 돌리고 망해버려 없어진 의신향

마을 등의 풍수이야기들이 권선징악적인 교훈성을 담고 있는 도덕교육적인 기능을 하고 있다.

숨어있는 명당이야기도 흥미 있는 풍수이야기다. 자은도에서는 매바위산(응암산)에 매바위가 있으므로 꿩이 엎드려 숨어있는 지형이 있을 것이다고 가정하고서 복치형국伏雉形局의 명당자리를 찾는 이야기가 있다. 매바위산은 자은도민들이 매우 신성한 산으로 여기고 그곳을 기도처로 삼아서 소원을 빌기도 하는 성역이다.[12] 복치형국의 명당은 자손번성이나 삼정승육판서가 되는 명지라고 하는 것으로 보아서 자은도주민들이 생각하는 명당은 유토피아적인 이상향을 그리는 것이라기보다는 개인적인 욕망의 달성에 더 무게를 두고 있다. 세속적인 욕망을 달성하기 위해서 지금도 복치형국을 찾아다니는 지사가 있다고 한다. 비금도에 속하는 수치水雉마을과 복계伏鷄마을에 묘를 쓰고서 그곳이 복치형국에 가깝지 않느냐는 이야기도 전하고 있다. 이처럼 숨겨진 명당자리는 압해도의 신장리 수연마을에 연하도수 형국을 들고 있으며, 안좌에는 만승지지萬僧之地 터를 꼽고 있다. 풍수지리적인 사고가 서남해 도서주민들 사이에 광범하게 퍼져 있으며 일상생활에도 영향을 발휘하고 있다고 본다.

두봉산이야기는 천지개벽하는 때에 모든 섬이 다 물에 잠겨있는데 자은도의 두봉산斗峰山은 말만큼 밖으로 나와 있었으며, 암태도의 승봉산升峰山은 되만큼 나와 있었으며, 임자의 함박산函朴山은 함만큼 밖으로 나와 있었다는 이야기다. 신안군에서 가장 높고 크다는 자은도의 두봉산의 위세와 함께 은연 중에 자은도의 위상을 높여보려는 설화자의 의도가 담긴 것이라고 생각된다. 이런 의도 때문이지 모르지만 암태에서는 승봉산을 대봉산臺鳳山

12 채록자료 17. 매바위(3).

으로 바꿔 부르자는 이야기도 있다.[13] 승봉산은 지리형국으로 보아서 봉황이 알을 품은 자리이므로 대봉산이 더 어울린다는 이야기다. 암태의 승봉산이 자은도의 두봉산보다 더 왜소하다는 인식을 씻어버리기 위해서 그런 발상을 했을 것으로도 볼 수 있다. 암태도의 승봉산을 동쪽에서 보면 장수가 말을 타고 가다 말을 내려서 투구는 월광 밖에다 벗어놓고 칼은 칼집에 빼어놓고 선녀하고 노는 형국이고 남쪽에서 보면 선녀무수형이라 하여 선녀가 춤추는 형국이라고 아주 낭만적인 지리형국으로 암태도 주민들은 이야기하지만 이면에는 자은도의 두봉산보다 암태도의 승봉산이 못 할 리 없다는 경쟁의식이 숨어 있다는 것이다.

3. 두사춘이야기의 문화적인 의미

1) 문화전파자들에 관한 이야기

자은도에서 두사춘이라는 인물에 대한 이야기가 상당히 광범하게 유포되어 있다. 두사춘은 전승되는 이야기에 의하면 이여송의 휘하로 조선의 임진왜란에 참가하였다가 이여송의 막하에서 탈출하여 영광, 지도 쪽으로부터 표류하여 와 자은도의 한운리에 표착한 후에 자은도 각 지역을 돌아다니면서 풍광을 보고 마을이나 산 등의 지명을 지어 주었다고 한다. 일부의 설화 전승자들은 두사춘이 오기 전에는 자은도에 이름이 없이 지내다가 그가 처음으로 본섬이나 마을 이름들을 지어주었다고 하기도 한다. 이처럼 서남

13 최덕원, 「신안군암태면설화」, 『한국구비문학대계 전남 I』, 1985, 710쪽.

해의 다른 도서지역에도 외부로부터 들어와서 섬지역에 새로운 문화를 전파하는 문화전파자와 같은 역할을 하는 인물들의 이야기가 형성되고 전승되어 오고 있다. 그들의 면모를 보면 입도조, 유배인, 승려, 지사(지관), 상인 등이다. 이 이외에도 여러 계층의 인물들이 있을 것이지만 대략 위에 속하는 인물들에 대해서 개략적으로 살펴보고서 두사춘이야기를 검토하고자 한다.

입도조는 특정한 섬에 맨 처음으로 들어와 개척하여 정착한 인물을 말한다. 어느 섬에나 입도조에 대해서는 존경스런 태도로 이야기를 하곤 한다. 입도하게 된 배경에는 새로운 경작지를 찾아서 인근의 서남해안에서 이주하였으며, 역적으로 몰려 관의 눈을 피해서 도피해 오기도 하였으며, 난을 피해서 들어온 경우도 있으며, 귀양오기도 하였으며, 혼인으로 인해서 들어오기도 하였다.[14] 현재 서남해의 각 도서에 이르는 입도조들은 17세기 초에 왜란이 종식된 후에 들어온 사람들이라는 설이 우세하다.[15] 섬에서 이야기를 들으면 입도조에 대한 이야기가 항상 나오게 되며 마치 시조신화적인 인물같은 정서로 입도조에 대해서 이야기하는 경우를 본다. 이는 경상도 동해안지역에서 골매기신이 마을을 창시한 인물이나 마을에 최초로 정착한 인물을 신격화한 것으로 이를 마을 수호신으로 삼고서 매년 음력 정월 15일이나 10월에 골매기동제를 지내는 경우와 흡사하다.[16] 입도조는 각 섬의 최초의 문화창시자라는 점에서도 주민들에게는 존경의 대상으로 인식될 것이다.

섬에 유배되어온 인물들이 주민들에게 문화적인 충격을 주고 주민들을 훈도하여 새로운 문화전파자의 역할을 하는 경우를 많이 본다. 이런 유형으

14 신준호, 입도조, 『한국민속대사전』, 민족문화사, 1991, 136쪽.
15 이해준, 「신안도서지방의 역사문화적 성격」, 『도서문화 제7집』, 1990, 109쪽.
16 주 14)와 같은 책, 136쪽.

로 신안군에서 대표적인 인물이 조선말에 흑산도에 귀양온 최익현과 정약전을 들 수 있다. 정약전은 흑산도 사리에 서당을 만들어서 흑산도 주민들에게 신학문과 천주교를 가르쳤으며, 우이도에서 표해록, 흑산도에서 자산어보를 집필하여 후세에 전하고 있다. 최익현 역시 흑산도에 유배와서 천촌리에 오두막을 짓고서 유학적인 충효의 질서를 주민들에게 훈도하여 흑산도의 혼인장제의 예의범절이 서울에 못지않게 되었다는 것이다.

> "항상 그분은 놀 때도 잠을 잘 때나 편히 좀 쉴 때도, 임금님이 계신 북쪽으로는 절대 발은 뻗지 않고, 꼭 북쪽으로 이렇게 머리를 두르고 지내신 이런 분이였습니다."[17]

해방이 되고 나서 최익현의 제자들의 후손들이 면암을 기리는 비를 천촌리에 세운다. 이처럼 유배인들이 도서주민들에게 학문이나 도덕과 윤리 측면에서 영향을 끼치고 직접적인 교육을 통해서 훈도하여 도서주민들의 문화적인 위상을 높여주는 예라고 할 수 있다. 학문이 높은 유배인들은 유배지 섬의 문화적인 지도자가 되고 주민들은 그의 영향으로 새로운 지식과 정보를 접하게 되어간 것이다. 이들 유배인들은 새로운 정보와 지식의 전달자이면서 가장 적극적인 교사라고 할 수 있으며, 설화학적인 면에서 이들은 도서지역에 새로운 이야기의 형성자라고 할 수 있다.

승려들도 또한 도서지역에 다니면서 주민들을 만나서 불법을 설파하고 주민들의 생활에 여러 가지 조언을 주었다는 것을 알 수 있다. 승려에 관한 이야기가 도서지역설화에 상당한 빈도를 가지고 나타난다. 제방을 막으면

---

17 최덕원, 「면암 최익현설화」, 『한국구비문학대계 전남편 II』, 1985, 533쪽.

서 인신공희를 하라고 가르쳐 주기도 하고, 묘자리의 혈을 끊어서 악덕부자를 망하게 하여 징치하기도 하면서 도서지역의 생활에 영향을 끼치고 있는 것을 이야기 속의 승려에게서 볼 수 있다. 지사 또한 비슷한 역할을 한다. 풍수지리의 지식을 이용하여서 섬에 사는 부자들을 징치하기도 하는 이야기들이 있다.

항해하다가 기항하는 어부, 옹기배 상인, 항해자 등도 섬의 여러 지역을 돌아다니면서 정보를 교환하고 도서지역에 새로운 문화적인 충격을 주는 이야기들이 있다. 청산도 어부들이 홍도에 가서 그물에 들어 올려진 두 개의 묵적돌을 미륵돌로 삼고 미륵제를 지내는 이야기는 불교적인 신앙의 례를 홍도에 전파하고 있다고 볼 수 있다.[18] 흑산도 진리당에 옹기를 팔러온 옹기배의 화장인 총각이 당각씨에게 접신되어서 종내는 돌아가지 못하고 죽어 당에 묻혔다는 진리당이야기는 옹기배상인이 흑산도의 주민들에게 민간신앙적인 영향을 끼친 예라 할 수 있다.[19] 최치원이 항해자로서 중국으로 가는 길에 서남해 도서지역을 경유하면서 비금도, 우이도 등의 섬에 끼친 문화적인 영향도 적지 않았다는 것을 그의 항해이야기로 짐작할 수 있다.[20]

이들 이외에도 많은 섬 밖의 내륙인 또는 이웃도서민들이 왕래하면서 도서의 문화는 더욱 다양해졌을 것이다. 이들 문화전파자들에 대한 이야기들 중의 하나가 두사춘이야기이기도 하다. 이들은 설화형성자이기도 하고 설화전파자이기도 하면서 도서의 문화형성에 기여하고 있다.

---

18 위와 같은 책. 미륵당골전설, 「신안군 흑산면 설화」, 523쪽.
19 위와 같은 책. 진리당에 대한 유래, 「신안군 흑산면 설화」, 528쪽.
20 이준곤, 「비금도설화의 의미와 해석」, 『도서문화연구 제18집』, 2002, 351~360쪽.

2) 자은도의 지명 명명자로서의 두사춘이야기

중국인 두사춘은 자은도에 표류해 들어와서 도망자답게 여러 지역을 돌아다니면서 자은도 사람들을 만나 그들의 도움을 받는다. 그는 인심좋은 자은도 주민들에게 감사하는 답례로 마을이름을 지어주기도 한다. 그가 명명한 마을 이름들을 몇몇 예만 들어보자.[21]

> 閑雲里 — 부락의 형상이 산세가 구름이 하늘에 뜬 것처럼 아름답다 하여 한운리라 하다
>
> 大栗里 — 큰 밤덩어리 같은 산이 셋이 있어서 대율이라 하다.

두사춘이 이런 식으로 마을 이름을 지어간다는 이야기는 사실은 자은도 지역의 한학소양이 있는 설화전승자의 생각을 두사춘이라는 인물을 빌어서 표현하고 있을 뿐이라는 것을 알 수 있다. 한운리閑雲里는 순수한 우리말 이름으로는 한구미이다. [22] 한운리는 지형이 커다란 만으로 형성된 바닷가 마을이다. 그래서 "한구미"라고 부르는 이름인데 한자로 바꾸면서 "한-"은 음독하여 "閑－"으로, 바다가 내륙 쪽으로 들어온 지형의 의미인 "구미"는 의미를 "구름"으로 바꾸고 훈독하여 "雲"으로 한 후에 '閑雲'이라는 이두식 명명이 이루어진 것이다. 대율리大栗里도 원래 순수한 우리말 이름은 '한배미'였다. 커다란 논이 있어서 한배미인 것이다.[23] 그런데 "한－"은 훈독하여 "大－"로 바꾸고 "배미"는 "밤"으로 보고서 다시 음독하여 밤 "율(栗)"자로

---

21 최덕원, 자은면지명유래, 「신안군자은면설화」, 『한국구비문학대계 전남편 I』, 1985, 464쪽.
22 「전남편 신안군」, 『한국지명총람』, 한글학회, 1997, 525쪽.
23 위와 같은 책, 520쪽.

바꾸어서 '大栗'이라는 이두식 이름으로 바뀐 것일 뿐이다. 순수한 우리말 이름을 이두식한자표기로 하는 과정에서 이런 식의 명명이 되었는데도 지세나 풍광이 좋아서 한운리閑雲里, 대율리大栗里라고 두사춘이 명명하였다는 이야기로 전승되고 있다.

이는 분명히 두사춘이라는 설화적 명명자의 이름을 빌려서 설화자 자신의 생각을 전달하고자 하는 것이다. 두사춘이 한운리에 처음으로 표류한 후에 객고를 풀기 위해서 마을 과부와 수작하는 한시漢詩 구절은 더욱이나 가관이다. 두사춘이 머슴을 사이에 두고서 과부와 주고 받은 시구절은 자은도에 거주하는 한문께나 읽은 식자층들의 파적담으로 이용되었을 것이다.

> 1차 두사춘 : 落照白鶴歸老松(해가 지니 흰 학이 노송으로 돌아오네)
>
> 과부 : 待客初更復二更(손님을 기다린 지 초경을 지나 다시 이 경이 되었네)
>
> 2차 두사춘 : 五個峰頭月正明(다섯 봉우리의 머리에 달이 정히 밝았느냐?)
>
> 과부 : 園中桃李少無驚(동산에 있는 복숭아와 오얏은 조금도 무섭지 않네)

성상징으로 가득 차 있는 한시 구절을 주고 받은 후에 두사춘이 마을 과부와 객고를 풀었다는 이야기는 자은도의 한문식자층들의 설화적 흥미를 돋구어 주었을 것이다. 그런데 이 시에서 두사춘이 자은도의 송산리松山里 마을의 지명을 짓게 되는 단서를 얻었다는 지명설화로 연결을 시키고 있다. 이처럼 자은도에 표류하여 왔다는 중국인 두사춘이라는 전설적인 인물을 내세워서 자은도 지명의 한자식 해석을 가하고 있는 두사춘이야기 전승자들이 자은도의 한문식자층이라는 것은 틀림없을 것이다.

두사춘은 자신이 숨어 살았던 두봉산에 있는 굴을 천혜방天惠房이라고 명명하고 다시 섬을 떠나 중국으로 돌아가면서 섬주민들의 인정에 감격하여 이 섬을 자은도慈恩島라고 명명하였다고 한다. 두사춘이야기는 자은도 마을의 순수한 우리말 이름을 없애고 한자나 이두식으로 고치면서 자은도의 한문식자층에 의해서 형성되었을 것이라고 본다. 자은도에서 보는 이런 형태의 명명이야기는 서남해 다른 도서지역에서도 찾아 볼 수 있으리라 생각된다.

4. 자은도의 용신신앙의 특징과 문화변용

이 글은 자은도에서 채록한 설화와 비슷한 화소와 내용을 가진 서남해지역의 설화를 자은도의 설화이해를 위해 원용하였다. 자은도 백길리 용소이야기는 도서지역의 용신이야기를 내용전개의 단락을 중심으로 <용의 거처와 용신의 신체>－<용의 승천과 증거물>－<용신제의의 실행> 등으로 나누어 단락별로 검토하였다. 서남해 도서지역의 용신은 농경신으로서의 기능을 잃지 않고 있었으며 해양신적인 기능은 그 뒤에 용신의 신력이 확장된 것으로 보인다. 이는 도서주민들의 일반적인 생활은 농업을 주로 하고 어로는 부차로 하는 배경에서 그런 기능의 차이가 있었을 것이다. 자은도의 용소이야기에서 용신이 아주 약화된 형태로 구술되고 있는 것은 자은도가 역사적으로 단절된 시기가 있었다는 느낌이 강하게 들었다. 자은도의 용소는 다른 어떤 섬보다 더 넓고 큰 못이었기 때문에 더 의아스러웠으나 용신이 승천하였다는 증거물이 빈약하였으며 용신의 신체 또한 암굴를 뛰쳐나오지 못하고 갇혀 있다는 이야기에서 자은도의 용신은 그 신력이나 신권이 미약하였다.

자은도의 풍수설화가 가지는 사회적인 의미는 계층 간 지역 간의 갈등을 풍수적인 지식이나 이론을 사용하여 해결하는 데에 있었다. 풍수지리적인 지식이 바로 그 해결의 열쇠와 같은 기능을 하였다. 자은도 주민들에게 인심을 잃고 인색한 부자들에게 풍수지리적인 방법을 써서 망하게 하는 이야기에서 둔장리의 박씨 집안, 한운리의 석씨집안, 구영리의 부자 김억석에서 볼 수 있으며 주로 도승들이 그 역할을 담당하고 있다. 계층간의 갈등을 상징하는 이 이야기가 자은도주민들에게 주는 교훈적인 효과는 상당히 컸을 것이다. 두봉산이야기와 매바위이야기는 도서지역간의 세력다툼을 상징하고 있어서 자은도에 신안군 지역에서 가장 높은 산과 가장 좋은 명당이 있다는 것을 은연중에 이야기 속에서 언급함으로써 자은도민들의 자존심을 충족시켰을 것이다.

두사춘이야기는 자은도에서 한문식자층이 두사춘이라는 설화적인 인물을 내세워서 자신들의 문화적인 권력 내지는 세력을 옹호하려는 것을 알 수 있다. 아마도 서남해 도서지역이 전반적으로 이런 경향에서 제외되기 어려울 것으로 판단되었다. 그러나 문화전파자로서 항해자, 상인, 도승, 유배인, 지사 등의 긍정적인 역할도 인물설화 속에서 읽을 수 있다. 외부에서 들어온 인물들이 도서문화의 다양성을 촉구하고 새로운 문화의 전파자로서 기능하였다는 것을 알 수 있었다.

5. 지은도의 현지 채록설화자료

1) 조사개요

• 설화조사자

이준곤(목포해양대학교 교양교육원 교수)

이경희(목포대학교 국어국문학과 대학원 석사과정)

• 조사기간

2002년 7월~2002년 7월

• 설화현지조사지

신안군 자은면 본도 일원

• 자은도의 현지채록설화자료 목록

1. 할미섬(1)
2. 할미섬(2)
3. 한운리 입도조
4. 석씨가 망한 이야기
5. 백산리의 용소이야기(1)
6. 백산리의 용소이야기(2)
7. 백산리의 용소이야기(3)
8. 백산리의 용소이야기(4)
9. 백산리의 용소이야기(5)
10. 백길의 옛이름은 뱃길

11. 두봉산이야기(1)
12. 두봉산이야기(2)
13. 두봉산이야기(3)
14. 돌묘제이야기
15. 매바위이야기(1)
16. 매바위이야기(2)
17. 매바위이야기(3)
18. 부자 김억석이 망한 이야기
19. 두모동(斗毛洞)의 유래

2) 자은도 현지채록설화자료

• 할미섬(1)

채록일 : 2001.9.15. 자은면 둔장리에서

제보자 : 황판석(남. 76) 자은면 둔장리 거주

둔장리 앞 바다의 할미섬에 할미 모양의 입석이 있었는데 지나가는 도승이 할미바위의 머리를 없애버리면 고장리의 박씨 집안이 더 잘 될 것이라고 하여 그렇게 했더니 박씨집안이 망해 버렸다고 한다.

• 할미섬(2)

채록일 : 2002.7.17. 두모동에서

제보자 : 김만용(남. 70대) 두모동 거주

할미섬에는 할미바우가 있고, 소둘도 대둘도 사이에 암초가 있는데 그것이 베틀여고 할미바우의 할미가 베틀에 앉아 베를 짜고 있는 형상이다.

• 한운리 입도조

채록일 : 2001.9.15. 자은면 한운리에서

제보자 : 최정규(남. 76) 자은면 한운리 거주

한운리가 아주 평화로운 마을이다. 여기는 자연적으로 원이 막아져서 논을 벌 수 있어서 자은면에서 제일 먼저 사람이 들어와 산 곳이다. '한운리 쌀을 먹으면 송장도 무겁다'는 말이 있을 정도로 그렇게 여기 논이 좋은 곳이여. 한운리의 신머리라고 하는 데로 사람이 들어와 처음으로 살았다. 처음 들어와 산 사람은 석씨였다.

• 석씨가 망한 이야기

채록일 : 2001.9.15. 자은면 한운리에서

제보자 : 최정규(남. 76) 자은면 한운리 거주

저 섬이 옥도라고 하요. 저 섬이 물이 나면 여기 마을하고 이어져요. 폭이 약 60m되고 길이가 약 700m 되는디 물이 쓰면 길이나요. 구두 신고 가도 되요. 칫등이 드러나요.

한운리에 사는 석씨가 도조를 많이 받아들였는디, 거기 스님이 동냥하러 가지 박대하였다. 도조를 받으려 옥도의 칫등으로 가는디, 중 하는 소리가 그 칫등을 짜르면 배도 다니기 좋고 큰 부자가 되겠다 해서, 거기를 짤르고 석씨 집안이 망했다고 그래.

• 백산리의 용소이야기(1)

채록일 : 2002.7.16. 자은면 와우리에서

제보자 : 표재환(남. 76) 자은면 와우리 거주

용소라고 큰 못이 있어. 이무기가 방죽을 파고 용소의 바위굴로 들어갔다가 일인들이 가자 나가 버렸다고 하는 소리가 있어. 그 굴은 물 속에 있어서 들여다 볼 수 없어.

• 백산리의 용소이야기(2)

채록일 : 2002.7.16. 자은면 백길리에서

제보자 : 김형섭(남. 55) 자은면 백길리 거주

이 못은 자연못인데요. 옛날 어르신들 이야기를 들어보면 용이 여기서 살다가 비금 가면 용소라는 데가, 거그도 용소인데 거기가 암용, 여기 숫용이라는 그런 전설이 있어요.

그래가지고 노인장들 말을 들어보면 신빙성은 없겠지만은, 3년만 기다리면 인자 하늘로 올라갈 용인데, 3년을 못 기다리고 여기서 나와가지고 비금으로 건네가 버렸다고 그런 전설이 있지요.

• 백산리의 용소이야기(3)

채록일 : 2002.7.16. 자은면 백길리에서

제보자 : 김형섭(남. 55) 자은면 백길리 거주

용소 위에를 가면요, 웃산에가 돌이 쭈욱 깔렸거든요. 거기를 가면요 돌을 발로 구르면 쿵쿵 울리거든요. 그 속에가 용이 살었다 그래요. (거기가 굴이요?) 굴이 있는지 없는지 지금은 모르지요. 바위가 다른 데하고는 달리 울리거든요.

• 백산리 용소이야기(4)

채록일 : 2002.7.16. 자은면 구영리에서

제보자 : 주갑순(남. 80) 자은면 장고리 거주

자은면 신성리에 가면 말이요. 용추라고, 용둠벙이 있어요. 용소. 용이 비금서 날아와 가지고 거기서 꼬리를 쳐서 용방죽이 생겼다고 그러는디,

일제 말엽에 사람들이 용을 잡는다고 물 속에 들어가서 난리를 치고 그랬는디, 용자 즉 용새끼가 들어 있다고 해서 잡을 수 없다해서 그냥 나왔다는 이야기를 들었거든요.

어렸을 때 일제 때 보면 원족이라고 해서 거기 가보면 물이 한정없이 깊고 그전에 거기서 해군정이라고 해서 해군들의 말이 먹고 그랬어요. 해군정이라고 생겼습니다.

거 비금 용소리라는 곳에서 물어 보니까 용이 산에 바위를 뚫었습디다 해요. 거기 사람이 지게 지고 나무해 가지고 거기 들어가 가지고 비 올 때면 은신도 하고 그랬대요. 거기서 자은에 와 가지고 꼬리를 쳐버린 것이 방죽이 맹글어졌다고 하는데 그것이 사실인지 어쩐지 그것이 의문이 나서 이런 자리에서 이야개해 보는 것이 좋지 않겠느냐 말씀드립니다.

• 백산리용소이야기(5)

채록일 : 2002.7.17. 자은면 두모동에서

제보자 : 김만용(남. 70대) 자은면 두모동 거주

전해오는 말은 거기서 용이 되면 승천을 해야 하는디, 용이 못된 이무기, 이무기라고 그러거든요. 올라가다가 떨어져 버렸다고 용이 승천까지는 못하고 용 못된 이무기가 거그서 살았다는 그런 이야기가 나왔어요.

그런데 근세에 와 가지고 한.일합방해 가지고, 저네들이 해군 군수기지를 해가지고, 해군에 물을 쓰려고 , 돌에 새겨 표말까지 세우고 저네들이 군용지로 사용했어요.

• 백길(白吉)의 옛이름은 "뱃길"

채록일 : 2002.7.16. 자은면 백길리에서

제보자 : 최재봉(남. 77) 자은면 백길리 거주

옛날 이름은 뱃길이어. 옛날에는 해수가 여까지 들어왔어. 1952년에 제방을 막었으니까 그 이전에는 여까지 바닷물이 들어와 옛날에느 여기다 배를 매고 짚도 실어내고 고공품 그런 것을 목포로, 소나무 가지를 실어냈어.

한문으로 부락명을 지을 때에 백길白吉로 바꿔 버렸어. 우리 할아버지 그런 분네들이 사심스러

그때 그런 한문 이름으로 바꿔 버렸어.

• 두봉산 이야기(1)

채록일 : 2002.7.16. 자은면 백길리에서

제보자 : 최재봉(남. 77) 자은면 백길리 거주

옛날에 천지개벽 시에 전해들은 말에 의하면, 두봉산을 말봉산이라고 하제, 해수가 꽉 차 갖고 자은이 말만하게 남았드라 해. 저-기 해제 앞에는 승봉산이라, 되봉산이라 하제. 거기는 되만하게 남았드라 그런 이야기가 있어. 전설에 내려온 말이어. 두봉산에 가보면 지금도 중턱에 쩍개비가 있어라우.

• 두봉산이야기(2)

채록일 : 2002.7.16. 자은면 구영리에서

제보자 : 주갑순(남. 80) 자은면 장고리 거주

제가 알기로는요, 암태는 승봉산, 자은은 두봉산, 말 두(斗)자 두봉산이라고 하는데, 그 전에 신화적으로 이야기를 하자면 노아홍수 시절에 암태 승봉산을 되만하게 남아 있었고, 자은 두봉산은 말만하게 남아 있었다 그래서 그것이 현재 높이가 363m 정도 되거든요. 그전에 어려서 자주 올라댕겼거든요. 그래서 산정에가 상봉 중봉 하봉 차근차근 높은 계단이 있어요. 상봉에 가보면 굴껍닥이 많이 있어요. 그래서 거기까지 바닷물이 찼다 그랬어요.

그래서 거기서 인자 우리가 비가 안 오면 항상 기우제를 거기 가서 지내거든요. 기우제를. 하늘 똥구멍 꼬실른다고, 뜨겁게 하면 비가 온다고 해서 나무를 한 뭇씩 지고 올라가서 태우고 그랬어요. 그러고요, 거기 성재요. 정잰디, 고려 때 성이 있었든다 이조 때 있었든가 그것이 궁금해요. 돌로 싸진 성이 있어요.

• 두봉산이야기(3)

채록일 : 2002.7.17. 두모동에서

제보자 : 조사복(남. 75) 자은면 두모동 거주

전설을 전해들은 이야기로는, 옛날 영광 가면 칠산이란 데가 있어요. 여기서 멀지가 않해요. 영광이 임자면 다음에가 영광 아닙니까? (그렇죠) 칠산바다가 천지개벽을 했더라요. 그래서 인지 그 산이 꺼져 버리고 섬이 일곱개 되야서 칠산이라 했다 그래요. 그런 전설이 있었고.

또 우리 자은면에 그때 당시에 저 두봉산이 말만치나 뾰쪽하게 보였고, 암태 승봉산이 되만치나 더 작아 보였다 이것이어요. 그래서 자은 큰산 보고는 두봉산이라 하고, 암태 큰산 보고는 승봉산이라 했다 이렇게 되었어요.

• 돌묘제이야기

채록일 : 2002.7.16. 자은면 구영리에서

제보자 : 김기상(남. 80) 자은면 구영리 거주

여기서 유천이라는 마을이 있습니다. 유천마을 올라가는 잔등이 있는디, 돌묘제라고고 하고, 그 밑에가 원터라고 하는디, 원터를 지나가면 돌묘가 있거든요. 그것은 우리들이 봤으니까요. 우리 어렸을 때 잡석으로 많이 쌓여진 그 곁에 십여가구 미만의 집터가 있어요. 그것을 어떻게 들었는가니, 자은서 암태로 들어가는 길이 그전에 그리 났었거든요. 그래서 어째서 거기 돌묘가 생겼냐 들어보니까요. 항상 우리도 그런 일을 많이 했거든요. 돌묘 그것을 지내서 목포로 나간 길을 갈라면, 침을 세 번을 뱉으고 도팍을 주워서 세 개 던지고요.

그전에 중국을 갈라면 자은으로 해서 중국을 간다고 그랍디다. 그래서 아까 말한 원터 옆에서, 원터 옆에, 집이 몇 가구 있었는디, 거기서 머물러 가지고 중국 사신이 나갔든 모양이러요. 거그서 한국 사신이 중국으로 가는

판에 요새로 말하면 잠도 자고 술도 묵고 밥도 묵고 그라는디, 사신이 그라든가 따라다니던 사람이 그라든다 수행원이 있지 않겠습니까? 그래서 서로 관계가 짚어졌는가 안 짚어졌는가 그것은 모르는데, 약속을 했던 모양이어요. 갔다와서 같이 살자 약속이 되얐는데, 그 수행원이 갔다 그 말입니다.

그란디 그 올 날자가 되얐는디, 안 와서 처녀가 봉오리에 가서 그곳에 가면 서쪽바다가 훤히 뵈야요. 날마다 거기 가서 지다려도 안 오거든요. 그 어느 기간이 되었던가 그 처녀가 하도 지쳐서 죽어 부렀어요.

그 망부, 남편을 기다리는 마음이 하도 오래 되어서 죽어 부렀어요. 그래 하도 보기 싫어서 돌을 하나씩 하나씩 던져 큰 독담이 되었다 그래요. 돌묘가 되었어요. 그래 가지고 세 개씩을 던지고 침을 세 번 밭고 그래 지내왔던 것인디, 그 뒤로 개화가 되어 가지고 신작로를 내게 되어서 그것이고저것이고 제켜 버리고 없애 버리고 흔적이 없어져 버렸어요. 아무 것도 없어져 버렸어요. 유천 가는 산 잔등에 있었어요. 도명서 미쳐 못 가서요. 이것은 원래 전해져 오는 말이어라요.

• 매바위이야기(1)

채록일 : 2002.7.16. 자은면 백길리에서

제보자 : 김형섭(남. 55) 자은면 백길리 거주

매바위는 지리학을 연구하시는 분들이 말하기를, 제일 꼭대기에 매가 앉아 있는 형이거든요. 매가 수치 쪽을, 비금 쪽을, 비금면 수치 쪽을 쳐다보고 있어요. 수치 쪽을 쳐다보고 있는데, 수치라면 꿩 치(雉)자인데, 매가 꿩을 잡을라고 쫓다가 꿩이 날아가 버리니까 매가 꿩을 잡지 못하고 그 쪽을

바라보고 있는 형이다 그런 이야기가 있다고 합디다. 꿩 앉은 자리가 명당이라고 하는데, 매가 꿩을 잡을라고 하니 결과는 꿩이 수치로 가버렸다 이거요. 그러니까 꿩이 앉은 자리가 명당자리가 있다고 보는 그런 이야기가 있어요.

• **매바위야기(2)**

채록일 : 2002.7.16. 자은면 구영리에서

제보자 : 김가상(남. 80) 자은면 구영리 거주

분계리 뒷산 해안에 있어요. 매바위가 그 전에 풍수지리 묫자리 잡으면서, 그 매바우가 매 응(鷹)자, 바우 암(巖)자거든요. 그 형체도 매 같이 생겼어요. 신안군 어디가 명당자리가 복치(伏雉)가 있다고 소문이 나서 중국서까지 와서 풍수가 와서 찾아다니더라구요. 지금까지 못 찾고 있지요.

복치를 잡을라고요. 옛날 우리가 알기에도, 말하자면 매바위가 있기 때문에 그 부근에가 꿩이 엎졌을 것이다. 복치가 명당인디 그 자리를 찾을라고 한다 그 말이어요. 꿩이 매의 밥이거든요. 그러니까 꿩이 숨어 있다 그거여. 엎드릴 복(伏)자, 꿩 치(雉)자가 그 말이어. 그러니까 지사들이 연구를 해보고 복치를 잡을라고 산에 들어가도 안 되거든요. 산 생긴 지형으로 봐서.

수치라는 부락이 비금면에가 있어요. 바다 건너지. 그 수치라는 지명이 자웅 수, 꿩 치(雉)자란 말이어요. 그 위치에가 복계라는 산이 있어요. 엎드릴 복(伏)자, 닭 계(鷄)자 그러니까 닭이 엎드렸다 그 말이지요. 그런 산 이름이 있어요. 복계산이라, 그란디 복치산이란 이름은 없어요. 거기다가 풍수들이 와서 멧자리를 찾으러 다녀도 복치란 명당자리가 뚜렷하게 나오지 않고

현재까지 그라고 있는 모양같소.

복치로 예상되는 산이 박씨들 선산이 있는데, 그 산 이름이 복치산이 아니고 엄바위라고 해요. 그란디 그 선산을 쓰고 자손들이 자꼬 퍼진단 말이요. 그 수치에서 자손들이 퍼져서 우리 수치가 한 150호 살았는데, 박씨들이 한 삼분지 일은 되았어요. 내가 수치가 고향이요. 그라고 복계산이란 산에 강씨들이 또 선산을 썼어요. 닭은 새끼들이 꿩새끼들처럼 많이 안 퍼져, 하하… 그란께 손이 별로 안 퍼지고… 그런 것만 우리가 듣고 있제, 후손들이 어떻게 된단 말은 그것은 우리가 파악할 수가 없죠.

복치는 자손발복이어. 또 옛날부터 삼정승 육판서 난다는 말도 있어.

• 매바위이야기(3)

채록일 : 2002.7.16. 자은면 구영리에서

제보자 : 강종섭(남. 70대) 자은면 신성리 거주

그 산이 센 산은 산입디다. 그전에 외지 사람이 와서 양을 키웠어라우. 염소를 키워 그 덕을 못 본단 말입니다. 그란디 그 어머니가 와서 즈그 아들이 하도 안된께. 염소도 키워봐서 안 된께, 그래서 밥을 해놓고 인지 경을 읽었던 것입디다. 그래 밥한 날 저녁에 이놈의 개미떼가 들어와서 잠을 못 자게 하더라우. 그래 그 이튿날 한 번 더 해본다고, 또 밥을 해놓고 경을 읽으니까 노루가 방 앞에서 울드라우. 그 산이 그렇게 시단 말이요.

말하자면 염소 같은 짐승일 냄새난다 해 가지고 깨끗한 산에다 못한다 이렇게 들먹였소. 명산이라 그 말이요.

그 산에는 산고가 든 사람은 밖에 나가지 못해요. 선근씨 그 영감님이 아들 나오려고 공 들이가다 막사가 다 타버렸어요.

• 부자 김억석이 망한 이야기

채록일 : 2002.7.16. 자은면 구영리에서

제보자 : 김광천(남. 70대) 자은면 면전리 거주

전설인가 몰라도, 억석이라고 있었는디. 그 앞에 보면 아무리 가뭄이라도 마르지 않는 방죽이 있어요. 방죽가엔가 어디에 억석이가 묘를 쓰고 있는디, 워낙 인색하니까 어느 도승이 너는 망해야 쓰겠다 해가지고 억석이를 유인해 가지고 어디 목을 짜르라 해가지고는 짤라 버려서 효험이 없어져 망해버렸다 이런 전설이 있습니다.

(듣고 있던 청중 한 사람이 억석이 묘이야기를 첨부하여 주었다.) 그 맥이 말이여, 여기 두봉산 맥이 거그까지 갔어요. 그 묘자리가 연화봉맥이라 해 가지고 봉이 셋이 나갔는디, 연화봉이라 연꽃 연(蓮)자, 거그다 묘를 써가지고 부자로 살었다 그런 말이 있어요. 우리 어렸을 때 들은 말이요.

• 두모동(斗毛洞) 유래

채록일 : 2002.7.17. 두모동에서

제보자 : 조사복(남. 75) 두모동 거주

옛날에는 막을 두(杜)자, 춤출 무(舞)자를 썼어요. 옛날에 두사춘이라는 선

비가 있었던 모양이어요. 그분이 지나다가 좋다고 춤을 추었다고 해서 그 막을 두(杜)자, 춤출 무(舞)자를 썼어요. 두사춘이가 버리지 못할 좋은 터라 하여서 그렇게 지었다 행요.

6

흑산도에 남긴
최익현과 정약전의 유배문화적인 영향

구전에 따르면 흑산도에 온 유배인들이 교통이 불편하고 생활조건이 어려워서 여름철 6개월은 흑산도에서 지내고 겨울철 6개월은 우이도에서 지냈다고 한다. 유배인들의 입장에서 보면 내륙에서 조금이라도 더 가까운 우이도에서 지내고 싶어하는 심정이었을 것이고 옛날의 해상교통이 열악하여서 우이도와 흑산도 사이를 왕래하려 해도 쉬운 일이 아니었을 것이다. 이런 관계로 유배인들이 원래 흑산도가 유배지라 해도 우이도에서 머물려고 하였다는 것이다.

유배인들을 관리하는 관청의 눈을 속이기 위해서 우이도와 흑산도에는 같은 지명이 많다는 이야기도 구전하고 있다. 지금은 가거도를 소흑산이라고 부르지만 옛날에는 우이도를 소흑산이라고 불렀으며, 우이도에는 흑산에 있는 진리, 예리라는 이름의 마을이 있으며 문암봉과 성재라는 이름의 산이 있으며 멍섬이라는 섬이 함께 있다는 것이다. 구전에는 흑산도 유배인들이 말로만 흑산에 있었지 실제로는 거의가 우이도에 있었다고 한다. 흑산도 유배인으로 가장 이름을 떨친 면암과 손암의 이야기들도 역시 흑산도와 우이도에 걸쳐서 전승하고 있다.

면암과 손암이 흑산도에서 유배생활을 시작하였던 기간은 서로 75년간의 시차를 두고 있으며 두 사람의 유배환경은 서로 달랐을 것으로 추측된다. 면암이 흑산도유배의 고단함을 감당하는 괴로움을 겪었을 것이나 흑산도주민들에게 호국충절의 의사로 추앙받으면서 유배생활을 하였다면 손암은 천주교인이기 때문에 전통적인 유교이념에 배치된 죄인으로 취급당하면서 고난의 유배생활을 했을 것으로 짐작된다. 흑산도와 우이도에 전승하고 있는 두 사람의 유배설화를 수집하고 설화자료를 분석하여 그들의 유배생활을 구체적으로 그려 보고자 한다.

1. 유배지 생활공간의 양상

1) 면암이 거주했던 생활공간

면암은 흑산도와 우이도에서 서당을 열어 아이들을 가르치면서 생활의 수단으로 삼기도 하고 인근의 주민들이나 식자층과 교유하기도 하였다. 면암이 아이들을 가르쳤던 흑산도의 진리鎭里[1]와 천촌리淺村里[2] 그리고 우이도의 진리에 면암의 서당터가 남아 있다.

1 '鎭里'를 주민들은 "진마" 또는 "진말"이라고 부른다.
2 '淺村里'를 마을주민들은 순우리말 지명으로 '여트미'라고 불렀다.

흑산도의 진리에는 일신당日新堂이라고 불리는 서당터를 중심으로 하여 서당샘, 목욕하던 터, 면암이 평소에 노니던 바위인 의두암倚斗巖 등의 유지가 남아 면암의 이야기가 구전되고 있다.

흑산도 진리에 있는 서당인 일신당의 규모는 주민들 사이에 기억되고 있어서 확인할 수 있었다. 일신당 서당터가 있는 진리의 양지마을(일명 양지쪽)은 그 명칭에서도 알 수 있듯이 진리에서 가장 따뜻한 위치에 있었다. 일신당이라고 불리는 그 서당은 이광오씨(현재 서당터에서 거주하는 분)에 의하면 원래 흙담집 또는 죽담집이라고 불리우는 가옥의 형태로, 흙과 돌을 번갈아 쌓아 올리면서 벽을 만들어 가는 집짓기 방식으로 이루어졌다고 한다. 일신당은 가운데 방이 있고 좌우로 각각 부엌과 마루방이 있는 3칸의 구조라고 하였다. 마루방에서 아이들을 가르쳤을 것이라고 제보자인 이광오씨가 증언하였다. 대문은 없고 돌담이 집을 두르고 있으며 집 뒤에는 암벽이 있고 돌담이 터진 입구가 출입구였다고 한다.[3]

한국지명총람에서는 일신당에 관한 흑산도의 구전에 대해서 언급하고 있다.

> "일신당터(日新堂터) : 진미 서쪽에 있는 터. 고종 13년(1876) 2월, 면암 최익현은 일본의 강압으로 굴욕적인 병자수호조약이 맺어진다는 데에 의분을 참지 못하고 반대상소를 하였다가, 조정의 노여움을 사서 흑산으로 귀양오게 된다는 소식을 듣고, 섬주빈들이 그가 머물 곳으로 미리 이 집을 지어 놓았다 함. 이런 정성에 감동한 면암은 주민들을 위하여 서당을 차리어 '日新堂'이라 이름하고 후진교육과 섬의 폐습타파에 힘썼다 함."[4]

3 채록설화자료 : 최-1-3. 진리의 일신당(다른 주에서 채록설화를 인용할 경우에 자료 번호와 설화제목만 기록함).

흑산도 주민들이 면암의 유배소식을 듣고서 면암의 배소를 미리 마련하였다는 점을 보아 주민들이 면암에 대해 존경과 숭배의 태도를 보였음을 알 수 있다. 면암의 흑산도 유배생활은 주민들의 따뜻한 배려와 존경 속에서 이루어졌을 것으로 사료된다. 일신당이 있는 양지마을(양지말, 양지쪽이라고도 불리움)은 진리에서도 가장 따뜻하고 밝은 장소였다는 것도 우연이 아니고 주민들의 면암에 대한 배려에서 나온 것임을 알 수 있다.

서당샘은 일신당의 입구에서 약 3m 거리에 작은 돌샘이다. 이 서당샘은 진리 마을에서 물맛이 좋고 아무리 가물어도 물이 마르지 않는 샘으로 널리 알려져 있다. 서당샘은 바위를 파서 물이 나오도록 하는 석간수다. 양지쪽 마을 사람들은 모두가 이 샘물이 맛좋고 가뭄에도 마르지 않는 샘이라고 칭송하였다. "추운 겨울에는 짐이 나도록 다숩고, 더운 여름에는 그릇에 물방울이 돋도록 시원하다"고 하였다. 일신당에 거주하던 면암이 이 샘을 팠는지 모르지만 그도 이 샘물을 이용했을 것이다. 현재는 마을주민들이 수도를 사용하여서 샘물을 이용하지 않고 버려진 듯이 있으나 복원이 되어 원래의 모습을 되살린다면 면암관련 유적으로 눈여겨 볼만 할 것이다.[5]

면암의 목욕터는 일신당서당터 곁의 바위비탈로 비가 내리면 빗물이 흘러내리거나 도랑이 되어서 물이 흘러가는 장소였다. 면암이 이 바위도랑에서 세면을 하고 몸을 씻기도 하였다는 이야기가 전하고 있다.[6]

면암이 노니던 바위인 의두암은 일신당서당터 바로 뒤의 장소로 낮은 암벽이 솟아 있어서 그곳에 오르면 주위를 조망할 수 있었다. 소랫등이라고 불리는 곳에 있는 이 암벽은 면암이 맺힌 소회를 풀기도 하고 멀리 떨어진

---

4 『한국지명총람』, 「전남 신안군편」 흑산면 진리, 한글학회, 1997.
5 최-2. 진리의 서당샘.
6 최-4-1. 서당터 옆의 바위계곡.

고향을 바다 건너로 바라보기도 하고 평소에 거닐면서 책을 읽기도 하고 서울에 계신 임금을 그리워 하였다고 전한다. 이 작은 암벽이 의두암倚斗巖이라고도 불리우는데 제법 운치가 있어 보인다. 이 장소도 면암관련 유적으로 서당터가 복원된다면 좋은 위치가 될 것이다. 한국지명총람에 '의두석'에 대한 구전이야기가 인용되고 있다.

> "倚斗石 : 일신당터 뒤 냇가에 있는 바위. 위는 평평하여 서너 사람이 앉을 수 있음. 조선조 고종 13년(1876) 2월 면암 최익현이 일신당에 귀양 와 있을 때, 이 근처의 풀을 베고 이끼를 걷어내어 밑에 흐르는 냇물에 얼굴과 손발을 씻으면서, 당나라 시인 두보(杜甫)가 북두를 서울에 빗댄 고사를 따 그도 '북쪽에 계신 임금을 그린다'는 뜻으로 지은 이름"[7]

면암이 일신당 뒤쪽의 소랫등에 있는 바위를 의두석이라고 명명하고 임금에 대한 충의를 새기고 있었음을 이 자료에서 알 수 있다. 현재는 이 마을 주민들 대부분이 의두석에 대한 자세한 이야기를 알지 못하고 있으나, 면암이 평소에 책을 읽으면서 노니던 장소였다는 것을 구전하고 있다. 진리의 면암유적과 그에 얽혀 있는 구전을 통해서 면암이 흑산도 진리에서 서당을 열고 주민들의 배려와 보살핌 속에서 생활하였다고 사료된다.

면암이 흑산도의 천촌리淺村里(여트미)로 이거하여 생활한 유적으로 지장암석각指掌巖石刻과 지장암 앞에 1924년 9월 문하생 오준선吳駿善(撰者), 임동선任東善(書者) 등이 건립한 '면암최선생적려유허비勉庵崔先生謫廬遺墟碑'가 있

7 『한국지명총람』, 「전남 신안군편」 흑산 진리, 한글학회, 1997.

으며 면암의 서당터 또는 살림집으로 추측되는 집터가 구전하고 있다.

지장암이라는 이름은 우리 말로는 '손바닥바위'라고 할 수 있으며, 면암이 명명한 것으로 생각되지는 않고 옛날부터 천촌리에 구전하는 이름일 것 같다. 지장암에는 "箕封江山 洪武日月"이라는 석각이 있다. 면암의 기개와 충정이 전해지는 글귀이다. 서구세력을 중심으로 한 강대국에 시달리는 한말의 정세를 두고 나라의 전통성에 대한 자부심과 국가수호에 대한 의지를 읽을 수 있는 글귀이다. '손바닥'이라는 이름의 바위에 새긴 글귀이라는 데서 면암의 굳은 심기가 더욱 느껴진다.[8]

지장암의 바로 위쪽에 천촌리의 당집이 있었다고 한다. 도서지역에서 당집은 가장 신성한 공간으로 여기고 있으며 마을주민들이 모두 피해가고 무서워 하는 성역이기도 하다. 면암의 지장암석각이 당집 아래의 바위에 새겨졌다는 것은 면암이 천촌리 유배지에서 당신堂神을 능가할 정도의 신망과 존경을 받고 있었다는 것을 의미할 수도 있다는 생각을 조심스럽게 할 수 있다. 면암의 유허비가 1924년에 건립되었다는 것은 가혹한 일제의 압제에도 꺾이지 않고 면암의 항일정신이 흑산도의 제자들에게 이어져 왔다는 것이다.

면암이 천촌리에서 생활하였던 거주가옥은 현재 지장암 건너편의 산 밑에 집터가 남아 있을 뿐이다. 이 집도 역시 흙담집이었으며, 띠뿌리로 엮은 두 칸짜리 오두막이었다고 한다. 방과 부엌이 각각 한 칸으로 약 6평 정도 되는 규모였다고 한다. 당시의 천촌리는 현재보다 더 많은 가구수가 있었으며 윗동네 아랫동네로 나뉘어져 있었다고 한다. 당시로 보면 면암의 흙담집은 천촌리 마을과는 떨어진 바닷가에 위치하고 있었다고 전한다. 천촌리에

8 최-7. 천촌리에 면암비를 세우게 된 내력.

전하는 구전으로는 면암이 진리에서 천촌리로 오게 된 동기가 흑산도에서도 더 깊은 곳으로 피해 살기 위해서 거주를 옮겼다고 한다.[9]

면암이 우이도에서 생활하였던 공간은 맨 처음 도착하여 문인주文寅周의 집에 위리안치되었다고 한다. 구전으로는 우이도에서 굴봉에 서당을 차려 아이들을 가르쳤다고 한다. 아마도 이 서당이 면암의 생활공간이 되기도 하였을 것으로 사료된다.[10]

2) 손암이 거주했던 생활공간

손암은 완도의 신지도에서 이배하여 흑산도의 사리(모래미)와 우이도의 진리에서 유배생활을 했다. 손암은 면암보다 75년 전에 흑산도에 유배되어 왔다. 생활조건이 75년 후의 면암보다 더 열악한 환경이었을 것이다. 손암의 주거지는 흑산도의 사리에 있는 복성재復性齋(沙村書堂)와 우이도의 집터를 들 수 있다.

사리의 복성재는 손암이 흑산도에 와서 학동들을 가르치던 서당이다. 현재는 서당터라는 이름으로 마을사람들에 의해서 불리우기도 한다. 사리 마을은 농사를 지을 수 있는 땅이 없어서 마을사람들 모두가 바다에서 어업으로 살아가는 마을이다. 사리 마을의 특징을 박남석씨(남. 67세. 사리마을 거주. 2003년 7월 11일 채록)는 이렇게 말하고 있다.

---

9 최-6. 천촌리의 면암 거주터.
10 최-9. 면암이 우이도에서 서당을 열다.

"다른 마을에서는 어장이 뭣인지도 모른 시절에 여기는 먹고 살라니까 바다로 나가서 어장을 했어요. 여그는 농토가 없으니까. 여기 말이 '배타는 애비전, 애기 낳는 어미전'이라는 말이 있어요. 배에 가서 금방 아버지가 바다에 나가서 수사했으니까 아들이 바다에 나갈라고 하겄습니까? 그렇지만 다시 바다에 나가야 해요. 먹고 살라니까. 아버지가 죽고 할아버지가 바다에서 죽어도 안 나가면 식구가 굶어죽으니 바다에 나가야 해. 우리 어머니들이 애기 낳을 때 얼마나 고통스럽습니까? 애기 안 낳으려면 남자 곁에 안 가야 해. 그래도 한나 놓고 둘 놓고 몇가지로 놓지 않습니까? 그랑께 '배타는 애비전, 애기 놓는 어미전' 이런 말이 있어. 여기서. 그만만큼 여기서는 바다를 생활터전이라고 사는 데여. 지금 여기 사리에서는 많이 쓰는 말이어요." [11]

"배타는 애비전, 애기 놓는 어미전"이라는 말이 있는 사리 마을이다. 마을 주민들이 모두가 바다로 나가서 어장 일을 하고 있다는 마을이 사리다. 손암이 유배당해 왔을 당시에도 이런 상황은 별다름 없었을 것이다. 이런 마을에서 손암이 어떤 생활을 하였는지는 정확하게 알려지고 있지 않다. 다만 복성재라는 서당이 있는 터가 남아 구전되어 오고 있을 뿐이고 손암은 그곳에서 생활을 하였을 것이라는 추측을 할 수 있다. 그곳을 주민들은 서당터라고 부르고 있다. 박도순 씨(남. 60대. 사리거주. 2003년 7월 11일 채록)는 서당터의 서당규모를 이렇게 말한다.

"서당터의 초가집은 세 칸 토담집이었어요. 삼 칸입니다.

(제보자가 그림을 그려 보이면서) 여기가 마루입니다. 독아지 같은 것을 들여

---

11 정-16. 사리사람들은 바다가 생활의 터전이다.

놓은 곳 마루입니다. 여기가 방 그리고 여기가 정지 지금은 부엌입니다만. 집이 아주 우스운 집이더라고요. 돌로 쌓아 석축식으로 하고 나무로 조금 하고. 거기가 어떤 곳이냐면요. 여기서 말하기를 "청높바람에 도구통 자빠진 곳"이라고 하거든요. 청높바람은 북서풍으로, 그만큼 바람이 세고 춥다는 곳이어요. 거기가 자리를 잡았더라고요. 제가 보았을 때에는 서당터로는 부적절한 곳이거든요. 거기다 서당터를 했을 때는 내가 생각했을 때는 양지쪽은 농사 지을려고 정약전 선생님께 안 주고, 음지쪽을 주었을 것 같아요. 이 지역을 서당골, 서당골이라고 부르고 서당이 들어선 곳은 서당터라고 부르고 있습니다. 서당이름을 복성재라고 했어요.

천주교 공소 터는 현재 몰랑터라고 부르고 있습니다. 내가 생각하기로는 바다에서 나는 몰 있잖습니까? 그것을 거기서 말려서 먹도록 했을 것으로 생각합니다. 그때는 그것을 먹을 줄 몰랐을 것입니다."[12]

박도순 씨의 증언에 의하면 복성재가 있는 서당터는 "청높바람에 도구통 자빠진 곳"이라고 부를 정도로 바람이 세고 음습한 곳이었다는 것이다. 손암이 모두가 바다생활을 하는 사리마을에서 가장 바람이 세고 춥고 그늘진 열악한 장소의 세 칸 토담집에서 아이들을 가르치면서 생활을 한 것이라고 할 수 있다. 흑산도의 진리에서 가장 볕이 잘 들고 따뜻한 양지마을(양지쪽)에 주민들이 미리 집을 지어놓고 면암을 모시고 존경을 표한 유배생활을 면암이 한 반면에 손암은 바다생활을 하는 가난한 마을의 가장 그늘진 곳에서 유배생활을 시작한 것이라고 할 수 있다. 이 상황은 손암이 천주교신자로 지목받아서 유배당한 일과 무관하지 않을 것이다. 손암은 그의 심원한 학문

12 정-6. 학동원과 복성재 서당터.

과 마을민에 대한 애정으로 자신의 악조건을 극복해 간 것으로 이해된다.

우이도에서 손암이 서당을 열고 생활하였던 곳은 현재 우이도 진리의 공동묘지로 변한 서당골이 있다. 그곳의 집터는 105평 정도 되며 서당의 규모는 부엌, 방, 마루 3칸의 흙담집이었다고 한다.[13]

2. 유배지역 주민들과의 교류

1) 면암과 주민들과의 교류

면암은 흑산도와 우이도의 주민들의 존경의 대상이었으며, 큰 스승으로 모셔지고 있었다. 면암은 흑산도에 오기 전에 이미 제주도의 유배생활을 경험하였으며, 제주도와 흑산도로 유배를 오는 도중이나 생활 중에 지방관들의 도움을 받고 있는 것으로 보아서 흑산도 주민들도 면암을 숭배하고 있었을 것으로 본다. 면암이 흑산에서 쓴 한시 내용으로 보면 국가가 위태롭지만 유배중에 어찌할 수 없는 면암의 안타까운 마음을 알 수 있다.

> "제주에서 약을 캐던 일 꿈만 같은데
> 부평같은 신세가 또 흑수땅을 밟았구나.
> 땅이 차가우니 꽃은 게을러 봄뜻이 없고
> 골은 깊으니 새는 한가해 종일을 운다.
> 눈 가득 풍경을 보기에 족하니

---

13 정-20. 손암이 우이도에서 생활하게 된 내력.

또 한 잔 기울이고 돌아가길 재촉말라."

— 흑산의 산수를 노님

이 시에서 제주유배를 마친 후에 다시 흑산유배를 당하자, 흑산을 "흑수땅"이라고 하여 섬찟할 정도로 두렵게 보는 면암의 정서를 알 수 있으나, 나중에는 "눈 가득 풍경을 보기에 족하니"라고 하여 흑산의 아름다운 자연과 인심에 감복하여 여유있는 심정으로 변해가는 모습을 본다. 이 시에서 시적 상징이라고 할 수 있는 '꽃'과 '새'는 분명 면암 자신일 것이다. 꽃이 필 수 없는 계절, 새가 날아 넘을 수 없는 깊은 골짜기 등은 당시에 면암이 극복하기 어려운 변해가는 시세, 망해가는 국가의 상황이라고 할 수 있다. 필 수 없는 꽃, 날 수 없는 새라는 절망적인 상황에서 흑산의 후한 인심과 아름다운 자연에서 위안을 삼고 "한 잔 술"을 기우릴 수 있는 여유를 이 시에서 볼 수 있다. 면암의 흑산도 생활은 유배자의 생활이었으나 주위의 존경과 칭송을 받으면서 마음의 작은 여유를 누릴 수 있는 생활이었다고 생각된다. 면암이 주민들과 어떤 생활을 하였는지 하는 구체적인 자료는 기록으로도 구전으로도 남아 있지 않으나 면암의 시구절로 보아서 그의 흑산도생활을 유추할 수 있을 뿐이다.

2) 손암과 주민들과의 교류

손암은 유배동기가 천주교신앙으로 인하여 유배지의 주민들이나 관리들에게 경원의 대상이 되었을 것이다. 조선사회의 사상근간이었던 유교의 충효사상을 송두리째 부정한 천주교는 인륜을 저버린 사상으로 배척받았던 것이다. 다산茶山이 장기에서 강진으로 이배되자 강진주민들이 보였던 냉정한 태도와 손암이 흑산이나 우이도에서 받은 주민들의 대접은 비슷한 것이었을 것이다. 스스로 생활계책을 해야 했던 유배자로서 손암이 할 수 있었던 일은 우선 마을아이들을 가르치는 일이었을 것이다. 서당을 열고 아이들에게 글을 깨우치게 하며 마을주민들과 거리를 좁히면서 서로 왕래를 하게 되었을 것으로 유추할 수 있다.

이렇게 주민들에게 다가가는 손암에게 우이도와 사리의 주민들은 결국 존경과 신뢰를 갖게 되었을 것이다. 다산이 강진에서 해배될 것이라는 소식을 듣고서 손암은 흑산도의 사리에서 우이도로 나가 다산이 찾아오는 것을 맞이하고자 한다. 사리를 떠나려는 손암을 친밀하게 지낸 사리주민들이 뱃길을 막고 갈 수 없게 하기도 한다. 다산이 쓴 손암의 묘지명에는 손암이 뱃길을 막는 주민들을 일 년이나 설득하여 우이도로 나오게 되었다고 한다. 우이도에서는 손암이 죽자 마을 주민들이 통곡하면서 치상을 치루어 준 것을 볼 수 있다. 유배자였던 손암이 흑산도의 사리와 우이도의 진리 주민들과 얼마나 친하고 가깝게 지냈는지 알 수 있는 이야기들이다.

손암은 우이도에서 여인을 한 사람 만나 두 딸을 얻는다. 장씨라고 하는 이 여인이 누군지는 알 수가 없으나, 다물도의 장창대처럼 손암이 자산어보를 저술할 당시에 많은 어패류나 해초의 정보에 도움을 주었을 것으로 유추할 수 있다. 손암은 흑산도 유배지에서 현지인들과 철저하게 동화되었을 것으로 생각된다.

손암이 흑산도 유배생활에서 육류를 먹지 못해서 쇠약해졌다는 이야기를 듣고 다산이 흑산도에 있는 산개를 잡아서 요리하는 방법을 써보낸다. 辛未年(1811년. 순조 11년) 겨울에 보내는 서간의 산개이야기 부분을 인용한다.

> "보내주신 편지에서 짐승의 고개는 도무지 먹지 못하고 있다고 하셨는데 이것이 어찌 생명을 연장할 수 있는 도라고 하겠습니까? 본도(흑산도)에 산개(山

犬)가 천 마리 백 마리분이 아닐텐데 제가 거기에 있다면 5일에 한 마리씩 삶는 것을 결코 빠뜨리지 않겠습니다. 도중에 활이나 화살, 총이나 탄환이 없다고 해도 그물이나 덫을 설치할 수야 없겠습니까? 이곳에 어떤 사람 하나가 있는데 개잡는 기술이 뛰어납니다. 그 방법은 이렇습니다. 식통(食桶) 하나를 만드는데 그 둘레는 개의 입이 들어갈만하게 하고 깊이는 개의 머리가 빠질만하게 만든 다음 그 통 안의 사방 가장자리에는 두루 쇠낫을 꽂는데 그 모양이 송곳처럼 곧아야지 낚시 갈고리처럼 굽어서는 안 됩니다. 그 통의 밑바닥에는 뼈다귀를 묶어 놓아도 되고 밥이나 죽 모두 미끼로 할 수 있습니다. 그 낫은 박힌 부분은 위로 가게 하고 날의 끝은 통의 아래에 있게 해야 하는데 이렇게 되면 개가 주둥이를 넣기는 수월해도 주둥이를 꺼내기는 거북합니다. 또 개가 이미 미끼를 물면 그 주둥이가 불룩하게 커져서 사면으로 찔리기 때문에 끝내는 걸리게 되어 공손히 엎드려 꼬리만 흔들 수밖에 없습니다.

5일마다 한 마리를 삶으면 하루 이틀쯤이야 해채를 먹는다 해도 어찌 기운을 잃는 데까지야 이르겠습니까? 1년 366일에 52마리의 개를 삶으면 충분히 고기를 계속 먹을 수가 있습니다. 하늘이 흑산도를 선생의 탕목읍으로 만들어 주며 고기를 먹고 부귀를 누리게 하였는데도 오히려 고달픔과 괴로움을 스스로 택하다니 역시 사정에 어두운 것이 아니겠습니까? 호마(胡麻 : 들깨) 한 말을 이 편에 부쳐드리니 볶아서 가루로 만드십시오. 채소밭에 파가 있고 방에 식초가 있으면 이제 개를 잡을 차례입니다.

또 삶은 방법을 말씀드리면 우선 티끌이 묻지 않도록 달아매어 껍질을 벗기고 창자나 밥통은 씻어도 그 나머지는 절대로 씻지 말고 곧장 가마솥 속에 넣어서 바로 맑은물로 삶습니다. 그리고는 일단 꺼내놓고는 식초. 장. 기름. 파로 양념을 하여 더러는 다시 볶기도 하고 더러는 다시 삶는데 이렇게 해야 훌륭한 맛이 나게 됩니다. 이것이 바로 박초정(朴楚亭 : 박제가)의 개고기 요리법이라고 하는 것입니다."[14]

다산은 산개를 잡는 방법으로 덫을 만들어 설치하는 요령, 개요리를 하는 방법을 상세하게 적어서 손암에게 보내는 것을 보면 형의 건강을 걱정하는 다산의 심정이 절실하게 느껴진다. 이 산개이야기는 현재도 흑산도에서 전해지고 있다. 김동수 씨(남. 59세. 흑산면 천촌리 거주. 2003년 7월 12일 천촌리에서 채록)의 이야기에 의하면 산개는 집개가 도망가서 산에 사는 개라고 하였다.

"(천촌리의 지장암 앞에서 면암에 대해서 함께 이야기를 하던 이영일이 다산 정약용이 그의 형 손암 정약전에게 보내는 편지에 산개를 언급한 부분을 이야기하자 김동수가 산개에 대해서 설명을 하여 주었다.)

(이영일 : 다산이 산개가 좋다고 하면서 거기 강진에서 정약전선생에게 들깨를 보내 주어요. 그랑께 산개를 잡아서 요리하는 방법까지 적어 보내주어요. 산개는 집에서 도망나온 개가 산에서 퍼져서 절로 사는 개들인데 한참 많을 때가 있었어요.)

개 이야기가 나왔으니까 말이지만, 그 산개가 약이다네. 먹지는 못해서 등치는 커도 가죽만 남았거든요. 그라면 그 개가 한 마디로 뭣을 먹고 살았느냐. 산에 가면 더덕도 있고, 옛날부터 의심한 사람이 있어요. 더덕도 파먹제, 그리 안 하면 시체도 파먹제 그래서 사람 혼신을 빼갖고 둔갑을 해갖고 그놈을 잡으러 오면 귀신같이 도망가서 묵고 살아. 어르신네들이 그런 이야기를 합디다. 옛날부터 산개가 있었어요. 흙을 파먹고 살겄어, 돌을 파먹고 살겄어. 옛날에 실지 사람 시체를 파먹고 살았다는 말도 있어. 묘에 굴을 실제 팠다네. 묘의 옆구리 벽을 파가지고 시체를 파먹었다네. 산개를 고기로 먹는 것이 아니고

14 신안군, 『詳解玆山魚譜』, 한국홍보기획공사, 1998. 363쪽. / 上仲氏 辛未(1811. 순조11) 겨울. 다산이 손암에게 보낸 서간문.

약으로 먹으라고 했을거여. 육고기를 먹으라 그런 것이제."[15]

손암이 당시에 들이나 산에 돌아다니는 산개이야기를 다산에 하자 다산은 그 산개야말로 약용으로 아주 좋은 것이라고 생각하여 손암에게 잡아서 약으로 쓰라는 내용의 서간을 보내게 되었을 것이다. 손암의 흑산도유배생활은 심리적인 면 뿐만 아니라 신체건강면에서도 고난의 생활이었다는 것을 이 산개이야기에서 알 수 있다.

3. 유배지에서의 교육활동

1) 면암의 교육활동

면암은 가는 곳마다 서당을 열어서 제주도, 우이도, 흑산도 등 유배지역의 자녀들을 교육하였다. 흑산도의 진리와 천촌리에서도 서당터가 면암의 유적으로 남아 있다. 진리에는 일신당이라는 서당의 옥호가 전하고 있으며 진리의 양지마을주민들은 그곳을 서당터라고 부르고 있다. 최익현의 면암집에는 흑산도에서 서당을 열어 학동들을 가르치는 면암 자신의 심경을 토로하고 있다.

"대흑산도. 소흑산도는 본디 귀양살이하는 사람에게 지공하는 사제가 없고 대부분 자비로 하였다. 양식 걱정이 아주 심하므로 부득이 글방 스승이 되어

15 정-2. 산개이야기.

먹고살 밑천으로 삼으려 했는데, 책을 끼고 와 배우기를 청하는 자가 10여 인이 되었다. 아침에는 배우고 저녁에는 복습하여 글 읽는 소리가 들려오니 귀양살이의 심리를 달래는 것이 소흑산도보다는 조금 나았다."[16]

면암이 서당을 열어 아이들을 가르치는 것은 유배지에서의 생활계책이기도 하였다는 것을 알 수 있다. 면암이 유배지생활을 스스로 꾸려가야 하는 고달픔을 서당에서의 훈도일이 대신해 주는 것이었다. 면암의 서당일은 실질적인 생활에도 도움이 되면서 역시 유배생활의 스산함을 아이들이 글읽는 소리에서 잊을 수 있었다는 것이다. 면암이 흑산도에 유배당한 다음해에 아들에게 보내는 서간에서도 서당일을 언급하고 있다.

"만일 이 섬의 고기잡이와 농사가 실패하면 여러 아이들이 흩어질 염려가 있으니 정말 이렇게 되면 또 마땅히 다른 대책이 있어야 할 터이니 형편을 보아야 할 것이다. 움직이고 안 움직이는 것은 다만 내 한 몸뿐이니 큰 병만 없으면 그다지 걱정할 것은 없 을 것이다."[17]

역시 서당의 훈도일이 생활에 도움이 된다면서 섬에 흉어나 흉년이 들면 아이들이 오지 않을 것을 걱정하고 있다. 이처럼 면암의 교육활동은 일차적으로 식량이나 생활의 방편으로 이루어졌다는 것이다. 그러면서도 아이들을 가르치는 보람과 기쁨을 한시에서 읊고 있다.

16 이태원, 『현산어보를 찾아서 1』. 청어람미디어, 1998, 141쪽 재인용.
17 『현산어보를 찾아서 1』, 141쪽 재인용. 최익현이 1877년부터 1878년 사이에 아들에게 보내는 서간문.

"성인의 말씀은 천 년에 분명하니

섬마을에 오히려 글 읽는 소리로다.

가석하다. 도도히 흐르는 명리배들은

매양 제 몸만 인연하고 나라걱정 가벼이 하네."[18]

흑산도의 섬마을에서 글읽는 소리가 나는 기쁨을 시로 표현하고 있다. 면암은 우이도의 구전을 통해서 보면 스승으로서의 존경을 듬뿍 받고 있음을 알 수 있다. 문채옥 씨(남. 84. 우이도 진리거주. 2003.11.12. 채록)의 구술에 의하면 면암이 아이들에게 신통력을 부여한 것을 들을 수 있었다.

"면암이 아이들을 가르칠 때에 무거운 돌을 보고, 사람이 들 수 없이 무거운 돌을 보고, "들어봐라!"하고 아이들에게 시키면 아이들이 그냥 그 돌을 들어.

비가 오면 굴봉에서 아이들에게 글자로 표지를 써서 주고 흐르는 빗물에 띄우면 삿갓이 되어서 떠와, 그러면 그것을 쓰고 아이들이 집으로 돌아갔다는 이야기가 전해오고 있어.

면암이 산에 올라서 "오늘을 넘기면 살고 넘기지 못하면 죽는다" 그랬어. 그란디 그 날 일인들이 잡으러 와서 잡아가지고 대마도로 데려가서 그곳에서 죽었어. 면암이 우이도에서 잡혀 갔어."[19]

면암이 아이들에게 무거운 돌을 들게 가르치고, 비오는 날에 신통력으로 삿갓을 만들어 쓰게 하는 이야기들은 우이도 아이들의 능력을 키우고 가능성을 북돋아 주는 격려이며, 면암의 사랑을 의미할 것이다. 자신의 운명을

---

18 안병렬, 「면암 한시의 내용고찰」, 『어문논집 23』, 민족어문학회, 1982.
19 최-10. 면암의 신이한 우이도 행적.

예언한 면암의 이야기에서도 면암에 대한 우이도 주민들의 숭배감을 볼 수 있다. 이것들은 우이도에서 면암이 전설적인 비극성을 지닌 인물로 인식되고 있는 이야기자료들이기도 하다.

천촌리의 지장암석각과 면암최선생적려유허비 등의 면암관련유적도 면암의 충의에 관한 교육정신과 제자들의 스승사랑을 볼 수 있다. "箕封江山洪武日月"은 조선의 전통성을 강조하면서 나라를 지키려는 의지를 의미한다. 유허비는 면암의 제자들이 엄혹했던 일제강점기에 건립한 것이므로 더 의미가 크다. 김동수 씨(남. 59. 천촌리 거주. 2003.7.10. 채록)의 구술에 의하면 천촌리의 황씨 집안에서 면암을 진리에서 모셔왔다고 하면서 그들이 면암 유허비를 세웠다고 하였다.

"(천촌리는 우리말 지명으로는 여트미라고 불리우고 있고, 전에는 70-80호 정도 되는 큰마을이었다고 하였다. 윗동네의 숲 속에는 지금도 빈집터가 많이 있다. 현재 지장암 근처는 원래 바다였으나 근래에 와서 둑을 막아 집이 들어서게 되었다 하였다.)

이런 데가 전부 바다였어요. 도로 밑에 전부가 바다 매립된 곳이어요. 우리들은 할아버지 때 저 위쪽 산 밑에 살다가 내려 왔지요. 그때만 해도 마을에서 어느 정도 한글 정도 배울 수 있는 사람은 화룡이 할아버지 황씨 할아버지의 할아버지 그분들을 의지한다는 것이 여기까지 내려와 계셨던 것이지요. 그때 면사무소의 2대 의장인가 하던 황문식 씨가 주도를 해서 면암선생 비를 세우게 되었지요. 황문식 씨의 부친인 황경재 씨는 여기 태생으로 면암의 제자였습니다. 황씨 집안에서 진리에 계시던 면암선생을 이곳 천촌리로 모시고 왔던 것이지요. 최익현 선생의 책자가 황씨 집안에 있지 않느냐 하는 생각이 있지요. 그 책자가 위성수라고 하는 진리 대촌골에 가면 있어 그 책자가 여기 없으면 위성수 씨에게 있을 것이라 하는 이야기가 있어.

그분들도 이제는 고인이 되었고."[20]

면암의 제자였다고 하는 황경재씨의 아들인 황문식씨가 주도를 해서 면암유허비를 세웠다는 것은 1924년 오준선과 임동선 등이 건립해 놓은 유허비를 황문식이 주도하여 지장암 앞에다가 다시 세웠다는 이야기이거나, 일제강점기에는 유허비를 만들어 놓아도 세우지를 못하다가 해방이 되고 난 뒤에 황문식 등이 주도가 되어 지장암 앞에 세워놓게 되었다는 이야기로 생각된다. 면암의 교육활동의 결과로 그의 적려유허비가 천촌리에 세워지게 된 것은 흑산도 사회의 애국교육에 큰 영향을 주었을 것이다.

2) 손암의 교육활동

손암도 역시 유배지에서 가장 먼저 한 일이 서당을 열어서 마을의 학동들을 가르치는 일이었을 것이다.

손암이 사리에서 학동들을 교육시켰다는 복성재復性齋의 터는 그 위치가 아주 음습하고 바람이 센 장소였다. 손암은 자신의 처지로 보아서 사리에서 마을주민들과 화합하고 어울리려고 노력하였을 것이다. 손암을 사리의 일반주민들과 함께 어울리고 애환을 같이하는 민중적인 모습으로 상상할 수 있을 것 같다. 손암이 작시하였다는 사리 12경이라는 싯귀가 전하고 있다. 사리 주위의 산과 섬과 바다와 그곳에서 살아가나는 주민들의 모습을 아름답게 그리고 있다. 사리 12경은 사리의 지리와 인문사회환경에 정통한 사람

---

20 최-7. 천촌리에 면암비를 세우게 된 내력.

이 아니고는 그럴 수 없는 글이다. 손암이 이 시를 지었다면 그는 사리의 생활에 익숙해진 뒤의 일일 것이다. 사리 12경의 시는 다음과 같다.

聳高仙遊戱弄琴
歌音終曲玉女峰
松島老木波濤聲
花嶼杜鵑萬帳畵
場島海流寄港灣
遊泳魚群太平春
堂山絶景綠陰多
鳥鵲嬌聲平隱調
沙場形態廢墟久
怪巖巨石荒有殘
釣杆行列尋難見
汐間汀邊孤船浮

손암이 사리에 복성재를 열고 아이들을 훈도하면서 서당기를 다산에게 부탁하는 글과 다산의 답인 "사촌서당기沙村書堂記"가 전하고 있다. 여기에서 이르는 사촌沙村은 손암이 유배생활을 했던 사리沙里 즉 모래미를 이른 지명이다. 1807년(조선 순조 7년) 여름에 지어 보낸 다산의 사촌서당기에서 그 일부를 인용하고자 한다.

"내 형님 면암선생이 흑산도 귀양살이하신지 10년이 되어 오륙인 아이들이 따르며 四書와 역사를 배우게 되어 초가 서너 칸을 지어 사촌서실이라 이름짓고 내게 서당기를 지으라 하시기에 누에채밭을 비유로 들어 이곳에서 글 배우는 아이들을 깨우쳐 준다."[21]

누에 기르는 일에 비유하여 어디에서건 재주 있는 사람이 열심히 배우면 대성할 수 있다는 내용의 서당기를 지어서 다산이 손암에게 보낸 것이다. 흑산도에서라도 재주있는 사람이 학문에 뜻을 두고 노력한다면 훌륭한 인재가 될 수 있다는 의미인 것이다. 손암의 교육은 교육자로서 열성을 다한 것이었으리라 사료된다. 손암이 사리 마을사람들에게 신망을 얻고 존경을 받게 되기까지는 그의 성실한 교육자로서의 자세도 한 몫을 하였을 것이다.

손암이 천주교를 주민들에게 가르치며 영향을 끼쳤다는 이야기는 아직 없다. 현재 흑산도에는 진리에 천주교당이 있으며 사리를 비롯한 5곳에 공소가 운영되고 있다. 손암이 흑산도에 유배당하고 우이도에서 사망한 사실은 한국 천주교의 역사에 신해천주교박해로 기록되고 있으며, 손암을 천주교의 순교자의 한 사람으로 인식하고 있다. 손암이 천주교를 직접 흑산도나 우이도에 전파하지 않았을지라도 흑산도의 천주교 역사는 손암으로부터 시작되고 있다고 할 수 있으며, 흑산도의 근·현대지역사에서 천주교는 커다란 역할을 담당하여 왔다. 흑산도의 현대 교육사업, 금융사업, 조선사업, 의료사업, 과수원 경영사업 등이 천주교당의 종교사업의 일환으로 펼쳐진 것이다. 흑산도에서 천주교 종교활동을 하고 간 국내외성직자들에 대한 이야기들이 구전으로 다양하게 전하고 있으나 아직 채록되지 못하고 있다.[22]

---

21 신안군, 『상해자산어보』, 한국홍보기획공사, 1998, 105쪽.
22 정-19. 흑산도의 천주교이야기.

4. 유배지에서의 저술활동

면암의 문집인 면암집에서 흑산도의 유배생활 중에 면암이 지은 한시를 볼 수 있다. 흑산도 유배 한시문들은 흑산도의 풍물과 소박한 생활에 매료되어 세사를 잊고 노래한 것이 대부분이다. 면암은 시작 외에 다른 저술활동을 흑산도와 우이도의 유배생활 중에 했다는 기록이나 구전이야기는 아직 없다.

손암은 널리 알려진 바와 같이 자산어보茲山魚譜를 흑산도 유배지에서 저술하였다. 자산어보는 우리나라의 수산학계에 학문적인 성과로도 독보적인 저술이며, 그 내용이 지니고 있는 학문적인 성실성에 있어서도 흑산도 현지인들조차 감탄하고 있었다. 손암이 유배생활을 하던 사리沙里[23]는 흑산도에서 가장 어업이 발달한 마을이었다고 한다. 사리 뒷산인 선유봉은 어선들이 서쪽바다로 어장을 나가서 돌아올 때에 항해지표 역할을 해 주어서, 사리사람들은 눈비가 치고 안개가 끼는 날에 선유봉을 지표로 삼아서 바다에서 마을로 돌아오곤 하였다고 구전된다. [24]

사리는 예부터 농토가 없어서 자연 바다에 생업을 찾아 마을사람들 모두가 바다로 가서 생활하여 왔다고 한다. 사리 마을에서 자주 듣는 말로 "배타는 애비전, 애기 놓는 어미전"이라는 속언이 있다. 여자들이 아이를 낳고 살아가지 않을 수 없는 것처럼 사리마을 남자들은 바다에서 배를 타고 어장을 나가지 않을 수 없다는 뜻이라고 한다. 사리마을에서는 많을 적에는 하루에 초상을 다섯 집이나 치룬 일도 있었다고 한다. 바다가 위험한 줄을 알아도 생활터전이 바다인지라 어장을 나가지 않을 수 없는 마을이 사리라

---

23 '沙里'를 순우리말 지명으로 '모래미'라고 부른다.

24 정-9. 항해지표노릇을 하는 선유봉.

는 것이다. 바다와 얽힌 구전이야기는 사리에 다양하게 전승하고 있다. 폭풍에 파선이 된 배를 고래가 끌고 마을까지 돌아와서 살아난 어부가 평생 고래 고기를 먹지 않고 "사경思鯨"이라고 자호하였다는 실화를 함양박씨 족보에서 확인할 수 있었으며, 서쪽 바다에서 잡은 홍어를 비롯한 바닷고기를 상곳배가 싣고 영산강을 따라 올라가 영산포, 함평, 영암 도포 등에서 팔아 생필품을 사서 돌아오는 이야기들이 구전하고 있다. 사리의 해녀들이 전복잡은 이야기가 구전하고 있으며 사리에는 마을 여성들이 모두가 해녀의 물질을 하며 생활하여 오다가 최근에 들어서 해녀 일을 하는 여성의 숫자가 감소하였다는 이야기도 들을 수 있었다.[25]

사리는 흑산도에서 어업이 가장 발달한 마을이었으므로 손암이 사리에서 생활하면서 어패류들에 관심을 가지게 된 것은 자연스러운 일이었으며, 어류와 조개류의 생김새, 생태, 이름, 요리하는 방법, 약용까지 자세하게 조사할 수 있었을 것이다. 면암이 다물도에 사는 장창대의 도움을 받아 어패류에 대한 정보를 수집하고 우이도에서 얻은 장씨 여인에게서도 어패류에 대한 지식정보를 도움 받았을 뿐만아니라 마을 주민들에게도 어류들에 대한 지식을 묻고 종합하였을 것이다. 면암은 어보를 저작하는 동기를 일차적으로 그의 지적인 호기심과 흑산도 주민들에게 어류에 대한 지식을 전해주려는 목적에서 찾을 수 있을 것이다. 면암이 선유봉에 올라서 바다의 물빛을 보면서 오고가는 어류들에 대해 마을 주민들에게 이야기해 주었다는 구전자료에서 보듯이 면암은 어보를 작성하여 바다생활을 하는 사리주민들에게 실질적인 생활의 지식을 가르쳐 주어 생업에 도움을 주고자 하였을 것이다.

손암은 우이도에 돌아와 진리에서 생활하면서 문순득이 구술한 표해록漂

25 정-13, 고래가 살린 어부 / 정-11, 사리의 상곳배이야기 / 정-14, 사리의 해녀들이 전복 잡는 이야기 / 정-15, 사리의 해녀들 / 위의 4편 채록설화자료들이 이 내용들과 관련이 있음.

海錄을 기록하였다. 문순득의 고조손인 우이도 진리의 문채옥 씨(남. 84세. 도초면 우이도 진리 거주. 2003.11.12. 채록)는 표해록을 손암이 기록하게 된 전말을 다음과 같이 이야기하였다.

> "손암이 여기 계시니까. 그이가 마침 우이도에 있으니까, 표해록을 정약전선생이 개조했어. 문순득 그 양반이 나로 말하면 고조여. 그분이 흑산도 태도에서 홍어무역을 했어. 배 두 척으로 했는디, 큰 배여. 12월 말일 경에 한 배는 먼저 보내고 나중에 다른 한 배로 홍어를 싣고 나오다가 "곳가리"라는 섬 밑에서 바람을 만나, 제주도 근방으로 밀렸어. 풍선이라 바람이 계속 세게 불어오니 나오지 못하고 밀려서 내려 간 것이 유리국으로 가게 되었어.
>
> 지금으로 말하자면 유리국에 표류하여 중국 관동 홍콩 있는 곳으로 갔다가 다시 중국 북경, 남경, 봉천, 압록강, 신의주로 해서 돌아 오시기까지 5년이나 걸렸어. 일곱사람이 갔는데 여기 마을에서는 죽었다고 부인들이 시집가려고 했어. 우리집 고조할머니는 하의도 상태가 친정인디, 시집 보내려고 친정으로 보내면 3일이 안 넘어 다시 집으로 돌아와 버리고 정절을 지켰어.
>
> 우리 집안 선조들이 모두 학자들이 많이 났어. 그래서 정약전 선생과 친히 지내다가 표류사실을 그분이 정리한 것이여."[26]

문순득도 흑산도의 홍어를 영산강 근처의 내륙에 내다 파는 어무역을 했던 것으로 보인다. 사리에 상곳배의 상무역이 있었듯이 우이도에서도 흑산의 특산물인 홍어를 도매하는 업주가 있었던 듯하다. 문순득이 이 어상무역을 홍어가 많이 나는 태도에서 하다가 풍랑을 만나 표류하게 되어서 중국

---

26 정-21. 손암이 우이도에서 문순득의 표해록을 기록하다.

의 남방까지 갔다 가 육로로 귀향하게 된 이야기의 전말을 손암에게 이야기하고 손암이 기록한 것이 문순득의 "표해록"이다.

5. 면암과 손암이 흑산도에 끼친 문화적 영향

손암과 면암이 흑산도에서 유배생활을 하면서 지역민들에게 끼친 영향이 컸다고 할 수 있다. 손암은 흑산도 사리마을에서 생활하면서 마을사람들과 다름없는 생활을 하였을 것으로 사료된다. 사리마을은 어촌마을로 마을민들이 모두 바다생활을 하였다. 손암이 자산어보를 짓게 되는 동기도 사리마을이 어촌이라는 생활환경에서 찾을 수 있을 것이다. 날마다 바다고기를 잡으러 가고 잡아오는 사리 마을사람들의 일상생활에서 자산은 그들에게 실질적인 도움을 줄 수 있는 방책으로 어보를 저술했을 것이다.

손암이 선유봉에 올라가서 고기떼가 지나가는 것을 주민들에게 알려서 잡게 하곤 하였다는 구전이야기에서 보듯이 손암은 주민들에게 실용적인 도움을 주면서 주민들과 어울려 생활하였다고 본다. 이번 조사는 전승하고 있는 설화와 남아있는 서당터와 같은 유지에서 손암이 흑산도에서 어떻게 생활하였는가 하는 구체적인 모습을 찾고자 하였으나 극히 제한된 자료가 있을 뿐이었다. 손암이 흑산도 사리와 우이도의 진리에서 생활하는 동안 그곳 주민들에게 극진한 친애와 존경을 받았던 것을 다산이 묘비명에서 확인할 수 있었다. 극심한 고독과 소외감 그리고 좌절감을 느끼면서 주민들과 어울리고 주민들을 위해서 서당을 열고 어보를 썼던 손암의 의지가 존경스럽다.

면암은 1876년 병자수호조약에 반대하는 상소를 올리고 흑산도유배를 당한다. 면암은 유배기간 우이도와 흑산도주민들에게 충의와 애국심을 고취하였다. 진리의 주민들과 흑산의 관리들은 면암을 위해서 양지마을에 주거지를 준비하여 면암을 맞이 하였으며 면암은 일신당日新堂이라는 서당을 열어 학동들을 가르치고 주민들과 교류하였다. 면암의 유배생활은 손암에 비해서 더 여유로운 모습이었을 것이다. 천촌리의 지장암에 새긴 "기봉강산箕封江山 홍무일월洪武日月"은 그의 우국기개를 보여주며, 흑산도 주민들에게 애국정신을 심어 주었을 것이다. 그의 제자들이 지장암 앞에 "면암최선생적려유허비勉庵崔先生謫廬遺墟碑"를 세워서 면암의 충의를 기리고 있다.

흑산도의 유배인물 중에서 흑산도 주민들에게 영향을 가장 크게 끼친 두 인물의 구전설화자료를 수집하고 분석하여 그들의 구체적인 생활양상을 살펴보았다. 손암은 절망적인 유배생활에서도 주민들을 돕고 자신의 학문적인 열정을 충족시키기 위한 연구활동을 끊이지 않았으며, 면암은 유배생활 중에도 후세들의 교육에 열을 올리고 우국충정의 기개를 잃지 않았다. 이들의 바른 삶의 자세는 뒷세대들에게도 좋은 귀감이 되리라 믿는다.

6. 면암 최익현과 손암 정약전의 흑산도현지채록설화자료

• 설화채록자

이준곤 (교수. 목포해양대학교)

이경석 (목포대학교. 일어과 4년)

• 설화채록일

2003.7.10~2003.7.11

• 설화채록장소

흑산도. 우이도

1) 흑산도현지채록설화자료 목록

• 면암 최익현이야기

최-1. 진리의 일신당(면암이 거주하면서 제자들을 가르치던 서당)

최-1-1. 진리의 일신당(이상배 구술)

최-1-2. 진리의 일신당(이상조 구술)

최-1-3. 진리의 일신당(이광우 구술)

최-2. 진리의 서당샘

최-3. 서당터 뒷산(소랫등)의 바위(면암이 글을 읽고 노니던 장소)

최-4. 서당터 옆의 바위계곡(면암이 세면이나 목욕을 하던 장소)

최-4-1. 서당터 옆의 바위계곡(이상조 구술)

최-4-2. 서당터 옆의 바위계곡(이봉우 구술)

최-5. 면암의 제자 이문오

최-6. 천촌리의 면암거주터

최-7. 천촌리에 면암비를 세우게 된 내력

최-8. 진리당이야기

최-9. 면암이 우이도에서 서당을 열다

최-10. 면암의 신기한 우이도 행적

• **손암 정약전이야기**

정-1. 자산어보에 나오는 참새치의 부리를 발견하다

정-2. 산개이야기

정-3. 손암의 여인이야기

정-4. 흑산도유람기

정-5. 사리마을의 특징

정-6. 학동원과 복성재 서당터

정-7. 자산어보 영인본 이야기

정-8. 사리동규

정-9. 항해지표 노릇을 하는 선유봉

정-10. 흑산도 홍어

정-11. 사리의 상곳배 이야기

정-12. 사리마을 사람들이 바다에서 고기 잡으러 가서 많이 죽다

정-13. 고래가 살린 어부

정-14. 사리의 해녀들이 전복 잡은 이야기

정-15. 사리의 해녀들

정-16. 사리사람들은 바다가 생활터전이다

정-17. 정약전 선생이 사리로 온 이유에 대해서

정-18. 정약전 선생이 명명했다고 전하는 사리12경
정-19. 흑산도의 천주교이야기
정-20. 손암이 우이도에서 생활하게 된 내력
정-21. 손암이 우이도에서 문순득의 표해록을 기록하다

2) 흑산도현지채록설화자료

• 면암 최익현이야기

2003년 7월 10일 목포에서 8시 정기연락선으로 흑산도에 도착하여 이영일(남. 34세. 흑산도 청천리 거주. 흑산도 한국전력공사 흑산도 출장소 직원) 선생을 만나 면암 최익현과 손암 정약전에 관한 현지의 전승상황에 대해서 이야기를 듣다. 면암선생은 처음에는 우이도에 와 계시다가 흑산도의 진리로 유배지를 옮기고 다시 흑산도의 천촌리로 옮겨 가셨으며, 손암 선생은 우이도에 와 계시다가 흑산도의 사리로 와 계셨다고 하였다.

이영일씨의 안내로 진리에 있는 면암의 서당터로 갔다. 그 서당터는 이영일씨의 큰아버님(이광오. 70대. 흑산면사무소에 근무하다가 정년함.)이 현재 거주하고 있었다. 큰아버님대에 원래의 초가로 지어진 서당건물을 70년대 후반에 쓸어버리고 다시 지은 가옥이 현재의 거주하는 집이었다. 진리의 양지쪽 마을에 있는 이곳은 마을주민들이 모두 서당터라고 부르고 그 서당의 옥호를 일신당이라고 부르고 있었다.

서당터 주위에는 서당샘, 면암이 노니던 바위, 목욕하던 계천 등이 있어서 면암의 생활상을 단편적이나마 짐작하게 하였다. 서당터는 예리로 넘어가는 언덕길을 중심으로 우측에는 진리당이 있고 좌측에는 면암의 서당터가

서로 인접해 있었다. 진리당은 흑산도를 찾아오는 관광객들이나 방문객들을 위해서 환경이 정비가 되어 있어서 면암의 서당터를 유배관광지로 정비한다면 흑산도의 관광자원으로 민속과 유교적인 문화를 함께 볼 수 있을 것이다.

최-1. 진리의 일신당(면암이 거주하면서 제자들을 가르치던 서당터)

최-1-1. 진리의 일신당(이상배 구술)

제보자 : 이상배(남. 53. 흑사도 진리 양지쪽 거주)

채록일 : 2003.7.10. 진리 양지쪽 마을의 서당터 앞에서

(양지쪽 마을에서 태어나 거주해 왔으며 어렸을 적부터 원래의 초가집이었던 서당을 잘 기억하고 있었다. 서당터는 진리(진마을)의 양지쪽 마을에 있으며 제보자는 이 서당터 앞집에서 살고 있었다.)

면암선생 서당터라고 하죠. 자세한 이야기들은 없고 그분이 어떻게 생활했다는 그런 이야기는 없고. 전에는 초가집이었어요. 87년도던가 그때 새로 지어 버렸지요.

이 뒷산은 소가 오고가는 곳이라고 해서 소랫등이라고 해요. 이 마을은 가장 남향이어서 양지쪽 마을이라고 해요. 면암선생은 의병장이라고만 알고 있지요. 저희는 그분에 대해서 후배들이라서 잘 모르고 있어요. 지금 80객들이나 70객들이나 알고 있겠지요.

청색의 스레이트 건물이 진리에서 면암이 서당을 열었던 일신당 터이다.

상량보가 있었거든요. 거기를 보니까, 보통 집은 단기로 썼어. 그러니까 60년 넘어 서기를 많이 썼지, 그 전에는 단기를 썼는데 그때 보니까 단기가 아니고 옛날 연호가 쓰여 있어. 그때 4칸 초가집으로 작은방 하나, 큰방 하나, 부엌 하나, 마래 하나로 되어 있었어.

토담집으로 돌과 흙으로 번갈아 쌓아놓은 집이었어. 담은 돌담이었고.

최-1-2. 진리의 일신당(이상조 구술)

제보자 : 이상조(남. 44. 진리양지쪽 마을의 서당터에 거주)

채록일 : 2003.7.11. 흑산면 진리 소방서에서

(제보자는 현재 흑산면 소방서 소장으로 근무하고 있고, 바로 면안선생의 서당터에서 거주하고 있어서 어려서 살았던 서당터의 모습을 자세하게 구술하였다.)

옛날의 저희 집 자리가 서당이었다는 그런 이야기는 많이 들었지요. 그러나 자료라든가 하는 것은 없고. 지금 집은 싹 뜯어 버리고 새로 지었지요. 터만 그렇게 서당터라고 하고 있어요.

(제보자가 그림으로 원래의 서당건물을 그려주면서)

제가 알기로는 서당터 집은 원래 두 칸 집이었으나 후에 부엌 하나와 마루 하나를 달아내었어요.

이쪽 여기 부엌을 사용하기 위해서 저희들이 임의로 만들었어요. 원래 방 하나는 우리가 사용하면서 나누어 두 개의 방으로 만들었어요. 아랫방인 큰방이 좀 크고 윗방이 조금 좁고 해서 큰방이 두 평 정도 되고 윗방은 딱 두 사람 정도 자면 될 수 있는 정도이고, 담은 대문은 없고 그냥 돌담으로 되어 있었어요.

저희들이 살면서 사랑채와 문간채를 달아내었죠. 처음 집을 싹 허물어 버리고 지었어요. 87년도에 지었어요. 저희 아버님도 복원할 수 있는, 보존할 수 있는 형편이 되었으면 안 뜯었을거예요. 그런데 전혀 도움도 없고, 초가집도 이엉해서 얹이기가 일년에 한 번씩 힘들니까 뜯어서 새로 지어 살게 되었지요.

최-1-3. 진리의 일신당(이광우 구술)

제보자 : 이광우(남, 77, 흑산면 진리 양지쪽 서당터에 거주)

채록일 : 2003.7.11. 진리의 양지쪽 서당터에서

(제보자는 면암의 서당터에 거주하고 있으며, 면사무소에 근무하다가 정년을 한 분으로 원래의 서당의 규모에 대해서 도면을 그려가면서 설명하여 주었다.)

제가 올해 77살인데 7살부터 여기서 살았어요. 저 아버지부터 이곳에서 살았어요. 그전에 우리가 여기서 살았을 적에는 원래 집 모습은 죽담집이라고 해서 흙 놓고 돌 놓고 그런 식으로 지은 집이어요. 초가였습니다. 여가 부엌, 여가 방 그라고 대청이라고 마루, 단 세 칸이어요. 부엌문, 방문, 여가 조그마한 뒷문, 그라고 여기서 방에서 마루로 들어가는 문, 마루는 판자로 깔아놓았어요. 문만 열고 불은 안 들어가고 그곳에서 공부한 곳이었을거요. 부엌은 아주 조그맣고. 마당은 조그맣고 돌담으로 둘러 있었어요. 지붕은 초가, 댓돌은 없고, 삼간이어요 아주 작은 집이어요. 방이 하나여서 우리가 살면서 판자로 막아서 두 개로 만들었어.

최-2. 진리의 서당샘

최-2-1. 진리의 서당샘

제보자 : 장하덕(여. 76세. 흑산도 진리 양지쪽 마을 거주)

채록일 : 2003.7.10. 서당샘 앞에서

(제보자는 친정인 흑산의 영산도에서 18세에 시집 온 이래 이곳에서 서당샘 바로 위쪽의 집에서 거주하여 오고 있었다. 진마을의 양지골 앞 길에서 마을 사람들과 서당샘에 대해서 이야기를 나누었다. 모두가 서당샘의 물이 좋다는 이야기들이었다.)

일신당 앞에 있는 바위를 파서 만든 샘이 서당샘이다.

이것은 서당샘이라고 해요. 옛날에 한문선생이 여그서 살았다고 합디다. 그라고 저그 저 바위에 가서도 공부하고 그랬다고 하드만. 그랑께 그 앉은 터가 있고 그래. (그 바위이름은요?) 바위이름은 모르제.

이 샘은 물맛이 좋제. 저슬은 다숩고 여름은 시리도록 차고, 이 샘은 변경이 그렇게 되어. (이 샘물은 누가 주로 마셨어요?) 이 도랑 사람 전부 묵었제. 수도 없을 때에는 양지골 사람들 전부 묵었는데 인자 수도가 있늠시로는 잘 안 묵제. 인자 우리만 사용하요. 저 옆엣집하고. (물량은요?) 꼭 저 도수 밖으로는 안 나와. 그래도 깨끗하고 좋아. 인자 잘 사용을 안 한께 좀 썩은기가 있어도 그래도 물맛은 그대로여.

여름에는 주전자에 샘물을 담으면 냉장고에 담을 것 같이 땀방울이 생겨

부러. 그라고 겨울에는 쪼금 날이 추우면 펄펄 짐이 나부러. 겨울에도 손이 생전 안 시러. 막 질러다 밥도 해묵고 조끔 날이 뜨건 기가 있으면 이빨 시러 못 마셔. 그렇게 물이 산 물이어.

저 물 갖고 막 질러다 머리를 감았다고, 겨울에도 물 디는 법 없이. 그렇게 막 찰 정도는 아니니까. 여름에는 주전자에 땀방울이 생긴다니까. 온도 차이가 있으니까. 주전자에 땀방울이 생긴다니까. 그렇게 시원했어요.

수도 없는 때에는, 전에는 이 근처 사람들이 다 묵었제. 가뭄이 들면 이 근처 샘은 다 몰라져도 이 샘은 안 몰라져. 그래서 이 근처 사람들이 다 묵었제. 이 근처 사람들이 다 물을 질러 다녔어.

최-2-2. 진리의 서당샘

제보자 : 이봉우(남. 80세. 흑산면 진리 거주)

채록일 : 2003.7.10. 흑산면 진리 마을에서

(제보자는 진리 마을에서 가장 연로하신 분 가운데 들었으며, 면암에 대한 이야기가 개략적인 것만 알고 있을 뿐 면암의 생활에 대한 자세한 이야기는 전해 오고 있지 않다고 하면서 서당터이야기와 서당샘이야기를 간략하게 구술하였다.)

그 집은 원래 조그마한 초가집이었어. 그러다가 지금은 거년에 뜯어버리고 새로 지은 집이어. 최면암 선생은 여기서 선생으로 있으면서 제자들을 가르쳤다는 그런 이야기는 들었어. 동네에서 나이든 사람들이라 해도 문덕

천씨가 90대인데 기억력도 없어. 그 다음은 내가 나이 들었다고 할 수 있는데, 잘 몰라.

그 서당샘이 참 좋아. 내가 그 근처에 10여년 살면서 먹었는데. 생수라 그 말이여. 비가 많이 오면 골목에서 흘러온 물이 그 샘으로 들어간 것이 단점이제 그러지 아니하면 그 참 좋은 물이여.

최-3. 서당터 뒷산(소랫등)의 바위(면암이 글을 읽고 노니던 장소)

제보자 : 이상조(남. 44. 진리 양지쪽 마을에서 면암이 살던 서당터에 거주함)

채록일 : 2003.7.11. 흑산면 진리 양지쪽 마을 서당터에서

일신당 터의 뒤쪽에 있는 작은 바위봉우리가 소랫등바위이다.

(제보자는 흑산면 소방서장으로 근무하고 있으며, 서당터에서 거주하고 있었다. 서당터에서 설명을 한 후에 부친인 이광우 옹에게 더 자세한 이야기를 들으러 조사자를 서당터로 안내하면서 소랫등바위이야기를 하였다.)

집 뒤로 가면 바위가 편편하니 한 곳이 있어서 그분이 그곳에서 쉬기도 하고 책을 보기도 했다는 이야기가 있어요.

집 뒤에 가면 선생님이 노던 바위가 있어요.

최-4. 서당터 옆의 바위계곡(면암이 목욕하던 장소)

제보자 : 이상조(남. 44. 흑산면 진리 양지쪽 마을)

채록일 : 2003.7.10. 서당터에서

그 선생이 물 흐르면 발 닦고 목욕하고 그랬다고 그러드만.
집 옆에 편편하니 똘이 있어요. 거기서 물이 내려오면 목욕하고 그랬어요.

최-5. 면암의 제자 이문오

제보자 : 이오이(남. 50. 흑산면 진리 거주)

채록일 : 2003.7.10. 면사무소에서

(이오이 씨는 면암의 제자인 이문오의 손자로 어려서부터 들어온 자신의 조부님에

대한 이야기를 구술하였다. 원래 심리에서 거주하다가 제보자의 부친인 이채호 대부터 진리로 이주하여 왔다고 한다. 자신의 조부는 학문에 정진하여 집안의 경제는 도외시하고 가난하였으므로 부친은 목수일을 배워서 가난을 이겨내고 집안의 살림을 일으켰다고 하였다. 이오이씨의 조부인 이문오는 면암이 천촌리에 있을 적에 제자로 수학하였다고 한다.)

그때 흑산면에서 제자분들이 세 명이나 네 명 되었다고 하대요. 우리 할아버지도 그 제자 중에 한 분이셨어요. 내가 듣기로는 할아버지 살아계실 적에 그분한테서 공부를 해가지고 여기 심리에서 살면서 서당 그것을 한 30년 했대요. 그러면서 동네 이장도 한 30년 해가지고 그 양반이 비가 와갖고 양식이 떠내려가도 책만 보고 있어. 머리도 항상 딱딱 밀어버리고. 그렇게 청결해.

그라고 구학문으로는, 옛날에 사람이 죽으면 만장을 썼어요. 그분이 그 만장을 쓰면 하루 종일 써도 그 시문귀가 떨어지지를 안 해. 옛날에 동네 사람이 하나 죽어서 그것을 썼다. 한 300장 이상을 써도 그 문귀가 떨어지지를 안 해. 그래서 동네사람들이 '어르신 이제 다 썼습니까?' 그래도 당 멀었다 그래. 공부는 많이 했던가봐. 그라고 청렴했어. 동네 사람들이 세금을 못 내면 그것을 다 내주었데. 밭 같은 것도 할아버지 앞으로 되어 있었는데 그것을 동네 사람들에게 10원도 안 받고 다 돌려주었데.

그라고 그 이상은 못 들었어요. 그런 정도. 그라고 할아버지 살았을 적에 얼핏얼핏 그런 이야기를 들었는데 세밀한 것은 말을 안 하더라고. 그 양반들이 사투리를 안 써. 이상하더라고. 모기, 파리 할 때 여기서는 대개 보면 모구. 포리 하는데 그 양반은 절대로 사투리를 안 써. 그런 언어를 들어본 적이 없어. 우리도 크면서 그런 사투리를 들으면 오히려 우리가 웃을 정도여. 그런 정도 표준어를 썼어. 옛날 사람들 같으면 표준어를 쓴다는 것이 힘든 일이여.

그분 면암한테 공부를 해가지고 어떻게 되었다는 그런 이야기는 없어. 어려서 아버지한테 들어본 이야기로는 그분 면암한테 공부를 한 분이 몇 분 없었대여. 그런데 할아버지는 남아서 끝까지 유일하게 공부를 했었다는 그런 이야기를 들었어.

최면암 선생에 대한 이야기는 별로 없더라고. 단지 유배 와서 그 기간에 학문을 전파해 주었다는 그런 이야기와 청렴결백했다는 그런 이야기가 있어서 그 밑에서 배운 사람들도 그 영향을 받았지 않느냐 하는 거여.

우리 할아버지가, 옛날에는 식구들이 많아서 배를 굶었잖아요. 할아버지가 맨날 공부만하고 있으니까 식구들이 배가 고픈 거예요. 그 양반도 공부를 많이 했는데도 그냥 목수일에 뛰어들었어. 할아버지한테 데인거여. 우리 아버지가 둘째 아들인데도 할아버지가 둘째 아들하고만 산다고 한 거여. 그래서 아버님이 목포에 가서 셋째 아들까지 낳고도 다시 흑산도로 들어왔대여. 아버님이 그때만 해도 그 목수일로는 소사리 그 양반들이 인정을 해주고 그렇게 해도 할아버지 때문에 흑산도로 들어온거여. 그래서 우리들도 이렇게 그냥 흑산도에서 살고 있는거여. 식구들을 굶기지 않기 위해서 이 양반이 목수일을 배운 거여. 얼마 전까지 돌아가시기 전 몇 년 전까지만 해도 일을 했어. 그래서 건강한 거여. 지금 FRP 나오기 전까지는 그 양반 손이 안 댄 배가 거진 없을 정도로 그렇게 솜씨가 인정을 해주었어. 요즘 도시에서 보는 규격 대가지고 하는 그런 솜씨가 아니고 대충하는 솜씨인데도 그렇게 잘 했어.

FRP 나온 뒤로는 한 3년 동안 간격이 있어서 일을 안하니까 팍 사그러들더니 한 3개월 동안 그렇게 누워계시다가 편안히 가셨어. 그 양반이 하는 이야기가 '공부도 좋지만 먹고 살아야 된다 그거여' 그런 이야기를 하시더라고.

내가 군대에 갔다 오니 아버지가 이쪽으로 와버렸더라고. 왜 흑산으로 왔냐고 하니까. 그 할아버지를 모시고 부산으로 갔어요. 이 할아버지가 죽을 때가 되니까 고향을 그리워 하더라고. 이 양반이 생전 살아계실 적에 기쁘고 슬픈 내색을 안했는데, 죽을 때가 되니까 고향을 그리워 하는거야. 내가 군에 있는 적에 아버지가 할아버지를 모시고 흑산으로 왔더라고. 그래 여기서 돌아가셨는데 그래서 나도 여기 진리에 주저앉았어. 주저 앉으려면 이왕 학교 가까이가 좋겠더라고.

나는 그분 최면암선생으로 인해서 흑산도가 표준어를 쓰지 않나 그런 생각을 해. 군대생활을 할 때 이야기를 해보면 '당신 도대체 집이 어디냐 그래' 나는 원래 흑산도 사투리를 잘 몰라. 친구가 하는 사투리를 뽑아서 적어놓았다니까. 내가 모르는 것이 너무 많아서. 대연이라고 지금 죽었그만, 그 친구보고 무전을 해. '석유 좀 사오너라'하고 무전을 하면 그 친구가 잘 몰라. '서구'라고 해야 알아들었어. 아버지가 살았을 적에 가끔 이야기를 하드만. 하여튼 우리 할아버지는 손안에 꼽혔다고 하드만.

(이영일 : 면암집을 보면 심리에 다녀오면서 막걸리를 마셨다는 기록이 있어요. 그 때 당시에 서당을 넘어 다니지는 안 했을 거고. 서당에서 숙식을 같이 했을 것 같아요.)

그때 당시에 할어버지가 얘기를 하는 것을 보면 소사리에 대해서 너무 세밀하게 알고 아프면 꼭 거기 가서 고동을 잡아오라고 그랬어. 그러면 막걸리하고 해놓았다가 그걸 드시더라고. (이영일 : 소사리는 심리에서 넘어가면 나오는 동네로 골짜기에 다슬기 같은 고동이 많거든요.)

할아버지가 아주 과묵하셨어. 할아버지가 돌아가셨을 때에 장부가 있데. 집에. 75년도엔가 내가 휴가를 오니까 할아버지가 돌아가셨더라고. 그때 장부가 있어서 부조를 했대. 그런데 사람들이 어떻게 많이 왔던가 적자가 나부렀어. 아버지 유언이 내가 죽어도 할아버지초상 치렀을 적에 남은 빚을 형제간들이 갚아주라 하는 것이었어. 그때 장부를 보니 500원 갖고 온 사람이 많고, 보리 한 가마, 소주 한 되 이런 식으로 했는데 적자가 나버렸다고. 그래서 엄마한테 물어봤어. 사람이 얼마가 와버렸냐고. 그러니까 그 앞에 산밭까지 채일을 쳐가지고 5일 출상을 했는데 사람들이 얼마나 와버렸던가 적자가 나버렸다고.

최-6. 천촌리의 면암 거주터

제보자 : 김동수(남. 59. 흑산면 천촌리 거주)

채록일 : 2003.7.10. 천촌리의 지장암 앞에서

(지장암 앞에까지 바닷물이 들어오고 마을의 집들은 모두 저 위쪽에 자리잡고 밭농사를 주로 하고 살았다. 면암 선생이 맨처음으로 이 바닷가에 현재 지장암 건너편의 밭에 손수 오두막을 짓고 서당을 열었다고 한다.)

천촌리의 최면암비를 단기 4291년(서기 1958년)에 세웠는데, 비석이 세워진 자리에 면암 선생이 나무로 된 무엇을 묻었다는 이야기가 있어요. 지장암 위쪽의 산길을 따라가면 당이, 지금도 그 당집이 있습니다. 지금은 많이 부숴졌으나, 우리 어렸을 때만 해도 제사를 받들고 괜찮했는데.

10년 전 이야기인데요. 그 어르신이 최익현 선생 비 있는 그 앞에 집이 있어가지고 이야기할 적에. 지장암 그 밑에다가 뭣을 적어가지고 땅 속에 묻었다는 이야기를 들었어요.

집이 있었는데 확실히는 모르지만 요 아래 주변에 집터가 먼저 나오는 데가 있더라고요. 그 당시 최익현 선생이 흑산도에 귀양 와서 여기서 숨어 살았다 그래요. 옛날에는 띠뿌리집 오두막인데 집을 어떻게 지었냐 하면 흙토담집으로 말아가지고 방이 두 칸이었어요. 전부 해서 6평 정도나 될가? 거기 있는 집은 우리도 알고 있고 그래요. 방 한 칸 부엌 하나 두 칸 자리 흙집이어요. 그 집에 최익현선생이 숨어 살았던 집이라고 해요.

내가 최익현 선생이 여기 와서 어떻게 살았을게라우 하니까, 그분들 제자분들이 흑산면에서 서인가 너인가 된다 하데요. 그분들이 도와 주었을거라고 생각해요.

최-7. 천촌리에 면암비를 세우게 된 내력

제보자 : 김동수(남. 59. 흑산면 천촌리 거주)

채록일 : 2003.7.10. 천촌리 지장암 앞에서

(천촌리는 우리말 지명으로는 여트미라고 불리고 있고, 전에는 70~80호 정도 되는 큰마을이었다고 하였다. 윗동네의 숲 속에는 지금도 빈집 터가 많이 있다. 현재 지장암 근처는 원래 바다였으나 근래에 와서 둑을 막아 집이 들어서게 되었다 하였다.)

이런 데가 전부 바다였어요. 도로 밑에 전부가 바다 매립된 곳이어요. 우리들은 할아버지 때 저 위쪽 산 밑에 살다가 내려 왔지요. 그때만 해도

흑산도 천촌리에 있는 지장암. '箕封江山 洪武日月'이라는 면암의 친필이 음각되어 있다.(좌) 흑산도 천촌리의 지장암 앞에 세운 勉菴崔先生謫廬遺墟碑.(우)

마을에서 어느 정도 한글 정도 배울 수 있는 사람은 화룡이 할아버지 황씨 할아버지의 할아버지 그분들을 의지한다는 것이 여기까지 내려와 계셨던 것이지요. 그때 면사무소의 2대 의장인가 하던 황문식 씨가 주도를

해서 면암선생 비를 세우게 되었지요. 황문식씨의 부친인 황경재씨는 여기태생으로 면암의 제자였습니다. 황씨 집안에서 진리에 계시던 면암선생을 이곳 천촌리로 모시고 왔던 것이지요. 최익현선생의 책자가 황씨 집안에 있지 않느냐 하는 생각이 있지요. 그 책자가 위성수라고 하는 진리대촌골에 가면 있어 그 책자가 여기 없으면 위성수 씨에게 있을 것이라 하는 이야기가 있어. 그분들도 이제는 고인이 되었고.

(심리의 제자는 거기 심리 이씨들로 서당을 열었다고 하는데 그쪽에서 면암에게서 배웠다고 한다.)

심리에서 여트미까지 올라면 문암산의 골짜기로 와. 한 두어 시간이면 와. 나도 걸어다니는데, 지금도. 면암의 제자들이 서인가 너인가 되었다고 해. 거기 한 분만 있는 것이 아니고 사리에도 있었다고 해.

최-8. 진리당이야기

제보자 : 이봉우(남. 80. 흑산면 진리 거주)

채록일 : 2003.7.10. 진리에서

(제보자는 면암에 관한 이야기는 알지 못한다고 하고, 진리당에 대한 당설화를 구술하여 주었다. 진리의 당이름을 각시당이라고 부르고 있느냐는 조사자의 질문에 그렇게 부르지는 않는다고 하고 여신을 모시고 있는 당이라고 하였다.)

이전에 옹기를 가지고 팔러 왔드라요. 전설인데. 팔로 와 가지고 팔고 나갈라 그러면, 바람이 안바람이 불고 그래서 나갈 수가 없어요. 그때만 해도 풍선이라서 말이요. 이상해서, 화장되는 사람이 옹기를 팔고 할 때 당마다에 가서 솔잎을 가지고 피리를 불고 그랬든 것입니다. 그랬다 그래요. 그래서 당각시가 반했더라 그랍디다. 여자분이라서. 그분이 그 사람을 못 가게 하려고 도로 바람이 안바람이 불고 하게 하니까, 선장되는 사람이 그때만 하더라도 사공이제, 그때만 해도 선장이라 안 불렀으니까, 사공 되는 사람이 화장을 떠불고 나가 부렀어. 그 애기만 올라서 나갈라 하면 바람이 안 부니까. 그래서 화장이 남아서 당앞의 소나무 위헤서 피리를 불고 지내다가 떨어져 죽어 부렀어. 그 앞에 가면 무덤 하나 조그마한 것이 하나 있어요.

원래는 무덤의 위아래가 구분이 되었는데 중년에 오면서 어떤 쪽이 위아래인 줄 모르게 되어서 부락에서 원분으로 묻어 부렀어. 어디가 위아래인 줄 모르니까. 머리 부분하고 아래 부분 하고 모르니까. 원래는 그것이 있었을 터이지만 나중에는 어떻게 되었냐 하면 소나무가 크고 하니까, 아래의 떼가 죽어 버려. 당마당의 소나무 아래에는 떼가 안 삽니다. 도로 죽어 부러. 그것을 보수할 때에 무덤에도 떼를 놨었지요. 그래도 떼가 죽어부러. 작년에도 가보니까, 낙엽으로 덮어놨더드만.

당제를 몇 년 전 까지도 지낸 참이 있었는데, 못 지낼 때에는 부락에 무슨 연고가 있을 때에 못 지냈지. 이전에야 그믐날 올랐다가 초하룻날 내려오고 그러니까 연 3일을 거기서 당제를 지내고 그랬지요. 당제도 생기

진리의 용왕당.

를 보아 가지고 좋은 사람을 가려서 지내야 하지요. 이전에는 네 반 중동, 청동, 상동, 양동 이렇게 네 반으로 갈라지지요. 원래는 진리로 되가지고 진리2구까지 해서 5반으로 되어 있었지요. 그랬다가 진리2구라는 읍동은 떨어져 나가고 그랬다가 4반으로 되갖고 했지요. 처음에는 진리 전체에서 생기가 좋은 사람으로 뽑았는데, 그렇게 하면 결국 온 부락에서 사고 안 난 참이 없다 그 말이요. 그래서 반별로 하자 해가지고 무고한 반 연고가 없는 반 거그서 생기를 봐가지고 뽑았었지요.

(4반이 돌아가면서 모셨어요?) 돌아가는 것이 아니라 내둥 말한 것처럼, 전체에서 진리 전체에서 원래는 뽑았었는데 그렇게 하면 매년 제사를 못 모시게 되어. 애기를 낳았다든지 사람 죽은다든지 하면 못 모시고 못 모시고 하니까 이래서는 못 쓰겠다 하고는 반에서 고르자 했어. 그러니까 애기 낳은 반은 빼버리고 안 낳은 반이든지 하는 데에서 (제관을) 뽑았어. 안 낳은 반이든지 안 죽은 반이든지 하는 데에서 뽑았어. 그것도 모실라고 보면 각 반에 사고가 나면 그 해에 못 모셔 버렸어. 그런 적이 있었어.

그래 놓으니까 이 중년에는 그것조차도 안 모시고 그래. 그 당시 풍물도 하나도 남지 않고 없어져 버렸어. 풍물은 당에다가 보관하는 것이 아니고 진리에서 빌려다가 했어.

(진리 당의 젯샘의) 샘물도 참 좋았어. 가자면 읍동으로 가자면 포장된 도로 밑에 묻혀 버렸어. 그 전에 일반인은 못 먹게 했어. 쓰고 나서는 몇 사람이 들 큰 바위돌로 아궁이를 막아 버리고, 쓸 때는 그 돌을 잦혀 버리고 썼어. 거기에 오른 사람은 그 샘을 쓰지는 않았어요. 왜냐하면 거기 (제관으로)오른 사람들은 대변을 보면 찬물로 목욕을 해야 하니까 전혀 먹지를 않았어요. 그렇게 정성을 들였었지요.

그 집도 우리 어려서 볼 때에는 초상화 같은 것이 역력히 있었는데, 비가 아서 비가 새서 다 버려 버렸으니까요. 당제는 오래부터 했으니까 하면 좋지만 지금 젊은 사람들이 해야지요.

요왕당(용왕당)도 지금 거기 쪼깐한 당이 또 있어요. 거그도 제사를 모시고 했지요. 당집은 있으나 제는 들이지 않고 있어요. 제는 당집의 제와 같이 지냈지요.

최-9. 면암이 우이도에서 서당을 열다

제보자 : 문채옥(남. 84. 신안군 도초면 우이도 거주)

채록일 : 2003.11.12.

(제보자는 표해록의 주인공인 문순득의 고손으로 고령임에도 말씨가 뚜렷하고 자신의 선조들에 대한 자부심이 컸다.)

그분이 교통상 우이도에 지내신 적이 있으나 원래는 서울에서 흑산으로 유배를 보냈어. 우이도에 계시면서 서당을 열어 아이들을 가르쳤어. 저기 굴봉이라는 굴이 있고 샘이 있는 곳에다 서당을 열었어. 굴봉은 구식에 한식 때면 아이들 데리고 밥도 해먹던 곳이어.

최-10. 면암의 신기한 우이도 행적들

제보자 : 문채옥(남. 84. 신안군 도초면 우이도 거주)

채록일 : 2003.11.12.

(표해록의 주인공인 문순득의 고손으로 마을에서 전해오는 면암에 대한 기억이 뚜렷하였다. 면암을 전설적인 인물로 이야기한 것이 특징이다.)

면암이 아이들을 가르칠 때에 무거운 돌을 보고, 사람이 들 수 없이 무거운 돌을 보고, "들어봐라!"하고 아이들에게 시키면 아이들이 그냥 그 돌을 들어.

비가 오면 굴봉에서 아이들에게 글자로 표지를 써서 주고 흐르는 빗물에 띄우면 삿갓이 되어서 떠와, 그러면 그것을 쓰고 아이들이 집으로 돌아갔다는 이야기가 전해오고 있어.

면암이 산에 올라서 "오늘을 넘기면 살고 넘기지 못하면 죽는다" 그랬어. 그란디 그날 일인들이 잡으러 와서 잡아가지고 대마도로 데려가서 그곳에서 죽었어. 면암이 우이도에서 잡혀 갔어.

• 손암 정약전이야기

2003년 7월 10일 오후에 진리에서 면암의 이야기를 들은 후에 이영일선생과 예리로 이동하여 손암 정약전의 이야기를 들으러 갔다,

손암 정약전의 이야기는 흑산도에서 다른 마을 사람들은 전혀 모르고 사리 마을 주민들 중 나이든 분들만 몇 사람이 알고 있었다고 이영일 선생이 말하였다.

흑산도 어느 신도 집에 머물고 책을 썼다는 이야기가 전한다. 이영일 선생은 지금 흑산도의 성당에도 책자 자료가 있다는 이야기를 들었다고

하면서, 흑산도의 산에 손암이 새긴 글자가 있는가 찾고 있다고 하였다. 함께 근무하고 있는 직원 한 사람이 그런 글자를 본 적이 있다는 이야기를 들었다고 하여다.

손암을 도와준 사람에 관한 이야기 : 이영일 씨의 이야기로는 손암이 물고기와 살았을 것이라면서, 그 세심한 표현에 대해서 감탄을 하였다. 이영일씨는 장창배라는 사람이 다물도 앞에 대물도 사람으로 손암을 도와준 사람으로서, 장덕순이라고도 불리우고 손암의 제자였을 것이라고 하면서 그 사람이 면암을 집으로 초대하여 같이 묵으면서 어류에 대해서 연구를 하였다는 이야기를 하였다.

정-1. 『자산어보』에 나오는 참새치의 부리를 발견하다

제보자 : 이영일(남. 34. 흑산면 청촌리 거주)

채록일 : 2003.7.10. 사리에서

참새치도 나온다. 우어라고 나오는데, 소 허리통만큼 굵다고 해서 그 명칭이 붙은 모양이어요. 제가 사리마을에서 우어의 부리를 발견하였어요. 여기서는 속명으로는 화절육으로 꽃제륙이라고 해서 여기서는 옛날부터 나와 있어요. 사리에 초상나서 갔을 때에 손님들이 많아서 옆집의 마루에 앉아 있는데, 방에서 상 받은 사람들이 ' 이것이 뭐 물고기 부리같다'고 해요. 제가 정신이 번쩍 나서 보니까 딱 그거여요. 제가 항상 카메라를 차에 가지고 다니는데 찍어가지고 이태원 선생한테 메일로 보내주고 "어떻습니까?" 했더니 맞다고 해요.

지금 그것을 구해 놓아야 하는데. 그 집에 할머니 혼자 사셨는데 지금은 서울로 가셨더라고요. 가끔 한 번씩 가서 보는데. 오시면은 이야기하라고 마을에 이야기해 놓았어요. 한 80cm되요. 멋있는 한자를 써서 장식을 해서 걸어놓았더라고요.

정-2. 손암의 여인이야기

제보자 : 이영일(남. 34. 흑산면 청촌리 거주)

채록일 : 2003.7.10. 흑산면 사리에서

정보수집하기가 힘들잖아요. 우이도에서 여인을 한 사람 얻었거든요. 거기서 해초나 조개류에 대해서는 정보를 많이 얻었을 거예요. 동네 아주머니들이나 할머니들에게 정보를 첩을 통해서 얻었을 거예요. 아들 둘이 있다고 하는데요. 거기까지는 추적이 안 되요. 여기서 그분의 후손들이 살았을 가능성이 있었을 것 같아요.

정-3. 산개이야기

제보자 : 김동수(남. 59. 흑산면 천촌리 거주)

채록일 : 2003.7.10. 천촌리 지장암 앞에서

(천촌리의 지장암 앞에서 면암에 대해서 함께 이야기를 하던 이영일이 다산 정약용이 그의 형 손암 정약전에게 보내는 편지에 산개를 언급한 부분을 이야기하자 김동수

가 산개에 대해서 설명을 하여 주었다.)

(이영일 : 다산이 산개가 좋다고 하면서 거기 강진에서 정약전선생에게 들개를 보내주어요. 그랑께 산개를 잡아서 요리하는 방법까지 적어 보내주어요. 산개는 집에서 도망나온 개가 산에서 퍼져서 절로 사는 개들인데 한참 많을 때가 있었어요.)

개 이야기가 나왔으니까 말이지만, 그 산개가 약이다네. 먹지는 못해서 등치는 커도 가죽만 남았거든요. 그라면 그 개가 한 마디로 뭣을 먹고 살았느냐. 산에 가면 더덕도 있고, 옛날부터 의심한 사람이 있어요. 더덕도 파먹제, 그리 안 하면 시체도 파먹제 그래서 사람 혼신을 빼갖고 둔갑을 해갖고 그놈을 잡으러 오면 귀신같이 도망가서 묵고 살아. 어르신네들이 그런 이야기를 합디다. 옛날부터 산개가 있었어요. 흙을 파먹고 살겄어, 돌을 파먹고 살겄어. 옛날에 실지 사람 시체를 파먹고 살았다는 말도 있어. 묘에 굴을 실제 팠다네. 묘의 옆구리 벽을 파가지고 시체를 파먹었다네. 산개를 고기로 먹는 것이 아니고 약으로 먹으라고 했을거여. 육고기를 먹으라 그런 것이제.

정-4. 흑산도유람기

제보자 : 박도순(남. 60대 초반. 흑산면 사리 거주)

채록일 : 2003.7.10. 사리의 박도순 씨 댁에서

(흑산도유람기는 박도순 씨의 집 안방에 액자로 걸려 있었다. 박도순 씨는 이 유람기는 20~30년 전만 해도 마을에서 자주 어른들에게서 들었던 노래라고 하였다. 진리와 사리는 40분 정도 걸어다니는 길이었다. 여트미에서 예리까지도 걸어다니는 길이나 이었다. 여트미에서 잔등을 넘어 나무를 해가지고 예리에 가서 팔았다. 여트미에서

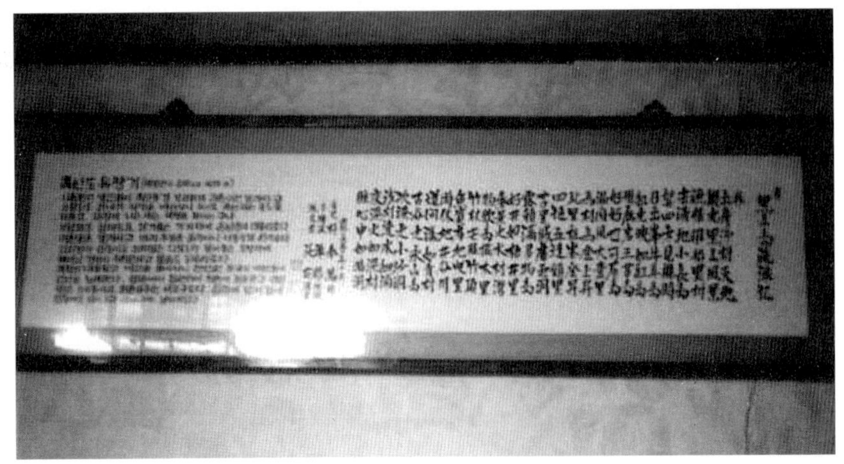

흑산도 사리의 박도순 씨 안방에 걸린 흑산도 유람기.

나무를 예리로 가서 68년도까지도 조깃배 파시가 나면 배에다 나무를 팔았다. 그때는 연탄이 없어서 배에서 나무를 주로 썼다.)

흑산도유람기를 박봉만 씨가 지었는데요. 그분의 부친이 정약전선생의 제자였어요. 박봉만 씨도 구학에 넉넉하신 분이였어요. 지난 번에 어느 분이 와 보시더니 호남가 내용과 비슷하다고 하였어요. 우리들은 어려서부터 저 내용을 많이 들었거든요. 저것을 노래처럼 불렀어요. 제가 노래에 취미가 있어요. 옛날 할아버지들이 저 노래를 부른 것을 알아보고 퍼즐식으로 맞추어 보았어요. 박봉만 씨의 부친인 박준채 씨가 손암 정약전의 제자로 알려져 오고 있습니다. 박봉만 씨도 흑산의 문장이라 할 수 있는 분으로 그분이 작고한 분인데 그 분이 나에게 자기 선친께서 부른 노래를 정리하여 가지고 왔더라고요. 그분의 손자 되신 분이 옥제라고 글씨를 썼어요. (박봉만－박준채－박옥제) 그래서 내가 저것을 걸어놓았어요. 장창대 할아버지가 부른, 다른 분이 노래로 부른 것도 테이프로 가지고 있어요.

흑산도 유람기

산천천지 생긴 몸이
흑산 풍경 보려 할제
곤촌어선 빌려타고 (준만 어선 빌려타고)
소장도로 건너가
사방을 바라보니
우이도 솟는 해는
홍도를 비추고
파상에 나는 새는
목청을 높이는구나
비안암도 삼태도요
살기 좋은 가거지에
온남풍에 대풍리로다
마촌말을 빌려타고
비리주봉을 올라서니
사통오달 진리로다
고리성마 읍동이요
노적많은 다물도라
물이 좋은 오정리에
빼어난 경치에 수촌만 하고
물음도 도목리로다
죽항에 대를 짚고
예리를 들어서니
잔잔한 포구에

어선들이 만선을 노래한다.
샘골에서 잠간쉬어
청촌에 길을 묻고
영산 옛길 소사동이요
천촌유수는 세포구로다
심리에 밤이 깊어
암동에도 밤이 오고
샛나리에 날이 새도다

— 박봉만 짓고, 박준채 퇴고, 박옥제 글

정-5. 사리마을의 특징

제보자 : 박도순(남. 60대 초반. 흑산면 사리 거주)

채록일 : 2003.7.10. 사리에서

사리와 청촌리 등의 마을은 객선 닿는 예리 진리 지역하고 상당히 다릅니다. 문화가 좀 다릅니다. 생활형태가 달라요. 여기는 계절풍이 불어 남동풍이나 남서풍이 불면 마탈이 일어서 오무락 달싹을 못하고, 지금은 자연산 미역에 생활을 의존하고 있어서 생활이 비슷하지요. 흑산도의 동쪽인 진리나 예리하고 서쪽인 사리 지역은 생활이 전혀 틀립니다.

여기는 가을부터 겨울 봄까지 활동을 많이 하여 서둘고 진리나 예리 사람들은 여름에 많이 서둡니다. 여기 사람들은 그런 말이 있거든요. "청촌리, 여트미, 사리 사람들은 장마철에 예리 가면 사람이 백사 되어 갖고 온다"고요. 여기 사람들은 여름에 활동을 안 하고 집안에 있으니 햇빛을 안 받아

얼굴이 하얘진다는 이야기여요.

정-6. 학동원과 복성재 서당터

제보자 : 박도순(남. 60대 초반. 흑산면 사리 거주)

채록일 : 2003.7.10. 사리에서

옛날에 학동원이라 부른 곳이 있어요. 서당터는 음지 쪽에 있어서 삼사월이 되면 추우니까 따뜻한 양지 쪽인 학동원으로 와서 학생들을 가르쳤다는 그런 이야기도 있어요. 정약전 선생이라고 지칭은 아지 않으나 서당선생이 그렇게 했다는 이야기여요.

정약전 선생이 기거하시고 후학을 가르친 서당터 자리에 지금은 천주교가 서 있습니다. 그 자리에 초가로 되어 가지고 그 때 당시 돌아가셨습니다만 박사엽 씨라고 그 어르신이 초가에다가 천주교 활동을 하셨어요. 그분이 돌아신 지가 약 65년은 되었겠습니다. 천주교 그 뿌리가 내려지니까 흑산도 진리 천주교당에서 공소를 세웠어요.

박사엽 씨 그 양반 집안이 흑산도에서는 재력가였어요. 그 양반 할아버지 때 흑산도에서는 재력가였고 사리지역을 장악했다고 볼 수 있지요. 그때 여기에 바깥 문물을 받아들였다고 볼 수 있어요. 박사엽씨는 육지에 가서 유학도 하고, 그때 당시 중학교 정도 교육을 받았습니다.

서당터의 초가집은 세 칸 토담집이었어요. 삼 칸입니다.

(제보자가 그림을 그려 보이면서) 여기가 마루입니다. 독아지 같은 것을 들여놓은 곳 마루입니다. 여기가 방 그리고 여기가 정지 지금은 부엌입니다만. 집이 아주 우스운 집이더라고요. 돌로 쌓아 석축식으로 하고 나무로 조금

하고. 거기가 어떤 곳이냐면요. 여기서 말하기를 "청늪바람에 도구통 자빠진 곳"이라고 하거든요. 청늪바람은 북서풍으로, 그만큼 바람이 세고 춥다는 곳이어요. 거기가 자리를 잡았더라고요. 제가 보았을 때에는 서당터로는 부적절한 곳이거든요. 거기다 서당터를 했을 때는 내가 생각했을 때는 양지쪽은 농사 지을려고 정약전 선생님께 안 주고, 음지쪽을 주었을 것 같아요. 이 지역을 서당골, 서당골이라고 부르고 서당이 들어선 곳은 서당터라고 부르고 있습니다. 서당이름을 복성재라고 했어요.

천주교 공소 터는 현재 몰랑터라고 부르고 있습니다. 내가 생각하기로는 바다에서 나는 몰 있잖습니까? 그것을 거기서 말려서 먹도록 했을 것으로 생각합니다. 그때는 그것을 먹을 줄 몰랐을 것입니다.

그때 당시는 여기 사리가 지금보다 더 컸지요. 장도에 이춘광씨 같은 사람이 지금 60이 넘은 사람인데, 여기 사리에서 초등학교를 다녔습니다. 심리나 영산도 같은 마을에서도 여기 학교를 다녔습니다. 제가 서른 살 때 여기 이장을 했어요. 그때만 해도 147호나 되었어요. 지금부터 한 30년전 되는 때죠. 여기 사리의 교육수준이 상당히 높아요.

정-7. 자산어보 영인본 이야기

제보자 : 박도순(남. 60대 초반. 흑산면 사리 거주)

채록일 : 2003.7.10. 사리에서

자산어보 원본은 모르고, 영인본은 박정국 씨라고 그 양반이 가지고 계셨다고 하는데 그 양반이 자기 조카한테 주었다고 해요. 제가 그것을 보여

달라고 하려고 합니다. 영감님 말씀이 자신이 가지고 계셨다고 하는데… 자산어보 원본을 찢어서 벽을 발랐다고 하는 이야기는 황인경이라고 하는 소설가가 목민심서에 지어서 쓴 것이고 그런 것은 아니어요. 자산어보는 아마 당시에는 전혀 주민들이 모르고 있었을 것입니다.

정-8. 사리 동규

제보자 : 박도순(남. 60대 초반. 흑산면 사리 거주)

채록일 : 2003.7.10. 사리에서

동규라고 마을 규칙을 한문으로 적은 책이 있어요. 아무리 찾아도 어디 있는지 모르겠어요. 창호지에 써 있어요. 아마 서울 우리 집에 있는 것 같아요.

정-9. 항해지표 노릇을 하는 선유봉

제보자 : 박도순(남. 60대 초반. 흑산면 사리 거주)

채록일 : 2003.7.10. 사리에서

아까도 말씀했습니다만 문암산은 흑산도에서 제일 큰산으로 이름이 있고, 선유봉은,

흑산도 홍어라고 하지만 서바다에서 잡은 홍어를 흑산도 홍어라고 합니다. 그라면 서쪽으로 어장을 나가는데 그때만 해도 안개가 낀다든가 눈비가

친다하면 아무 것도 보이지 않는데 서쪽으로 보자면 선유봉 저것이 우뚝 솟아 있어서 어선들에 대한 방향을 제시하는 나침반 역할을 했다 할 수 있습니다.

정-10. 흑산도의 홍어

제보자 : 박남석(남. 67. 흑산면 사리 거주)

채록일 : 2003.7.10. 사리에서

그때만 해도 동쪽 사람들은 홍어잡이를 안 했습니다. 이쪽 서쪽 심리나 사리에 살고 있는 사람들이 돛단배를 타고 서바다에 가서 홍어잡이를 했습니다. 하루 이틀 다니는 것이 아니라 돛달고 댕기다가 그러니까 바람따라 다니다가 바다에 가서 고기를 잡아서 잡은 쪽쪽 배 앞에 보면 큰 칸이 있어요, 거기다가 탁탁 넣어두어요. 오늘 잡은 놈 내일 잡은 놈 넣어두어 어느 정도 차면 육지로 갑니다. 식량 조달이나 그런 것을 사러 육지로 가서 육지 사람들 있는 데가 대놓고 뚜겅을 열면 홍어 냄새가 반 삭어서 냄새가 나거든요.

어디로 다녔냐 하면 함평, 영산포 그런데로 다녔는데 거그 사람들은 이 냄새를 맡으면 미쳐 버려요. 말이 거그 함평 사람들은 '명주옷 입고도 홍어 칸에 들어가 앉은다' 그래요.

그 홍어 맛이 찰진 맛이 진짜 나지요. 알큰해 가지고 홍어 맛이 납니다. 연승으로 해가지고 잡기 때문에 홍어에 상처가 나지 않습니다. 홍어에서 피가 빠지지를 안 해요. 그때 가지고 공기 안 들어가게 지금으로 치면 냉동하듯이 해서 가지고 가면 그 맛이 그렇게 좋았어요. 그래서 서바다 홍어가

진찌 흑산홍어다 그럽니다. 요사이 홍어는 걸락으로 잡기 때문에 여기도 걸리고 저기도 걸리고 해서 상처가 나 피가 나지만 그때 홍어는 연승으로 잡기 때문이 맛이 달라요.

한 10일 홍어는 반절 약간 삭은 맛이 있어야 맛이 나거든요. 그래서 흑산 홍어는 서바다에서 잡은 홍어가 진짜 홍어다 그럽니다.

(이영일 : 자산어보에도 비닐이 없는 어류로 일번으로 홍어 이야기가 맨 처음으로 나옵니다. 그리고 내용도 분량도 많습니다. 홍어이야기가 나오면서 낚시에 물려 있는 암놈한테 색을 밝히다가 수놈이 같이 딸려서 나온다 이런 이야기도 있고요.)

여기서도 주낙으로 잡지 않습니까? 수놈이 교미하다 붙어 가지고 나와요. 물기는 암놈이 물렸는데 수놈이 하나 더 찜매 가지고 나오기도 합니다. 낚시 한나로 고기 두 마리를 잡아요. 홍어는 그것이 두 개 있어요. 미쳐 못 빼고. (모두 웃음)

정-11. 사리의 상곳배이야기

제보자 : 박남석(남. 67. 흑산면 사리 거주)

채록일 : 2003.7.10. 사리에서

흑산에서도 사리가 제일 어업이 어장이 발달한 곳이었어요. 최근에 와서 기르는 양식 어업이 많이 보급되다 보니까 달라졌습니다만 한 30 내지 40년 전만해도 우리 마을이 제일 부촌이었어요. 다른 데는 연승어업을 어장을 안 하니까요. 그랬는데 그때만 해도 곳배, 상곳배 나간다 하거든요. 상곳배를 다른 데는 없고 여기 사리하고 심리하고 장도 밖에 없어요. 다른 데는 없어요. 장사하는 배요. 발동선이 아니고 노젓는 배요. 내가 열 네 살 때에 처음으로 그 배로 목포를 가보았다니까요. 처음으로.

그때만 하더라고 진리나 예리 같은 데는 고기를 잡을 줄을 몰랐어요. 거기는 농토가 훨씬 더 나으니까, 있으니까 농사를 했으나 여기는 농토가 없으니까 어차피 바다로 나가서 홍어 같은 것을 잡아서 팔러 다녔어요. 상곳배라는 말을 다른 데서 이야기하면 모를 것입니다. 그런 것은.

우리 나이에도 다른 마을 사람들은 상곳배 이야기하면 모른 사람이 많이 있어요. 소사리 사람들도 간상어를 사리의 상곳배를 이용하여 보냈어요. 다른 마을에서는 어선들이 없었어요. 그때 곳배가 세 척 있었어요. 석문네 곳배를 잘 이용하드만. 거기서도 서로 많은 짐을 실어야, 구전, 실어다 팔아 준 경비를 이권이 있어. 꼭 용섭이네는 석문네에게 싣드만, 심리, 소사리, 청촌리 사람들은 사리의 곳배에다 실었제.

여가 어장이 그만 만큼 발전했기 때문에 정약전 그 양반이 물 속에를 안 들어 가고도 고기의 형태를 기록했단 말이제. 그라면 어떻게 물 속에 안 들어가도 되었냐 하면은 그만 만큼 이 주민들이 바다와 접근하고 살면서 그 정보를 제공해 주었다 그말이여.

그것을 뒷받침 하려면 영산포 가면은 허장옥, 김종순이 들이 그 양반들이 영산포 사람들이지만 흑산도 어장의 현황을 알어. 그 분들이 객주여. 그라면 흑산도 사람들이 고기를 잡으면 줄포, 도포 함평의 수랑개로 사리 사람들이 상곳배들이 가. 허장옥씨한테 석문네 오춘이 꼭 허장옥씨한테 갑디다. 흑산도에서 영산포니 도포로 여기서 염장을 해갖고 통상 염상어를 반출해서 팔았던 것, 어업의 발전사항 같은 것, 실질적으로 흑산에서 생산되었던 고기들을 유통하는 과정을 그분들이 입증해 줄 것입니다. 사리가 그 때 당시만 해도 최고 어업이 발전했던 곳입니다.

함평 수랑개, 거가 영산포나 도포보다 홍어를 최고 좋아 한 데가 함평이어. 지금도 함평사람들이 홍어를 제일 잘 먹어. 영산포로 사리 흑산 홍어가 그리 간 것이어.

영산강에 가면 똥물에다 밥해 묵는다 하더니 진짜 그러드만. 하고나서 젓어 버리고 그 물에다 쌀을 씻어 밥해 먹었어. 연료가 없으니까 세발나무 그것을 토시간에다 넣었다가 그것을 때서 밥해 먹었어.

정-12. 사리마을 사람들이 바다에서 고기 잡으러 가서 많이 죽다

제보자 : 박남석(남. 67. 흑산면 사리 거주)

채록일 : 2003.7.10. 사리에서

여기 사리가 풍선 타고 어장을 선친들이 많이 하니까 바다에서 많이 죽었지라. 역풍을 못하잖습니까. 동남풍이 불어 불었다 하면 저그서 남서풍이 불면 이리 오는데, 동남풍이 오면 중국으로 가버려. 동남풍이 불면 우리 말로 둘레질이라고 그래. 밀물이 이렇게 오면 이리갔다 또 이리갔다 역으로 가 여기를 찾아오지만, 썰물 같으면 바닷물이 밀제 바람이 밀제 갈 곳이 할 수 없이 하느님 알아서 하십시오 하고 가다가 파도가 더 많이 시어지면 침몰이 되고 그렇지 안하고 파도가 어느 정도 되면 바람이 또 돌아요. 동남풍이 되는 것이 북서풍이 되기도 하고 날이 새어서 여기를 찾아오기도 하고 그렇게 해서 여기 사람들이 많이 죽었어요.

초상을 많이 치면 하루에 다섯집을 친 적이 있어요.

정-13. 고래가 살린 사리 어부

제보자 : 박남석(남. 67. 흑산면 사리 거주)

채록일 : 2003.7.10. 사리에서

(제보자는 족보를 가지고 와서 고래가 살린 어부의 호를 사경思鯨이라고 지었다는 것을 보여 주었다.)

그런데 한 해에 기적 같은 일이 일어났어요. 우리 가까운 집안에서요. 그 당시 지금 살아계신다면 백 두 살 되는 저로 말하면 큰아버님 되시는 분인데, 옛날에는 배를 타고 나가려면 사촌 형제되는 분들이 가족들이 먹고 살라니까 나갔어요. 아까같이 동남풍이 불어서 여기를 오지를 못하고 까딱없이 죽게 되었으니까 하느님 알아서 하십시오 하고 있었는데, 갑자기 고래가 나타나서 큰물을 품어대고 하니까 인자 우리는 죽었다 하고 있었는데 고래가 와서 배를 이렇게 등어리에다 지고 흑산도 이짝으로 쏜살같이 왔답니다. 와가지고 서쪽 바다에 섬 이쪽에다 두고는 핑 돌아가드랍니다. 그라고서 인자 물을 품고 갔었는데 거그서도 인자 죽어라고 노를 젓고 오려고 했는데 또 못하겄다라요. 젓다젓다 힘들어서 이제 안 되겠다 하고 있는데 할 수 없이 또 인자 있을 수밖에 없는데 고래가 가다가 다시 돌아와서 인자 이 사리 앞바다 여기다 배를 두고는 그라고 갔답니다. 그래서 그 후손들은 고래고기를 먹지 않는답니다.

사리에 사는 박씨들 중에서 그분의 직계는 고래 고기를 먹지 않습니다. 이것은 실화여 실화. 여기 동네 사람들은 나이 잡순 분들은 다 알어. 그집이 고기 보낸 문서 있다는 그 집이어. (제보자가 함양 박씨 족보를 가지고 나와서) 그 당신이 누구냐 하면은 여기 한비(漢毗, 1892년생)라고 있지 않습니까? 그라고 호에 가서 사경(思鯨)이라고 있지요. 이분이여요. 호가 사경이어요. 고래 경鯨자여요.

정-14. 사리의 해녀들이 전복 잡은 이야기

제보자 : 박도순(남. 60대. 흑산면 사리 거주)

채록일 : 2003.7.10. 사리에서

전복이 물속에서 활동을 하기 때문에 할랑할랑 안 붙어 가지고 있어요. 해녀들이 들어가서 단번에 탁! 쑤셔 딱! 잦혀야 하는데 그리 못하고 어째 숨이 가뻤다든지 그리 못하고 호기심에 살짝 건드려 (전복이) 한 번 악물어 버리면 꺼풀(껍질)이 다 부숴져 버려도 그 안은 안 떨어져요. 옛날에 사고가 나는 것이 손 쑤셔 가지고 잘 못 해서, 빈창이라고 해서 전복따는 기구 칼을 갖고 가는데 그전에는 (손잡이의 끈을) 노끈으로 하지요. 노끈이 안 끊어져서 해녀들이 물 위로 나오지를 못하지요. 요즈음은 고무줄로 하지요. 고무줄은 늘어나니까 그런 경우는 빨리 벗겨 버리고 나오지요. 옛날에는 그런 사고가 났대요. 못 빠져 나오고. 어찌 물어 버리니까. 숨은 가쁜디 노끈을 끌려야지요. 못 끌른디.. 노끈을 못 끌르다가 사고가 나지요.

정-15. 사리의 해녀들

제보자 : 박도순(남. 60. 흑산면 사리 거주)

채록일 : 2003.7.10. 사리에서

사리에는 지금도 해녀가 있지요. 제가 해녀 사업을 24-5년 합니다. 해녀가 최고 많을 때가 48명이 있었어요. 집집마다 해녀가 있었어요. 해녀들의 어업을 입어행위라고 하는데 다른 동네 사람들을, 철저히 외지 해녀들을 배척했지요. 지금은 옛날 같지 않아요. 자원도 고갈되고 3D현상으로 해녀들이 줄어들었는데 지금도 기술이 좋은 해녀들은 수입이 되는데 지금은 많이 줄어 예닐곱 사람 정도 있어요.

정-16. 사리사람들은 바다가 생활터전이다

제보자 : 박남석(남. 67. 흑산면 사리 거주)

채록일 : 2003.7.10. 사리에서

다른 마을에서는 어장이 뭣인지도 모른 시절에 여기는 먹고 살라니까 바다로 나가서 어장을 했어요. 여그는 농토가 없으니까. 여기 말이 '배타는 애비전, 애기 낳는 어미전'이라는 말이 있어요. 배에 가서 금방 아버지가 바다에 나가서 수사했으니까 아들이 바다에 나갈라고 하겄습니까? 그렇지만 다시 바다에 나가야 해요. 먹고 살라니까. 아버지가 죽고 할아버지가 바다에서 죽어도 안 나가면 식구가 굶어죽으니 바다에 나가야 해. 우리 어머니들이 애기 낳을 때 얼마나 고통스럽습니까? 애기 안 낳으려면 남자 곁에 안 가야 해. 그래도 한나 놓고 둘 놓고 몇가지로 놓지 않습니까? 그랑께 '배타는 애비전, 애기 놓는 어미전' 이런 말이 있어. 여기서. 그만만큼 여기서는 바다를 생활터전이라고 사는 데여. 지금 여기 사리에서는 많이 쓰는 말이어요.

그때만 해도 바다에서 잡은 고기를 전부 소금에다가 염장을 해요. 이동을 못하니까. 얼음이 없는 시절이기 때문에. 한 살 한 조금 작업을 해가지고 하얀 상어, 다른 고기 종류는 전부 따서 간합니다. 간장을 이렇게 크게 산같이 파놓고 표시를 하지요. 딱 간해 놓았다가 그것을 팔월에 추석에, 조상들에게 제사를 지내고 육지사람들은 그것을 쇠니까, 8월 추석 때에 그것을 가지고 나갑니다. 아까 말한 그것을 어떻게 가지고 나갔느냐 하면 아까 말한 상곳배, 나는 상고를 운반하고 하는 사람이었어요. 생산하는 사람들이 구전을 주고 부탁하면 나는 그것을 팔아갖고 가서 1000원을 팔면 상곳배 선주가 이익을 많이 봤어요. 이익을 많이 보고. 그래서 상곳배 선주들이 이익을 많이 봤어요. 이찌하리, 이자도 요새 카드처럼 고리대금을 하였어요. 이자가 높아도 식구들이 있으니까 돈을 빌려서 보리 팔아다 먹고 고기 잡아다 주고 그라면 이리 먹 저리 먹고 그랬어요.

'모전' 주고 그랬어요. 그것이 뭐냐 하면 식량이 여유가 있는 사람이 없는 사람에게 가령 예를 들어서 보리 닷말을 빌려주면 나중에 두말 가웃을 보태서 빌려준 사람에게 갚아요. 그래서 "모전 먹고 등어리 못 핀다"는 말이 있어요. 그렇게 해서 옛날에는 돈있는 사람들이 이자에다 이자를 붙여 먹었어요. 흑산면에서 그런 식으로 고래대금으로 부자가 된 사람들이 있었어요. 그때 당시 그 자손들이 함평 나산으로 그런 곳으로 가서 자손들이 살았어.

'동채'라고 마을 빚이라고 해서 마을에서 그 집에서 돈을 빌려요. 마을 사람들이 돈으로 갚지 못하니까 미역 같은 해산물을 하면 호별 방문하여서 말리기가 바쁘게 그 집에서 또박또박 다 가져가 버려. 자연산 미역을 갖다가 호당 다 널어 놓으면, 싹 갖다 창고에다 넣어 버려. 지금에 와서는 착취당했다고 그런 말을 하기도 하지만 그때 당시는 있는 사람과 없는 사람이 서로 공존하는 방법이었지 않는가 하는 생각도 들어요. 그런 사람도 있어서 없는 사람이 살았다는 생각도 들어요.

그런 문화가 우리 사리 마을에 유독히 더 있어요. 딴 데에 있는 우리 또래들에게 이야기하면 모른 사람들이 많이 있어요. 우리 마을 여기 밖에, 딴 데는 없다니까.

정-17. 정약전 선생이 사리로 온 이유에 대해서

제보자 : 박남석(남. 67. 흑산면 사리 거주)

채록일 : 2003.7.10. 사리에서

확실히는 모르지만 그때만 해도 우리 마을이 구학이 더 있었던 모양이어. 윗대분들 이야기를 들어보자면 그때만 해도 문장들이 많았어. 여기 분들이 구학이 상당히 많해. 우리로 말하자면 4대 되는 당시에 학자분들이 많았다고 해. 지금은 우리가 소외되어 여기서 삽니다만 옛날에는 우리 마을 이장이 가지 않으면 회의를 못 했다는 말이 있어요. 그 맥이 끊어져서 그렇지 그때만 해도 구학이 풍부했어.

그 양반의 역사가 어떻게 기록되었는지는 모르지만 계절적으로 보아서 여기 사리가 봄 가을 겨울은 상당히 온화한 편이거든요. 다른 마을은 여름에 일을 하지만 우리는 여름에 쉬고 봄 가을 겨울에 일을 해요. 사리사람들은 여름에는 쉬어요. 그것보다 마탈이라고 했잖지 않습니까? 그 양반이 계절하고도 무관치 않았을 것이다 그런 생각을 합니다. 이런 추리를 해보는 것이죠.

정-18. 정약전 선생이 명명했다고 전하는 사리 12경

제보자 : 박도순(남. 60대 초반. 흑산면 사리 거주)

채록일 : 203.7.10. 사리에서

사리 출신으로 현재 서울에 거주하고 있는 박정주(남. 80대. 02-838-6390) 씨가 정약전 선생이 명명한 것으로 알고 있다는 사리 12경을 박도순 씨에게 알려준 내용이다. 원래는 한문으로 되어 있는 것을 한글로 풀어서 박도순 씨가 노트에 적어 둔 내용을 다시 한문으로 옮긴 자료이다.

聳高仙遊戲弄琴 : 선유봉

歌音終曲玉女峰 : 옥녀봉

松島老木波濤聲 : 송도(솔섬)

花嶼杜鵑萬帳畵 : 화서(꽃섬)

場島海流寄港灣 : 바탕섬

遊泳魚群太平春

堂山絶景綠陰多 : 당산

鳥鵲嬌聲平隱調

沙場形態廢墟久

怪巖巨石荒有殘 : 왕돌

釣杆行列尋難見

汐間汀邊孤船浮

정-19. 흑산도의 천주교 이야기

제보자 : 안성완 신부(남. 40대 중반. 흑산면 진리 주임신부)

채록일 : 2003.7.11. 흑산도 진리성당에서

(흑산도 진리 성당에 부임한 지 10개월 되신 신부님으로 흑산도 성당의 역사에 관심이 많아서 자료를 모으고 있었다. 제보자인 안신부님은 흑사도성당에 계셨던 역대 신부님들에 대한 이야기는 나이 든 신도님들에게 들을 수 있는 자리를 마련해 주시겠다고 하였다.)

여기에 온 지 2개월이 되면 인자 일 년이 됩니다. 그래서 지금 옛날 사진을 벽에다 붙여놓고 이곳 성당의 역사를 찾아보고 있습니다. 여러 가지 옛날 성모 중학교 운동장에서 놀고 있는 40여 년 전의 사진도 있고. 이런 것들을 모으고 있거든요. 여기를 그런 중요한 위치에 있어서 그 당시는 40년전 당시는 신자 수가 엄청나게 많았습니다. 교회의 도움을 받았던 사람들이 신자가 되고 안 되고는 중요한 문제가 아니죠. 교회가 사회를 위해서 봉사할 수 있는 것 그것이 중요한 것이거든요. 그런 재료들을 모으고 있는 지금 찰라이지요.

사실은 흑산도가 천주교에 대한 역사적인 자료가 없어요. 여름 휴가철이 되면 엄청난 신자 관광객들이 찾아오거든요. 이 성당 건물도 사실은 50년 된 건물이기 때문에 앞으로 세월이 더 흐르면 문화재로, 저 돌아 전부 다 섬에서 갖다 지은 건물이기 때문에 문화재 감입니다. 돈이 없어서 내벽 공사를 제가 못하고 있거든요. 내부 수리를 못하고 있지만 안에 돌이나 이런 것들을 보면 얼마나 든든한지 몰라요. 건물 전체가. 주민들이 신자가 기던 아니던 다 돌들을 갖다가 했던 곳이고.

흑산도 진리에 있는 흑산도천주교 교당

역사적인 자료들을 모아서 관광객들에게 보여 줄 수 있었으면 해서 준비하고 있습니다. 자료들을 모아지면 이 아래 성모중학교 자리를 이용해서 자료들을 전시하려고 합니다. 제가 사진 좋아하니까 신자들 집에 방문하면 어구들을 모아두기도 합니다. 전시하려고요. 흑산도 면에서도 협조가 있으면 좋겠어요. 그런 단계에 있어요.

사리공소의 유적들도 면에서 우리 성당에서 관리를 해주면 좋겠다는 말을 하지만 그곳이 우리 땅이 아닌 한 절차상으로 그렇게 할 수가 없어요. 본당신부가 일단은 그렇게 하겠다고 해야 허락을 하지만 너무 힘에 버거운 거예요. 우리땅이 되면 성당에서 관리나 성역화 사업을 하겠지만 아직은 그렇지 못합니다.

현재 교적상으로는 한 1,000명 되지만 신자로 나오시는 분들이 120명 정도 되지요. 외국신부들과 우리나라 신부님들이 엄청나게 이곳을 거쳐 갔지요. 인사발령장이나 여기 계셨던 분들에 대한 자료는 광주교구청에 있을 겁니다. 신부님들이 하는 일은 특별하게 기록하지 않아서 아마도 역대신부님들의 활동사항은 기록으로 있는 것이 드물 것입니다.

흑산도를 얘기할 때 성당을 빼고나면 얘기가 안 되요. 성모중학교, 과수원, 약국, 조선소, 발전소 등의 사업을 성당에서 시작했다가 자생력이 있으면 면에 넘겨주었으니까요.

듣는 이야기로는 그분은 고기가 어떤 고기인 줄을 다 아신다대요. 그 면암선생님은 사리 뒷산인 선유봉에서 내려다보고는 어떤 고기가 지금 지나가고 있구나 하고 아신다대요.

정-20. 손암이 우이도에서 생활하게 된 연유

제보자 : 문채옥(남. 84. 신안군 도초면 우이도 거주. 전화 061-262-3411)

채록일 : 2003.11.12.

(우이도의 현장에는 가지 못하고 전화상으로 채록하였다. 문채옥옹은 표해록의 주인공 문순득의 고손으로 자신의 선조에 대해서 자부심이 강하였으며, 선조들로부터 들어 온 손암의 이야기를 뚜렷하게 기억하고 있었다.)

우리 선조들이 하는 말이 손암 선생이 서울에서 원래는 흑산에 유배를 보냈는데, 교통이 나빠서, 그때는 돛달고 다니는 풍선으로 갔는데 흑산에 가려면 바닷길이 어려워서 가지 못하고 그냥 우이도에 있었어. 서울에서 유배를 잘 하고 있는지 확인을 하러와도 흑산도에 있는 마을이나 산들이 여기 우이도에도 있어. 흑산에 진리가 있으면 우이도에도 진리가 있고, 흑산에 문암봉이 있으면 우이도에도 문암봉이 있고, 우이도에도 성재가 있고, 예리가 있고, 멍섬이 흑산에 있듯이 있어. 그래서 말만 흑산에 유배 살았지 실지는 우이도에서 살았어. 지금은 가거도를 소흑산이라고 하지만 전에는 우이도를 소흑산이라고 했어. 유배온 사람들이 흔히 6달은 흑산에서 살고, 6달은 우이도에서 살고 그랬다고 해.

우이도에서 마누래 얻고 딸 형제 낳고 살았어. 여기 마을 아이들을 서당 열어서 가르치고, 서당골이라는 데가 지금도 있어. 지금은 공동산이 되어 있지만. 집터도 남아 있어. 105평 정도 되는 집으로 부엌, 마루, 방 3칸 흙담집이었다고 해. 여그서 자녀를 낳고 살다 돌아가셨어. 죽은께 여기다 묻었는데 후에 자손들이 파갔어. 여기 어디가 묻었는지는 모르지만.

정-21. 손암이 우이도에서 문순득의 표해록을 기록하다

제보자 : 문채옥(남. 84. 신안군 도초면 우이도 거주)

채록일 : 2003.11.12.

(전화를 통해서 제보자와 이야기를 나누었다. 제보자는 표해록의 주인공인 문순득의 고손으로 고령임에도 기억이 또렷하고 말씨도 정확하였다.)

손암이 여기 계시니까. 그이가 마침 우이도에 있으니까, 표해록을 정약전 선생이 개조했어. 문순득 그 양반이 나로 말하면 고조여. 그분이 흑산도 태도에서 홍어무역을 했어. 배 두 척으로 했는디, 큰 배여. 12월 말일 경에 한 배는 먼저 보내고 나중에 다른 한 배로 홍어를 싣고 나오다가 "곳가리"라는 섬 밑에서 바람을 만나, 제주도 근방으로 밀렸어. 풍선이라 바람이 계속 세게 불어오니 나오지 못하고 밀려서 내려 간 것이 유리국으로 가게 되었어.

지금으로 말하자면 유리국에 표류하여 중국 관동 홍콩 있는 곳으로 갔다가 다시 중국 북경, 남경, 봉천, 압록강, 신의주로 해서 돌아오시기까지 5년이나 걸렸어. 일곱사람이 갔는데 여기 마을에서는 죽었다고 부인들이 시집가려고 했어. 우리집 고조할머니는 하의도 상태가 친정인디, 시집보내려고 친정으로 보내면 3일이 안 넘어 다시 집으로 돌아와 버리고 정절을 지켰어.

우리 집안 선조들이 모두 학자들이 많이 났어. 그래서 정약전 선생과 친히 지내다가 표류사실을 그분이 정리한 것이여.

7

구전이야기를 통해서 본 도선국사

1. 들어가는 말

도선국사(홍덕와 2년, 827~효공왕 2년 898)는 이곳 영암군 군서면 구림리의 성기동에서 태어난 인물로 여러 학자들에 의해서 그분의 평가가 이루어져 왔다. 초기에는 풍수술사, 도참술사라는 부정적인 시각에서 출발하였으나, 선승으로서의 도선의 위상이 밝혀지면서 정당한 역사적인 평가의 단초를 이루었다고 본다. 조선시대에 음택풍수의 폐해가 거의 민간신앙처럼 번져서 도선비기니 하는 위작을 가지고 명당터를 잡아 발복하려는 허황하면서도 이기적인 태도가 전국을 풍미하였던 것이다. 이런 영향으로 지리설의 비조인 도선이라면 거의가 도참술이나 음택풍수의 대가로 알았던 것이다.

그러나 도선국사가 동리산 태안사의 혜철선사의 법제자로서 "無說說 無法法"의 화두를 깨치고 심인을 받아 동리산선문의 방계인 옥룡산문을 개창하고 발전시킨 선승으로 그 위상이 밝혀지면서 도선국사에 대한 올바른 평가가 이루어지게 되었다. 도선국사는 선승으로서 통일신라말기의 혼란한 사회상을 통찰하고 새로운 시대이념을 지리설을 빌어서 밝히고 망해가는 신라를 대체할 새 시대를 보여주었던 것이다. 고려의 건국주인 왕건과 도선국사의 관련을 이런 배경에서 설명할 수 있을 것이다. 왕건이 새로운 통일을 이루고 고려을 건국하는 건국사상을 도선의 새로운 지리이념에서 찾았던 것이다. 지기쇠왕설과 비보지리설이 도선지리설의 핵심일 것이다. 망해가는 신라 경주의 지기가 쇠하고 새로운 기운이 돋는 송악의 왕건을 지목하면서, 그곳의 지기를 비보해주는 도선의 지리설은 고려건국의 신화처럼 전승되어 왔던 것이라고 본다.

도선국사에 대한 평가는 앞으로 더 발전해 갈 것으로 본다. 지리설은 이제 국도의 터를 잡고 집터나 절터를 선정하고 음택을 잡는 차원에서 나아가 인간과 자연이 조화를 이루어야 하는 현대적인 생태환경의 이론에 들어맞는 생명원리의 차원으로 승화되어 갈 것으로 본다.

도선국사가 이곳 영암 땅에서 태어나 우리들에게 가깝게 느껴지고 바로 그의 숨결이 깃들어 있는 이야기들이 이곳 곳곳에 전해오고 있으니 도선국사의 원대한 뜻과 깊은 이상을 우리 것으로 승화시키고 현대적으로 응용하여 가야 할 것이라고 생각한다.

2. 도선국사의 일생에 관한 이야기들

도선국사의 일생에 관한 자료는 공식적인 기록물로 광양군의 옥룡사에 세워진 "백계산옥룡사증시도선국사비명"(고려 의종 4년. 1150)과 영암군의 도갑사에 세워진 "월출산도갑사도선국사수미대선사비명병서"(조선 효종 4년. 1653)의 두 금석문이 있으며, "도선국사실록" 등 그 이외의 문서자료는 당시에 구전되는 이야기들을 편집한 기록물들이 대부분이다. 도선국사의 일생에 관한 자료들은 이 두 비문도 그렇지만 거의가 구전되어 온 이야기들을 모아서 편집한 자료들이므로 국사의 일생에 대한 여러 갈래의 이야기들이 파생되어 오고 있으며 다양한 변이를 일으켜 왔다고 할 수 있다.

학계에서는 옥룡사비의 내용을 그 중에서 가장 공식적인 자료로 인정하고 있으며, 그 이외의 자료들은 객관적인 자료라기보다는 도선국사에 관한 비공식적인 자료로 삼고 있을 뿐이다. 이 글에서는 영암군 구림지역 등에서 구전되어 온 구전설화자료를 중심으로 내용을 풀어가면서 옥룡사비 등의 금석문과 기록자료들을 비교하면서 국사의 일생에 대해서 살펴보려고 한다.

1) 도선국사의 출생이야기

국사의 출생이야기는 우선 구림지역에서 구전하는 자료를 소개한다. 이 이야기는 구림의 지명설화이기도 하여서 구림사람뿐만 아니라 영암 전지역에서 널리 전승하고 있는 이야기다.

> ① 옛날에 구림리 사는 최씨 처녀가 냇가에서 빨래를 하고 있는데, 물외가 냇물을 거꾸로 거슬러 올라오는 것을 보다.
> ② 처녀가 그것을 건져 먹다.
> ③ 그날부터 처녀의 배가 불러올라 열달 만에 아들을 낳다.
> ④ 그의 부모가 집안 망신시킨다 하여 애기를 바위 위에 갖다 버리게 하다.
> ⑤ 비둘기들이 많이 모여와 날개로 덮고 가리고 하여 이 애기를 기르다.
> ⑥ 이 아이가 예사 아이가 아니라 하여 데려다가 키우게 하니 바로 도선이다.

⑦ 도선을 버린 숲에 비둘기가 많이 모여 왔다 하여 그곳을 구림이라 부르다.

이 설화와 가장 다른 자료는 바로 옥룡사비의 내용이다.

① 모친 강씨(姜氏)가 꿈에 어떤 사람이 광채나는 구슬을 하나 주면서 삼키라 한 후에 태기가 있게 되다.
② 만삭이 되어 매운 것, 비린내 나는 것들을 가리고 오직 독경과 염불 에만 뜻을 두다.
③ 젖먹을 때부터 보통 아이들과는 달리 어릴 때 장난을 하든지 울 때에도 불법을 공경하고 두려워하는 것 같았다.
④ 그의 부모가 마음속으로 일찍이 도선이 중이 되기를 허락하다.

옥룡사비에서는 도선국사의 속성이 김씨이고 태종무열왕의 서손이라고 하면서 그의 세계는 확실하지 않다고 기록하고 있다. 도선국사의 출생을 모든 자료들이 영암군 구림으로 하지만 도선국사의 성씨에서는 옥룡사비가 다른 자료들과 다르다. 도갑사비, 신증동국여지승람, 도선국사실록 등의 자료들은 구림의 구전자료의 내용을 그대로 따르고 있다. 이런 면에서 도선의 속성이 김씨인가 최씨인가 하는 문제는 객관적으로 풀기 어려운 문제로 남는다. 설화 속의 아이를 버린 바위를 국사암이라 하여 신성지역으로 여기고 있으며, 낭주 최씨 문중에서는 도선국사를 최씨로 여기는 데에 전혀 의심의 여지가 없는 실정이다.

옛날부터 영웅이나 뛰어난 인물의 출생에는 신이한 이야기들이 함께 구전되고 있는 예가 많이 발견되어 스님에 관한 몇 가지를 소개한다.

혜심－혜심의 출생도 도선과 같은 화소가 구전한다. 처녀가 물을 길러

가서 샘에 떠있는 오이를 먹고 임신하여 그 아이를 버렸으나 학들이 모여서 보호하므로 데려다 길렀다는 이야기가 전하고 있다.

범일국사－한 처녀가 우물에 있는 해를 삼키고 임신하여 낳은 아이를 버렸더니 학들이 모여서 보호하므로 다시 데려다 길렀다는 이야기가 전한다.

나옹화상－아비 없는 아이를 출산하여 버렸더니 까치가 보호하므로 데려다 기른 이야기가 전하다.

이들 이야기에서 물외, 오이, 구슬, 해 등의 화소는 모두가 양성적인 상징성을 가지고 있는 것을 볼 수 있다. 이런 면에서 어떤 구술자는 바로 아비없는 사생아의 출생 내지는 신령스러운 출생의 상징으로 이야기하고 있다는 해석을 하기도 한다. 비둘기, 학, 까치 등의 날짐승도 상서러운 동물로서 한 생명의 탄생에 대한 상서로운 조짐을 상징하고 있다는 것으로 해석할 수 있을 것이다.

2) 도선국사의 출가와 수행의 이야기

도선의 출가는 옥룡사비에서 15세가 되자 월유산月遊山 화엄사華嚴寺로 기록하고 있으며, 구림의 현지에서는 초수동의 월암사로 구전되고 있다. 도갑사비는 월남사로 출가하였다고 하여서 도선의 출가지는 세 곳으로 언급할 수 있는데, 옥룡사비의 화엄사는 구례지역에서는 지리산 화엄사로, 강진지역에서는 월남사로, 영암지역에서는 월암사로 여기고 있는 실정이어서 도선의 출가사찰은 3곳으로 언급되어지고 있다.

영암지역의 월암마을에서 월출산 산록으로 들어가는 입구인 초수동에 옛폐사지가 있고, 영암지역에서는 그곳이 바로 도선의 출가지라고 구전으로 전하고 있다. 월출산을 달나산, 월나악 등으로 부르는 것으로 보아 옥룡사비의 월유산을 월출산으로 비정할 수도 있을 것이라는 추정을 하는 것이다. 초수동은 문자 그대로 땅에서 솟아오르는 큰샘이 있어서 마을의 식수원이 된다. 그 입구에는 "도선국사낙발지지"라고 새겨진 암석이 있다. 초수동의 월암사 폐사지를 발굴할 수 있다면 월암사에 대한 유물과 유적들이 밝혀질 것으로 기대하고 전남도와 영암군에 월암사지발굴사업을 요청하고 싶다.

옥룡사비의 "월유산 화엄사"에서 월유산을 지리산으로 보기는 어렵다는 견해가 우세하다. 옥룡사비문에 지리산은 분명하게 지리산으로 명시되기 때문이다.(智異山 甌嶺) 최병헌교수는 도선이 태안사의 혜철에게 도선이 선종을 공부하러 갔으므로 그곳에서 근접한 지리한 화엄사가 월유산 화엄사일 것으로 추정하고 있다. 옥룡사비에서는 도선이 화엄사에서 화엄경의 대의를 통달하였다고 한다.

도선이 불교의 수행을 하는 대목은 옥룡사비에서는 화엄사에서 화엄경의 대의를 깨달은 후에 도선이 20세가 되는 해에 문자에 집착한 교종을 떠나서 (安能兀兀守文字間耶) 태안사의 혜철을 찾아 그 제자가 되어

선종으로 개종을 하며, 23세에 천도사(위치 미상)에서 구족계를 받고, 24세에 혜철로부터 심인을 받아 운수행각을 나서게 된다는 내용으로 설명하고 있다.

구림지역을 중심을 구전되는 설화에서는 도선이 바로 중국 당나라로 떠나 일행선사에게서 지리법을 전수받은 이야기로 이어진다. 순수하게 구전되는 이야기는 당에서 한국에 인물이 난 것을 알고서 도선을 붙잡아가는 것으로 설화되고 있다. 도선이 중국사람들에게 붙잡혀 가는 것을 실감 있게

전하는 이야기가 바로 구림의 백암동 마을 앞에 있는 흰독바위(적삼바위, 흰옷바위)의 이야기다. 도선이 중국사람들에게 잡혀가면서 "내가 죽으면 이 바위가 검어질 것이요, 내가 살아있으면 이 바위가 여전히 휠 것이다"고 하면서 자신이 입었던 흰저고리를 바위 위에 던지고 갔다는 이야기다.

도선이 당에 가서 지리설을 습득하였다는 내용은 도갑사비, 신증동국여지승람, 도선국사실록 등의 기록자료에서 광범위하게 나타나지만, 도선의 지리설의 권위를 높이는 의미로 입당화소를 사용하고 있어서 구전자료와는 대조적이다.

3) 도선국사의 운수방랑과 풍수지리설 습득 이야기

옥룡사비에서 도선이 24세에 혜철을 떠나 운수행각을 하면서 전국의 산천과 명승지를 두루 다니면서 자신의 수행능력을 쌓아가는 것을 볼 수 있으며, 이 시절에 도선은 지리산의 구령에서 만난 이인으로부터 지리설을 습득하게 된다. 지리설습득이야기는 광양군 옥룡면 옥룡사 지역과 구례군 마산면 사도리 지역에서도 구전되고 있다.

옥룡사비의 지리설 습득의 이야기는 도선국사가 당에 가지 않고 국내의 스승을 만나 배운다는 것이다. 광양과 구례에서 구전되는 이야기는 옥룡사비의 이야기와 서로 영향을 주고 받은 것으로 보이지만 그 선후는 알 수가 없다. 남해정변南海汀邊에서 도선이 모래로 산천변화의 모습을 그려가면서 지리설을 배운 이야기는 구례군 마산면 사도리沙圖里의 지명전설이기도 하다.

옥룡사 지역에서 전하는 도선의 풍수지리설 습득이야기(옥룡사에서 채록)

① 신선도를 닦는 이인 한 분이 배가 고파서 죽을 지경이 되다.

② 도선이 그 이인을 보고서 가지고 있던 누룽지를 주다.

③ 이인이 도를 깨달은 후에 자기 수명이 3일 밖에 남지 않았음을 알 다.

④ 자신에게 은혜를 베푼 도선에게 그 도를 전하고자 하였으나 도선이 싫다고 해서 설득하느라고 반나절 밖에 남지 않았다.

⑤ 이인은 남은 반나절 동안에 도를 모두 전하지 못하고 풍수지리설만 전하게 되었다.

⑥ 이인이 모래로 그려서 지리설을 가르쳐 준 곳이 사도리이다.

광양과 구례의 도선지리설습득이야기는 구림지역의 입당지리설습득이야기와 아주 대조적인 내용이다. 도선의 입당여부가 이야기 속에서 둘로 갈리는 것이다. 지역적으로 보면 해안가 지역에서는 도선의 입당습득이야기가 전승되며, 구례와 광양처럼 비교적 내륙지역에서는 국내습득이야기가 전승되고 있는 양상이다.

도선이 운수방랑기에 옥룡사비는 운봉산에서 토굴을 파고 수행하였으며, 태백산에서는 띠집을 지어 수행을 하였다는 언급이 있다. 도선이 이 시기에 전국을 다니면서 세상물정을 완전하게 파악하고 당시의 시대변화상을 실감하였다는 것을 알 수 있다. 도선은 30세 전후에 지리한 이인을 만난 구령에 미점사, 구례현에 도선사, 모래로 삼국의 형세를 그려 보이던 곳에 삼국사를 개창한다.(옥룡사비)

4) 도선국사의 옥룡사 주석과 입적 이야기

도선이 37세에 옥룡사를 중창하고 그곳에서 35년 동안 안거하면서 제자들을 기르고 수행한 후에 72세로 입적한다(옥룡사비). 도선이 수백인의 제자들을 거느리고 옥룡사 선문을 경영할 정도로 명성을 떨치고 헌강왕의 부름을 받아서 경주의 궁중에 가서 왕에게 현묘한 도를 전하지만 궁중생활이 싫어서 다시 돌아오기도 한다.

옥룡사비에서는 도선의 입적을 이렇게 기록하고 있다.

> "忽一日召弟子曰 吾將行而 夫乘緣而來 緣盡則去 里之常也 何足悲傷 言 訖跏趺而寂 時大唐光化元年三月十日也 享年七十二 四衆涕泣如慕如疑 遂遷座立塔于寺之北岡 尊遺命也"

> "갑자기 하루는 제자를 불러 이르기를 내가 장차 가려고 하니 무릇 인 연을 따라 와 인연이 다하여 가는 것이 이치의 상사이니 어찌 슬퍼할 것이 있겠는가? 말을 마치고 가부좌하여 입적하니 때는 대당 광화 원년 3월 10일이니 향년 72세였다. 4중이 모두 눈물을 흘리며 사모하다. 이어서 절의 북쪽 언덕에 탑을 세우니 이는 남기신 뜻을 따른 것이다."

도선의 죽음에 이른 모습은 당시에 선승으로서의 의연하였으며 제자들의 슬픔과 존경 속에서 다비가 이루어졌음을 알 수 있다. 도선이 옥룡사을 중창하여 옥룡사선문이라고 부를 수 있을 만큼 도선의 도력이 높았던 것이다.

옥룡사 창건과 도선의 죽음에 관한 구전이야기는 상당히 다양하게 전해지고 있다.

먼저 옥룡사창건과 죽음의 이야기(광양군 추산리에서 채록)는 다음과 같다.

① 도선이 옥룡사를 창건하기 위해서 이곳에 오다
② 절터에 처음에는 큰 못이 있어서 메울 수가 없었다.
③ 도선이 부근 마을에 눈병을 주어서 연못에 소금과 숯을 한 짐 가져 다 메우면 낫게 하다.
④ 사람들이 소금과 숯을 가져다 메워서 연못이 다 메워지고 절터가 이 루어 지다.
⑤ 이 못에 황룡과 백룡 두 마리가 살다가 황룡은 승천했으나 백룡은 승천하 지 못하고 남다
⑥ 도선이 절을 짓고 난 후에 이 절에는 절대로 백씨 성을 가진 사람은 들이지 말라고 하다.
⑦ 도선이 죽으면서 유언하기를 자신의 시신을 방에 보관하라고 하다.
⑧ 자신의 혼백이 천 년 후에 다시 찾아올 터이니 그 시신을 없애지 못 하도록 하다.
⑨ 몇 백 년 후에 백가 성을 가진 부목한이 절에 들어와 그 시신을 치워 버리다.
⑩. 도선의 혼백이 돌아와도 들어갈 데가 없어져 버린 것이다.

옥룡사의 창사가 매지창사설화埋池創寺說話의 화소로 전승하고 있다. 매지창사설화는 통도사, 금산사, 황룡사, 보림사 등의 사찰에 다양하게 전승하고 있다. 이 설화는 용신신앙의 터에 불교적인 사찰이 교체해 들어서는 양상을 암시하고 있다고 본다. 전통신앙인 용신이 새로 들어서는 불교와 갈등을 일으키면서 상호간에 투쟁하는 모습을 보이고 있다는 것이다. 옥룡사창사설화를 통해서 옥룡사는 용신을 물리치고 불교적인 성역을 구축하였으나

결국은 용신신앙에 의해서 폐사되는 것을 의미한다. 1969년 현재의 옥룡사 법당을 건립할 당시 옥룡사 담장 아래에 있는 연못을 복원하였으며, 연못 굴토작업시에 많은 양의 숯이 발견되어 창건설화와 일치되기도 하여 주목된다.

3. 도선 지리설의 비보설화

전국 어디서나 도선이 창건했다는 사찰들이 산재해 있다. 도선이라는 한 개인이 그 많은 사찰을 일정한 시기에 동시다발적으로 세울 수 없는데도 도선창사설화가 편재한 원인을 풍수지리의 비보설에서 찾을 수 있다. 비보설은 지기쇠왕설과 함께 안팎을 이루는 지리설이다. 지기의 힘이 왕성하기도 하고 쇠퇴하기도 하는 데 따라서 왕조도 쇠왕을 함께 한다는 것이며, 그 결함을 인위저그로 고칠 수 있다는 것이 비보설이다. 비보설은 쇠왕설을 바탕으로 하면서 지리적인 결함을 인위적으로 북돋아 보강하고, 산형이 험한 곳은 바위를 깎아 순하게 만든다는 것이다. 이런 지리설을 바탕으로 형성된 이야기가 비보설화이다.

비보설이 신라 때부터 존재하고 있었다는 사실은 황룡사 9층탑의 건립이야기에서 찾을 수 있다. 신라 선덕여왕 5년(636)에 자장법사가 중국의 오대산에서 문수보살로부터 받은 감응과 중국의 태화지의 신인이 자장에게 내린 계시에 의해서 9층탑을 건립하게 된다.

> "(신라의) 산천이 험한 탓으로 사람의 성질이 추하고 사나와서 사견을 많이 믿는다."
>
> —『삼국유사』 권3 「탑상」 '황룡사 9층탑'

국토가 험하므로 사람의 성품도 그에 따른다는 것은 바로 풍수지리설의 핵심이며, 그 결함을 고쳐야 나라가 편안하다는 것이 비보설이다. 또한 신라는 여왕이므로 위엄이 없어서 그를 비보하기 위해서 탑을 세우는 방법을 신인이 제시한다.

> "본국에 돌아가거든 9층탑을 세우시오. 그러면 이웃 나라들이 항복할 것이며, 9한이 와서 조공하여 왕업이 길이 편안할 것이오."

이처럼 비보설은 이미 고려 이전부터 존재해 왔던 것으로 보인다. 고려에 와서 비로소 도선의 비보설이 공식문서화 된 것이 고려 태조의 훈요십조의 제2훈에서 이루어진다.

> "여러 사원은 모두 도선이 산수순역을 추점하여 창건하였다. 도선이 말 하기를 내가 점정한 외에 사원을 함부로 창건하면 지덕이 쇠하게 되니 왕업이 오래지 못하게 된다 하였다. 짐이 생각키에 후세의 국왕, 공후, 후비, 조신들이 각기 원당을 칭하고 사원을 더 지으면 큰 근심거리이다. 신라시대 말기에 부도를 다투어 세워서 지덕이 쇠하여 멸망하게 되었으니 경계하지 않겠는가?"
>
> —『고려사』「세가」'태조 6년'

도선이 점지한 터는 3600개 소라고 한다. 도선이 점지한 비보사찰은 고려 태도 당시에도 그 수가 많아 폐해를 지적한 기록이 있다.

> "또 도성 안에 관홍사, 현성사, 미륵사, 내천왕사 등의 절을 창건하였다. 이때에 백성들이 역사를 피하여 중이 되는 자들이 많았는데 왕이 이를 걱정하면서도 금하지 못했다. 무릇 나라 안에 절을 세운 것은 도선의 말을 많이

채용한 것이다."

—『동사강목』 권6 고려 태조 19년

이와 같이 비보사찰은 계속 창건되어 전국에 산재하게 되었다. 이 비보사찰은 왕권의 보호를 직접적으로 받았으므로 그 수는 더욱 늘어나는 수밖에 없었을 것이다. 국가의 비보사찰 가운데 수도권에 있는 사찰은 사사전을 지급받았으며 지방에 있는 사찰은 시전을 지급받았으나 그 이외의 사찰(신라, 백제, 고구려 때 창사한 절)은 아무런 혜택을 받지 못하였다.

이런 연유로 전국에 도선이 창건했다는 창사설화를 가지 비보사찰이 많아진 배경을 알 수 있을 것이다. 이 비보사찰은 조선시대에 와서는 사찰혁파론에 이르게 된다.

비보설은 사찰건립 뿐만 아니라 고려 시대에는 행정수도를 3경제도로 정착하기까지 한다. 고려 숙종 1년(1096) 김위제는 도선의 지리설을 배운 사람으로 3경제도를 역설하는데 그 배경에는 고려 국토를 저울로 인식하고 서경(평양), 중경(송악), 남경(한양)의 3경을 경영하고 왕이 차례로 순주해야 왕업이 평안함을 역설한다.

저울의 머리와 저울 그릇은 평양이고, 저울대와 저울손잡이는 송악이며, 저울의 꼬리와 저울추는 한양으로 보고 저울이 평평해야 그 기능을 다하듯이 세 지역이 고르게 되어야 나라가 흥하고 평안해진다는 이론이다. 그리하여 1년을 3주기로 나누어 3경을 왕이 돌아가며 순주하고 정사를 베풀어야 하는 3경순주론이 등장한다. 이는 지기쇠왕설, 비보설 등이 복합된 양상이다.

송악－중경－秤榦－提綱之處－11・12・1・2월(왕이 순주하는 달)

평양－서경－極器－道－7・8・9・10월(왕이 순주하는 달)

한양－남경－秤錘－尾－3・4・5・6월(왕이 순주하는 달)

이밖에도 국토를 행주형국으로 보아 배가 안전하게 항해하기 위해서는 선두, 선미 등에 해당하는 장소에 비보물(사찰・탑 등)을 설치하여야 한다는 등의 논리도 비보설의 결과에 의한 것이다.

> "우리나라의 지형은 행주와 같다. 태백 금강이 그 머리요, 월출 영주가 그 꼬리요, 부안의 변산이 그 타요, 영남의 지리산이 그 돛이다. 능주의 운주산은 그 바닥이다. 배가 물에 뜨면 물건을 실어서 배의 머리와 꼬리 와 등과 배를 누르고, 키와 돛이 있어서 그 행로를 제어할 수 있는 후에 야 위험과 침몰을 면한다. 이에 사탑을 세워 누르고 불상을 세워 누른다. 특히 운주산의 아래는 뒤틀고 일어서는 곳이기에 그 배와 등을 실하게 하였다."
>
> —『도선국사실록』

4. 도선과 관련된 왕건의 이야기

통일신라 말기의 사회상은 경주 중심의 신라중앙정부와 귀족들은 몰락해 가고 있었으며, 그들이 신봉하고 신라사회를 지탱해 오던 교종불교도 그 생명력이 꺾여가고 있었다. 당시는 지방호족들이 자신의 세력권을 형성하여 새로운 정치사회세력으로 부상하고 있었으며, 그들의 신앙은 주로 선종불교였다. 선종은 기존의 화엄학을 중심으로 하는 교종과는 달리 "直指人心見性成佛"의 교리로 번다한 교학적인 논리를 극복하고 인간의 마음에서 불성을 찾으려 하였으며 이는 당시에는 혁신적이고 새로운 교리였으며 새로운 변혁의 중심사상역할을 하였으며, 그들의 지도이념이 되었던 것이다.

당시의 선종승려들의 수행은 일반적으로 다음과 과정으로 진행되었다.

① 출가 초기에는 화엄학 등의 불경을 공부하다
② 교종의 수업을 마치고나서는 선종으로 개종하여 도가 높은 스승에게 찾아가 수련을 하면서 인가를 받는다.
③ 인가를 받은 후에는 스승의 곁을 떠나 전국 각지의 명승지를 찾고 선지식을 찾아 수련과 고행을 하면서 운수행각을 통한 두타행을 행한다.
④ 인연이 닿은 장소를 찾아 선문을 개창하고 그곳에서 제자들을 가르치고 대중을 교화하며 일생을 마친다.

도선도 역시 이 과정을 거쳐서 옥룡사에 선문을 개창하였던 것이다. (옥룡사비) 특히 도선이 운수납자로서 전국의 명승지와 선지식을 찾아 수행하면서 송악군에 세력을 키우고 있는 왕건가의 존재를 알게 되고 앞으로 새로운 건국의 세력이 될 것이라고 예견하였을 것이다.

"爾後 新羅政敎寢衰 有危亡之兆 師知將有聖人受命而特起者 因往往游松 嶽郡"

"이후에 신라이 정교가 쇠약해지고 위망이 조짐이 있어 사는 장차 성인 이 하늘의 명을 받고 일어서는 자가 있을 것을 알고 가끔 송악군에 가서 놀다"

— 옥룡사비

도선이 신라가 망하고 송악군의 왕건가가 교체세력으로 등장하고 있음을 알았다는 내용의 이야기다. 이런 사회적인 배경에서 도선이 왕건의 출생을 미리 점지하고 왕건이 태어나자 찾아가서 왕도의 교육까지 시켰다는 이야기가 형성되었다.

— 고려사 편년강목 – 민지 찬

① 세조(왕건의 부)는 송악산 남쪽에 새 집을 짓다.

② 도선이 당에서 일행의 지리법을 배워오다.

③ 도선이 백두산에서 개성의 곡령을 내려와 그 집을 보고서 이렇게 말하다.

"기장을 심을 터에 어찌 삼을 심는가?"

"種穄之地 何種痲耶"

④ 부인이 이 말을 듣고 세조에게 알리니, 급히 따라가 도선을 만나 단 박에 구면과 같이 되다.

⑤ 함께 곡령에 올라 산수의 맥을 보다.

⑥ 도선이 말하기를 "이 땅의 지맥이 임방 백두산 수모목간으로 내려와 마두 명당에 떨어졌고, 당신은 또한 수명이니 마땅히 수의 대수를 좇아 36구의 집을 지으면 명년에는 반드니 슬기로운 아들을 낳을 것이니 왕건이라 이름을 지으라" 한다.

⑦ 도선이 또 책자를 들어 앞으로 태어날 아들이 성장하거든 주라 하다.

⑧ 도선의 말대로 집을 지으니 뒤에 아들이 태어나 왕건이라 이름을 짓다.

⑨ 도선이 찾아와 태도 왕건에게 군대지휘법, 진을 치는 법, 유리한 지세를 보고 시기를 선택하는 법, 산천의 형세를 따라 감통보우하는 이치 등을 가르치다.

이 이야기에서 보듯이 도선이 왕건의 탄생을 예언하고 왕건의 이름까지 짓고 왕도를 가르치는 내용은 도선이 왕건의 고려건국에 지대한 공헌을 하고 있다는 것을 상징하고 있다. 이 이야기는 왕건의 고려건국신화라고 부를 수 있는 설화이며 고려 건국을 도선의 예언을 빌어서 신성화하고 천명인 점을 강조하고 있다. 이로 해서 도선을 고려 일대에 걸쳐서 숭앙의 인물로 대우받으며, 도선설화도 그 전승력을 강화하고 있다. 고려 현종 대에 도선이 대선사로 추증되고, 고려 숙종 대에는 왕사로, 고려 인종 대에는 국사로 추증 받으면서 도선의 위상은 후대로 내려올수록 더욱 높아진다.

왕건의 훈요십조도 도선의 지리설에 의한 유훈이 제2조에 강조되고 있다. 도선의 지리설의 영향이 고려사회 전반에 걸쳐서 깊이 미치고 있다는 것을 훈요에서도 확인할 수 있다. 도선은 왕건이 고려건국을 하는 과정에 본다면, 조선건국에서 이성계를 도운 무학대사와 같은 위치에 있다고 할 수 있을 것이다.

5. 맺음말

영암지역 특히 구림에서 전승하는 도선국사이야기와 옥룡사비를 중심으로 하여 도선의 일생, 풍수지리설 그리고 왕건과의 관련 이야기들을 들어서 논지를 전개하여 보았다. 도선국사의 전반적인 자료들이 거의가 설화수준에서 벗어나지 못하고 있으나 설화이야기를 전혀 근거없는 것으로 보기보다는 전승자들의 인식이 배어있는 속뜻을 밝혀낼 수 있을 때에 근거자료로 활용할 수 있다는 것이다.

고려 건국과 도선의 관계에 대해서 앞으로 더욱 깊은 연구가 진행되어야 할 것으로 사료되고, 도선(827~898)과 장보고(? ~846)의 생애가 겹치는 것으로 보아 두 인물의 관련성도 연구해 볼 수 있는 부분일 것이다. 장보고가 암살을 당하여 사망한 해(846)는 도선이 20세로 곡성 태안사의 혜철에게 배움을 청하러 간 해이기도 하다. 그 시절의 도선은 아마 장보고의 세력과 활동을 익히 알았을 것이다. 그리고 장보고는 자신의 재력과 영향력으로 이곳 서남해안 지역의 여러 사찰(백련사, 보림사, 무위사, 쌍봉사 등)에도 영향력을 행사하였을 것으로 생각된다.

도선의 첫출가지로서 언급되는 월암리 초수동의 월암사 폐사지의 발굴조사는 하루 빨리 이루어져야 할 것이다. 그곳에는 지금도 주초와 석탑편과 기왓장들이 발길에 채일 정도로 굴러다니기도 하고 흙 속에 묻혀 있는 실정이다. 이곳이 발굴되면 도선국사에 대한 유물유적이 발견될 것으로 추정한다.

도선의 지리사상은 현대사회에서도 더욱 더 활용되고 인간과 자연의 조화라는 생태환경의 큰 틀에서 더욱 가치가 높아질 것이다. 도선의 지리설은 이제 묘자리 잡는 차원이 아니라 인간이 자연 속에서 생기발랄한 생명을 유지하는 이론과 실천의 면에서 가치를 갖게 될 것이라고 본다.

이곳 영암 땅에서 태어난 큰 인물인 도선국사의 사상과 역사적인 가치를 소중히 여기고 더 발전시켜 가야 할 것이다.

8

한국 매향비의 내용 종합분석

제 8 장 한 국 매 향 비 의 내 용 종 합 분 석

1. 들어가는 말

매향비에 대해서는 일제식민시대에 일인 학자에 의하여 개략적인 언급을 하는 정도에 그치다가, 이해준은 1983년에 목포대학교의 도서문화연구소의 제1차 도서지역학술조사를 전남 신안군 암태도를 대상으로 하는 조사하는 과정에서, 암태도매향비를 발견하고 이를 토대로 매향비에 대한 전반적인 검토를 향촌사회의 주도층이 변해가는 추이를 중심으로 이룩한 연구가 매향비에 대한 진지한 관심을 촉발시켰다.[1][2] 이해준은 계속해서 전남지방의

1 이해준, 「巖泰島의 文化遺蹟과 遺物」, 『도서문화 제1집』, 1983, 전남대학교 출판부.
2 이해준, 「埋香信仰과 그 主導集團의 性格」, 『김철준박사화갑기념사학논총』, 1983, 지식산업사.

매향비를 발견하여 영암엄길리, 장흥덕암리, 법성포입암리, 해남맹진리, 도초고란리 등의 자료를 추가하여 학계에 소개하였으니, 매향비의 연구사에서 이해준은 선도적인 업적을 남겼으나, 그 연구방법이 주로 향촌사회의 변동이라는 관점에서 매향자료를 다루었다는 점에서 민속학과 불교신앙 등 그 이외의 관점에서 검토할 수 있는 여지를 남겨두고 있었다.[3]

매향에 대한 기본적인 인식을 순수한 '침향만들기'에서부터 검토하려는 시도가 있어서 토거방언土居邦彦은 한국의 매향자료들을 세밀하게 재검토하고, 매향의식에 참여한 집단이나 인물들만을 대상으로 향촌사회변동을 언급하기에는 적절하지 못하다는 견해를 피력하여 새로운 연구안목을 넓혀주었다.[4] 이준곤은 남도불교문화연구소가 특별연구조사사업으로 시행한 금석문학술조사의 일원으로 참가하여 전남지역의 매향비를 공동조사하고 그 내용을 교감하였다.[5] 이는 매향비 연구를 위한 기초작업으로, 비문의 字句를 완전하다고는 할 수 없으나 비교적 엄격한 교감으로 평가할 수 있다. 이는 매향비에 대한 연구의 토대를 비교적 마련하였다고 할 수 있을 것이다.

이 글에서는 이제까지 알려진 매향비의 내용을 몇 가지로 나누어서 분석해 보려고 한다. 이 글은 매향 또는 매향비를 세운 시기, 매향비가 발견된 지역적인 특성, 매향의식에 참가한 인물이나 단체, 매향비의 형태와 글자체 그리고 표기방식, 비문내용의 구성상의 특징 등을 서로 비교분석하면서 매

---

3 이해준, 「全南地方發見의 埋香資料와 그 性格」, 『전남문화재 창간호』, 1988, 삼화문화사.

4 土居邦彦, 「埋香碑의 基礎檢討」, 『지방사와 지방문화 제6권 1호』, 2003.5, 학연문화사.

5 이준곤, 「靈巖奄吉里巖刻埋香碑의 碑文判讀과 解釋」, 『불교문화연구 제7집』, 남도불교문화연구회, 2000; 「靈光郡 法聖面 笠岩里 埋香碑 校勘」, 『불교문화연구 제10집』, 남도불교문화연구회, 2003.
이준곤은 같은 책에서 암태도해당리매향비, 해남군마산면맹진리매향암각, 영암군미암면채지리매향비, 장흥군덕산면덕암리매향암각, 신안군도초면고란리매향비 등의 비문을을 현장조사를 통해서 탁본한 후에 교감하였다.

향비의 특징적인 요소를 밝혀보고자 하는 시도이다. 현재까지 발견된 한국의 매향비는 15개이나 이중에서 신안군팔금도매향비는 조선왕조실록의 기록상으로 남아 있으며, 고성삼일포매향비는 실물은 없어지고 탁본으로만 남아 있어서 실질적인 매향비는 13개라고 할 수 있다. 이 글에서는 실물이 없는 두 개의 매향비도 그 내용은 전하므로 논의의 대상으로 삼았다.

2. 매향비문의 연대별 특성

매향비에 표기된 연대는 영암군엄길리매향암각을 제외하고는 모두 중국의 연호를 사용하고 있다. 다음의 자료는 매향비 원문의 중국의 연호표기와 한국의 왕력과 서기로 병기하여 기록한 자료들이다.

우선 연대별로 매향비들을 열거하여 보면

1. 신안팔금도(統和 10년 / 고려 의종 2 / 1002) ································· 매향연대
2. 고성삼일포(至大 2년 / 고려 충선왕 원년 / 1309.8. .) ······················ 매향연대
3. 평북정주(元統 3년 / 고려 충숙왕 4 / 1335.3. .) ···························· 매향연대
4. 영암엄길리(석가열반 후 2349년 / 고려 충혜왕 5? / 1344.8.13) ······ 매향연대
5. 법성홍무명(洪武 4년 / 고려 공민왕 20 / 1371.4. .) ·········· 매향비 세운 연대
6. 경남사천(洪武 20년 / 고려 우왕 13 / 1387.8.28) ···························· 매향연대
7. 덕산효교리(永樂 元年? / 조선 태종 3 / 1403.3.12) ························· 매향연대
8. 신안암태도(永樂 3년 / 조선 태종 5 / 1405.4.24) ···························· 매향연대
9. 해남맹진(永樂 4년 / 조선 태종 6 / 1406.3.23) ··················· 매향비 세운 연대
10. 법성영락명(永樂 8년 / 조선태종 10 / 1410.8.8) ···························· 매향연대

11. 경남삼천포(永樂 戊戌 / 조선 태종 18 / 1418.2.) ············ 매향비 세운 연대. 매향연대는 따로 두 번에 결쳐서 정유년(1417)과 무술년(1418)에 이루어짐.

12. 홍성어사리(宣德 2년 / 세종 9 / 1427.8.10) ······················ 매향비 세운 연대

13. 영암채지리(宣德 5년 / 세종 12 / 1430.12.19) ································ 매향연대

14. 장흥덕암리(宣德 11년 / 세종 18 / 1436.10. .) ······························ 매향연대

15. 신안도초고란리(天順 元年 / 세조 3 / 1457.7.) ····· 판독불가능으로 확인불가

신안팔금도매향비로부터 신안군도초매향비까지 455년의 시기에 걸쳐서 15개의 매향비를 언급할 수 있다. 고려시대가 6개, 조선시대가 9개이다. 이 매향비들은 대략 고려 말부터 조선 초기까지의 시기에 걸쳐 세워진 것들이다. 이 시기에 매향비들이 집중적으로 세워지게 된 원인이 어디에 있는지 아직까지 명확하게 밝혀지지 않고 있다. 이 역시 이 시기에 세워진 매향비만이 집중적으로 발견되고 있는지, 매향비가 원래 이 시기에만 세워진 것인지 의문이다. 매향비가 이 시기에만 집중적으로 세워졌다면 그 원인은 무엇인지 하는 문제가 남는다. 그렇다면 매향의식이 이 시기에만 집중적으로 행사되어진 원인은 무엇인지 하는 문제들이 규명되어야 할 것이다.

매향비문의 연대는 매향의식을 거행한 연대와 비석을 세운 연대로 나누어서 구별할 수 있다. 향을 바다에 묻은 연대, 매향비를 세운 연대, 그 두 시기를 함께 표기하고 있는 경우, 아예 판독이 불가능한 경우 등으로 나눌 수 있다.

매향연대표기(10곳) : 신안팔금도. 고성삼일포. 평북정주. 영암엄길리. 경남사천. 덕산효교리. 신안암태도. 법성영락명. 영암채지리. 장흥덕암리.

입비연대표기(3곳) : 법성홍무명, 해남맹진. 홍성어사리

매향연대와 입비연대를 함께 표기한 경우(1곳) : 경남삼천포

판독불가(1) : 신안도초

매향한 시기와 입비 시기가 어떻게 차이가 있는 살펴볼 수 있다. 경남삼천포매향비에는 두 시기를 함께 표기하고 있어서 비교할 수 있다.

永樂戊戌二月日碑

丁酉二月十五日 戊戌二月十五日 當陳水陸祭無遮大會 至此沈香浦 各聚香木 沈香

위 기록은 정유년(1417년) 2월 15일과 무술년(1418년) 2월 15일에 두 차례의 수륙제무차대회를 열면서 침향포에서 각자가 향나무를 바닷물에 갈아앉히는 매향의식을 거행한 후, 매향비는 무술년 2월 어느 날에 세웠음을 알 수 있다. 정유년의 매향의식에서는 매향비를 세우지 않고 다음해인 무술년에 매향의식을 거행한 후 두 매향의식에 대한 기록을 비석에 남기고 있다. 이 비에 의하면 매향의식이 수륙제무차대회의 부분적인 행사로 시행되었다는 것이고, 매향의식이 단독으로 또는 수륙제무차대회처럼 더 큰 불교행사의 부분행사로 시행되고 있음을 확인할 수 있다. 입비한 시기도 매향의식을 거행한 무술년(1418년) 2월 15일과 그리 멀지 않는 2월 달이라는 것을 확인할 수 있다. 매향의식을 거행한 날과 매향비를 세운 날은 그리 멀지 않는 며칠 상관이며, 매향의식은 단독으로 시행할 수도 있으며, 다른 행사의 부분적인 행사로 시행하였음을 경남삼천포매향비의 기록에서 파악할 수 있다.

매향의식을 거행한 시가와 매향비를 세운 시기는 년중 어느 달이 가장 빈도가 높은가? 하는 문제는 위자료를 보면

1월－없음. 2월－2건. 3월－3건. 4월－2건. 5월－없음. 6월－없음.

7월－1건. 8월－5건. 9월－없음. 10월－1건. 11월－없음. 12월－없음.

8월이 5건이고 3월이 3건이며 다음으로 2월과 4월이 각각 2건이며, 7, 10, 12월이 각각 1건이다. 이 통계로 보아서는 특별한 월별특징은 찾을 수 있을 것 같지는 않아 보인다. 초파일이 있는 4월이라고 해서 특별한 변별성이 있어 보이지도 않는다. 매향의식은 대체적으로 보아서 봄과 가을에 해당하는 계절에 거행했다는 것이 된다. 한 겨울은 피한 것 같은 달수들이다.

연대를 표기한 방법도 다양하게 사용되고 있다. 특별한 방식이 있다기보다는 그때그때의 상황에 따라서 달리 표기하고 있다는 느낌이 든다. 시대적인 특징이 있는 것으로는 보이지 않는다. 특이한 경우로는 영암엄길리매향암각의 연대표기가 '석가열반후'라는 불기를 사용한 경우이다. 가장 단순한 "연호+햇수"에서부터 갖추어서 표기한 "연호+햇수+간지+월수+일수"의 경우까지 다양하게 표기하고 있어서, 각각의 의례상황에 맞추어서 표기하고 있다고 보아야 할 것이지, 별다른 특성을 찾기는 어렵다.

1. 연호+햇수+간지+월수+일수(4곳) : 경남사천. 덕산효교리. 해남맹진. 홍성 어사리

洪武二十年丁卯八月二十八日(경남사천)

永樂元年癸未三月十二日(덕산효교리)

永樂四年丙戌三月二十三日(해남맹진)

宣德二年丁未八月十日(홍성어사리)

2. 연호+햇수+간지+월수(3곳) : 법성영락명. 법성홍무명. 신안도초

永樂八年庚寅八月日(법성영락명)

洪武四年辛亥四月(법성홍무명)

天順元年丁七月日(신안도초) – 간지(丁丑)를 가로로 쓴 경우이다. 丑

3. 연호+햇수+월수+일수(2곳) : 신안암태. 영암채지리

榮樂三年四月四日(신안암태)

宣德五年十二月十九日(영암채지리)

4. 연호+간지+월수(1곳) : 경남삼천포

榮樂戊戌二月(경남삼천포)

5. 연호+햇수+월수(3곳) : 평북정주. 장흥덕암리. 고성삼일포

元統三年三月(평북정주)

宣德十年十月日(장흥덕암리)

至大二年八月(고성삼일포)

6. 연호+햇수(1곳) : 신안팔금도

統和二十年(신안팔금도)

7. 석가열반후 년수+월수+일수(1곳) : 영암엄길

釋迦涅槃後二千三百四十九年八月十三日(영암엄길)

3. 매향비가 위치한 지역별 특성

한국인들은 "나무아미타불 관세음보살"이라는 염불은 누구나 알고 있으며, 눈에 띄는 불상은 거의 미륵불상이라고 인식하고 있다. 산과 계곡 또는 들에 세워져 있는 불상들은 거의 미륵이라는 이름으로 불리울 정도로 미륵은 한국인들에게 가깝고 귀에 익은 명호이다. 매향의식은 미륵하생신앙을 바탕으로 이 세상에 내려오는 미륵보살이 베푸는 용화보리수 나무 아래에서 베푸는 3회의 설법에 참여하여 향공양을 하려는 목적을 가진 미륵하생신앙을 바탕으로 한다. 매향비가 전남의 해안지역이나 도서지역에 다수를 차지하고 있음은 이 지역이 역사적으로 미륵신앙의 전통이 강한 지역이라는 사실도 영향을 주었을 것이다. 백제시대의 미륵사, 통일신라시대의 금산사, 고려시대의 개태사와 관촉사 등이 모두 전라도지역에 위치하는 미륵신앙의 가람들이었다.[6] 미륵신앙이 대중화되면서 민간신앙적인 면모를 띠어가면서 기복적인 성향이 강조되고 매향의식도 활발하게 성행하게 되었지 않을까 가정하여 본다.

강원도(1곳) 고성삼일포(1309)

충청남도(1곳) 홍성어사리(1427)－이 비가 발견당시에 해미에 있어서 해미매향비로 불리어졌으나 원래 어사리에 있었다는 현지의 증언이 있어서 명칭을 어사리매향비로 바꾸는 것이 옳다하여 이름이 바뀐 경우이다. 현재는 인천대학교박물관에 있다.

---

6 김삼룡, 『韓國彌勒信仰의 硏究』, 1983, 동화출판사, 154쪽.

경상남도(2곳) 사천(1387). 삼천포(1418)

평안북도(1곳) 정주(1335)

전라남도(9곳) 팔금도(1002). 엄길리(1344). 법성홍무명(1371). 신안암태도(1405). 해남맹진리(1406). 법성영락명(1410). 영암채지리(1430). 장흥덕암리(1436). 신안도초(1457)

전라남도에서 발견된 매향비가 9개로 다수를 차지하며, 함경남북도, 평안남도, 충청북도, 경상북도 등지에서는 매향비가 발견되고 않고 있다. 한국의 매향비가 전국적으로 얼마나 있는지 아직 확인되지 않는 상황에서 미륵하생신앙의 표출인 매향의식이 지역적으로 어떻게 이루어지고 있었는지 판단하기에는 아직 이르다.

4. 매향비의 형태와 위치 그리고 비문 글씨체의 특징

매향비의 형태는 우선 자연석을 약간 다듬어, 주로 해안가의 적당한 위치를 선정하여 세운 비석형태와, 해안에 가까운 자연암석을 찾아서 바로 비문을 새기어 놓은 형태인 암각형태가 있다. 현전하는 한국 매향비는 암각형태가 5개이고 비석형태가 11개이다. 별다른 변별성은 찾기 어렵고 당시의 상황에 따라서 두 형태 가운데서 편리한 쪽을 선택하였을 것으로 보인다.

비석형태(11곳) : 신안팔금도. 고성삼일포. 평북정주. 법성홍무명. 경남사천. 덕산효교리. 신안암태도. 법성영락명. 홍성어사리. 영암채지리. 신안도초.

암각형태(5곳) : 영암군엄길리. 덕산효교리. 해남맹진. 경남삼천포. 장흥덕암리

매향비의 위치는 강원도삼일포매향비가 호숫가에 있었다는 기록이 있는 외에는 모두가 해안가에 위치하고 있다. 그곳은 매향처와 별로 떨어지지 않는 위치라는 생각이다. 매향비가 위치한 곳을 기준으로 매향처를 표시한 경우도 있다. 매향비가 있는 마을을 심향동沈香洞(평북정주), 침향포沈香浦(경남삼천포), 심향포沈香浦(장흥덕암리). 비석거리(신안암태) 등으로 부르기도 한다. 매향비에 얽힌 전승설화는 비문을 해석하면 막대한 금을 얻을 수 있으며, 그 비를 함부로 훼손하면 벼락을 맞는 등의 재앙을 당한다는 이야기가 전승하는 예가 많다.[7] 현재 매향비가 있는 장소는 바닷가가 변하여 거의 간척지가 되어 있다. 매향비는 간척공사를 하는 과정에서 매몰되었다가 다시 발굴되거나 수로의 징검다리 등으로 쓰이다가 다시 세워져 원위치가 아닌 곳으로 옮겨진 경우가 태반이다

매향비의 글씨체는 고성삼일포매향비, 경남사천매향비 이외에는 거의가 아주 서툰 해서체의 글씨로 씌여져 있는 것이 상례이다. 지명, 인명, 관명 등이 이두체로 표기된 경우가 많으며 그 문장의 내용도 매향을 행하거나 비를 세운 연대. 매향참여자 내지는 주도자. 매향목적. 매향위치 등을 아주 단순하게 표기한 문장구성이다. 이두문을 주로 사용하고 자체는 간자가 많이 사용되고 아주 거친 필체라는 점으로 보면 매향비문을 지은 인물은 사대부계층의 사람이라기보다는 승려나 중인계층으로 사료된다. 모두가 횡서로

7 이런 내용의 전승설화는 해남맹진리의 매향암각, 신안암태도매향비, 영암엄길리매향암각 등에 형성되어 있다.

표기되어 있으며, 아주 특별한 경우에는 종서로 표기된 부분적인 경우도 발견된다.('신안도초매향비'의 간지 표기 경우) 문장은 우측에서 좌측으로 표기하고 있으나 영암엄길리매향비와 장흥덕암리매향비의 경우는 좌측에서 우측으로 표기하고 있다. 두 경우가 다 자연암석에다 표기한 것으로 보아서 바위의 형태에 따른 불가피한 표기방법으로 보인다.

5. 매향처의 표기방식

매향처의 표기내용은 매향사실, 매향처의 방향, 어느 기준으로부터의 거리 등으로 나누어지는데 각각 독특하고 다양한 표기방식을 사용하고 있다.

1) 매향사실에 관한 표현의 차이

> 埋置(영암엄길리. 장흥덕암). 埋香置(해남맹진리). 沈香(경남삼천포). 埋香(법성홍무명. 법성영락명. 홍성어사리) 沈香埋置(영암채지리). 爲沈水香事(신안팔금). 埋香沈(평북정주)

매향사실에 대한 표기내용은 주로 매향埋香, 침향沈香 등의 표현을 쓰고 있다. 엄격하게 말하자면 용어의 의미로 보아서, 매향埋香은 향을 '묻은' 뜻이고, 침향沈香은 향을 '갈아앉힌' 뜻이지만 '향을 뻘 속에 묻은' 의미로 보아야 할 것이다. '매埋'와 '침沈'을 함께 사용한 용어도 있다. '침향매치沈香埋置', '매향침埋香沈'의 의미는 앞의 것이 '향을 갈아앉혀 묻어두다' 뒤의 것이 '향을 묻어 갈아앉히다'이지만 결국 같은 의미이다. 향을 바다의 뻘 속에 묻어두는 의식은 '매향埋香'이나 '침향沈香'이나 차이가 없었을 것이다.

2) 매향된 방향의 표기방법

向東(법성홍무명. 법성영락명)

竹山縣東村 座具浦(해남맹진리)

正南 百步(신안군팔금도)

巳地(장흥군덕암).

午地(영암군채지리)

東岩置 南今隱哉 西岩泰島 北尾山永(신안군암태도)

위의 예에서 보듯이 매향비나 해안가의 마을을 기준으로하여 동東, 북北, 정남正南 등의 방위를 설정하여 주는 표기가 있으며, 장흥군덕암리매향비와 영암군채지리매향비처럼 12지를 사용하여 방향을 표시하고 있으며, 신안군암태도매향비의 경우처럼 동남서북의 4방에 있는 지점을 표시하여 매향처를 십자十字로 정확하게 표기하는 경우도 있다.

3) 거리의 표기방법

三百步(법성홍무), 二百步(법성영락), 五百步(해남군맹진리), 百步(신안군팔금), 六里間(영암채지리), 五里(홍성어사리)

거리는 주로 매향비를 기점으로 한 보수步數나 리수里數로 표시하고 있다.

4) 매향 장소를 표기하는 문장의 유형

매향처를 표시하는 문장구성은 위의 세 문장요소를 다양하게 복합시키고 있다. 이 문장표현도 어느 시대적인 특성이나 지역적인 특징을 일관되게 드러내지 않고 있다. '매향치埋香置'(향을 묻어두다), '매치埋置'(묻어두다) 등의 이두식 표기를 하고 있는 점이 특징이다.

① 매향처+매향사실(영암군엄길리. 해남군맹진. 경남삼천포. 홍성어사리. 영암채지리)

古乙未北村走乙冈浦 + 埋置(영암군엄길리)

竹山縣東村座具浦 + 埋香置(해남맹진리)

여기의 매향처는 거의 전부가 '～浦'가 붙는 포구마을이다. 침향포沈香浦·서길술포西吉述浦·진포珍浦 등의 마을이다.

② 방향 + 거리 + 매향사실(법성홍무명. 법성영락명)

向東 + 二百步 + 埋香(법성홍무명)

③ 방향 + 매향사실(신안군도초)

巳地 + 埋置(신안군도초)

④ 마을 + 방향 + 거리 + 매향사실(영암군채지리)

珍浦 + 午地 + 六里間 + 沈香埋置(영암군채지리)

6. 매향목적

매향비의 문구에서 보는 매향목적은 구체적으로 적시하는 경우가 많지 않다.

龍華初會供養之願(영암군엄길리)

慈氏下生 龍華三會 □此香 達奉獻供養(경남사천)

主上殿下萬萬歲國泰民安(경남사천)

當來彌勒前 埋香(덕산효교리)

來世彌勒當來初會 各□此香(홍성어사리)

發願(장흥덕암리. 평북정주. 해남맹진리)

주로 미륵불이 하생할 때에 향을 공양하기 위해서 매향하는 내용이며, 경남사천의 경우에는 미륵하생신앙을 나타내면서도 왕과 국가를 위한 매향임을 볼 수 있다. 매향목적을 구체적으로 드러내지 않았다 하더라도 일차적으로는 미륵하생신앙을 바탕으로 하면서 매향하는 개인이나 집단들의 개별적인 소원을 빈다는 의미를 '발원發願'과 같은 문맥에서 볼 수 있다. 매향사실에 관한 사항만 나타내고 매향목적을 기록하지 않는 비문은 미륵신앙이 민간신앙으로 변화해 가는 경우가 아닌가 한다.[8]

---

8 이 경우의 매향비는 영암채지리, 신안암태도. 법성홍무명, 법성영락명, 신안팔금도 등이다.

7. 매향의식을 주도하거나 참여한 사람들

매향의식이나 매향비를 입비하는 행사에 참여하는 사람들은 대개 관련단체, 승려, 일반인, 관료 등으로 나누어진다. 이들의 구체적인 인적사항이나 단체의 명칭들을 거론하여 보자.

1) 참여 단체

미타계彌陀契(영암엄길리) : '미타계내천만인彌陀契內千萬人'이라고 기록하고 그 계원의 명단을 '명패名牌'라고 하여 구체적인 계원들의 이름을 거명하고 있다. 하급관료4명과 일반인 2명으로 구성되어 있다. 계원들을 천만 인이라 과장하고 있는 것도 매향비의 기록에서 흔히 보는 사례이다.

천인결계千人結契(경남사천) : '千人結契埋香願王文'이라고 매향비문의 제목을 달아놓은 경우이다.

'주상전하만만세국태민안主上殿下萬萬歲國泰民安'과 미륵보살의 용화삼회에 참석하기 위해서 매향하는 목적이 구체적으로 기록되고 비문의 끝부분에 '우파새우파이비구비구니優婆塞優婆夷比丘比丘尼 도계사천일백인都計四千一百人'이라 하여 계원의 구체적인 사항을 기록하고 있다.

결원향도結願香徒(법성영락명. 덕산효교리) : '결원향도結願香徒 동량한공수전棟梁韓公守全'(법성포매향비)에서 향도조직의 대표격으로 동량인 한수전을 들고 있다. 덕산효교리매향비에서는 이 조직에 대해서 아무런 구체적인 사항이 기록되어 있지 않다.

만불향도萬佛香徒(신안암태도) : 암태도매향비에 이 조직에 대해서 구체적인 사항 이 없으나, 신도조직일 것으로 추측된다.

미타향도彌陀香徒(해남맹진리) : '미타향도오십인彌陀香徒五十人'이라는 기록으로 보아서 신도조직으로 추측된다.

결원시주結願施主(법성영락명) : '결원시주結願施主 가물加勿'이라는 기록으로 보아서 역시 신도조직으로 추측된다.

향도香徒(장흥덕암리) : 향도에 대한 아무런 설명이 없음.

상당일백上堂一百(해남맹진리) : '상당上堂'이 불교적인 성격이 조직인지 아니면 무속적인 성격인지는 불분명하다. '당堂'이라는 용어로 보아 무속적인 성격이 강할 것이라는 생각이다.

도속향도팔백여인道俗香徒八百餘人(신안팔금) : '도道'는 불교계이고 '속俗'은 일반인을 의미하는 것으로 사료 된다. 불교계의 인물과 일반인들로 구성된 향도 8백 여 사람이라는 뜻으로 해석된다.

2) 승려 참여

거의 모든 매향비가 승려의 참여를 기록하고 있다. 승려의 참여에서 매향의식을 주관하는 직책으로 보이는 '화주化主', '대화주大化主', '주법主法', '법주法主', '주主' 등의 기록은 매향비의 가장 끝에서 따로 기록하여 그 중요성을 드러내고 있음을 본다. 이런 경우의 예를 들어본다. 참여자들의 성분에 따라서 기록하는 장소를 서로 구분을 두고 있음을 알 수 있다. 일반인들과 승려의 기록은 공간을 따로 잡아서 하고 있다. 승려의 명단은 일반인이나 관료보다 더 뒤에 기록하고 있으며, 화주는 특별히 가장 끝부분에 하고 있다.

化主及岩(영암엄길리). 化主天雨(법성홍무명). 大化主 覺禪(경남사천)
主法覺因緣化(해남맹진리). 大化主 信寬(경남삼천포). 主 洪信(장흥덕암리)

3) 일반인 참여

일반신도나 일반주민들이 매향의식이나 매향입비행사에 참여내지는 주관한 경우이다. 이들 신도들은 대개 불교단체 또는 조직의 일원으로 참여하고 있거나 시주 또는 대시주로서 참여하고 있다. 그 이외에 밥짓기, 부엌관리 등의 잡역부로 참여한 경우의 일반인들도 기록되고 있어서 주목된다.

금물今勿 김덕중金德中(영암엄길리) : 미타계에 속하는 일반인으로서 2명이 기록된 경우
부금夫金 수주개修廚介(경남사천) : 우측 하단에 따로 첨기하여 잡역을 하는 일꾼인 듯하다.
김시주영이金施主永伊 숙반녀이熟飯女二(신안군암태도) : 우측하단에 따로 첨기하였음. 시주를 따로 첨기한 경우는 다른 비에서는 찾아볼 수 없음.

리중고로里中古老 남녀유아男女幼兒(홍성어사리)

대시주大施主(신안도초도)

시주잉소施主仍所(영암채지리)

4) 관료 참여

관료들이 매향의식이나 매향입비에 참여한 경우다.

江原道存撫使金天佑(강원도삼일포)

金上佐大□ 金左昆召 金上冬火 金□洪□□(영암엄길리)

棟梁韓公守仝(법성영락명)

경남삼천포매향비에서는 '십방시주十方施主'라 하여 관료 5명을 기록하고 있다.

매향의식이나 매향비를 세운 행사에 참여 또는 주도한 위에서 열거한 1.2.3.4의 경우를 집합하여 해당되는 매향비를 열거하면 다음과 같다.

1+2+3+4(3개) 영암군엄길리. 강원도삼일포. 경남삼천포

1+2+3(5개) 경남사천. 덕산효교리. 해남맹진리. 신안암태도. 장흥덕암리

1+2+3(1개) 법성영락명

1+2+4 없음

1+2 없음

1+3(2개) 영암채지리. 신안도초

2+3(1개) 신안팔금

2(1개) 법성홍무명

3(1개) 홍성어사리

불교단체 또는 불교조직과 승려, 일반신도들이 모아서 매향의식을 한 경우가 5경우로 가장 많고 거기에 관료들이 합세하여 한 경우가 3경우로 다음을 차지하고 있다. 순수한 불교단체나 승려와 일반신도들이 모여서 하는 경우도 3경우로 볼 수 있으며 스님 독단으로 또는 일반인(불교신도포함)들만이 모여서 하는 경우도 각각 1경우씩 있음을 알 수 있다.

8. 매향비문의 구성

매향비문의 주요구성요소는 매향연대, 매향목적, 매향처, 참여자. 매향수량 등이다. 이 구성요소들이 매향비문들에 어떻게 연결되는지 살펴보면 매향비의 또 다른 특징이 될 것이다.

매향비문의 구성요소들이 대개는 매향연대를 가장 앞에 두고 있으나 그 이외의 요소들은 각각의 매향비마다 그 구성순서와 기록방법 들이 제각각으로 다르다. 통일된 구성요소가 없다고 볼 수 있다.

신안군팔금 : 매향연대 – 매향참여자 – 매향처 – 매향기간

평북 정주 : 매향연대 – 매향목적 – 매향분량 – 연대

영암엄길리 : 매향연대 – 매향목적 – 매향처 – 참여자

법성홍무명 : 연대 – 매향처 – 참여자

경남사천 : 제목 – 매향목적 – 연대 – 참여자

덕산효교리 : 연대 – 매향분량 – 매향목적 – 참여자

신안군암태 : 매향처 – 연대 – 참여자

해남군맹진 : 매향처 – 참여자(일반인) – 연대 – 참여자(승려) – 매향처와의 거리

법성영락명 : 연대 – 매향처 – 참여자

경남삼천포 : 연대 – 참여자 – 매향목적 – 참영자 명단

홍성어사리 : 연대 – 매향참여자 – 매향처 – 매향목적 – 화주

영암채지리 : 연대 – 참여자 – 매향처

장흥덕암리 : 연대 – 참여자(일반인) – 매향처 – 참여자(승려, 화주)

신안군도초 : 연대 – 매향처 – 참여자

매향비의 문장이 구성된 유형을 어느 내용부터 시작하는가 하는 기준으로 보면, 매향(또는 입비)연대를 맨 앞에 기록한 경우가 가장 많으며 다음에 매향처을 맨 앞에 기록한 경우 그리고 매향목적을 기록한 경우로 드러난다. 비문구성도 역시 매향연대를 가장 앞에 기록하고 있으나 통일되었다고 보기보다는 매향에 관한 시간. 장소, 인물, 목적 등의 문장내용이 있는 비문이라면 매향비문으로 인정된다고 보는 것이 타당할 것이다.

매향연대로 시작하는 비문(10개) : 신안군팔금 영암엄길리. 법성홍무명. 덕산효교리. 법성영락명. 경남삼천포. 홍성어사리. 영암채지리. 장흥덕암리. 신안군도초

매향처의 기록으로 시작하는 비문(3개) : 신안군암태. 해남군맹진리. 평북정주

매향목적의 기록으로 시작하는 비문(1) : 경남사천

9. 맺는말

현재까지 한국에서 발견된 15개의 매향비 이외에도 앞으로 새롭게 발견될 가능성이 많다고 사료된다. 이 비석들을 통해서 매향이라는 불교의례 내지는 의식의 구체적인 성격과 변화과정을 규명해내어야 하는 것이 연구의 관건이라고 본다. 중국이나 일본에서는 발견되지 않는 이 비석들로 인해서 매향이 한국고유의 불교의식이라는 것을 알 수 있는데도, 어느 때부터인지 그 전통이 단절되었으나 요사이 와서는 다시 이어가려는 노력도 보인다.

한국의 매향의식이 언제, 어디서, 누구에 의해서, 어떻게 형성되고 시대에 따라 진행되어 왔으며 불교의 미륵신앙의 추이와 어떤 관계를 가졌으며, 종교민속학적으로는 어떤 의미를 지니고 있는지 하는 문제들이 아직 밝혀지지 못하고 있다는 점에서 한국의 매향의식 내지는 매향비연구는 아직도 가야할 길이 멀다. 이 글에서는 이제까지 발견된 매향비들의 형태와 내용을 시대별 지역별 특성, 매향비문의 표기 방식, 매향목적, 참여인들의 구성, 매향비문의 문장구성 유형 등으로 나누어서 분석해 보았다. 이 가운데서 매향목적이 비교적 시대가 뒤로 올수록 미륵신앙의 특성이 약화되고 민간에서 기복신앙화되어 가는 양상을 보였으며, 매향의식에 참여한 인물들에서 그 주도적인 역할은 승려였으며, 관리와 불교 신도 일반인들이 돕고 참여하는 행사였음을 알 수 있었다. 그 밖에 매향비의 형태, 비문의 문장구성과 표현방법 등은 시대나 지역적으로 별다른 변화와 차이점이 없었다.

현재 가장 연대별로 오랜 매향비는 조선왕조실록의 기록상으로 확인되는 신안팔금도매향비가 고려 의종 2년(統和 10년, 서기 1002년)에 해당한다. 그 이전의 매향비나 매향기록은 아직 발견되지 않으나, 전남 영암군 서구림리 신흥동에 있는 정원명석비貞元銘石碑(도문화재자료 181호)가 그 비문이 온전히 판독되지 않고 있으나 매향비로 의심이 간다. '貞元二年丙寅五月十日'이라는 연대는 판독이 가능하여 신라 원성왕 2년(서기 786년)에 해당하는 시기이다. 이 비가 판독이 되어서 매향비로 확정이 되면 아마 한국에서 가장 오랜 매향비가 될 것이고 매향비의 상한연대를 286년이나 더 올릴 수 있게 될 것이다.

9

영암군 서호면 엄길리 암각매향비의 판독과 해석

제 9 장 영 암 군 서 호 면 엄 길 리 암 각 매 향 비 의 판 독 과 해 석

1. 머리말

엄길리 매향비는 영암군 서호면 엄길리에 있는 서호면 면사무소 뒤쪽으로 대략 5백m 정도 떨어져 있는 철암산(해발 120m)에 지역민들이 "철암", "쇠바우" 또는 "글씬바우"라고 부르는 자연석에 매향사실이 음각되어 전해오고 있으며 매향 시기는 고려 충목왕 원년(1344년)이다. 영암군 서호면 엄길리 산 85번지의 철암산 정상에 있는 큰 바위인 철암의 하단부분에 머리를 숙이고 지나야 할 정도로 좁은 암석협곡 입구의 우측하단에 매향사실이 세로 125cm × 가로 80cm의 넓이로 새겨져 있다. 이 협곡은 넓은 암석 하나가 지붕처럼 얹혀 있어서 매향석각이 빗물이나 풍설에 노출되는 것을 막아주고 명문의 글씨가 안전하게 보호되어 비교적 선명하게 판독할 수 있었다.

주민들 사이에서 이 "글씬바우"의 글씨를 읽고 내용을 풀어내면 수많은 보물을 찾을 수 있다고 하며, 어떤 사람이 이 바위를 파려고 하다가 벼락을 맞았다고 하는 이야기가 전승하고 있다. 철암산 앞으로 전개되는 들은 원래 바다였으나 원을 막아서 조성되었으며 현재 들너머로 구림이 보이고, 이 석각비는 은적산에서 발원한 산곡수가 바다로 흘러들어가 해수와 만나는 지점에 있어서 매향비 특유의 지리적인 특성과 전승하는 설화 모티브의 특징을 철암산의 엄길리 매향비에서도 볼 수 있다. 엄길리 매향비는 1984년 당시 목포대학 사학과의 이해준교수가 이곳에 근접한 장천리 지석묘발굴에 참가하는 중에 주민들의 구전을 듣고서 찾아가 발견하여 학계에 소개한 뒤로 널리 알려지게 되었으며 1988년 12월 21일에는 전남도 기념물 제119호로 지정되었고 2001년에는 전남도 지정문화재로 승격되었다.[1]

남도불교문화연구회에서는 2001년 7월 월례 연구모임에서 그 동안 진행해 오고 있는 전남지역의 불교관련 금석문조사의 일환으로 엄길리 매향비를 조사하고 탁본작업을 하였다. 그 동안 전남지역의 금석문들이 연구자들의 탁본작업과 교감교열을 통해서 많이 알려지고 연구자료로서 활용되어 왔으나 아직도 정확한 교감교열작업이 미진하여서 연구자료로서 가치를 충분히 인정받기에는 어렵다는 판단에서 남도불교문화연구회에서는 이 지역 불교관련 금석문에 대한 교감교열작업을 전반적으로 진행하고 있다. 이번에 엄길리 매향비도 역시 탁본을 더 세밀하게 하여 원래의 비와 서로 대조하고 기존의 자료와 교감한 결과 첨삭과 교정을 해야 할 부분이 더 있다는 것을 발견하였다. 이런 결과는 엄길리 매향비의 문화재적인 가치를 더 높이고 연구자들에게 더 정확하고 풍부한 연구자료를 제공할 수 있다는 생각에서 뜻 있게 생각한다.

1 이해준, 「전남지방 발견의 埋香資料와 성격」, 『전남문화재』 창간호, 전라남도, 1989, 125~150쪽.

2. 엄길리 매향비의 원문판독

1) 석각문장구조의 특징

엄길리 매향비 석각 내용은 가로행은 17행, 세로행은 19행이며 총 114자(이 중에서 8자는 판독불능)로 구성되어 있다. 엄길리 매향비의 원문은 현실적으로 다음에 제시하는 석각처럼 질서정연한 것은 아니다. 글자마다 서로 크기의 차이가 있으며 가로와 세로의 행이 서로 엇갈려있는 경우도 있으나 논의의 편의상 매향비의 원형과 최대한으로 비슷하게 하면서 가로와 세로의 행들을 새로 구성한 것이다.[2]

엄길리 매향비는 자연암석에 새긴 석각내용이 좌측에서 우측으로 진행되고 있다. 매향비는 일반적으로 우측에서 좌측으로 석각이 진행되고 있으며, 좌에서 우로 진행하는 석각은 엄길리 매향비 이외에 전남全南 장흥長興의 덕암리암각매향비德岩里岩刻埋香碑(세종 16년. 1434년)에서 볼 수 있다. 자연석에 이용해야 하므로 암석의 재질과 형태에 따라서 알맞게 내용을 새겨넣으려는 의도에서 좌에서 우로 석각하였을 것으로 추정된다. 현재까지 내용이 알려진 11개의 한국 매향비 중에서 자연암석의 표면에 석각이 된 것은 4개(사천매향비, 해남마산매향비, 장흥덕암리매향비, 영암엄길리매향비)이며 나머지 7개(신안팔금도매향비, 고성삼일포매향비, 정주매향비, 영광법성포매향비의 두 사례, 암태도매향비, 해미매향비)는 비석형태로 되어 있다.

2 원문의 표시에서 판독이 불가능한 글자는 ( )에 넣어서 번호를 붙인 형태로 표시하였다.

	1	2	3	4	5	6	7	8	9	10	11	12	13	14	15	16	17	18	19
1				釋	四	埋													
2				迦	十	○													
3				涅	九	香													
4	珍	刻	法	槃	年	龍													
5	岩	主	主	後	甲	華	之	北	埋										
6			大	二	申	初	願	村	置	古									
7			衆	千	八	會	古	走	契	乙									
8				三	月	供	乙	乙	(1)	未		名					同	同	化
9				百	十	養	未	冈		堵		牌				同	願	願	主
10					三			浦		人		○			同	願	金	金	○
11					日							○		同	願	申	(6)	德	及
12													願	願	金	上	洪	中	岩
13											彌	彌	(2)	金	(4)	左	冬	(7)	
14											陀	陀	千	上	(5)	昆	火	(8)	
15											契	契	乙	左	今	召			
16											內	內	未	大	勿				
17										千	万	人	分	(3)					

엄길리 암각매향비의 전문

엄길리매향비의 내용석각은 세 부분으로 나뉘어 살필 수 있을 것이다. 세로행1－세로행3을 A, 세로행4－세로행10을 B, 세로행11－세로행19를 C의 세 부분으로 내용을 나누어 전체적인 글자의 모습을 설명하고자 한다. A부분은 세로로 3행 8자이고 가로 21×세로 23cm의 면적이며, 글자크기가 5×5cm부터 4×5cm까지 있으며 글씨체는 정제되지 못한 해서체라고 할 수 있다. B부분은 세로로 7행 47자이고 이 매향비의 내용에서 가장 핵심적이고 중요한 본문이라고 할 수 있다. 이 부분은 가로 50cm× 세로 62cm의 면적을 차지하고 있으며 글자는 큰 것은 8×6cm에서 작은 것은 5×6cm 정도이다. B부분은 이 매향비의 중심부를 차지하고 글씨도 가장 크고 뚜렷하게 보인다. C부분은 우선 그 위치가 B부분의 아래쪽에 위치하고 있으며 내용이 주로 매향을 주도한 사람들의 인명이 열거되어 있고 글씨는 이 비에서 가장 작은 크기로 씌어있다. C부분은 세로 9행 58자이고 면적은 가로 50cm ×

세로 30cm 정도이고 글씨 크기는 4×4cm에서 3×3cm 정도의 글씨이다.

2. 매향비 원문의 자구 판독

자구의 교감은 A, B, C 부분별로 나누어서 『전남금석문』의 자료과 대비하면서 살펴보려고 한다.[3]

1) A부분(세로행1-세로행3)의 판독

세로행1의 '진암珍岩'은 분명하게 인식할 수 있는 글자이다. 『전남금석문』에서도 '진암珍岩'으로 표기하고 있다.

세로행2의 각주刻主는 『전남금석문』에서는 각생刻生으로 인식하고 있으나 확실하지 않아서 각주刻主로 보고 싶다.

세로행3의 '법주대중法主大衆'은 『전남금석문』에서는 '화주대인化主大人'으로 오독하고 있다. '법法'을 '화化'로 보는 것은 명백한 오독이며 '중衆'을 人으로 보는 것도 오독이다. 비문에서는 특히 '중衆'을 사람 '인人'자 셋을 사용한 속자로 각석하여 『전남금석문』에서 '인人'으로 오독한 것이라고 본다.

3 전라남도, 『全南金石文』, 호남문화사, 1990. 靈岩奄吉里岩刻埋香碑. 83~84쪽. 이후에 언급되는 『全南金石文』은 모두 이곳의 자료이므로 별도로 주를 달지 않는다.

『전남금석문』에서는 매향비 내용의 전체적인 구도를 잘못 인쇄하여서, 원비문이 좌에서 우로 쓰인 것을 우에서 좌로 써서 원비문의 석각구도를 훼손하고 있는 점은 매향자료의 원형을 변형시킨 것이므로 바로 잡아져야 한다. 『전남금석문』에서는 A부분 다음에 B부분이 연결되어야 하는데 C부분이 이어지고 있어서 매향비의 원형과 내용의 원문에 혼란을 일으키고 있다.

2) B부분(세로행4-세로행10)의 판독

세로행4의 '釋迦涅槃後二千三百'은 글씨 자체가 크고 선명하게 음각되어서 판독하는 데에 어려움이 없다.

세로행5의 '四十九年甲申八月十三日'도 역시 선명하여서 판독하는 데에 어려움이 없다. 『전남금석문』에서 세로행5－가로행2의 '십十'을 '십拾'으로 오독한 것은 인쇄의 실수라고 본다.

세로행6의 '埋○香龍華初會供養'도[4] 선명하게 음각되어서 판독하는 데에 어려움이 없다. 『전남금석문』에서도 같은 내용이다. 이곳에서 '회會'가 약자로 음각되어 있으며 '매埋' 다음이 빈 공간으로 한 자 띠고 '향香'이 이어지고 있는 것은 '향香'에 대한 신앙적인 숭배의 의미가 있다고 생각된다.

4 글자와 글자 사이의 빈칸은 ○으로 표기하였다.

세로행7의 '之願古乙未'도 비교적 선명하게 음각되어 있어서 판독의 어려움이 없다. 『전남금석문』에서 '원願'을 판독하지 못하고 비워두고 있는 것은 '원願'이 극심한 약자로 음각되어 있어서 읽어내지 못한 것으로 보인다. '고을미古乙未'의 이 세 글자를 판독하기도 쉽지 않았다. 특히 '을乙'은 글씨 크기가 아주 작고 글씨체가 거의 초서 수준이어서 판독해내기가 어려웠으며 '미未'도 역시 '을乙'과 너무 가까이 붙어 있어서 판독해내기가 어려웠다. '고을미古乙未'는 세로행10에서 반복되어 나와 판독에 도움이 되었다.

세로행8의 '北村走乙冈浦'에서 '북촌北村'은 선명하게 음각되어 있으나 '주走'는 흘림약자체로 음각되어 있어서 판독이 서투른 사람은 '거去'로 오독하기 쉽다. 『전남금석문』에서도 '거去'로 오독하고 있다. '을乙'은 글자의 크기가 작고 글씨의 획이 좌우로 늘어져 있어서 역시 판독하기 쉽지 않았다

세로행9의 '埋置契(1)'에서 (1)는 판독하기 어려운 글자였다. 『전남금석문』에서도 판독하지 못하고 있다.

세로행10의 '古乙未堵人'은 선명하게 음각되어 있어서 판독하기 어렵지 않았다. 『전남금석문』에서도 '古乙未堵人'으로 동일하게 판독하고 있다.

이 매향비의 B부분에서 판독할 수 없는 글자는 세로행10－가로행8의 위치에 있는 1개 글자였다. B부분은(매향년월일 + 매향목적 + 매향한 장소 + 매향당시의 의식광경의 일단)의 내용으로 구성되어 있으므로 이 매향비의 중심부에 속하고 있다. 글씨가 크고 선명하게 음각되어 있어서 판독하는 데에 큰 어려움은 없었으나 판독하지 못한 1개의 글씨가 있어서 아쉽다.

3) C부분(세로행11-세로행19)의 판독

C부분은 B부분의 다음으로 이어지고 있으나 그 위치가 B부분의 세로행10인 '古乙未堵人'의 하단에서 시작하여 좌에서 우측으로 음석되어 있다. 전체적으로 글씨의 크기가 적고 선이 가늘어서 판독해내기 어려운 글자들이 많았다.

세로행11－세로행12의 부분은 몇 글자들이 교착되어 있다. 세로행11의 '弥陀契內'의 하부에서 세로행12의 '弥陀契內' 하부에 걸쳐서 좌에서 우로 가는 가로방향으로 '천만인千万人'이 음각되어 있다. 이 '천만인千万人'이 가로로 음각된 것은 암석의 하단부에 세로로 쓸만한 공간이 없어서 가로로 썼을 것으로 생각된다. 『전남금석문』에는 세로행11의 '미타계내弥陀契內'에서 앞의 '미타弥陀'를 판독하지 못하고 있다. 세로행12－가로행8의 '명名' 세로행12－가로행9의 '패牌'가 있다. 『전남금석문』에는 세로행12－가로행9의 '패牌'를 판독하지 못하고 있다. 세로행12의 '명패名牌'의 우하측에 있는 글씨들은 모두 매향의식을 주도한 인물들의 관등성명들로 추정된다.

세로행13의 '願(2)千乙未分'에서 '(2)'는 판독이 불가능하였다. 『전남금석문』에서는 세로행13의 '원願'과 '(2)'를 판독하지 못하고 있다. '원願'은 극심한 약자로 음각되어 있으며 암석의 표면결과 연결되어서 판독해내기가 쉽지 않았다. 세로행13의 '원願'을 기점으로 하여서 세로행14부터 세로행18까지 모두 첫글자가 '동원同願'으로 시작하고 있다.

세로행14의 '同願金上佐大(3)'에 마지막 글자인 '(3)'을 판독할 수 없었다. '겸兼'으로 추정할 수 있었으나 분명하지 않아서 판독불가능한 글자로 결정하였다. 『전남금석문』에서는 가로행14에서 '상上'과 '대大' 그리고 '(3)'을 판독하지 못하고 있다.

세로행15의 '同願金(4)(5)今勿'에서 '(4)(5)'를 판독할 수 없었다. '(4)'는 '병炳'으로 볼 수 있었으나 자신이 없었다. 『전남금석문』에서는 '병炳'으로 쓰고 역시 ?를 달아서 의문을 표시하였다. '(5)'는 『전남금석문』에서도 판독하지 못하고 있다.

세로행16의 '同願申上佐昆召'는 완독되었다. 『전남금석문』에서도 동일하게 완독하고 있다.

세로행17의 '同願金(6)洪冬火'에서 (6)은 판독할 수 없었으나 '凉'으로 의심이 간다. 『전남금석문』에서는 '(6)'은 역시 판독하지 못하였으나 '洪'은 '泄'로 보고 의심이 간다는 표시로 ?를 부기하였다.

세로행18의 '同願金德中(7)(8)'에서 '(7)(8)'을 판독할 수 없었다. '(7)'은 '양洋'으로 (8)은 개開의 초서체로 보고 싶으나 자신이 없어 판독을 보류한다. 『전남금석문』에서는 '(7)'을 '양洋'으로 '(8)'을 '병並'으로 판독하고 있다.

세로행19의 '化主○及岩'은 선명하게 음각되어 있어서 쉽게 판독할 수 있었다. 『전남금석문』에서도 동일하게 판독하고 있다.

C부분의 글자구성의 특성은 가로행13부터 가로행18까지 문장의 구조가 동일하다는 것이다. '①②③④⑤⑥⑦'의 문장에서 ①은 '동同', ②는 '원

願', ③은 성씨, ④⑤는 관직, ⑥⑦은 이름으로 구성되어 있다. 다만 세로행13은 첫 번으로 미륵에게 원하는 사람이므로 ①의 '동同'이 없는 것이다. 이는 완전히 판독된 세로행16인 '同願申上佐昆召'에서 잘 볼 수 있다. '동원同願'은 함께 미륵님께 원한다는 의미이며, '신申'은 성씨이며 '상좌上佐'는 관직이며 '곤소昆召'는 이름이다. 이 구절은 '上佐 申昆召가 함께 미륵님께 원한다'는 의미로 해석된다.

3. 엄길리 매향비의 내용해석

엄길리 매향비의 문장은 좌측에서 우측으로 써오고 있으나 내용을 해석하기 편한 방법으로 현대식 문장표기방법로 세로행의 세로줄 문장들을 가로줄 문장으로 나열하여 해석하고자 한다.

세로행1 珍岩
세로행2 刻主
세로행3 法主大衆
세로행4 釋迦如來涅槃後二千三百
세로행5 四十九年甲申八月十三日
세로행6 埋○香龍華初會供養
세로행7 之願古乙未
세로행8 北村走乙冈浦
세로행9 埋置契(1)
세로행10 古乙未堵人
세로행11 弥陀契內 千萬人

세로행12 弥陀契內

세로행13 名牌○ ○ 願(2)千乙未分

세로행14 同願金上佐大(3)

세로행15 同願金(4)(5)今勿

세로행16 同願申上佐昆召

세로행17 同願金(6)洪冬火

세로행18 同願金德中(7)(8)

세로행19 化主○ 及岩

세로행1 '珍岩' : "珍岩". 인명일 가능성이 큰 것으로 본다. 이 매향비문의 맨 끝에 있는 '化主○ 及岩'에서 보듯이 及岩이 인명인 것이 분명하다면 단어 구성이 비슷한 珍岩도 인명일 것이라는 유추가 가능하다. 화주인 급암이 스님이라면 진암도 스님일 가능성이 크다.

세로행2 '刻主' : 刻主는 이 비문을 각한 장인을 뜻하거나 각한 것을 주관한 사람을 뜻한다.

세로행3 '法主大衆' : 法主는 부처님, 불법을 알고 법을 말하는 이 곧 어떤 회상의 설법주, 한 종파의 주장되는 이를 뜻하고[5] 大衆은 많은 스님들을 의미하는 것이니 法主大衆은 "부처님을 모시는 스님들"을 의미한다고 본다.

세로행4부터 세로행6의 '埋○香'까지 : '釋迦涅槃後二千三百四十九年甲申

5 윤허 용하, 『불교대사전』, 동국역경원, 1983, 280쪽.

八月十三日埋○香'은 "석가가 열반한 후 2349년인 갑신년 8월 13일에 향을 묻다"는 의미이다. 이 해는 고려 충목왕원년이며 서기로는 1344년에 해당한다.[6] 매향년월일을 불기로 표기한 사례는 엄길리 매향비가 유일하다. 현재 발견된 매향비가 중국의 연호를 사용하여 매향이나 입비의 시기를 표기하고 있으나 엄길리 매향비는 불기로 표기하고 있는 점이 특이하다. '향香' 앞에 한 칸을 띠고 표기한 것은 '향香'에 대한 신앙적인 숭배의 의미가 있다고 생각된다. 역사서에도 왕의 이름을 언급하는 경우 이런 사례를 본다.

세로행6의 '龍'부터 세로행7의 '願'까지 : '龍華初會供養之願'은 "龍華初會에 공양하고자 하는 원으로"라고 해석할 수 있다. 용화초회는 미륵부처님이 성불한 후 중생을 제도하기 위해 이 세상에 오셔서 여는 3회의 법회 중에 처음 여는 법회이다. 미륵보살이 56억 7천만년 후에 龍華樹 아래에서 성불하고 華林園에 모인 대중에게 경을 설한다. 첫설법에서 아라한을 얻을 이가 96억, 제2회 설법에서 아라한을 얻을 이가 94억, 제3회의 설법에서 아라한을 얻을 이가 92억으로 이 삼회의 설법을 龍華三會라 한다.[7] 위의 구절은 이 삼회의 설법에서 가장 처음 초회설법에서 미륵부처님에게 드리려는 원으로 매향한다는 의미이다.

세로행7의 '古'부터 세로행9의 '置'까지 : '古乙未北村走乙㓂浦埋置' 는 "古乙未의 北村 走乙㓂浦에 묻어두다"라고 해석할 수 있다. '古乙未'와 '北村走乙㓂浦'는 지명이다. 매향비가 있는 이 지역의 옛지명이 백제시대에는 古彌縣이었으며 신라경덕왕 때 岷湄로 고쳐서 영암군에 붙였다고 한다. 현재

6 이해준 교수 주 1)의 논문을 이용하여 연대를 정함

7 위에 인용한 『불교대사전』, 641쪽.

미암, 학산, 삼호, 서호 4개 면의 지역이 여기에 해당한다.[8] 이 지역 지명의 변화를 참고한다면 '古乙未'는 백제시대의 고미(古彌), 신라시대의 곤미(崐湄)의 순우리말 지명의 이두식 표기라는 가능성을 가지고 있다고 본다. 순우리말 발음으로 한다면 "골미"이다. '골'은 골짜기이고 '미'는 단순한 지소접미사이거나, 산의 의미인 "메"의 뜻일 수도 있을 것이다. 지소접미사로 보면 "작은골짜기"의 의미이고 "메"의 뜻으로 보면 "골짜기산" 또는 "산골짜기"라는 의미이다. '北村'은 '古乙未'의 "북쪽마을"이다. '走乙㓁浦'는 이두식 표기로서 우리말 발음으로 "줄망개"이다. "향을 골미 북쪽에 있는 마을인 줄망개에 묻어두다"라는 뜻으로 해석된다. '줄망개'가 현재 어디인지는 알 수가 없다.

세로행9의 '契'부터 세로행10의 '人'까지 : '契(1)古乙未堵人'에서 '契(1)'은 해석하기가 어렵다. 그러나 '古乙未堵人'은 "골미에 사람들이 담을 이루었다"라는 의미다. 매향의식을 행하는 골미마을에 사람들이 모여들어 마치 담을 이룬 것 같았다는 의미다. 매향비에서 매향의식을 행하는 광경을 이처럼 표현한 경우는 엄길리 매향비뿐이다. 당시 매향의식의 은성함을 눈에 보는 듯이 표현하고 있다는 점에서 귀중한 구절이다.

세로행11부터 세로행12까지 : '彌陀契內 千萬人 彌陀契內'는 "미타계에 속한 천만인 미타계에 속한 천만인"으로 해석되며, 이 지역의 미타계에 속한 사람들이 매향의식에 많이 참여하였다는 의미다. 이 구절에서 비문의 원문에는 '千萬人'이 '彌陀契內'의 아래쪽에 가로글씨로 씌여 있다.

---

8 한글학회 편, 『한국지명총람 15(전남편 Ⅲ)』, 「영암군(특수지역)」, 1983, 177쪽.

세로행13 : '名牌○ ○願(2)千乙未分'에서 '名牌'는 사람의 "이름패"로서 매향의식에 참여한 사람들의 이름을 나열하기 위하여 "이름패"를 걸었다는 의미다. 이름패 밑으로 참여인들의 이름들이 주욱 나열되고 있다. '願(2)千乙未分'에서 (2)는 판독불가능한 글자이지만 千乙관직을 가진 未分이라는 사람의 성씨일 것이다. 이 구절은 "千乙 직책을 가진 (2)성씨 미분이 원하다"라는 의미다. 이 소원은 매향의식을 행하여 미륵부처님이 하래하여 첫 번 설법을 베프실 때에 향을 바치고 성불하고 싶다는 원이다.

세로행14부터 세로행18까지 : '同願金上佐大(3) 同願金(4)(5)今勿 同願申上佐昆召 同願金(6)洪冬火 同願金德中(7)(8)'. 이 구절은 앞의 千乙 (2)未分과 함께 원을 같이 세운 다섯 사람의 관직 성씨 이름을 같은 구조로 명기하여 나열하고 있다. "上佐 金大(3)이 같이 원하고, (4)(5) 金今勿이 같이 원하고, 上佐 申昆召가 함께 원하고, (6)洪 金冬火가 함께 원하고, 德中 金(7)(8)이 함께 원하다"는 의미다. 이 구절에서 판독이 불가능한 글자들은 (3)(4)(5)(6)(7)(8)들이지만 문장의 구조상으로 대략적인 의미영역은 유추할 수 있다. (3)은 이름끝자일 것이고, (4)(5)는 관직의 명칭일 것이고, (6)도 관직의 명칭 앞글자일 것이고, (7)(8)은 德中이라는 관직을 가진 김씨 성의 이름일 것이다.

세로행19 : '化主○及岩'. "化主 及岩" 化主는 주로 거리에 나가서 여러 사람들에게 시물을 얻으면서, 사람들로 하여금 법연을 맺게 하는 동시에 그 절에서 쓰는 비용을 구해 드리는 스님을 말한다.[9] 급암及岩은 스님임이 틀림없으며 아마도 이 매향의식의 실무적인 일을 맡아서 처음부터 끝까지 기획

9 위에서 인용한 『불교대사전, 965쪽.

하고 진행하였던 인물일 것으로 생각된다. 급암及岩이 어느 사찰의 소속스님인지 어떤 종파의 스님인지 알 수 없다. 이 매향비의 맨앞에 언급된 진암珍岩이 스님으로 유추되며 급암及岩과 어떤 관계인지 알 수 없으나 이 매향비의 비문이 진암珍岩으로 시작되어 급암及岩으로 끝나는 문자 구성이 예사롭지 않다.

위에서 살펴본 엄길리 매향비의 원문해석을 정리하면 다음과 같다.

"珍岩

刻主

法主大衆

석가가 열반한 후 2349년인 갑신년 8월 13일에 향을 묻다.

龍華初會에 공양하고자 하는 소원으로 古乙未의 북촌 走乙冈浦에 묻어두다.

(1)이 매향의식으로 古乙未에 사람들이 담을 이루었다.

미타계의 천만인, 미타계의 천만인

이름패

干乙 직책을 가진 (2)성씨의 未分이 원하고

上佐 金大(3)이 함께 원하고,

(4)(5) 金今勿이 함께 원하고,

上佐 申昆召가 함께 원하고,

(6)洪 金冬化가 함께 원하고,

德中 金(7)(8)이 함께 원하다.

化主 及岩"

4. 맺음말

영암군 서호면 엄길리 매향비는 매향시기로 보아서 한국에 현재 남아있는 매향비 가운데서 세 번째에 해당되는 중요한 문화유산이다. 특히 매향시기의 표기를 佛紀로 하였으며 매향목적, 매향처, 매향집단, 매향주도 인물들이 상세히 표기되어 있으며 이 비문에 나오는 관직이나 이두식의 지명, 인명 등은 앞으로 더 상세하게 연구되어야 할 부분이다. 판독이 불가능한 글자가 8자가 되어서 완전한 판독과 해석을 하지 못한 점이 아쉽다. 일찍이 이해준교수가 매향비에 관해서 관심을 가지고 역사적인 시각으로 매향주도 집단의 사회적 변동에 중점을 두어 연구를 진행하여 왔다면, 앞으로 연구자들이 불교사적인 면, 민속신앙적인 분야, 불교경제적인 분야 등으로 더 다양한 관심을 가지고 연구할 수 있어야 한다고 생각한다. 이해준 교수는 암태도 매향비를 시작으로 해남마산매향비, 영암엄길리매향비, 장흥덕암리매향비, 영광법성포매향비, 영암미암마봉리매향비 등 현재 알려진 전남지역의 매향비를 모두 발견해 낸 놀라운 성과를 이루었을 뿐만아니라 매향비에 대한 학술적인 관심을 불러일으켰다.

남도불교문화연구회에서 전남의 불교관련 금석문에 관심을 가지고 탁본을 하고 비의 원문을 교감하고 기존의 자료와 대조하고, 자료의 정확성을 살피면서 한 글자라도 새로운 자료로 활용된다면 다행으로 여기는 학문적 태도는 앞으로 이 지역의 불교문화에 기여할 것으로 생각한다. 엄길리 매향비가 도지정 기념물에서 올해(2001년 9월) 도지정문화재로 승격되었다는 반가운 소식을 들으면서 원문을 교감하였다. 연구회원들이 영암의 서호리 철암산에 올라 뜨거운 햇살을 받으면서 탁본을 하던 열정이 없었다면 원문의 교감은 이루어질 수 없었을 것이다. 탁본의 글자들을 쳐다보며 곰곰이 궁리를 하다가 새로운 글자의 모습을 확인하였을 때의 즐거움은 참으로 큰 것이었으며 회원들의 수고로움에 새삼 감사드린다.

『전남금석문』에 기록된 엄길리 매향비의 내용과 대조하면서 새로 발견된 글자를 첨가하고 잘못된 원문의 구성을 바로잡았지만 탁본의 교감작업에 사실은 『전남금석문』이 좋은 길잡이가 되어 주었다.

10

전남의 매향비 자료와 판독

제 10 장 전남의 매향비 자료와 판독

남도불교문화연구회는 2003년 3월에 전남지방의 매향비에 관심을 두고 각 지역의 매향비자료들을 현지에서 빠짐없이 탁본하였다. 그 탁본자료들을 저본으로 하여 교감을 한 것이 영암군 서호면 철암산매향암각, 해남군 마산면 맹진리 매향암각, 신안군 암태면 해당리 매향석비, 신안군 도초면 고란리 매향석비, 영광군 법성면 입암리 매향석비, 영암군 미암면 채지리 매향석비, 장흥군 덕암리 매향암각 등 7개소의 매향관련석비 내지는 암각비를 탁본하였으며 이 글은 그 자료들을 교감하여 작업한 결과라고 할 수 있다.

전남지방의 매향자료가 타 지역에 비해서 훨씬 더 다양하게 분포되었으며, 이제까지 발견된 자료의 탁본작업이 완료된 것은 남도불교문화연구소 회원들의 열정에 의해서 이루어진 것이며, 매향비연구에 귀중한 자료가 될 것이다. 아직도 매향비에 대한 일반인들의 인식이 크지 않아서 각 지역의 매향자료에 대한 보호와 홍보가 더 이루어져야 할 것이다. 매향석비의 경우에는 보호각을 지어서 매향비를 보호하고 시각적으로도 관광자원으로 교육자료로 활용한다면 효과가 클 것이다. 매향암각과 매향석비 등은 각각의 가치에 따라 빠짐없이 유형문화재로 등록하여 귀중한 불교 또는 민속문화재로 보호가 이루어져야 할 것이다.

신안군 도초면 고란리 매향석비는 고란리로 들어가는 마을입구 도로 곁의 밭둑 위에 버려진 상태로 있으며, 영광군 법성면 입암리의 매향석비도 마을 회관의 국기게양대 옆에 아무런 보호장치 없이 방치되다시피 하였으며, 영암군 미암면 채지리 매향석비도 길가 묘 옆에 방치되어 있으며, 장흥군 덕암리 매향암각도 주택 뒤안에 옹색하게 있어서 매향비에 대한 문화적인 배려가 전혀 없다. 이들 매향비를 보호할 수 있는 비각을 세우고 비문의 내용과 문화적인 가치를 드러내는 현판을 세워서 문화자료로 활용할 수 있는 문화행정적인 조치가 필요하다.

영암군 서호면 엄길리 매향암각은 도문화재로 지정되었다가 국보로 승격되었으며, 신안군 암태면 매향석비를 도지정문화재로 지정되고 보호각이 지어져서 버려졌던 문화유물이 빛을 보고 신안의 자랑거리가 되었으며, 해남군 마산면 맹진리 매향암각은 문화자료로 지정되어 안내현판이 만대산 아래의 길가에 서있다.

사람들이 찾아가서 역사문화적인 유물유적들을 대하고 그 내용과 가치를 알 수 있다면 그 지역의 관광문화적인 면에서 더욱 큰 효과를 낼 수 있다는 점에서 매향관련 유물들의 보호와 홍보가 더욱 요구된다.

1. 海南郡 馬山面 孟津里 埋香巖刻

남불회에서 행한 탁본(2003.3.1)을 저본으로 하여 사용하고 '전남의 금석문'(전라남도. 호남문화사. 1990)의 자료를 참고로 하고자 한다.

• 위치

해남군 마산면 맹진리의 뒷산 8부 능선되는 곳의 장군바위라고 불리는 암벽에 음각되어 있으며, 그곳에서는 산 아래의 마산만(현재는 간척지가 되어 개답공사를 하고 있음)을 내려다 볼 수 있어서 역시 해변가라고 할 수 있다.

• 연대

永樂 4年 3月 23日(조선 태종 6년, 서시 1406)

• 비의 형태

맹진리 뒷산 장군바위의 경사진 면에 음각되어 있어서 비와 눈 등이 닿기 어려운 위치였으며 보존상태가 아주 양호하였다. 글자 판독을 거의 다 할 수 있을 정도로 양호한 상태다. 가로 세로 55cm, 가로 75cm의 글씨면에 세로 9행, 가로 10행이었다.

• **판독**

	10	9	8	7	6	5	4	3	2	1
一					永					
二					樂		徒	埋	村	竹
三				二	四	千	五	香	座	山
四		惠	主	十	年	人	十	置	具	縣
五		觀	法	三	丙	同	八	弥	浦	東
六		等	覺	日	戌	發	上	陀		
七	五	(衆)	因	立	三	願	堂	香		
八	百	小	緣	碑	月	碑	一			
九	步	明	化			文	百			

맹진리 매향 암각

1행 : 결낙자 없음

1－一 : 빈칸

1－二 : 竹. 글자의 윗부분이 마모되어서 보이지 않으나 "竹"자로 판독할 수 있음.

1－三 : 山

1－四 : 縣

1－五 : 東

2행 : 결낙자 없음

2－一 : 빈칸

2－二 : 忖

2－三 : 座

2－四 : 具

3－五 : 浦

3행 : 결낙자 없음

3－一 : 빈칸

3－二 : 埋

3－三 : 香

3－四 : 置

3－五 : 弥. 약자체로 씌여짐.

3－六 : 陀

3－七 : 香

4행 : 결낙자 없음

4－一 : 빈칸

4－二 : 徒

4－三 : 五

4－四 : 十

4－五 : 八

4－六 : 上

4－七 : 堂

4－八 : 一

4－九 : 百

5행 : 결낙자 없음

5－一 : 빈칸

5－二 : 빈칸

5－三 : 千

5－四 : 人

5－五 : 同

5－六 : 發. 약자체로 씌여짐.

5－七 : 願. 약자체로 씌여짐.

5－八 : 碑

5－九 : 文

6행 : 결낙자 없음

6－一 : 永

6－二 : 樂

6－三 : 四

6－四 : 年

6－五 : 丙

6－六 : 戌

6－七 : 三

6－八 : 月

7행 : 결낙자 없음

7－一 : 二

7－二 : 十

7－三 : 三

7－四 : 日

7－五 : 立

7－六 : 碑

8행 : 결낙자 없음

8－一 : 빈칸

8－二 : 主

8－三 : 法

8－四 : 覺

8－五 : 因

8－六 : 緣

8－七 : 化

9행 : 9－六은 '等'의 초서로 씌여져 있으며, 9－七은 '衆'으로 추정된다. 9－七를 두 자로 보고하여 '四分'으로 판독하는 경우도 볼 수 있다.

9－一 : 빈칸

9－二 : 빈칸

9－三 : 빈칸

9－四 : 惠.

9－五 : 觀. 약자체로 씌여 짐.

9－六 : 等. 초서체로 씌여 짐. '전남'에서는 판독하지 못함.

9－七 : 衆. 이 글자를 "四"와 "分"의 두 자로 나누어 보는 견해도 있음. '전남'에서는 판독 하지 못함.

9－八 : 小.

9－九 : 明.

10행 : 결낙자 없음

10－一 : 빈칸

10－二 : 빈칸

10－三 : 빈칸

10－四 : 빈칸

10－五 : 빈칸

10－六 : 빈칸

10－七 : 五

10－八 : 百

10－九 : 步

2. 新安郡 岩泰島 海堂里 埋香石碑

남도불교연구회의 회원들이 2003년 3월 1일에 현지에서 탁본한 자료를 텍스트로 삼아 판독하였다. 매향비가 위치한 암태도의 해당리는 현재는 제방을 쌓아 농토가 형성된 뒤에 바다에서 약간 떨어진 마을로 변화되었지만 원래 바닷가의 마을이었다. 매향비는 과거에는 '비석거리'라고 불려오는 장소에 있었으나, 탁본 당시 해당리 마을 뒷산의 우측기슭에 버려진 듯이 눕혀 있었다. 이 매향비는 1982년 목포대학교 도서문화연구소의 암태도

조사에서 발견되어 학계에 알려졌다.

• 위치

신안군 암태도 해당리 비석거리의 뒷산 우측 기슭

• 연대

영락 3년 4월 24일(조선 태종 5년. 서기 1405년)

• 비의 형태

세로 157cm, 가로 65cm, 두께 30cm 정도의 자연판석에 크기 6~11cm의 글자가 음각되어 있으며 비면은 비교적 고른 상태다. 비문의 내용은 우측에서 좌측으로 읽어나갈 수 있다. 비의 좌측상단이 세로 35cm, 가로 15cm 정도가 깨어져 나가서 그곳의 추정 2행 각행 2자의 글자는 읽을 수 없다.

• 판독

이해준 교수가 판독한 자료(전남문화재 창간호, 전남지방 매향자료와 그 성격)와 '전남금석문'의 자료를 대교하면서 남불회의 탁본을 판독하고자 한다.

암태도 해당리의 매향비는 세로 7행에 1행 6자, 2행 7자, 3행 8자, 4행 10자, 5행 5자, 6행 11자, 7행 12자이며, 본문과는 따로 더 작은 글씨로 두 행의 9자의 글씨가 세로 2행과 3행의 아래에 쓰여 있다. 이 매향비는 몇 자의 글자를 제외하고는 비교적 명확하게 읽을 수 있을 정도로 양호한 상태이다.

1행 : 결낙자 없음

1 — 一 : 埋

	7	6	5	4	3	2	1
一	□	□	香	樂	西	東	埋
二	□	□	万	三	岩	岩	香
三	良	香	仏	年	泰	置	處
四	慈	徒	香	四	島	南	件
五	(惠)	等	徒	月	北	今	巳
六	□	埋		卄	尾	隱	島
七	(夲)	香		四	山	哉	
八	少	令		日	永		
九	□	爲		埋			
十	(等)	如			金		
十一	立	可			施		
十二	碑				主	熟	
十三					永	飯	
十四					伊	女	
十五						二	

신안군 암태면 해당리 매향석비

1－二 : 香

1－三 : 處. 약자체로 씌여 있음.

1－四 : 件

1－五 : 巳

1－六 : 島

2행 : 결낙자가 없음

2－一 : 東

2－二 : 岩. 약자체의 글자로 음각됨.

2－三 : 置

2－四 : 南

2－五 : 今

2－六 : 隱

2－七 : 哉

2－八 : 빈칸

2－九 : 빈칸

2－十 : 빈칸

2－十一 : 빈칸

2－十二 : 熟. 원문의 주내용과는 직접 관련이 없이 따로 음각된 것으로 추정됨.

2－十三 : 飯. 위 글자와 같은 기능을 가진 글자.

2－十四 : 女. 위 글자와 같은 기능을 가진 글자.

2－十五 : 二. 위 글자와 같은 기능을 가진 글자

3행 : 결낙자 없음.

3－一 : 西

3－二 : 岩. 약자체의 글자로 음각됨.

3－三 : 泰

3－四 : 島

3－五 : 北

3－六 : 尾

3－七 : 山

3－八 : 永

3－九 : 빈칸

3－十 : 金. 원문의 주내용과 직접 관련이 없이 따로 음각된 것으로 추정됨

3－十一 : 施. 위 글자와 같은 기능의 글자.

3－十二 : 主. 위 글자와 같은 기능의 글자.

3－十二 : 永. 위 글자와 같은 기능의 글자.

3－十三 : 伊. 위 글자와 같은 기능의 글자

4행 : 결낙자 없음.

4－一 : 樂

4－二 : 三

4－三 : 年

4－四 : 四

4－五 : 月

4－六 : 卄. '전남'은 "十"으로 판독하지만 "卄"으로 확실하게 판독됨 .

4－七 : 四

4－八 : 日

4－九 : 埋

5행 : 결낙자가 없다.

5－一 : 香

5－二 : 万. 약자체로 씌여 있음.

5－三 : 仏. 약자체로 씌여 있음.

5－四 : 香

5－五 : 徒

6행

6－一 : □. 비석이 떨어져 나간 부분으로 글자가 있었을 것으로 추정함. '전남'에서는 낙자를 한 개 글자로 보고 있음.

6－二 : □. 비석이 떨어져 나간 부분으로 글자가 있었을 것으로 추정함.

6－三 : 香. "香"의 윗부분은 떨어져 나가고 아래 부분인 "日"자 만 볼 수 있으나 아랫글자가 "徒"이므로 "香"으로 추정할 수 있다.

6－四 : 徒

6－五 : 等

6－六 : 埋

6－七 : 香

6－八 : 令

6－九 : 爲. 약자체로 쓰여 있음.

6－十 : 如

6－十一 : 可

7행 수 없으며, 7－六은 전혀 판독불가능이다. 7－十은 '等'으로 추정된다.

따로 씌여진 부분 : 세로 2－3행 하단에 씌여진 부분은 따로 씌여진 것으로 추정된다.

7－一 : □. 비석이 떨어져 나간 부분으로 글자가 있었을 것으로 추정함. '전남'에서는 낙자를 한 개 글자로 보고 있음.

7－二 : □. 비석이 떨어져 나간 부분으로 글자가 있었을 것으로 추정됨.

7－三 : 良

7－四 : 慈

7－五 : (惠). 이 글자의 윗부분인 "車"가 남아 있으며 아랫부분은 확인이 되지 않음. '전남'에서는 판독불가능한 글자로 보고 있음.

7－六 : □. '전남'에서는 "僧"으로 보고 있음.

7－七 : (夲). '전남'에서는 "中"으로 보고 있음.

7－八 : 少

7－九 : □

7－十 : 等

7－十一 : 立

7－十二 : 碑

3. 新安郡 都草面 古蘭里 埋香石碑

남도불교문화연구회의 연구원들이 2003년 8월 현지에서 탁본한 자료를 텍스트로 삼아 판독을 시도하였다. 이 매향비는 판독이 불가능할 정도로 글자들이 마모되어 있어서 연구자들이 판독을 포기하고 있는 실정이었으나 남도불교문화연구원들의 정밀한 노력으로 상당한 수의 글자들을 이번에 판독할 수 있었다.

• **위치**

이 매향비는 현재 신안군 도초면 고란리 마을 입구의 밭두덕에 있다. 원래의 위치는 현재 매향비가 위치한 밭의 중앙에 있었으나 밭의 주인이 근년에 현재 위치로 옮겨 왔다고 한다. 매향비가 서있는 둔덕의 아래는 원래 바닷가였으나 현재는 간척지가 되어 있음.

• **연대**

天順 元年 丁丑 七月 日(조선 세조 3년. 서기 1457년)

• 비석의 형태

글씨는 오른쪽에서 왼쪽으로 가로 6행, 세로 11행으로 쓰여 있다. 자연석에 글씨 쓰는 면을 고르게 정리한 후에 구획을 파서 표시한 후에 글씨를 서내려간 형태다. 자연석의 크기는 높이 96cm(20cm 정도는 땅에 묻혀 있음), 넓이 55cm, 두께 15cm 정도 되며, 글씨가 쓰여진 면을 높이 61cm, 넓이 46cm 되게 고르게 정리한 후에 글씨를 음각하였다. 글씨의 대부분이 판독할 수 없을 정도로 마모되었으며, 판독할 수 있는 글씨의 크기는 큰 글자가 가로 세로 5cm, 작은 글자가 가로 세로 3cm 정도이다.

비문의 내용은 우측에서 좌측으로 써내려간 형태였다. 세로 1행에서 간지인 "丁丑"이 같은 위치의 가로행으로 씌여져 "丑丁"이라고 표기된 점이 특이하다.

• 판독

	6	5	4	3	2	1
一	結	□	大	願	都	天
二	願	□	施	我	草	順
三	施		主	弥	島	元
四	主	□			東	年
五	□	□			向	丑丁
六	□	□			(竹)	七
七	□	□	□	□	□	月
八	□	□	□	□	□	
九	□		□		□	日
十	□					
十一	□					

신안군 도초면 고란리 매향석비

1행

1－一 : 天

1－二 : 順

1－三 : 元. 이 매향비를 최초로 보고한 이해준교수가 "九"가 아닌가 의심하고 있으나, "天順"은 7년까지 있으며 9년은 없어서 확신을 하지 못하고 있었다 본다. 2003년 9월 27일 남도불교문화연구회에서 현장에 가서 탁본하면서 판독하는 과정에서 정선종 회원이 "元"으로 판독해 내면서 이 문제가 풀리기 시작하였다.

1－四 : 年

1－五 : 丑丁. 정선종회원이 "丁丑"으로 판독하면서 1－三의 "元"과 부합되는 것으로 밝혀진 것이다. 정선종 회원이 "丁丑"을 작은 글씨로 두 자가 같은 가로행에 새겨진 것으로 판독한 것이다. "丁"자는 확실하게 드러나고 있으나 "丑"은 글자가 명확하게 드러나지 않으나 그 형상을 짐작할 수 있는 정도였다. 天順 元年의 간지가 丁丑이었으므로 서로 부합되었다.

1－六 : 七

1－七 : 月

1－九 : 日

2행

2－一 : 都

2－二 : 草

2－三 : 島

2－四 : 東

2－五 : 向

2－六 : (竹)

2－七 : □. 판독 불가능

2－八 : □. 판독 불가능

2－九 : □. 판독 불가능

3행

3－一 : 願

3－二 : 我

3－三 : 弥. "彌"의 약자체로 씌여 있음.

3－八 : □. 판독불가능

3－九 : □. 판독불가능

4행

4－一 : 大

4－二 : 施

4－三 : 主

4－八 : □. 판독불가능

4－九 : □. 판독불가능

4－十 : □. 판독불가능

5행

5－一부터 5－七의 글씨들이 모두 판독 불가능

6행

6－一 : 結

6－二 : 願

6－三 : 施

6－四 : 主

6－五부터 6－十一까지의 7자의 글자가 모두 판독불가능.

4. 靈光郡 法聖面 笠巖里 埋香石碑

원래 입정 마을 앞에 배가 닿으면 닻줄을 매는 바위로 이용되었다가 그 후 제방이 쌓여 간척지가 조성된 후에 버려져 있었다고 한다. 1973년 홍수로 제방이 무너져 묻혀 있었으나 1985년 농지정리 사업을 하다가 발견되어 1987년에 현재 위치인 마을 노인정 옆으로 옮겨져 관리되어 오고 있다. 입정마을은 바닷가에 있었으나 일제 때 제방을 축조하여 현재는 들판 가의 마을이 되었다.

법성면 입암리 매향비는 정면과 우측에 각각 다른 시기의 매향기록이 있어서 한 비에 두 건의 매향사례를 적고 있다. 각각 매향비에 언급된 연호를 이용해서 정면의 기록을 "法聖浦永樂埋香碑", 우측의 기록을 "法聖浦洪武埋香碑"로 명명하고 판독하려고 한다.

1) 法聖浦永樂埋香碑(정면 비문)

• 위치

영광군 법성면 입암리 입정 마을 노인정 앞(북위 35도 19분 95초 동경 126도 27분 659초 해발고도 8.2m)

• 연대

永樂 8年 8月 日.(조선 태종 10년. 서기 1410)

• 비의 형태와 글자체

비의 크기는 세로 높이 120cm, 가로 폭이 35cm의 방형의 입석으로 정면의 표면은 비교적 고르다. 우측에서 좌측으로 쓰인 글씨체는 약자체를 많이 이용하였으며 글자 수가 석면에 비해서 많아 글자의 크기가 작고 바짝 붙어 쓰여 있다. 세로 4행이며 판독할 수 없는 글자를 포함하여 1행은 17자, 2행은 11자, 3행은 12자, 4행은 9자이다.

• 법성포영락매향비의 비문 판독과 교감

비문의 판독은 남불회에서 탁본한 자료와 참고자료로 "전남의 금석문"을 이용하고자 한다(이하 모든 매향관련금석문의 판독과 참고자료는 같은 자료를 이용한다). 불확실한 글자, 판단이 애매한 글자는 ( ) 안에 넣어 처리하였으며, 글자의 판독이 불가능한 경우는 □로 처리하였다.

	4	3	2	1
一	(天)	結	結	永
二	(及)	願	願	樂
三		施	香	八
四	□	主	徒	年
五	□	□	棟	庚
六	金	加	梁	寅
七	生	勿	韓	八
八	漢	(金)	公	月
九	拾	(南)	守	日
十	(節)	□	(全)	向
十一		□	(岡)	南
十二		□		二
十三				百
十四				步
十五				埋
十六				香
十七				碑

영광군 법성면 입석리 영락매향석비

1행

1－一 : 永. 전남의 금석문 (이하 '전남'으로 약호함)에서는 첫글자인 '永樂'의 '永'을 읽지 못하고 있다.

1－二 : 樂. 초서체로 씌여짐.

1－三 : 八

1－四 : 年

1－五 : 庚. 약자체로 씌여졌다.

1－六 : 寅. 약자체로 씌여졌다.

1－七 : 八. 윗글자 "寅"과 아랫글자 "月" 사이에 끼어 있어서 판독하기 어려운 글자임. 1－八 : 月

1－九 : 日

1－十 : 向

1－十一 : 南

1－十二 : 二

1－十三 : 百

1－十四 : 步

1－十五 : 埋

1－十六 : 香

1－十七 : 碑

2행

2－一 : 結

2－二 : 願. 약자체로 쓰여 있음. '전남'에서는 이 글자를 읽지 못하고 있다.

2－三 : 香

2－四 : 徒

2－五 : 棟

2－六 : 梁

2－七 : 韓

2－八 : 公

2－九 : 守. '전남'에서는 판독하지 않고 빈칸으로 처리.

2－十 : (全) '전남'에서는 판독하지 않고 빈칸으로 처리.

2－十一 : (岡) '전남'에서는 판독하지 않고 빈칸으로 처리.

3행

3－一 : 結. '전남'에서는 읽지 못하고 있다.

3－二 : 願. '전남'에서는 읽지 못하고 있다. 약자체로 씌여있음.

3－三 : 施

3－四 : 主

3－五 : □

3－六 : 加

3－七 : 勿

3－八 : (金)

3－九 : (南)

3－十 : □. 판독 불가능.

3－十一 : □. 판독 불가능.

3－十二 : □. 판독 불가능.

4행

4－一 : (天). 판독이 명확하지 않다.

4－二 : (及). 판독이 명확하지 않다.

4－四 : □. 판독불가능

4－五 : □. 판독 불가능

4－六 : 金

4－七 : 生

4－八 : 漢

4－九 : 拾

4－十 : (節). (卽)으로도 볼 수 있다. '전남'에서도 (節)로 읽고 있다.

2) 法聖浦洪武埋香碑(우측 비문)

자체가 너무나 조악스럽고 마모 면이 많아서 판독이 불가능한 글자가 많았다. 전남의 매향비에서는 상대에 속하는 매향비이다. 법성2의 매향비를 각인한 후에 30년 뒤 다시 법성1의 매향비를 기록한 것으로 파악된다. 우에서 좌로 씌여진 세로 3행, 가로 十행의 비면 기록이다.

• 위치

영광군 법성면 입암리 입정 마을 노인정 앞

• 연대

洪武 4年(고려 공민왕 20년. 서기 1371) 4월 일

• 비의 형태와 글씨체

비의 크기는 세로 높이 120cm, 가로 폭이 40cm이며, 비면의 형태가 아래가 넓고 위가 좁은 모습이다. 좌에서 우로 쓰인 글씨체는 아주 조악하며 면의 마모가 심하여 판독할 수 없는 글자 수가 많다. 세로 3행이며 판독할 수 없는 글자를 포함하여 1행은 10자, 2행은 9자, 3행은 9자이다.

• **법성홍무매향비의 비문 판독과 대교**

비분의 판독은 남불회의 탁본을 저본으로 하고, '전남의 금석문'(줄여서 '전남')의 자료를 비교하고자 한다. 판독 불가능한 글자와 불분명한 글자의 표시도 앞의 경우와 같이한다.

	3	2	1
一	化	向	洪
二	主	東	武
三	(天)	二	四
四	(雨)	百	年
五	向	步	(辛)
六	西	埋	(亥)
七	(走)	香	四
八	□	□	月
九	(連)	□	日
十			碑

영광군 법성면 입석리 홍무매향석비

1행

1－一 : 洪

1－二 : 武. 글자의 오른쪽 획이 마멸됨.

1－三 : 四

1－四 : 年

1－五 : (辛). 글자의 획이 불확실함. '전남'에서는 언급하지 않음.

1－六 : (亥). 글자의 획이 불확실함. '전남'에서는 언급하지 않음.

1－七 : 四

1－八 : 月

1－九 : 日

1－十 : 碑. 오른쪽 획이 마멸됨. '전남'에서는 언급하지 않음.

2행

2－一 : 向. '전남'에서는 "南"으로 판독하고 있음.

2－二 : 東. 초서체의 글자임.

2－三 : 二

2－四 : 百

2－五 : 步

2－六 : 埋

2－七 : 香

2－八 : □. 글자의 선이 가늘고 판독하기 불가능함.

2－九 : □. 글자의 선이 가늘고 판독하기 불가능함. "弄"자와 비슷하게 보이나 판독이 불가능함.

3행

3－一 : 化

3－二 : 主

3－三 : (天). '전남'에서는 판독불가능으로 간주함.

3－四 : (雨). '전남'에서는 판독불가능으로 간주함.

3－五 : 向. '전남'에서는 판독불가능으로 간주함.

3－六 : 西. '전남'에서는 판독하지 않음.

3－七 : (走). "遠"으로도 볼 수 있으나 불확실함. '전남'에서는 "徒"로 판독함.

3－八 : □.

3－九 : (連). '전남'에서는 판독불가능으로 간주함.

5. 靈巖郡 美巖面 採芝里 埋香石碑

남도불교연구회의 회원들이 2003년 3월 1일에 현지에서 탁본한 자료를 텍스트로 삼고, '전남금석문'(전라남도, 호남문화사, 1990) 자료를 참고로 하여 판독 및 대교를 하고자 한다.

• 위치

영암군 미암면 채지리. 이 매향비는 채지리에서 영암만으로 넘어가는 마을 뒤의 낮은 고갯길 우측에 세워져 있다. 현재는 영암만의 간척공사로 육지화 되었으나 원래는 바닷가의 낮은 구릉에 매향비가 위치하고 있었다.

• 연대

宣德 5年 12月 19日(조선 세조 12년. 서기 1430)

• 비석의 형태

세로 1m, 가로 62cm의 자연석에 글자는 5~10cm의 크기고 깊게 음각되어 있어서 판독상태는 비교적 양호하다. 비문은 우측에서 좌측으로 써갔으며, 비석은 자연석을 약간 다듬어서 면을 고르게 한 형태이다.

• 판독

	4	3	2	1
一	沈	等	(岊)	宣
二	香	伊	施	德
三	埋	珍	主	五
四	置	浦	(仍)	年
五	非	午	所	十
六		地		二
七	石	六	香	月
八		里	結	十
九		間	兄	九
十			弟	日

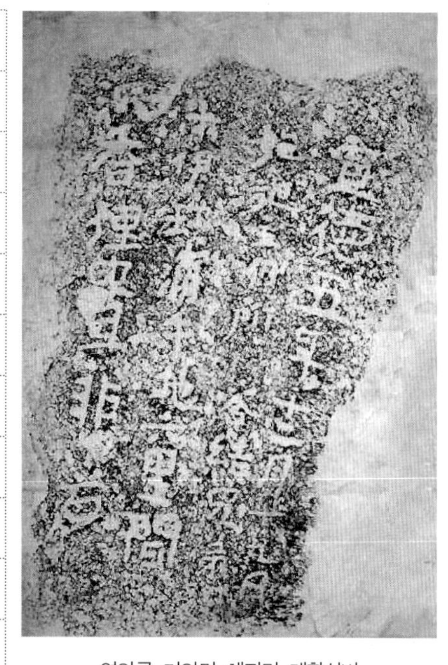

영암군 미암면 채지리 매향석비

1행 : 결낙자 없음. 글자의 획이 명확하여서 판독하기에 어려움이 없음.

1－一 : 宣

1－二 : 德

1－三 : 五

1－四 : 年

1－五 : 十

1－六 : 二

1－七 : 月

1－八 : 十

1－九 : 九

1－十 : 日

2행

2－一 : (圮). 이 글자는 "妃", "始" 등으로도 추정할 수 있으나 불명확함.

2－二 : 施

2－三 : 主

2－四 : (仍). 판독하기 어려운 글자이며 "仍"으로 추정함.

2－五 : 所

2－六 : 빈칸

2－七 : 香. 약자체로 씌여있음.

2－八 : 結

2－九 : 兄

2－十 : 弟

3행

3－一 : 等. 이 글자는 아주 간략한 초서체로 씌여있음.

3－二 : 伊

3－三 : 珍

3－四 : 浦

3－五 : 午

3－六 : 地

3－七 : 六

3－八 : 里

3－九 : 間

4행

4－一 : 沈

4－二 : 香

4－三 : 埋

4－四 : 置

4－五 : 非

4－六 : 빈칸

4－七 : 石

6. 長興郡 德巖里 埋香巖刻

남도불교문화연구회 회원들이 현지에서 탁본한 자료를 텍스트로 하고, '전남금석문'(전라남도, 호남문화사, 1990)을 참고로 하여 판독하고자 한다.

• **위치**

장흥군 용산면 덕암리 78

• **연대**

宣德 11年 十月(조선 세종 18년. 서기 1436)

• **비의 형태**

좌측에서 우측의 방향으로 쓰인 암각문이다. 아주 서툰 자획으로 글자의 크기가 고르지 못하 자획이 정연하지 못하다.

• **판독**

	1	2	3	4	5	6
一			千	巳	香	
二	宣	年	人	地	徒	
三	德	(十)	同	埋		洪
四	十	月	友	置	(主)	信
五		日	願			

장흥군 덕암리 매향암각 탁본

1행

1－一 : 빈칸

1－二 : 宣

1－三 : 德

1－四 : 十. '전남금석문'과 이해준교수는 "九"로 판독하고 있음.

2행

2－一 : 빈칸

2－二 : 年

2－三 : (十). "一"자로도 볼 수 있으나 잠정적으로 "十"로 판독함. '전남'에서는 판독하지 않고 있음.

2－四 : 月

2－五 : 日

3행

3－一 : 千

3－二 : 人

3－三 : 同

3－四 : 犮. "發"의 약자체이면서 초서체에 가까운 글자획이다. '전남'에서는 판독하지 않고 있음.

3－五 : 願. 약자체로 쓰여 있으며, "犮"자와 거의 평행으로 쓰여 있다.

4행 : 결낙자 없음

4－一 : 巳

4－二 : 地

4－三 : 埋

4－四 : 置

5행

5－一 : 香

5－二 : 徒

5－三 : 빈칸

5－四 : 主

6행

6－一 : 빈칸

6－二 : 빈칸

6－三 : 洪

6－四 : 信

11

마치며

제 1 1 장 마 치 며

서해연해도서지역민들 사이에서 구전되어 오는 이야기를 종합하여 해양설화라고 명명하고자 하며, 이들 자료에는 바다를 바라보며 살아가가는 지역민들의 구비역사, 민속, 신앙, 예술이 녹아 있다는 것을 알 수 있었다. 여기에서 인용하는 설화자료들은 주로 현지에서 채록하여 분석과 해석을 하고 그 형성과정을 추적하여 연해도서민들이 바다를 어떻게 인식하고 있으며 그들이 해양문화라고 부를 수 있는 분야에 대한 학문적인 지평을 넓혀보고자 하였다.

동원된 자료들은 구비자료를 중심으로 하였으며, 기록자료는 각종 지리지, 삼국사기, 고려사, 조선왕조실록 등의 역사자료, 삼국유사, 문집류 등에 수록된 설화들도 다수 인용하면서 구비자료의 해석에 이용하였다. 특히 현지에서 채록한 설화자료들은 서해도서민들을 찾아다니면서 찾은 해양설화로 이 자료들에는 바닷바람과 파도소리가 스며 있으며 바다에서 생활하는 그들의 애환이 고스란히 함께 서려있다.

도서지역에서 의외로 널리 전승하는 아기장사설화, 용신설화 등에서 실패한 영웅의 흔적을 보았으며, 마치 도서지역의 험란했던 역사에서 숨겨진 지층을 한 꺼풀 벗겨내는 듯한 발견의 기쁨을 맛볼 수 있었다. 세상을 바꾸려다 실패한 아기장사와 하늘로 오르지 못한 용신은 동일한 설화적인 인물이며, 한국의 해양역사에서 일어서려다 꺾인 해양영웅이 구비역사의 설화적인 문법 속에서 생생하게 살아 꿈틀대고 있었다. 공인된 역사 속에서 아직 그 위상을 확보하지 못하고 그 이름이 드러나지 않는 해양영웅의 존재가 해양설화 속에서 익명의 인물로 또는 용이라는 상징으로 표출되고 있었다.

비극적인 영웅들은 장보고(완도), 능창(압해도), 송징장군(완도), 송장군(압해도), 나송대(목포)의 모습으로 드러나기도 하지만 이들은 한결 같이 저항과 역모의 인물들로 비극적인 일생을 마치는 것이 공통적인 특징이었다. 이들은 서해도서지역의 해양설화의 맥락 속에서 보는 "아기장사"가 구체적 공간 속에서 현현한 인물들이라고 본다. 이들 이외에도 섬에 처음으로 들어와 마을을 이루고 해양문화를 형성한 도서 각 지역의 입도조들, 유배인들과 은둔 내지는 내륙에서 도피해온 인물들도 이 지역 해양문화의 주인공들이었으며 최치원과 같은 항해자들, 승려, 풍수가, 어부, 해상상인들, 표류인들이 이 지역 해양문화에 새로운 충격을 준 인물이며 문화전파자들이었다. 이들의 행적은 이야기가 되어서 새로운 해양설화의 주인공이 되거나 그 설화를 전승하고 전파하고 형성하기도 한 인물들이 되었다.

해남과 진도의 명량대첩설화, 목포의 삼학도설화, 비금도의 최치원항해설화, 자은도의 용신설화와 두사춘의 지명설화, 흑산도의 유배자인 최익현과 정약전의 유배설화와 같은 현재채록설화자료를 분석하고 해석하면서 이제 다시 해양의 새로운 시대를 준비하고 만들어 갈 수 있다는 희망을 보았으며, 우리 시대의 보배로운 공간으로서 해양을 인식하고 국가와 국가 그리고 민족과 민족이 평화롭고 자유롭게 서로를 받아들일 수 있는 해양을 열어가야 한다는 확신을 얻을 수 있었다.

도선국사의 이야기는 영암군 군서면 구림리의 출생이야기를 중심으로 전국에 널리 다양한 화소로 전파되어 있는 광포전설이다. 구림의 마을형성이 영산강가의 강변마을로 백제시대로 거슬러 올라갈 정도로 유서 깊고 오랜 문화전통을 지니고 있어서 영산강에서 서해바다로 나아가 중국, 일본 등의 외국항해의 출항지이며 돌아오는 기항지로서 택리지 등에서 기록하고 있다. 도선은 이 마을 출신으로 신라 말 고려 초의 선승으로 고려건국의 이념 가운데 하나인 풍수지리설을 우리 것으로 창출한 인물이었으며, 도선의 구전이야기를 통해서 이 지역민의 활발하고 개방적이고 새로운 시대를 추구하는 정신을 살펴볼 수 있었다.

매향비는 미륵불교에 대한 이 지역민들의 불교친연성을 알 수 있게 하였으며, 미륵불이 내세하기를 기다리는 향공양의 매향불사가 전남지역의 해안가에서 지속적으로 다양하게 이루어져 왔다는 사실을 확인하는 계기가 되었다. 불교와 바다가 만나는 매향불사는 해양신앙을 바탕으로 한 불교의 토착화라는 점에서도 매향비는 우리의 문화유물로서 가치가 크다고 할 수 있다. 매향비에 대한 연구는 앞으로 더 다양하고 심도 있게 지속되어야 할 분야이기도 하다.

닫혀 버렸던 바다를 열린 바다로 바꿀 수 있는 발전적인 해양문화의 창조야말로 미래세대를 위한 우리의 자산이다. 현재 공동화 되어가는 서해도서지역이 희망과 미래을 위한 비젼을 창출할 수 있는 공간으로 해양산업, 해양문화의 창출이 시급한 실정이다. 지금 섬마을들은 사람들이 떠나가고 있다. 급격한 산업사회 또는 지식기술사회로 변화하는 과정에서 바다를 버리고 내륙으로 떠나가고 있는 현재의 모습은 해양을 다시 닫아 버리고 있다는 점에서 과거의 해금정책海禁政策, 공도정책空島政策 그리고 쇄국정책鎖國政策과도 흡사한 양상으로 파악할 수 있다. 과거 수세기 전의 해양정책의 오류를 다시 되풀이 하고 있는 현재의 해양인식을 바꾸고 새로운 해양문화를 창출할 수 있는 해양정책이 절실한 현실이다.

패배와 억압과 저항의 도서해양역사가 새로운 희망과 번영을 이룩할 수 있는 미래를 전망할 있는 역사인식으로 변화할 때 한국의 미래를 해양에서 찾을 수 있을 것이다.

찾아보기

ㄱ

ㄴ

ㄷ

ㅁ

ㅂ

ㅅ

ㅇ

ㅈ

ㅊ

ㅌ

ㅍ

ㅎ

이준곤(李準坤)

공주사범대학 졸업
고려대학교 대학원 문학석사
전남대학교 대학원 문학박사
현 목포해양대학교 교양과정부 교수
중국 산동성 연대대학교 명예교수
중국 해양대학교 해양문화연구소 특별연구원
목포대학교 도서문화연구소 연구원
전라남도 문화재 위원

주요 저서
『용신창사설화의 역사민속학적 연구』, 『서남해의 도서지역의 해양설화와 해양문화』, 『목포의 역사와 이야기 100선』, 『도선연구』, 『선암사』 외 다수.

주요 논문
「도선전설의 연구」, 「한국의 창사설화 연구」, 「삼학도전설의 변이양상」, 「명량대첩설화의 연구」, 「비금도설화의 의미와 해석」, 「자은도설화의 의미와 해석」, 「흑산도전승설화로 본 면암 최익현과 손암 정약전의 유배생활」, 「한국 매향비의 내용분석」 외 다수.

서남해의 바다이야기와 해양인의 삶

2011년 10월 10일 초판인쇄
2011년 10월 20일 초판발행

지은이 이 준 곤
펴낸이 한 신 규
편 집 김 영 이
펴낸곳 도서출판 문현
주 소 138-210 서울특별시 송파구 문정동 99-10 장지빌딩 303호
전 화 Tel.02-443-0211 Fax.02-443-0212
E-mail mun2009@naver.com
등 록 2009년 2월 24일(제2009-14호)

ISBN 978-89-94131-63-4 93810 정가 28,000원